OS ÚLTIMOS DIAS DA NOITE

GRAHAM MOORE

Os últimos dias da noite

Tradução
Jorio Dauster

COMPANHIA DAS LETRAS

Copyright © 2016 by Graham Moore
Copyright do mapa © 2016 by David Lindroth Inc.

Grafia atualizada segundo o Acordo Ortográfico da Língua Portuguesa de 1990, que entrou em vigor no Brasil em 2009.

Título original
The Last Days of Night

Capa
Claudia Espínola de Carvalho

Foto de capa
© Bridgeman/ Fotoarena

Preparação
Silvia Massimini Felix

Revisão
Valquíria Della Pozza
Ana Maria Barbosa

Dados Internacionais de Catalogação na Publicação (CIP)
(Câmara Brasileira do Livro, SP, Brasil)

Moore, Graham
    Os últimos dias da noite / Graham Moore ; tradução Jorio Dauster. — 1ª ed. — São Paulo : Companhia das Letras, 2017.

    Título original: The Last Days of Night.
    ISBN 978-85-359-2921-8

    1. Ficção norte-americana I. Título.

17-03899   CDD-813

Índice para catálogo sistemático:
1. Ficção : Literatura norte-americana   813

[2017]
Todos os direitos desta edição reservados à
EDITORA SCHWARCZ S.A.
Rua Bandeira Paulista, 702, cj. 32
04532-002 — São Paulo — SP
Telefone: (11) 3707-3500
www.companhiadasletras.com.br
www.blogdacompanhia.com.br
facebook.com/companhiadasletras
instagram.com/companhiadasletras
twitter.com/cialetras

A meu avô, dr. Charlie Steiner, o primeiro que me ensinou a amar a ciência numa visita aos Laboratórios Bell quando eu tinha nove anos. Ele foi um exemplo de inteligência, bondade e decência que me inspira todos os dias.

Sumário

Parte I: Cabeças de ponte, 11
Parte II: Bolsões na retaguarda, 165
Parte III: Soluções, 343

Nota do autor, 425
Agradecimentos, 437

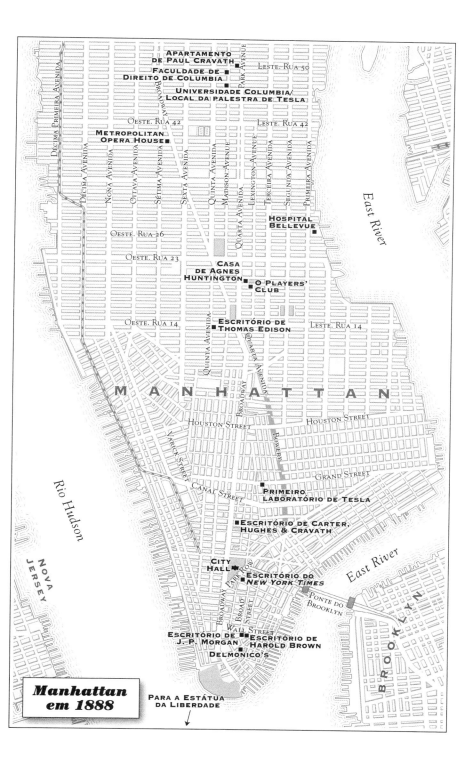

PARTE I — CABEÇAS DE PONTE

Você não entende que Steve não manja nada de tecnologia? Ele não passa de um vendedor excepcional... Não sabe nada sobre engenharia, e noventa e nove por cento do que diz e pensa está errado.

Bill Gates

1. Os últimos dias da noite

As pessoas não sabem o que querem até que você lhes mostre.

Steve Jobs

11 DE MAIO DE 1888

No dia em que iria se encontrar com Thomas Edison pela primeira vez, Paul viu um homem ser queimado vivo em plena Broadway.

A imolação ocorreu no final de uma manhã de sexta-feira. A movimentação da hora do almoço estava aumentando quando ele desceu do prédio de escritórios para a rua apinhada. Paul era uma figura imponente em meio ao fluxo de pedestres: com um metro e noventa e três, os ombros largos e o rosto bem escanhoado, vestia paletó preto, colete e gravata longa, a indumentária típica de um jovem profissional liberal de Nova York. Os cabelos, repartidos com perfeição no lado esquerdo, começavam a revelar duas entradas ainda discretas. Parecia ter mais do que seus vinte e seis anos.

Ao se misturar à multidão na Broadway, notou de relance um jovem com o uniforme da Western Union que, do alto de uma escada, mexia nos fios elétricos, os grossos cabos pretos que nos últimos tempos tinham passado a ser vistos nos céus da cidade. Como se entrecruzavam com os fios mais antigos e mais finos dos telégrafos, uma rajada de vento primaveril os enroscara num grosso nó. O funcionário da Western Union tentava desembaraçar os dois feixes, qual uma criança atrapalhada com enormes cadarços de sapato.

Paul só tinha em mente uma xícara de café. Como era novato no distrito financeiro e na firma de advocacia que ocupava o terceiro andar do número 346 da Broadway, ainda não decidira qual dos cafés da área era seu predileto. Havia um na direção norte, seguindo pela Walker. E outro na Baxter, com o serviço mais lento, porém muito mais elegante, que exibia um galo na porta. Paul estava cansado. Como tinha dormido no escritório na noite anterior, era bom sentir o ar fresco no rosto ao sair pela primeira vez naquele dia.

Quando viu a centelha inicial, não entendeu de imediato o que estava acontecendo. O funcionário pegou um fio e puxou. Paul ouviu um ruído seco — como uma pequena explosão, rápida e esquisita —, ao mesmo tempo que o homem estremecia. Mais tarde lembrou ter visto um fulgor, embora naquele momento não soubesse do que se tratava. O funcionário agarrou outro fio com a mão livre, procurando não cair. Este, segundo Paul entendeu depois, foi seu erro. Ele havia criado uma conexão. Tornara-se um condutor vivo.

Centelhas alaranjadas pipocaram nos braços do funcionário.

Cerca de duzentas pessoas enchiam as calçadas naquela manhã, e todas as cabeças pareceram se mover ao mesmo tempo. Financistas desfilavam com cartolas de abas largas; assistentes de corretores de ações corriam para a Wall Street com mensagens secretas; secretárias com saias preguedas e jaquetas elegantes formavam vistosos conjuntos; contadores estavam à caça de sanduíches; senhoras ricas, com vestidos de Doucet, vinham das imediações da Washington Square; políticos locais iam à cata de encontros lucrativos; inúmeros cavalos puxavam cabriolés de rodas largas sobre os paralelepípedos irregulares. A Broadway era a artéria que alimentava o sul da ilha de Manhattan. Uma riqueza jamais vista na face da terra borbulhava naquelas ruas. No jornal matutino, Paul lera que John Jacob Astor se tornara oficialmente mais rico do que a rainha da Inglaterra.

Todos os olhos convergiram para o homem suspenso no ar. Uma chama azul escapou-lhe da boca, ateando fogo a seus cabelos. As roupas queimaram num instante. Ele tombou para a frente, os braços ainda agarrados aos fios. Os pés ficaram balançando diante da escada. Seu corpo assumiu a postura de Jesus crucificado. A chama azul que ele ainda exalava derreteu a pele e revelou os ossos.

Ninguém gritara ainda. Paul não estava nem mesmo certo do que assistia. Já tinha presenciado cenas de violência. Crescera numa fazenda. A morte e as vascas da agonia não eram eventos notáveis nas margens do rio Cumberland. Mas nunca vira coisa igual.

Depois de alguns segundos que pareceram séculos, à medida que o sangue do homem pingava sobre os pequenos entregadores de jornal mais abaixo, os gritos começaram. Muitas pessoas fugiram do local como num estouro da boiada. Homens adultos se chocaram contra mulheres. Os entregadores de jornal em disparada no meio da multidão, sem rumo definido, apenas correram, tentando arrancar a carne queimada dos cabelos.

Cavalos empinaram e deram coices no vazio, os cascos quase atingindo seus proprietários em pânico. Paul ficou plantado onde estava até que viu um entregador de jornal cair à frente de um cabriolé. Os garanhões avançaram, rebelando-se contra as rédeas, as rodas cada vez mais próximas do peito do menino. Paul não chegou a se conscientizar de que precisava tomar alguma iniciativa — simplesmente agiu. Agarrou o garoto pelo ombro, puxando-o para a calçada. Com a manga do paletó tirou o pó e o sangue do rosto da criança. Mas, antes que pudesse verificar se ele estava ferido, o menino se enfiou de novo no meio da multidão. Paul sentou-se ali perto, recostado num poste do telégrafo. Estava nauseado. Percebendo que resfolegava, procurou controlar a respiração enquanto descansava no chão de terra.

Passaram-se mais dez minutos antes que o tilintar das sinetas anunciasse os bombeiros. Três cavalos puxavam um carro-pipa, que parou debaixo da cena lúgubre. Meia dúzia de bombeiros em uniformes com botões pretos ergueram os olhos ainda descrentes para o alto. Um deles pegou instintivamente a mangueira movida a vapor, mas os demais se limitaram a observar horrorizados. Nunca haviam testemunhado algo semelhante. Isso era a eletricidade. E a estranha maravilha do relâmpago feito pelo homem era tão misteriosa e incompreensível quanto uma praga do Velho Testamento.

Paul continuou sentado e paralisado durante os quarenta e cinco minutos que os temerosos bombeiros levaram para soltar o corpo enegrecido. Prestou atenção em cada detalhe do que viu — não para relembrar, mas para esquecer. Ele era advogado e sua breve carreira na área jurídica já havia provocado em seu cérebro o prazer das minúcias. Seus medos mortais só podiam ser superados graças a um domínio enciclopédico dos detalhes.

Era um criador profissional de narrativas. Contava histórias concisas. Seu trabalho consistia em lidar com uma série de eventos isolados e, depois de descartar o que não prestava, organizá-los numa progressão lógica. As imagens desconectadas da manhã — uma tarefa rotineira, um erro crasso, um braço buscando agarrar algo, uma rua coalhada de gente, uma centelha de fogo, uma criança borrifada de sangue, um corpo se derretendo — podiam ser reunidas e compor uma história. Haveria um começo, um meio e um fim. As histórias chegam a um final, e depois vão embora. Essa é a mágica de que necessitam. A história daquele dia, uma vez que ele a contasse para si, podia ser empacotada, posta de lado e só relembrada quando fosse preciso. A narrativa bem formulada o protegeria do terror da recordação em sua forma mais crua.

Ele sabia que até mesmo uma história verdadeira é ficção. É a ferramenta reconfortante que utilizamos para organizar o mundo caótico que nos cerca, transformando-o em algo compreensível. É a máquina cognitiva que separa, do joio da sensação, o trigo da emoção. O mundo real está repleto de incidentes, transborda de ocorrências. Em nossas histórias, desprezamos a maioria desses fatos até que a razão lúcida e a motivação venham à tona. Toda história constitui uma invenção, um recurso tecnológico não muito diferente daquele que, pela manhã, havia queimado a pele de um homem deixando à mostra seus ossos. Uma boa história podia ser usada com objetivos não menos perigosos.

Como advogado, as histórias de Paul tinham um caráter moral. Em suas narrativas, só existiam vítimas e algozes. Caluniados e mentirosos. Ludibriados e ladrões. Paul construía tais personagens com grande cuidado, até que o direito do indivíduo que ele representava — quando fazia uma queixa ou se defendia de alguma acusação — se mostrava inquestionável. Não cabia ao litigante determinar os fatos; seu trabalho consistia em formular uma história a partir de tais fatos, de modo que uma clara conclusão moral se tornasse inevitável. Esta era a razão de ser das histórias de Paul: exibir uma incontestável visão do mundo. E desaparecer depois que o mundo estivesse organizado nessas novas bases e ele houvesse colhido sua remuneração justa. Um começo ousado, um meio excitante, um fim satisfatório, talvez um último toque especial e... tudo acabado. Catalogado e embalado, depositado em lugar seguro.

Ele só precisava contar para si mesmo a história de hoje, e ela desapareceria. As imagens seriam revisitadas várias vezes. A salvação por meio da repetição. Mas, em retrospectiva, o corpo flamejante acima da Broadway foi apenas a segunda coisa mais aterrorizante que Paul Cravath veria naquele dia.

À noite — depois que sua secretária havia partido para o apartamento onde morava em Yorkville, depois que os colegas mais graduados tinham se retirado para suas casas de três andares na porção norte da Quinta Avenida, muito depois de Paul ter desistido de ir para seu apartamento de solteiro na rua 50 e, em vez disso, ter escrito tantas notas com sua caneta-tinteiro Waterman emborrachada que acabara criando uma bolha no dedo médio da mão direita —, um menino chegou à porta do escritório. Trazia um telegrama.

"Gostaria de vê-lo agora mesmo", dizia a mensagem. "Muitas questões a discutir em caráter estritamente confidencial."

O remetente assinava "T. Edison".

2. O feiticeiro de Menlo Park

> *Diabos, aqui não há nenhuma regra — estamos tentando fazer alguma coisa.*
>
> Thomas Edison, *Harper's Magazine*, setembro de 1932

Prestes a sair, Paul pegou o paletó e refez o nó da gravata. Embora viesse lutando contra Thomas Edison numa causa havia seis meses, nunca o encontrara.

Edison certamente ouvira falar no acidente. A morte de um homem em plena rua, causada pela eletricidade. Decerto preparava uma resposta. Mas o que o inventor mais famoso do mundo poderia querer com Paul?

Antes de partir, ele retirou certa pasta de uma gaveta e guardou alguns documentos no bolso interno de seu casacão de lã. Fosse lá o que Edison estivesse planejando, o advogado poderia sacar seu próprio coelho da cartola.

Àquela hora, a Broadway estava quase às escuras. Os poucos lampiões de gás que iluminavam a rua transmitiam um tênue brilho amarelado aos paralelepípedos. Só um ponto reluzia à distância: Wall Street, na direção sul, era uma cidadela de luzes elétricas brilhantes em meio à atmosfera sombria com que a fumaça e o gás cobriam Manhattan.

Paul se voltou na direção mal iluminada do norte e no mesmo instante fez sinal para uma carruagem de quatro rodas. "Número 65 da Quinta Avenida", indicou ao cocheiro. Conquanto a Edison General Electric Company ainda mantivesse seu famoso laboratório em Nova Jersey, a sede da companhia havia sido instalada num endereço mais sofisticado.

O homem se voltou para Paul. "Vai visitar o Feiticeiro?"

"Não posso imaginar que a mãe dele o chame assim."

"A mãe dele morreu faz muito tempo", respondeu o cocheiro. "Não sabia?"

O mito que cercava a trajetória de Edison nunca deixava de surpreendê-lo. Em menos de uma década de vida pública, o inventor se tornara um moderno Johnny Appleseed, o lendário pioneiro que promovera a plantação de maçãs em vastas áreas do país. Era de causar raiva, embora não se pudesse negar a habilidade com que aquilo fora efetuado.

"Ele não passa de um homem", retrucou Paul. "Apesar do que dizem os jornais."

"Ele faz milagres. Relâmpagos numa garrafa de vidro. Vozes num fio de cobre. Que tipo de homem é capaz disso?"

"Um homem rico."

Os cavalos subiram a Broadway, passando pela tranquila Houston Street e pelas elegantes casas geminadas da rua 14. A ilha continuava na penumbra até que fizeram uma curva na Quinta Avenida e surgiram as luzes elétricas. A imensa maioria das ruas de Nova York era iluminada com gás de carvão, os mesmos lampiões bruxuleantes que lá se encontravam havia um século. Em tempos recentes, porém, um punhado de ricos homens de negócios pudera brindar seus prédios com aquelas novas lâmpadas elétricas. Numas poucas ruas se concentrava cerca de noventa e nove por cento da eletricidade dos Estados Unidos, e seus nomes eram bem conhecidos: Wall Street, Madison Avenue, rua 34. A cada dia esses quarteirões se tornavam um pouco mais claros à medida que novos edifícios eram conectados. Os cabos suspensos formavam uma fortaleza ao redor de cada quarteirão. Paul contemplou a Quinta Avenida e viu o progresso.

E, no entanto, caso tivesse êxito, ele veria o império iluminado de Edison ser arruinado.

A carruagem chegou ao número 65 da Quinta Avenida às onze da noite. Os homens corpulentos atrás das vidraças portavam suas armas de modo ostensivo. Para que aquela postura belicosa? Só um cretino entraria sem medo naquele prédio.

Um homem barbado de meia-idade recebeu Paul perto da escadaria principal. Não sorriu ao oferecer a mão. "Charles Batchelor."

"Sei quem o senhor é", disse Paul. Batchelor era o principal assistente de Edison: chefe do laboratório e também seu maior assecla. Se Edison exigisse que se desencavasse alguma sujeira, Batchelor seguraria a pá. Os jornais diziam que os dois eram inseparáveis. Mas, ao contrário do patrão, Batchelor não concedia entrevistas. Seu rosto jamais ladeava o de Edison na primeira página.

"Ele está esperando pelo senhor", foi tudo que Batchelor disse. Conduziu Paul escada acima. O escritório particular de Edison ficava no quarto andar. Batchelor abriu as portas duplas de carvalho e convidou Paul a entrar antes de se postar, em silêncio, a certa distância. Era como se ele se tornasse invisível até nova ordem.

O escritório era ricamente mobiliado. Cadeiras estofadas em couro. A escrivaninha de mogno, com tampo de vidro, coberta de aparelhos elétricos. Uma cama estreita num canto. Corriam rumores de que o inventor dormia apenas três horas por noite. Paul não estava convencido de que fosse verdade, desconfiança que se estendia a outros boatos acerca de Thomas Edison. As paredes decoradas ostentavam belas lâmpadas elétricas em forma de rosa. E como eram brilhantes! Paul olhou para as mãos, dando-se conta de que nunca as vira sob a luz elétrica. Podia discernir as veias azuis debaixo da pele. Pintas, marcas de catapora, cicatrizes, sujeira, as feias rugas que um homem acumula ao chegar aos vinte e seis anos. Seu dedo médio traidor, sempre tremelicando quando estava nervoso. Paul sentiu que não apenas as luzes eram novas, mas ele também. Uma centelha num filamento, e ele se via como alguém que nunca imaginara ser.

Sentado atrás da larga escrivaninha de mogno, Thomas Edison fumava um charuto. Era mais bonito do que aparentava nas fotografias, mais magro, exibindo o maxilar quadrado típico do Meio-Oeste. Mesmo já entrado nos quarenta, os cabelos continuavam tão desgrenhados quanto os de um colegial. Num homem menos importante, isso o faria parecer mais velho; no caso de Edison, era como se ele tivesse coisas mais relevantes com que se preocupar.

"Boa noite."
"Por que fui chamado aqui, sr. Edison?"
"Direto ao ponto. Aprecio essa qualidade num advogado."
"Não sou seu advogado."

Edison ergueu as sobrancelhas de modo curioso e empurrou um papel por cima da mesa. Paul hesitou antes de se aproximar. Não queria ceder em nada. Mas também queria saber o que Edison lhe mostrava.

Era uma reprodução da primeira página do *New York Times*. ENCONTROU A MORTE NOS FIOS, proclamava a manchete.

ESPETÁCULO MEDONHO — TRABALHADOR QUEIMADO VIVO NUMA REDE DE FIAÇÃO. Na sequência, um artigo candente denunciava os perigos da energia elétrica. Os editores questionavam a segurança dos cabos que cruzavam a cidade transportando uma energia incontrolável e pouco compreendida.

"Esse é o jornal de amanhã", disse Paul. "Como o conseguiu?"

Edison ignorou a pergunta. "Seu pequeno escritório, como se chama? Bem perto daqui, não é?"

"Vi quando aconteceu."

"Viu mesmo?"

"Vi o homem pegar fogo e estava lá quando os bombeiros despregaram o corpo dele dos fios. Mas os cabos na parte sul da Broadway não são seus. Nem do meu cliente. Pertencem à U.S. Illuminating Company. E, como não sou advogado do sr. Lynch, graças aos céus, isso nada tem a ver comigo. Ou à disputa entre o senhor e George Westinghouse."

"O senhor acha mesmo isso?"

"Por que me chamou?"

Edison fez uma pausa antes de voltar a falar. "Sr. Cravath, há uma guerra em curso, caso o senhor não tenha notado. Dentro dos próximos anos, alguém vai construir um sistema elétrico com o potencial de iluminar todo o país. Pode ser que seja eu. Pode ser o sr. Westinghouse. Mas, depois de hoje, não será o sr. Lynch. A imprensa vai triturá-lo a partir de amanhã de manhã."

"Soa bem aos meus ouvidos."

Edison bateu as cinzas do charuto numa salva dourada.

"No ano passado", ele disse, "tive muitos adversários que exigiram minha atenção. Depois de hoje, só terei um. Seu cliente. Ou ganho eu ou ganha o sr. Westinghouse. Simples assim. Minha empresa é dez vezes maior que a dele. Tenho uma vantagem de sete anos na aplicação prática dessa tecnologia. O pró-

prio J. P. Morgan já prometeu recursos infindos para nossa expansão. E eu... Bem, acho que o senhor sabe quem eu sou."
Edison deu uma longa tragada antes de soprar a fumaça para o teto. "Pedi que viesse aqui para perguntar o seguinte: o senhor acha mesmo que tem alguma chance?" E contemplou Paul como um homem da carrocinha poderia olhar para um vira-lata que em breve liquidará.
"Sr. Cravath, eu inventei a lâmpada elétrica. George Westinghouse não. Por isso, eu estou processando seu cliente com tudo a que tenho direito. Ele é um homem rico, e o senhor está prestes a esbanjar a fortuna dele tentando vencer um jogo que já ganhei. Quando a partida acabar, serei o dono da empresa de Westinghouse. Serei o dono da sua firma de advocacia. Por isso, tome cuidado. A linha foi traçada. Quem estiver no meu caminho vai se machucar. Para o seu bem, estou pedindo que não seja um deles."
Havia uma estranha ruga nos cantos dos olhos cinzentos de Edison. Paul não reconheceu de imediato seu significado. Thomas Edison o fitava com... preocupação. Foi o que estimulou a raiva de Paul.
"Estou grato por ter me convidado para vir aqui esta noite", ele disse. "Poupou-me o trabalho de pedir uma reunião."
"É mesmo? E sobre o que desejava falar comigo?"
"Para lhe dar uma má notícia. O senhor está sendo processado."
"Processado?", perguntou Edison, com um esboço de sorriso nos lábios. "Por quem?"
"Por George Westinghouse."
"Meu rapaz, acho que está trocando as bolas."
"Estamos processando o senhor por nos haver processado."
Edison riu. "Com que base?"
"Por violar *nossa* patente da lâmpada elétrica."

"Eu inventei a lâmpada elétrica."

"É o que disse o Escritório de Patentes. Só que... Não havia outras patentes de lâmpadas elétricas antes da sua? Ninguém tinha feito pedidos com desenhos semelhantes?"

Edison logo viu aonde Paul queria chegar. "Sawyer e Man? Mas isso é uma piada. Os desenhos deles estão a quilômetros de distância do meu. Se quiserem me processar, que sejam bem-vindos."

"É pena, mas não podem. Porque já não são donos das patentes." Paul mostrou os documentos que apanhara antes de sair do escritório e os empurrou para Edison por cima da escrivaninha de mogno. "Agora são nossas."

Edison examinou os documentos. Seus dedos batucaram de leve na grossa tampa de vidro enquanto lia que a Westinghouse Electric Company havia feito um contrato de arrendamento com William Sawyer e Albon Man. Agora a Westinghouse era dona dos direitos exclusivos para fabricar, vender e distribuir lâmpadas elétricas que empregassem o desenho que os dois haviam patenteado.

"Essa é uma jogada excepcionalmente inteligente, sr. Cravath", disse Edison por fim. "De fato. Posso entender por que George gosta do senhor."

O uso informal do primeiro nome de Westinghouse foi calculado. Edison empurrou os documentos de volta por cima da mesa. Reclinou-se na poltrona bem acolchoada antes de falar de novo. "Colhi informações sobre o senhor, espero que não se importe."

"Não imagino que haja muita coisa a descobrir."

"Formou-se em primeiro lugar na sua turma na Faculdade de Direito da Universidade Columbia dois anos atrás. Recebeu então uma bolsa concedida pessoalmente por Walter Carter. Muito impressionante. Um ano e meio depois, Carter sai e o senhor o acompanha ao novo escritório. Torna-se sócio no mesmo instante. Aos vinte e seis anos."

"Sou precoce."

"É ambicioso. Seis meses atrás o senhor era sócio júnior numa nova firma. Nunca havia levado um caso aos tribunais. E então, sabe-se lá como, conseguiu seu primeiro cliente: o sr. George Westinghouse, o homem que eu tinha acabado de processar exigindo uma compensação mais valiosa do que todo o dinheiro que o senhor, seus filhos e netos irão ver ao longo de suas vidas banais."

"O sr. Westinghouse tem faro para o talento."

"O senhor é uma criança contratada para conduzir o maior processo de patentes na história da nação."

"Sou muito bom no que faço."

Edison soltou uma sonora gargalhada. "Ah, sr. Cravath. Ninguém é *tão* bom assim. Como conseguiu que George o contratasse?"

"Sr. Edison", disse Paul, "por que está fingindo que se impressionou comigo?"

"O que o faz pensar que minha admiração não é genuína?"

"Porque estou na Quinta Avenida, no quarto andar do prédio de escritórios do inventor mais bem-sucedido na história de Deus e do homem, que registrou sua primeira patente aos vinte e um anos e conquistou seu primeiro milhão de dólares por volta dos trinta, cujas declarações são reproduzidas em letras garrafais na primeira página do *New York Times* como se saíssem da boca do oráculo de Delfos; um homem que o presidente dos Estados Unidos e a maioria dos cidadãos do país acreditam ser um feiticeiro, cujo nome instila reverência no coração de todas as crianças que possuem sonhos e uma chave inglesa, e medo no coração de todos os banqueiros da Wall Street. E ele pensa que o ambicioso sou eu."

Tranquilo, Edison aquiesceu. Então se dirigiu pela primeira vez a seu assistente junto à porta. "Sr. Batchelor, poderia me fazer o favor de trazer aquelas pastas que estão na mesa de Maryanne?"

Batchelor voltou como uma pilha de documentos de quase um metro de altura.

"Pode pôr aqui na escrivaninha, perfeito, muito obrigado", disse Edison. "Sr. Cravath, não é preciso que eu lhe diga que isso aqui são processos judiciais."

"Pelo jeito, uma porção deles", disse Paul, passando os olhos pelas páginas.

"Trezentos e dez", disse Edison. "Acredito que haja trezentos e dez processos nessa pilha. E todos eles são contra subsidiárias da Westinghouse."

"Trezentos e doze", corrigiu Batchelor. "Os processos de Rhode Island e do Maine foram concluídos esta noite."

"Exatamente. Trezentos e doze. Como o senhor vê, não estou processando apenas vocês. Estou processando todo mundo que até hoje *recorreu* a vocês. Todas as subsidiárias da Westinghouse, todos os fabricantes locais e do estado, todas as fábricas, os escritórios de venda. A questão é que não preciso ganhar todas essas ações. Nem mesmo a maioria. Só preciso ganhar uma. Estão me retaliando com um processo? Boa sorte. Porque não precisarão me vencer apenas uma vez. Vão precisar me vencer trezentos e dez — desculpe, trezentos e doze — vezes. Sem falhar uma."

Edison correu os dedos pelo tampo da escrivaninha, passando pelas misteriosas caixas, tubos de vidro lacrados e finas tiras de cobre, até atingir um botão preto perto da quina mais distante.

"Gosta da vista?", perguntou Edison, virando-se na direção das janelas. Do lado de fora, a região sul de Manhattan se erguia do oceano. A cidade tremeluzia com o brilho do óleo e do gás que era queimado, pontilhado aqui e ali por algumas lâmpadas elétricas. "Pode ver a estátua daqui?"

Lá estava ela: a Senhora da Liberdade, apenas visível onde se erguia na ilha de Bedloe. Paul relembrou suas primeiras visitas à cidade, quando o braço da estátua ainda estava à mostra no Madison Square Park antes que tivessem sido amealhados fundos suficientes para construir o resto. Ele e seus amigos faziam piqueniques à sombra daquele ombro.

A iluminação da estátua era débil àquela distância. Mas a fonte era óbvia: a eletricidade. A tocha era alimentada por um gerador elétrico na Pearl Street, na extremidade sul da ilha de Manhattan. O gerador pertencia a Edison. A luz pertencia a Edison.

"Nos últimos tempos temos tido problemas com a estação da Pearl Street", disse Edison. "Algumas instabilidades." Pressionou o botão preto. E de repente a luz se extinguiu. Um toque de Edison, e a tocha da Estátua da Liberdade, a oito quilômetros de distância, se apagou.

"A energia pode ser uma coisa muito incerta! O gás era muito previsível. Pegue um monte de carvão. Aqueça, filtre, aplique pressão, acenda um fósforo e... *voilà!* Uma chama iluminará o aposento. A eletricidade é mais manhosa. Tantos tipos diferentes de lâmpadas — diversos filamentos, armações, geradores, vácuos. Um defeito, e ficamos às escuras. E, no entanto, o velho sistema de energia está se tornando obsoleto. Um novo aparato chega para tomar seu lugar. Quando ficar estável — quando for aperfeiçoado e estiver em toda parte —, não haverá volta. Sabia que a polícia disse que todos os tipos de violência diminuem em locais públicos onde minha luz é instalada? Abençoados com minha luz, os dias dos trabalhadores não estão mais limitados ao pôr do sol. As fábricas dobram sua produção. Não se pode mais distinguir a meia-noite do meio-dia. A hora de dormir dos nossos antepassados está com os dias contados. A luz elétrica é nosso futuro. O homem que a controlar não estará simplesmente acumulando uma fortuna inimaginável. Não apenas ditará a política. Não apenas controlará Wall Street, ou Washington, ou os jornais, as companhias de telégrafo, os milhões de aparelhos elétricos domésticos com que hoje nem podemos sonhar. Não, não, não. O homem que tiver o controle da eletricidade controlará o próprio sol no céu." E, com isso, Thomas Edison apertou de novo o botão e a tocha da estátua voltou a brilhar.

"O problema que devia preocupá-lo", ele disse, reclinando-se na poltrona, "não é até onde estou disposto a ir a fim de vencer. O problema é saber até onde vocês irão antes de perder."

Um bom advogado não se atemoriza com facilidade. Um grande advogado jamais se atemoriza. Mas, ao observar o fulgor da distante Estátua da Liberdade, os aparelhos sombrios na escrivaninha de Edison, os trezentos e doze processos que ele seria obrigado a ganhar, o rosto pálido de um homem que era capaz de fazer com um dedo algo que gerações de Newtons, Hookes e Franklins nem haviam concebido, Paul ficou com medo. Porque, naquele instante, ele viu o que era o verdadeiro poder.

Necessidade. O poder era uma necessidade tão grande de possuir algo que nada poderia impedir sua conquista. Com uma necessidade daquelas, a vitória não era uma questão de vontade. Era uma questão de tempo. E Thomas Edison necessitava ganhar mais do que qualquer homem que ele conhecera até aquele dia.

Todas as histórias são histórias de amor. Paul se lembrava de que alguém famoso havia dito isso. Thomas Edison não seria uma exceção. Todos os homens obtêm aquilo que amam. A tragédia de alguns homens não é que isso lhes seja negado, mas que eles desejariam ter amado outra coisa.

"Se o senhor crê que pode me deter", disse Edison baixinho, "vá em frente e tente. Mas terá de fazê-lo no escuro."

3. Prodígios

É preciso estar levemente subempregado para fazer alguma coisa importante.

James Watson, codescobridor do DNA

Um ano antes, Paul era um ávido e jovem prodígio que ocupava uma das posições mais cobiçadas na área jurídica de Nova York, mas não tinha um único cliente. Na primavera de 1886, semanas antes de se formar na Faculdade de Direito da Universidade Columbia, havia sido recrutado pelo venerável Walter Carter, que lhe propôs um emprego na Carter, Hornblower & Byrne como aprendiz do próprio sr. Carter. Se existia algum estudante de direito na cidade que não ambicionasse tal posição, Paul nunca o encontrara.

Por esse motivo, ele achou que o mundo desabava quando, poucos meses depois, a firma começou a se dissolver. De repente, Carter e Byrne nem se falavam mais. Paul nunca soube a causa real da discórdia, mas isso não importava naquele momento. Cada um deles abriu o próprio escritório, e Paul precisava tomar algum partido.

Byrne ficou com Hornblower, assim como a maioria dos clientes e praticamente todo o prestígio. Se Paul seguisse Byrne, talvez pertencesse à banca de advocacia mais famosa da cidade. Por outro lado, a nova firma de Carter era uma operação restrita a duas pessoas. Três, caso Paul entrasse. Carter se associara a Charles Hughes, um advogado sem nenhuma experiência, na verdade até mais moço do que Paul, mas noivo da filha de Carter. O escritório não contava com outros profissionais, não poderia se gabar de ter clientes importantes. Dependeria apenas da reputação de Carter, recentemente afetada pelo rompimento com Byrne.

No entanto, como a firma era pequena, Carter pôde oferecer a Paul algo que Byrne não podia: sociedade. Sem dúvida, a divisão que Carter sugeriu estava longe de ser generosa — 60/24/16, cabendo a Paul a menor porção. Mesmo assim... Em nenhuma outra banca no mundo Paul teria seu nome na porta.

Será que ele queria ser um mero empregado de Byrne? Ou sócio de Carter?

A firma de Carter, Hughes & Cravath abriu as portas em 1º de janeiro de 1888.

Naqueles primeiros dias, era fundamental atrair clientes. Carter se valeu de suas décadas de contatos com homens de negócios. Hughes, por acaso, vinha defendendo a Rome, Watertown and Ogdensburg Railroad em uma longa causa, embora não muito significativa. E Paul só podia recorrer a um punhado de colegas e a seus méritos acadêmicos. Ao final da sexta semana, não tendo trazido um só dólar para o escritório, Paul sentiu que sua confiança dava lugar ao desapontamento. Cada hora passada a sós diante da escrivaninha, na mais absoluta inutilidade, comprovava que ele era uma fraude.

Dos antigos colegas, não recebeu ajuda nem comiseração. "Ah, isso é tão típico do Paul!", diziam em seus clubes de uísque. "Não deve ser mole ganhar em tudo."

E, de fato, não era. Mas como explicar as pressões e incertezas de uma posição pela qual cada um deles estaria pronto a esfaquear o outro pelas costas? Eles queriam o que ele tinha. Dizer a alguém com inveja de seu sucesso que aquele sucesso não era o que você havia imaginado, sendo na realidade uma sucessão de pressões e preocupações cada vez mais intensas, significaria conspurcar os próprios sonhos. Desprezar suas ambições com o que seria interpretado, erroneamente, como falsa modéstia.

Paul sempre quisera ser um prodígio. Mas o que ninguém lhe havia dito é que os prodígios não se sentem como tais: eles se sentem velhos. Sentem que já foram passados para trás no momento em que deveriam estar florescendo. Quando são elogiados pela precocidade ou engenhosidade juvenil, dão de ombros porque no íntimo sabem que estão ultrapassados e decadentes. Só depois que anos de sucesso os libertarem da insegurança, eles saberão que já não são prodígios, mas apenas pessoas muito bem-sucedidas. E sentirão um misto de medo e vergonha porque então, quando sua excepcionalidade já estiver se extinguindo, tomarão consciência de que foram verdadeiros prodígios.

Algumas vezes Paul desejava voltar a ser um mero funcionário de algum escritório. E então, do nada, foi convidado a jantar na mansão de George Westinghouse.

Anos antes, seu tio Caleb, de quem não era muito próximo, havia trabalhado numa subsidiária da Westinghouse em Ohio. Ao ouvir a conversa de um diretor da companhia desesperado com a falta de criatividade de seus representantes legais, Caleb fez uma sugestão. Tinha um sobrinho em Nova York. Um jovem brilhante, ele disse. Um verdadeiro portento que acabara de se associar com o respeitado Walter Carter aos vinte e seis anos. Westinghouse deveria convidá-lo para um jantar, o rapaz talvez tivesse alguma boa ideia.

Quando Caleb informou o irmão de que havia recomendado o sobrinho à Westinghouse Electric Company, Paul sentiu um leve embaraço. Estava vergonhosamente despreparado para aquela função. Podia imaginar o desdém polido com que Westinghouse recebera à menção de seu nome.

Chegou a escrever ao pai dizendo que o apoio da família era sem dúvida bem-vindo, mas um tanto singelo. Estávamos falando de Nova York, não do Tennessee. Em resposta, Erastus Cravath lhe mandou uma breve mensagem com citações dos Provérbios, lembrando-o do afetuoso abraço de Jesus. Não era a primeira troca de correspondência em que Paul se dava conta de como o pai não tinha ideia da profundidade das águas em que o filho nadava.

No entanto, para pasmo de Paul, duas semanas depois ele recebeu uma carta. "O sr. George Westinghouse, de Pittsburgh, Pensilvânia, tem o prazer de convidá-lo para jantar amanhã em sua residência."

A caminho de Pittsburgh, Paul viajou pela primeira vez na vida na primeira classe de um trem. Durante todo o trajeto, que durou um dia, manteve seu único paletó de smoking cuidadosamente esticado sobre as pernas, pois temia que, passado a ferro na véspera, se amarfanhasse. Não haveria como substituí-lo. Aprendera na faculdade de direito que um paletó de smoking bem conservado poderia ser usado em todos os jantares formais sem que ninguém percebesse ser o único que a pessoa possuía.

Na Union Station de Pittsburgh, encaminharam-no ao *Glen Eyre* — o trem particular de Westinghouse transportou apenas Paul ao longo de dez quilômetros até Homewood, o bairro de árvores frondosas que abrigava a mansão de tijolos brancos da família. *Se um homem desenhar certo número de trens*, pensou Paul, *ele terá sua própria locomotiva*. Westinghouse tinha uma *ferrovia* privada.

Era um jantar para dezesseis convidados. Uns poucos engenheiros do laboratório da Westinghouse, um professor de Yale, alguns figurões do setor ferroviário, um financista alemão cujo nome Paul não entendeu. Marguerite Westinghouse os sentou à mesa com serviços de porcelana de Sèvres e talheres de ouro, enquanto seu marido cuidava do molho da salada. Ela explicou que era uma mania de George — nenhum exército de chefs poderia impedi-lo de preparar o molho segundo a receita da mãe. Vinte anos casados, e ela nunca havia preparado uma salada para o marido. O sorriso de Marguerite indicava uma rotina repetida com frequência e ainda apreciada.

George Westinghouse recebeu Paul com um firme aperto de mão e o olhou bem dentro dos olhos. Depois o ignorou por completo. Era uma presença imponente. Tinha o corpanzil de um urso, bastas suíças e um bigode grisalho tão grande que ocultava quase todo o lábio superior e boa parte do inferior. Embora fosse alguns centímetros mais baixo do que Paul, quando ficaram frente a frente o jovem advogado se sentiu um anão.

A conversa foi técnica. Não precisou avançar muito para Paul desistir de segui-la. Os homens do setor ferroviário eram velhos amigos de Westinghouse desde a década de 1870, quando tinham se tornado milionários. Fizeram perguntas infindáveis sobre o freio a ar comprimido. Um deles tentou arrebanhar Paul.

"Sr. Cravath, o senhor não concorda com a hipótese do sr. Jenson?"

"Tenho certeza de que concordaria se tivesse a mínima ideia do que ela significa", respondeu Paul, num tom que esperava ser de humor despreocupado. "Temo haver perdido as aulas de ciências naturais. E as de matemática também."

Da outra ponta da mesa, a expressão no rosto de Westinghouse indicava que sua piadinha fora uma tática errada. "A extinção do ensino de matemática representará a extinção deste país", proclamou o inventor. "Uma geração de jovens que nunca ouviram falar de cálculo, nem conseguem determinar as taxas de variação instantânea. O que gente como o senhor inventará?"

"Bem, nada", respondeu Paul. "Se o senhor cuidar das invenções, gente como eu defenderá seus direitos perante os tribunais." Westinghouse deu de ombros. Voltou sua atenção ao *crème fraîche* que decorava a sopa de abóbora.

Essa foi toda a contribuição de Paul para a conversa. Sua única chance de impressionar Westinghouse, e ele a havia jogado fora. Paul descontou a frustração no Bordeaux. Será que algum dia desfrutaria de um vinho tão caro?

Sua desalentada concentração na taça de vinho foi interrompida por um comentário casual do professor. Apenas algumas palavras entreouvidas do outro lado da longa mesa. Algo sobre o departamento de física de Yale. Uma reclamação acerca de um novo candidato a ph.D. As costumeiras intrigas mal-humoradas nos círculos universitários, exceto por uma palavra que se destacou. "Um preto no departamento de física?", disse o professor, com um meneio da cabeça, desalentado. "Uma coisa é ter alguns deles como alunos. Mas ensinando? E ainda por cima ensinando ciência?"

"O senhor preferiria que ele ensinasse em algum outro lugar?" Só depois de falar é que Paul se deu conta de que sua voz soara alto demais.

"Perdão?", disse o professor, surpreso.

"Eu... bem...", Paul gaguejou. Continuar seria insano, para não dizer rude. E, no entanto, o vinho falou por ele. "O senhor preferiria que o sujeito ensinasse física em outro lugar, é isso? Que, por exemplo, ele desbancasse os idiotas do MIT?"

"Eu mesmo encontrei um bom número de idiotas inúteis no MIT", disse Westinghouse, tentando desanuviar a situação o mais rápido possível.

"Talvez ele pudesse lecionar numa daquelas universidades deles", disse o professor.

"Infelizmente, não há cursos de física em nenhuma universidade de negros. Mas sei que em breve haverá um na Fisk. Uma geração que poderia ter se perdido trabalhando no campo vai compreender melhor do que eu seus freios a ar comprimido e fiações elétricas."

"E como o senhor sabe disso?", perguntou o professor.

"Porque meu pai fundou a Fisk."

Fez-se silêncio à mesa. Deparado com uma situação embaraçosa, Paul havia adquirido uma força idêntica à dos motores a vapor do sr. Westinghouse.

"Seu pai fundou uma universidade para negros?", ouviu-se a voz curiosa do anfitrião.

"É uma tradição familiar, sr. Westinghouse", respondeu Paul.

Normalmente, Paul não se orgulhava muito de contar aquela história. Concordava com as inclinações políticas de seus pais, porém não as exibia por toda parte. Talvez fosse o vinho. Talvez o desconforto de estar tão deslocado num jantar de tamanha elegância. Ou talvez fossem apenas os sentimentos afetuosos da família que o receberia de braços abertos na fazenda do Tennessee quando ele fracassasse em Nova York. "Meu avô ajudou a criar uma pequena universidade em Ohio chamada Oberlin. Lutava em prol da educação das mulheres, e a universidade se tornou seu grande laboratório. Homens e mulheres juntos nas salas de aula. Eu mesmo estudei lá. Meus pais se conheceram num seminário da Oberlin, casaram, e meu pai se tornou um diácono. Serviu como capelão na guerra, o que o levou a uma causa que para ele significa tanto quanto a educação de mulheres significou para meu avô: as dificuldades educacionais enfrentadas pelos negros no Sul. Ele é um homem muito devoto, e achou — ainda acha — que Deus o pôs na terra por alguma razão. E descobriu qual era ela. Uma universidade que faria pelos negros pobres do Sul o que Yale fez pelos ricos de Nova York."

Não houve aplausos ao fim do discurso de Paul. Apenas o tilintar inoportuno das colheres de sopa contra os pratos de Sèvres. Ele não expusera um brilhante argumento intelectual. Apenas fizera papel de idiota.

O jantar continuou, o rubor envergonhado no rosto de Paul perdurou até o momento dos queijos. E então Westinghouse disse algo que surpreendeu não apenas a Paul, mas a todos os convivas.

"Sr. Cravath, incomoda-se de me acompanhar ao gabinete?"

Ainda em dúvida se Westinghouse havia mesmo dito aquilo, Paul o seguiu. A escrivaninha parecia maior que todo o apartamento de Paul em Manhattan. Grossos tapetes persas cobriam o assoalho, uma estante repleta de revistas de engenharia subia até o teto. Westinghouse fechou a porta.

"Charuto?", ofereceu.

"Não, obrigado", disse Paul. "Sinto muito, mas não fumo."

"Nem eu. Odeio o cheiro. Mas Marguerite diz que é falta de cortesia não tê-los, caso algum convidado queira." Serviu um uísque envelhecido. "Rapaz, me parece que o senhor pode ser um homem honesto."

"Fico lisonjeado, senhor. Embora não saiba se é uma reputação desejável na minha profissão."

"Recentemente passei a necessitar de um homem com convicções." Fez uma pausa como se procurasse o melhor modo de expor o assunto. "Estou sendo processado."

Paul sabia muito bem. Desde que recebera o convite para o

jantar, tinha devorado todos os artigos de jornal sobre os problemas jurídicos de Westinghouse. A contenda era de pleno conhecimento público. "Thomas Edison está me processando por haver infringido sua patente da lâmpada elétrica incandescente. As lâmpadas de Edison são terríveis — desenho de má qualidade, duas gerações atrás das minhas. Dezenas de empresas em todo o país estão fabricando lâmpadas mais avançadas que as de Edison. Mas as minhas são de longe as melhores."

"As suas são melhores. Mas as de Edison vieram antes. Esse segundo ponto é o que interessa à Justiça. A dificuldade do senhor é que ele detém a patente."

"Não copiei o desenho de Edison para a lâmpada elétrica. Tratei de aperfeiçoá-lo. E como. Minha lâmpada está para a dele como um veículo motorizado está para um coche puxado a cavalos. Seria justo impedir o sr. Benz de vender seus carros só porque as carruagens existem? Edison não está me processando — está processando o próprio progresso, porque é incapaz de inventá-lo."

"Tudo indica", sugeriu Paul, "que o senhor precisa de um bom advogado."

"Preciso de um bom advogado que não tenha medo de Thomas Edison."

Westinghouse dobrou o corpanzil na poltrona de couro. Deu um gole no uísque. "Se o senhor estiver comprometido com a causa da Justiça, posso assegurar que não encontrará ocupação mais justa que nossa defesa contra Edison. Sua firma é pequena, o que é bom. Quando contrato alguém, espero merecer atenção plena. Também fiz minhas pesquisas. Não precisa se mostrar surpreso. Qualquer um pode contratar um advogado, sr. Cravath. Necessito de um parceiro. Necessito de um homem honrado que não terá receio de me dizer as verdades mais duras. Sou o inventor tecnicamente mais capaz da atualidade. Isso intimida algumas pessoas. Será que o intimida?"

"O senhor me impressiona", disse Paul. "Mas não me intimida nem intimidará. Aliás, Thomas Edison tampouco."
Westinghouse deu uma risadinha. "Todos pensam isso no começo. Depois descobrem onde se meteram."
"E onde eu me meteria?"
"Neste processo... É considerável."
"Evidente."
"Meus contadores ainda estão trabalhando nas cifras, tentando avaliar por alto a dimensão da coisa. É quase impossível determinar um valor preciso para a luz elétrica nos recintos fechados, compreende?"
"No antigo escritório do sr. Carter, trabalhei numa das ações que envolveram o banco de investimento Kuhn & Loeb." Paul estava exagerando, pois mal participara do caso, porém Westinghouse não teria como saber disso. "Era uma compensação de duzentos e setenta e cinco mil dólares, algo sem precedente. E ganhamos."
Westinghouse levantou uma sobrancelha. "É um bocado de dinheiro."
"Sim."
"Thomas Edison está me processando por um bilhão de dólares."
Westinghouse examinou o rosto de Paul, e depois, pela primeira vez naquela noite, riu de orelha a orelha.
"Então", disse Westinghouse, "o senhor ainda aceita a causa?"

4. Uma sugestão conciliatória

Não é possível ser um cientista bem-sucedido sem se dar conta de que, ao contrário da noção popular sustentada pelos jornais e pelas mães dos cientistas, muitos deles são não só enfadonhos e bitolados, mas simplesmente burros.

James Watson, codescobridor do DNA

A papelada foi enviada a Nova York; os contratos de ambas as partes, assinados. Com os cofres abarrotados, Westinghouse não apenas pagava na data devida, mas com antecedência. Carter, o sócio mais velho, não cabia em si de felicidade, enquanto Hughes, o mais moço, morria de ciúme. O parceiro menor acabara de fisgar um dos clientes mais desejáveis do país. No entanto, as condições da parceria eram bem claras: como Paul tinha trazido Westinghouse, o caso pertencia a ele. Os sócios majoritários levariam 84% dos honorários, mas não podiam reivindicar o crédito.

Nos três meses seguintes, Paul não ouviu quase nada de seu

único cliente. Não recebeu nenhuma orientação. Westinghouse parecia não ligar para os pormenores legais. Quando Paul pediu os diagramas do maquinário, eles chegaram prontamente, mas sem comentários. Quando Paul enviou cópias das súmulas que escrevia, não obteve resposta. Westinghouse permanecia em silêncio durante a maior parte de seus escassos encontros em Pittsburgh, como se esperasse algo de Paul, alguma coisa que ele ainda não havia dito. A reação de Paul ao mutismo de seu cliente consistia em falar ininterruptamente. Para ele, a loquacidade era a melhor aproximação, seu modo de se mostrar amigável.

Apenas quando surgia algum ponto científico é que Westinghouse se animava e falava por um longo tempo, com voz estentórea. Ele parecia ter apenas duas formas de interação: ficar em silêncio ou se expressar de forma professoral. Com frequência Paul achava que o interlocutor nem ouvia o que ele estava dizendo. Ele fazia uma pergunta, e Westinghouse examinava em silêncio algum documento sobre a escrivaninha antes de comentar algum assunto que não tinha nada a ver.

Às vezes Paul se sentia como se, em vez de salvar a companhia do cliente, estivesse polindo a prataria do patrão.

Edison era o único tópico não científico capaz de suscitar o interesse do interlocutor, que fazia uma careta de desprezo ao ouvir aquele nome. Indignava-se com a insinuação — feita de maneira exaustiva pelos advogados de seu oponente — de que Edison inventara a lâmpada elétrica e ele se apropriara de sua criação.

Quem estava com a razão? Paul não era cientista nem engenheiro. Não tinha a menor ideia. Sua tarefa consistia em defender o cliente com ardor, e é o que faria. Seu futuro dependia de ter sucesso. Mas para tanto precisava da ajuda de Westinghouse.

* * *

No dia seguinte à imolação do funcionário nos fios acima da Broadway e do encontro à meia-noite com Edison, Paul partiu para Pittsburgh. Não teve a delicadeza de solicitar a reunião: apenas telegrafou ao cliente dizendo que estaria lá à noite.

Quando chegou, Paul encontrou Westinghouse no laboratório. Mangas arregaçadas, sem paletó, contemplando um disco de metal na mesa de trabalho à sua frente. Enquanto Paul narrava o que havia acontecido no escritório de Edison, Westinghouse acariciava a peça diante dele, deslizando os dedos por sua borda irregular como se aqueles toques fossem suficientes para dar vida ao mecanismo inacabado.

"Edison estava tentando me assustar", Paul explicou. "O que não é necessariamente ruim, pois mostra que ele próprio tem medo de alguma coisa."

Westinghouse sacudiu a mão. "O senhor diz que havia um interruptor na escrivaninha capaz de controlar a tocha na estátua? Isso não é possível."

Paul não sabia o que responder.

"Qual a distância da Quinta Avenida até a Estátua da Liberdade?", Westinghouse se perguntou em voz alta. "Seis quilômetros? Oito? Não é possível que a eletricidade de Edison cubra tal distância. A corrente dele só pode ser transmitida a algumas centenas de metros do gerador. Com que se parecia?"

"Com a estátua gigantesca de uma mulher que segura uma tocha..."

"Não, não, o interruptor. Como era o interruptor?"

Paul olhou para seu cliente. Ajeitou o laço da comprida gravata em estilo Windsor enquanto se empertigava. "Sinto muito, senhor, mas não lembro."

"É o problema da distância", disse Westinghouse, professoral. "Meus homens perdem o sono tentando resolvê-lo. A corrente elétrica, a voltagem necessária para alimentar uma lâmpada, ela não consegue viajar mais que algumas centenas de metros antes de perder a força. Edison deve ter enviado um sinal telegráfico — sim, é isso. Em código Morse, para alguém na estação da Pearl Street, que então acenderia ou apagaria a tocha para ele. É a única explicação. Não há como a equipe de Edison ter resolvido o problema da distância. Não creio."

Paul se absteve de manifestar uma reação. Westinghouse, engenheiro até a medula, tendia a se fixar com afinco em detalhes técnicos, ignorando preocupações mais amplas e urgentes. Um bilhão de dólares em jogo, e a ele só importavam os interruptores de Edison. Paul precisava explicar a seu cliente que interruptores de fabricação mais elegante não vinham ao caso; se Edison conseguisse aniquilá-lo ao fim do processo, Westinghouse estaria desenhando dínamos num abatedouro da Bowery.

"A menos", continuou Westinghouse, "que essa demonstração fosse feita para mim, e não para o senhor. Ele sabia que o senhor me relataria tudo, e queria que eu pensasse que ele resolveu o problema da distância. Queria me assustar. Muito bem. Não funcionou, não é mesmo?"

"O senhor não gosta muito de advogados, não é verdade?", perguntou Paul.

Westinghouse se mostrou curioso. Paul conseguira atrair sua atenção.

"Não o condeno por isso. Entretanto, no momento o senhor precisa muito de quem o defenda. E eu preciso que me ajude a executar minha tarefa."

"Muito bem."

"Faz parte do meu trabalho identificar qualquer ação que possa servir a nossos interesses. Em especial se o senhor não as houver identificado."

Westinghouse se recostou na cadeira. Paul não sabia dizer se havia impressionado o cliente com sua fala ou simplesmente com seu atrevimento.

"Poderíamos começar a refletir sobre uma solução conciliatória", sugeriu Paul.

"Conciliação?"

"Que lhe seja útil, que sirva melhor a seus produtos. Justo ou injusto, este é o mundo em que vivemos."

"O que o senhor quer dizer com solução conciliatória, em termos mais exatos?"

"Isso não cabe a mim dizer", disse Paul, num tom diplomático. "Há inúmeros modos de chegar a um acordo. Podemos dedicar um bom tempo para determinar qual seria o mais benéfico para o senhor."

"Por exemplo?"

"Uma fusão, digamos. A Westinghouse e a Edison Electrical Company. Ou, quem sabe, poderíamos chamá-la American Electrical Company, eliminando o nome de ambos para simplificar as coisas. Ou... que tal isso? Um contrato de licenciamento, como fizemos com Sawyer e Man. O senhor vende os geradores de Edison e lhe paga um royalty, enquanto ele vende suas lâmpadas muito melhores e lhe paga um royalty. Ou os dois vendem os dois tipos de lâmpadas e geradores, com um esquema semelhante de royalties, e os consumidores decidem o que preferem."

"Os meus são melhores." A declaração simples e direta de Westinghouse deixou a conversa em suspenso.

"Tudo bem." O que mais Paul poderia dizer?

"As lâmpadas de Edison quebram à toa. Seus geradores exigem consertos com mais frequência que seus telégrafos ordinários. O senhor sabe que as lâmpadas dele duram a metade do tempo das minhas? E produzem três quartos da luminosidade? Um produto em tudo inferior. E, apesar disso, as pessoas compram aos montes. Ele vende quatro vezes mais que eu, a despeito da má qualidade do que fabrica. Sabe por quê? Será que as pessoas não percebem que Edison não tem a paciência, sem falar da habilidade e da engenhosidade, para fabricar produtos de qualidade? A EGE produz tantas coisas, com tanta variedade, que cada uma delas, me perdoe, é uma merda. São todas umas merdas. Edison produz merda e vende tanta merda que ninguém nota que aquilo não passa de merda. O que Thomas Edison inventou foi a merda. Eu inventei a lâmpada elétrica. Eu a aperfeiçoei, eu a produzi. É a melhor do mundo, e só melhora."

Para Paul, ninguém era mais parecido com Edison do que seu cliente. Os dois eram perversamente semelhantes. Cada qual tão confiante em sua genialidade a ponto de menosprezar a do outro. O ego de Westinghouse não ficava atrás do de seu oponente. O primeiro trabalho de Paul, ele compreendeu, não consistiria em negociar com Edison. Consistiria em negociar com seu cliente.

"Eu sei, senhor", disse Paul. "Mas de que lhe vale ser o melhor se isso o levar à bancarrota? O senhor comanda um negócio. Um dos maiores do país. E no momento esse negócio se vê confrontado com uma variedade de futuros possíveis. O senhor tem opções. É meu dever profissional alertá-lo para elas."

Sem olhar para o advogado, Westinghouse foi até a porta onde estava pendurado seu paletó cor de carvão, e do bolso de dentro retirou uma folha dobrada. Com cuidado, como se segurasse um objeto bem mais frágil do que qualquer de suas máquinas, ele o entregou a Paul.

"Seis meses atrás", disse Westinghouse, "escrevi para Edison. Antes que o senhor assumisse a causa. Sugeri exatamente uma 'conciliação' desse tipo. Não acalento nenhum sonho de bancar o Davi diante do Golias que ele é. Sei quais são as chances contra nós. Todo mundo adora um azarão, mas isso não significa que ele é um bom investimento. Por isso escrevi e procurei um acordo. Esta foi a resposta dele."

Paul olhou a carta. Era do próprio punho de Thomas Edison, e consistia de uma só palavra: "Nunca".

"Então, meu rapaz", disse Westinghouse depois que Paul passou alguns instantes absorvendo aquilo, "o senhor parece ser um virtuose jurídico. Trate de fazer jus a isso."

5. O curioso caso da patente norte-americana nº 223 898

Não fracassei. Acabo de descobrir mil maneiras que não funcionam.

Thomas Edison

Quem inventou a lâmpada elétrica? Eis a questão. Em termos técnicos, a disputa era entre a Edison Electric Light Company e a Mount Morris Electric Light Company, mas todos sabiam que se tratava de sucursais que em termos legais substituíam as empresas-mãe. Até mesmo os advogados envolvidos no litígio de um bilhão de dólares chamavam o caso de "Edison *vs.* Westinghouse". O problema com que se deparavam: a patente dos Estados Unidos de nº 223 898, concedida a Thomas Edison em 27 de janeiro de 1880, que descrevia a invenção de uma "lâmpada elétrica incandescente", logo identificada pela imprensa como a "patente da lâmpada", sem dúvida era até então a mais valiosa concedida na história do país. E acusava-se George Westinghouse de tê-la infringido.

47

No entanto, como Paul dissera a seu cliente, mesmo um problema exposto com tamanha simplicidade poderia admitir diversas interpretações. Na verdade, a questão dependia da definição precisa dos termos pertinentes — "quem", "inventou", "a" e — o mais importante de todos — "lâmpada elétrica".

As primeiras lâmpadas elétricas tinham sido inventadas quase um século antes, segundo Paul descobrira ao pesquisar o caso. Sir Humphry Davy havia apresentado publicamente em 1809 a lâmpada de "arco voltaico". Ligando uma bateria a dois bastões de carbono, ele fizera com que uma corrente de eletricidade, em forma de arco, passasse entre eles. A luminosidade era intensa a ponto de ofuscar o observador, perfeita para vencer a escuridão em áreas externas caso o processo se mostrasse seguro e confiável.

Nos anos seguintes, o processo foi domado. Na década de 1830, Michael Faraday criou os primeiros geradores elétricos movidos manualmente ao passar ímãs por um campo de fios bobinados. O inventor belga Zénobe Théophile Gramme aperfeiçoou os geradores de Faraday e depois, em 1870, criou o primeiro motor elétrico — simplesmente invertendo a operação do gerador. Em 1878, o norte-americano Charles Brush já vendia maciços sistemas de lâmpadas de arco para uso ao ar livre em cidades grandes e pequenas de todo o país. No resto do mundo, um russo chamado Paul Jablotchkoff comercializava o que ele dizia serem "velas" elétricas. Bem menores do que as lâmpadas de arco de Davy, embora construídas com base no mesmo princípio, essas "velas" eram quase apropriadas para uso em recintos fechados...

Quase. Essas invenções iniciais não serviam para uso doméstico, pois nenhuma dona de casa dos Estados Unidos aprovaria a instalação de uma lâmpada de difícil manejo, de conserto caro e bem capaz de pôr fogo às cortinas. Além disso, havia a qualidade da luz. Era horrível. Feia. Desagradável para o olho humano a pequenas distâncias. A eletricidade que formava um arco entre os bastões continuava a ser muito elementar. Gerava um calor intenso. As lâmpadas a gás ainda eram bem mais seguras e bonitas.

Foi então que entrou em cena Thomas Edison, na época o mais célebre inventor no mundo, devido ao telégrafo e ao telefone. Em 16 de setembro de 1878, Edison ocupou as páginas do *New York Sun* para anunciar que resolvera o problema, criando uma forma de iluminação para recintos fechados que era confiável, segura e, mais importante, agradável. Inventara uma "lâmpada elétrica incandescente". À imprensa que o adorava, afirmou que dentro de meses instalaria os fios necessários para levar a luz elétrica a toda a área sul de Manhattan.

No dia em que Edison tornou pública sua descoberta, as ações das principais empresas de gás dos Estados Unidos e da Grã-Bretanha caíram mais de vinte por cento. A comunidade científica ficou menos impressionada: de seus poleiros universitários, os professores de início reagiram com ceticismo e, depois, com franco desdém. Era impossível, proclamavam. Não havia como estabilizar uma corrente regular através de um filamento para gerar um brilho delicado e constante. A eletricidade era indisciplinada. Não era como querosene ou óleo de xisto, elementos naturais criados por Deus e elaborados pelos homens para servir a seus propósitos. A eletricidade constituía uma *força*. Domar a corrente elétrica seria como subjugar a gravidade a fim de fazê-la obedecer à vontade humana. Como viajar no tempo. Havia certas coisas no mundo em que a ciência não devia se meter. O "brilho suave" de Edison violava todas as leis conhecidas da física.

Mas, como Paul ficou sabendo ao se debruçar sobre velhos jornais, Edison havia realizado uma série de demonstrações privadas. Apenas alguns jornalistas selecionados e investidores em potencial haviam sido convidados. Os homens que fundariam a empresa, a Edison General Electric Company, só puderam ver as lâmpadas acesas durante alguns minutos, e nunca tiveram acesso aos desenhos técnicos. Não obstante, ficaram maravilhados com o que viram num aposento cercado de grande segurança. Pela primeira vez na vida testemunharam um novo tipo de luz, descrito em termos entusiásticos em seus jornais, revistas e relatórios para os acionistas. Paul lera todos eles naquela primavera, dez anos depois. As testemunhas descreveram aquela luz como a descoberta de uma nova cor. E a chamaram de Edison.

Em 4 de novembro de 1879, pouco mais de um ano após anunciar seu artefato à imprensa, Thomas Edison deu entrada ao pedido de patente para a lâmpada elétrica incandescente. Paul mantinha uma cópia da requisição sobre sua escrivaninha e a contemplava todos os dias. O destino do caso residia ali. Se a patente fosse incontestável, somente Edison podia manufaturar e vender lâmpadas incandescentes nos Estados Unidos. Caso Paul não conseguisse questionar a patente, Thomas Edison teria o monopólio sobre a própria luz.

A história da invenção de Edison tinha sido relatada com clareza, a patente fora concedida sem dificuldade. Mas, na profissão de Paul, nenhuma história era tão simples. Com uma pequena mudança de perspectiva, com sutilíssimas nuances de interpretação, a história de Edison poderia gerar impressões bem distintas.

Então, quem inventou a lâmpada elétrica?

Primeiro: "quem". Edison estava longe de ser um lobo solitário em seu laboratório. Quantos mais o ajudaram? Se outras pessoas se envolveram na criação da lâmpada de Edison, o trabalho delas pertencia ao inventor? Ou um indivíduo poderia reivindicar parte do avanço supostamente atribuído a Edison? Ademais, como mil outros laboratórios nos Estados Unidos e na Europa vinham trabalhando no mesmo problema, será que Edison teria usado ideias desenvolvidas em outros lugares e divulgadas em alguma das muitas publicações sobre assuntos de engenharia que tanto cativavam a atenção popular? Roubo era roubo, não importa se intencional ou não.

Segundo: "inventou". Seria a lâmpada incandescente de Edison uma invenção fundamentalmente nova, ou apenas uma versão aperfeiçoada de algum artefato anterior? A lei estabelecia que, para ser válida, uma patente devia se referir a uma invenção que correspondesse a um avanço significativo. Uma pessoa não pode fazer alguns retoques na máquina de outro e dizer que o aparelho resultante seja seu. Precisa ser algo de fato novo. Joseph Swan já não havia obtido patentes de lâmpadas incandescentes? O mesmo não ocorrera com Sawyer e Man? O que fazia a lâmpada incandescente de Edison ser diferente das outras? O que a tornava uma invenção?

Terceiro: "a". Talvez a palavra mais capciosa. Mesmo se Edison tivesse sido o autor da invenção, e mesmo se houvesse ocorrido uma invenção, teria ele inventado "a" lâmpada incandescente — ou apenas "uma" lâmpada incandescente? Por que o artigo definido? Poderia haver tantas variedades de lâmpadas elétricas quanto de rosas florescendo nos jardins do Central Park. O que tornava a de Edison superior? Os advogados da Edison General Electric Company não alegavam que Edison tinha a patente para um desenho específico de lâmpada elétrica: reivindicavam que tal patente abarcava todos os desenhos de todas as lâmpadas elétricas. Argumentavam que nenhuma outra empresa tinha o direito de fabricar lâmpadas incandescentes porque a própria luz incandescente estava coberta pela patente de Edison.

Essa era a essência do caso. George Westinghouse, Eugene Lynch, Elihu Thomson e dezenas de outros concorrentes tentavam vender lâmpadas diferentes. As de Westinghouse eram mais curtas e exibiam filamentos retos, e não enrolados. As de Eugene Lynch contavam com uma base mais larga antes que o triste acidente com o trabalhador carbonizado levasse sua companhia à falência. Não seriam todas elas exemplos da variedade infinita de objetos passíveis de ser identificados como "lâmpadas elétricas"? Paul podia sugerir com cautela, e com sólida lógica, que Thomas Edison tinha condições de patentear uma lâmpada específica, porém não todo o *conceito* de lâmpadas elétricas. Tinha a capacidade de impedir que Westinghouse vendesse um desenho específico de lâmpada, mas não o direito de obrigar seus concorrentes a não fabricar qualquer tipo de lâmpada.

E, por fim, o próprio termo novo e mágico: "lâmpada elétrica". Ninguém sabia de onde viera ou quem o criara. A luz elétrica só passara a ser produzida em "lâmpadas" havia poucos anos desde... bem, desde Thomas Edison. O termo havia pegado e se tornara um lugar-comum. No entanto, um advogado na posição de Paul era obrigado a perguntar: a que realmente se referiam tais palavras? O que fazia de algo uma lâmpada elétrica? A lei dizia que um artigo seria patenteável caso fosse "não óbvio". Era impossível obter uma patente de algo que já existisse — por exemplo, um sanduíche de peru. Gerações de norte-americanos famintos já vinham comendo esse tipo de sanduíche havia muito tempo. O mais importante, contudo, é que também não era possível patentear um sanduíche de peru com chucrute por cima, mesmo por alguém que fosse a primeira pessoa nos Estados Unidos a empreender uma combinação tão repugnante. Qualquer cozinheiro bêbado poderia tê-lo feito por acaso.

Por isso, cumpria fazer a pergunta: se Thomas Edison e seu exército de advogados alegavam que a patente dele cobria todo o conceito da lâmpada elétrica, não era fato que a ideia já vinha sendo ventilada? Não era verdade que muita gente vinha trabalhando desesperadamente para criar tal lâmpada havia décadas? Que desde 1809 engenheiros e cientistas discutiam a possibilidade de tornar realidade o conceito da lâmpada elétrica? A ideia da lâmpada elétrica jamais podia preencher o critério de não ser óbvia — apenas o desenho específico e reconhecidamente brilhante de Edison atendia a esse requisito. Paul estava pronto a admitir que a contribuição de Edison para a lâmpada elétrica era o mais alto pinheiro nos montes Apalaches. Magnífico e notável, até mesmo digno de mérito, mas apenas um único exemplar em meio à vasta floresta.

Portanto, quem inventou a lâmpada elétrica? Segundo o raciocínio de Paul, não havia uma única resposta. E não competia ao governo federal sufocar as inovações no berço em campo tão novo. Afirmar que Thomas Edison tinha inventado a lâmpada elétrica era pernicioso para a livre-iniciativa. Era ruim para o avanço científico. E deletério para os Estados Unidos da América.

"Bem", disse Westinghouse depois que Paul passara algumas horas, quase num monólogo, lhe apresentando a estratégia que desenvolvera. "O senhor tinha razão no que disse antes sobre mim. Não gosto de advogados."

Westinghouse contemplou o sol que se punha do lado de fora das janelas baixas e largas de seu laboratório.

"Mas, em matéria de advogados, o senhor até que é bem decente."

6. Gafanhotos

Sempre posso contratar matemáticos, mas eles não podem me contratar.

Thomas Edison

Naquela primavera os processos sobre lâmpadas elétricas multiplicaram-se qual praga de gafanhotos. Espalharam-se pela costa do Atlântico — Nova York, Washington, Filadélfia — antes de invadir as terras a oeste. Uma infestação de dimensões bíblicas, gerando um estado de espírito apocalíptico entre os advogados.
Paul nunca vira algo igual porque jamais alguém vira algo assim. Ele sabia de disputas anteriores sobre patentes. Escaramuças acerca de diversos aspectos do telégrafo eram registradas havia décadas. A máquina de costura — agora presente em qualquer casa que se prezasse — produzira uma tonitruante saraivada de reivindicações e contestações. Mas nada se comparava ao que estava acontecendo. No momento não havia apenas as trezentas e

doze ações entre Thomas Edison e George Westinghouse: dezenas de companhias de eletricidade menores estavam processando ou sendo processadas umas pelas outras com idêntico vigor.

De tempos em tempos Carter saía de sua sala, vizinha à de Paul, e, fingindo que desejava ser útil, perguntava se o rapaz precisava de algum conselho. Paul, gentil, declinava os oferecimentos do antigo mentor. Hughes, contudo, era mais astucioso — aproximava-se de um jeito melífluo, pedindo conselhos. Paul tinha de tirar o chapéu para ele por sua persistência e por ser tão transparentemente falso que suas abordagens nem pareciam um subterfúgio. Mentiras imbecis eram uma coisa quase tão boa quanto a honestidade. "Meus clientes na National Steel sem dúvida ficarão na maior felicidade se souberem que o gênio que representa George Westinghouse deu uma olhada nos seus contratos." Paul não se furtava a fazê-lo, porém conhecia bastante bem a ambição e o espírito competitivo de Hughes para mantê-lo longe dos arquivos tanto quanto possível.

"Sabe, Cravath", começou Hughes em certa tarde da primavera. O rosto quadrado e os cabelos prematuramente ralos lhe emprestavam um ar sério. "Uma ideia vem me perseguindo nos últimos dias. Acho que, se Edison está tramando contra nós, poderíamos tentar descobrir o que ele esconde debaixo da manga."

Paul tomou nota do uso pouco sutil da primeira pessoa do plural, mas não fez nenhum comentário. Hughes fechou a porta atrás de si num gesto conspiratório. "Já pensou em arranjar um espião?" Paul descansou a Waterman de tampa reta. A caneta-tinteiro já tinha criado um calo permanente em seu dedo. Uma pausa, mesmo breve, vinha a calhar.

"Um espião?", perguntou.

"Na oficina de Edison. Alguém que vaze seus planos. Sua estratégia."

"Um espião soa romanesco."

"Posso ajudar a encontrar um." Com um gesto decisivo, Hughes depôs um jornal sobre a escrivaninha de Paul: a edição matutina do New York Times — não o maior bajulador de Edison na cidade, mas longe de ser o menor. O artigo indicado por Hughes estava enterrado em meio a dezenas de colunas de notícias financeiras e conselhos sentimentais. A manchete, EDISON DEMITE ALTOS FUNCIONÁRIOS, era seguida da matéria, que descrevia uma carnificina de primavera: uma dúzia de engenheiros fora demitida do laboratório de Edison.

"Thomas Edison não pode espirrar sem que isso vire notícia nacional", disse Hughes. "Os jornais o mantêm sob escrutínio, mais do que nós poderíamos fazer."

"Por que ele está demitindo essa gente de alto nível?"

"Porque precisa culpar alguém. Alguma coisa no laboratório de Edison não está correndo da forma que ele deseja? Então ele dá uma sacudidela na equipe de engenheiros até achar alguém que consiga o que ele quer."

Era uma possibilidade interessante. Paul não vinha pensando no assunto a partir da perspectiva de Edison. O que poderia preocupar o grande homem, lá das alturas de seu escritório da Quinta Avenida? O que faltava a alguém capaz de acender a Estátua da Liberdade apertando um botão?

"É a distância", Paul compreendeu. "Ele ainda não conseguiu resolver o problema da distância. Como na estátua."

"Que estátua?"

"A da Liberdade. Westinghouse me explicou uma vez. Ou pelo menos tentou. A corrente elétrica, do tipo que tanto Edison quanto Westinghouse vêm produzindo, não consegue ser transportada por mais de uma centena de metros. Não pode ir do escritório de Edison na Quinta Avenida até a... não importa. Mas Westinghouse foi taxativo nesse ponto: por maior que seja o gerador, a corrente elétrica não consegue viajar por uma distância maior que um quarteirão."

"Por quê?"

"Não faço a menor ideia. Mas Westinghouse observou que é um problema tremendo. Seus próprios homens perdem noites de sono sem resolvê-lo. Instalar geradores a cada quarteirão, como ambas as companhias são obrigadas a fazer, é extremamente caro, além de ineficiente."

Hughes indicou os nomes dos que agora eram ex-empregados de Edison. "Este aqui, mencionado no artigo. Reginald Fessenden."

"É um dos principais engenheiros de Edison. Trabalhava diretamente abaixo de Charles Batchelor."

"O que significa quase com certeza que ele esteve às voltas com esse problema da distância. Melhor ainda: o *Times* diz que ele trabalhou na EGE por quatro anos."

"E daí?"

"Daí que, se eu passasse quatro anos trabalhando para um sujeito, dando o que tenho de melhor a cada dia, e certa manhã fosse mandado embora sem nenhuma consideração porque não consegui — eu e toda a minha equipe — resolver um problema que ninguém conseguiu, eu estaria em pé de guerra."

7. Rivalidades

> *Em qualquer máquina, o fracasso de uma parte em cooperar com outras desorganiza o conjunto e o torna inútil para o propósito almejado.*
>
> Thomas Edison

Reginald Fessenden era até mais moço do que Paul. Nem a barba espessa nem o bigode de longas pontas curvas colaboravam para fazê-lo parecer mais velho. No entanto, quando falava, empregava um tom professoral. O queixo se erguia enquanto ele olhava por baixo das lentes redondas, as palavras fluíam lentas. Ele se comunicava como um velho.

Fessenden tinha toda razão para bancar o professor, já que pouco antes fora contratado como tal. Depois de sua repentina saída da EGE, convidaram-no a lecionar engenharia elétrica na Universidade Purdue, em Indiana. Num piscar de olhos, deixara de desenhar tubos de vácuo feitos de vidro na Quinta Avenida e fora ensinar motores básicos em meio aos milharais de Indiana.

Duas semanas depois de sua conversa com Hughes, quando Paul o visitou no escritório sem nenhuma decoração no campus da Purdue, Fessenden não parecia feliz com o inesperado curso de sua carreira.

"Quero que Thomas Edison vá para o inferno."

A manhã de tons azulados no Meio-Oeste penetrava pelas janelas com esquadrias de madeira. O ar era limpo, embora Paul se sentisse um tanto enxovalhado: mal dormira durante a viagem noturna de trem e não tivera tempo de trocar de roupa. Alisou a camisa amassada sob o paletó preto.

"Quer dizer que o senhor não saiu da empresa de Edison por vontade própria?", perguntou Paul, se fazendo de bobo.

"É o que eu devia ter feito. Ele é um idiota se pensa que pode avançar sem mim. Sem nós. Sem todos nós. Aquilo foi um massacre. Algo a ver com o preço das ações — a guerra dele contra seu cliente está custando um bom dinheiro. É claro que não era trabalho meu cuidar das ações dele. Eu desenhava seus aparelhos, e isso eu estava fazendo excepcionalmente bem."

"O que diz sobre o problema da distância?"

Os olhos de Fessenden se comprimiram. "Por que pergunta isso?"

Paul explicou que precisava de ajuda. Que, para ganhar a causa de Westinghouse contra o homem que fizera mal aos dois — mutilara a carreira de Fessenden assim como envenenara a de Westinghouse com a acusação difamatória de roubo intelectual —, ele necessitava saber tudo que fosse possível acerca do funcionamento do laboratório de Edison. Queria conhecer como operava agora e alguns anos atrás, quando a lâmpada elétrica fora patenteada. Fessenden possuía informações que a ele, Paul, poderiam ser de grande utilidade.

Seu interlocutor absorveu as explicações em silêncio. Seu rosto não traía nenhuma emoção. Só quando Paul terminou ele ergueu uma sobrancelha e fez uma pergunta significativa.

"E o que exatamente o senhor está me oferecendo?"

Paul disfarçou um sorriso. No fundo, aqueles cientistas eram competentes homens de negócios. "Tenho a impressão", disse, "de que o senhor pode estar precisando de um novo emprego." Gesticulou na direção dos vastos campos de Indiana que se abriam do lado de fora das janelas. À distância, um par de velhos cavalos conduzia barris de água na terra árida.

Ele havia cevado a oferta dias antes: Pittsburgh. O laboratório de Westinghouse. Chefe da equipe de engenharia. Quando Paul descreveu o cargo, os lábios de Fessenden tremeram. Será que George Westinghouse realmente ofereceria um posto de tamanha importância a alguém tão jovem?

"Bom", Paul respondeu, "posso mencionar outro posto bem importante na organização que ele ofereceu a alguém bastante mais jovem do que o esperado."

Quando Fessenden se inclinou para trás, as rodas enferrujadas de sua cadeira gemeram. "O senhor gosta do ambiente de lá?"

Paul deu de ombros. "Me avise se encontrar coisa melhor."

Fessenden sorriu. "Está bem", ele disse. "Aceito."

Assinaram os documentos ali mesmo. As condições eram tão generosas que Fessenden não se deu ao trabalho de consultar seu advogado: seria extremamente bem remunerado.

"Então, o que o senhor quer saber?", Fessenden perguntou assim que Paul guardou a caneta-tinteiro no bolso. A resposta: muita coisa. Como funciona o laboratório de Edison? Qual a estrutura organizacional? Embora seu interlocutor não estivesse lá quando Edison fez o pedido de patente para a lâmpada elétrica, o que ele teria ouvido daqueles que estavam à época?

"Edison expunha os problemas", Fessenden explicou. "Nós os resolvíamos. Experimentos, era assim que ele fazia. Experimentos intermináveis, tediosos. A invenção, o senhor sabe, não é como a imprensa descreve. Não é Edison num quarto escuro com uma caixa cheia de fios. É um sistema. Uma indústria. É o sujeito no topo, Thomas, dizendo: 'Vamos construir uma lâmpada elétrica. Aqui estão todas as maneiras com que outras pessoas tentaram construir lâmpadas elétricas. Nenhuma funcionou. Agora, tratem de descobrir uma que funcione'. E então escolhia cinquenta de nós para executar a tarefa em um ano. E, passado algum tempo... lá estava a lâmpada elétrica."

"Quer dizer", disse Paul, excitado, "que o desenho da lâmpada de Edison se beneficiava de tecnologias existentes?"

"Bom, é claro."

"Ele estudou alguma das patentes anteriores? Sawyer e Man? Houston?"

"Eu não estava lá, mas, com base no que sei, deve ter estudado."

O coração de Paul disparou. Aquilo era tudo que ele esperava ouvir. "Quais?"

"Tenho certeza de que examinou todas as patentes anteriores, sr. Cravath. Mas não do modo que o senhor está pensando. Thomas não as usava para ver como ele devia resolver o problema, e sim para saber o que *não* devia fazer."

O entusiasmo de Paul se dissipou à medida que Fessenden continuava. "É assim que Thomas trabalha. Não é: 'Qual a resposta certa?'. E sim: 'Vamos tentar todas as respostas até achar uma que não seja errada'. E, quanto à propriedade intelectual que seu cliente detém, Thomas ficou bem feliz ao constatar como aquelas respostas eram erradas."

Um desânimo se abateu sobre o advogado, mas ele continuou a pressionar Fassenden durante algumas horas. Não obteve nenhuma informação relevante. Segundo o engenheiro, Edison tinha desenvolvido o desenho da lâmpada em seu próprio laboratório.

Paul nunca ouvira falar de nada semelhante à fábrica de

Edison, cheia de gênios. Westinghouse era responsável por tremendas façanhas de manufatura — artefatos extremamente bem-feitos numa fábrica com centenas de trabalhadores, cada qual contribuindo com uma parte. Uma cadeia de construção. Edison, por outro lado, havia construído uma fábrica que não produzia equipamentos, e sim ideias. Um processo industrial de invenção. Centenas de engenheiros trabalhando num grande problema de cima para baixo, cada homem encarregado de sua pequena parte. Dessa forma, eram capazes de enfrentar problemas maiores do que os de qualquer concorrente.

Era engenhoso. Era irritante, intrincada e desastrosamente engenhoso.

O sol se punha sobre os milharais quando Paul terminou. Fora uma entrevista longa e improdutiva. Fessenden iria para Pittsburgh na semana seguinte, começaria a trabalhar no laboratório de Westinghouse. Seria interrogado por engenheiros, mas Paul não alimentava grandes esperanças de que isso pudesse ter alguma serventia. Talvez houvesse um ou outro pormenor técnico que beneficiaria o laboratório. Mas ele não descobrira nada que pudesse ajudar na causa jurídica de que dependia a existência do laboratório.

"Sinto muito", disse Fessenden quando Paul levantou. "Temo não ter sido tão útil quanto o senhor imaginava."

"O sr. Westinghouse sem dúvida terá suas próprias perguntas, mas estou bem satisfeito." Não havia o menor sentido em fazer Fessenden se sentir mal. Westinghouse precisaria de todo o seu entusiasmo quando o novo funcionário chegasse.

"Sabe", disse Fessenden casualmente enquanto Paul sacudia as pernas, "se tiver interesse em encontrar uma pessoa capaz de saber coisas mais interessantes que eu, conheço alguém que pode valer a pena procurar."

"Agradeceria. Quem é?"

"Um esquisitão, mas talvez seja de valia para suas necessidades atuais. Ele é um superengenheiro, mas não é de muita conversa. Fala com um sotaque impenetrável — acho que é da Sérvia. Recém-chegado aos Estados Unidos, ainda com cheiro de sal nas roupas, arranjou um emprego na EGE alguns anos atrás. Odiado por todo mundo desde o minuto em que chegou, talvez tenha sido sua única conquista desde então. Não se pode negar que seja inteligente, mas não serviu para grande coisa. Incapaz de trabalhar em equipe, sempre cuidando dos seus projetos. Por fim, ele e Edison tiveram uma briga terrível — ninguém descobriu a razão, mas dava para ouvir a berraria. Charles Batchelor teve que acompanhar o pobre coitado quando ele saiu do prédio. Foi a última vez que o vi. Deve fazer uns três anos. Se quiser encontrar alguém com muita vontade de falar mal de Edison, ele pode ser o homem." Fessenden olhou para o teto enquanto murmurava: "Isto é, caso consiga entender uma palavra do que ele diz."

"Como se chama?", perguntou Paul, pegando a caneta-tinteiro.

8. O fantasma de Nikola Tesla

> *Não me importo que, publicamente, seja identificado como o inventor da web internacional. Só desejo que tal imagem não se cole à minha vida privada, porque a celebridade é prejudicial à intimidade das pessoas.*
>
> Tim Berners-Lee

Nikola Tesla estava morto. Se não estava, Paul achava que poderia estar.

Ninguém sabia de seu paradeiro desde que, três anos atrás, saíra brigado do laboratório de Edison.

A comunidade de engenheiros, como Paul vinha aprendendo, era muito coesa. Conversavam entre si, faziam mexericos. Passar de uma empresa para outra — como Fessenden fizera havia pouco ao ir trabalhar com Westinghouse — não era tão incomum. O que tornava ainda mais notável o fato de ninguém ter notícias de Tesla.

Ninguém se comunicara com ele. Ninguém o vira, recebera uma carta ou telegrama dele. Talvez, Paul imaginou, ele tivesse voltado para a Europa. Talvez houvesse abraçado um trabalho totalmente diferente. Ou talvez tivesse ficado tuberculoso. Era como, ao se despedir dos fios do laboratório de Edison, também tivesse se despedido da vida.

Era um fantasma. Os engenheiros se divertiam: *Lembra daquele sujeito altão? Com um sotaque gozado? Que figuraça! O que é que foi feito dele, tem ideia?*

Aparentemente, ninguém tinha.

Em sua viagem seguinte à mansão de Westinghouse, Paul resolveu que mencionaria o engenheiro desaparecido quando fosse contar a seu cliente as manobras que vinha executando junto aos tribunais. Até então, vinha seguindo basicamente a estratégia de ganhar tempo, que poderia se comprovar valiosa. A patente de Edison sobre a lâmpada expiraria dentro de seis anos. Se o advogado conseguisse evitar uma decisão final contrária a eles durante esse período, estariam sãos e salvos. Perder bem devagar era quase tão bom quanto ganhar.

À entrada da mansão, o mordomo lhe informou que, como o acesso principal estava sendo pintado, Paul precisaria dar a volta pelos fundos. O advogado afastou a ideia de que isso poderia ter algum significado especial. Sentou numa pequena cadeira num hall da parte de trás da casa e viu os minutos passarem.

Esperou mais de uma hora no lugar silencioso, sem ler os documentos que trazia na pasta. Se Westinghouse estivesse querendo lhe dar uma lição, ele também o faria. Não queria parecer entediado ou nervoso quando seu empregador chegasse. Quando por fim ouviu seu nome, voltou-se e viu que Marguerite Westinghouse o observava com ar preocupado. Tinha os braços cruzados diante do corpo. Seus cabelos brancos estavam bem penteados. Paul desconfiava que a dona da casa jamais cometera um ato deselegante na vida.

"Paul", ela falou com intimidade, "não me diga que meu marido o deixou esperando."
"Sem problemas, senhora."
Marguerite sorriu. Claro que sim. "O senhor é um jovem extraordinariamente cortês. Venha comigo."
Paul seguiu Marguerite até uma grande cozinha branca. Ela parou na porta. "George gosta de fazer isso com todos os jovens", ela disse. "Ah." As palavras que ecoaram na cabeça de Paul foram "todos os jovens". Ele era apenas o mais recente na fila de protegidos do grande George Westinghouse. O gesto de simpatia de Marguerite teve o efeito não desejado de fazer Paul se sentir ainda mais inseguro quanto à sua posição.

"O senhor está indo bem", ela disse, como que lendo seus pensamentos. "Mas quer um conselho? George passa a maior parte do tempo na fábrica. Não no laboratório. Adora ver suas coisas sendo construídas." Paul não entendeu aonde ela queria chegar.

"A fábrica é muito barulhenta, sabe", ela continuou, pois percebeu que fora muito evasiva e seu interlocutor não captara a mensagem. "Fale mais alto quando conversar com ele. Às vezes ele pode parecer grosseiro, mas na verdade está apenas tendo dificuldade em ouvi-lo."

O advogado sorriu. Pensou nos muitos desvios inexplicáveis e dispersivos que Westinghouse cometera quando conversavam. Isso esclarecia tudo. Mais uma vez ficou impressionado com Marguerite. Ela não traíra a confiança do marido ao lhe contar aquele detalhe, ao contrário: se o fizera, fora por saber que a ajuda de Paul era muito necessária a ele.

Encontraram George Westinghouse na cozinha, sentado num banquinho, curvado sobre uma tigela que Paul logo adivinhou conter um molho de salada.

"Descobri seu advogado no hall, querido", ela disse. "Como

você o deixou lá por muito tempo, vamos ter que convidá-lo para jantar."

Westinghouse ergueu os olhos, registrando a gentil admoestação de sua mulher. "Entre, entre", ele se limitou a falar.

Marguerite interpretou como uma sugestão de que devia deixá-los a sós.

Paul falou num tom mais alto enquanto atualizava Westinghouse acerca das trezentas e doze ações contra eles. Sustações, atrasos, adiamentos — essas eram as melhores ferramentas de Paul. Sua tese de que a lâmpada de Westinghouse não violava a patente de Edison viria mais tarde, embora tão lentamente quanto ele pudesse. Westinghouse soltou alguns grunhidos de assentimento. Só quando Paul suscitou a questão menor de um antigo empregado de Edison é que Westinghouse se interessou.

"Tesla?"

"Sim, senhor. Desapareceu do mapa."

"Nikola Tesla?"

"Sim, senhor", disse Paul ainda mais alto. O conselho de Marguerite não estava se comprovando tão útil quanto ele havia esperado.

"Onde é que ouvi esse nome antes?"

"Não imagino, senhor."

"Nome estranho." Westinghouse parecia testá-lo na língua, como se num passe de mágica conseguiria localizar sua origem.

De repente se pôs de pé e levou Paul a seu gabinete, com as paredes cobertas de livros. O advogado se deu conta de que não voltara àquele aposento desde sua primeira visita à casa, longos meses antes.

"Tesla... Tesla...", disse Westinghouse enquanto folheava uma grande pilha de cartas sobre a escrivaninha. Parecia correspondência antiga aguardando resposta; Westinghouse não era do tipo que mantém a correspondência em dia.

"Cá está!", ele disse, satisfeito. "Uma carta de Thomas Martin. É um cientista, já foi jornalista. Edita uma revista técnica, a *Electrical World*."

"Não posso dizer que eu seja um assinante."

"Pena", disse Westinghouse, entregando ao advogado a carta, junto com outra folha cheia de diagramas mecânicos muito detalhados. Paul não podia imaginar a que se referiam os desenhos, mas intuía sua complexidade. Leu a carta. "Segundo seu amigo, o sr. Martin, esse material veio de um estranho chamado Nikola Tesla, que lhe pediu que o publicasse."

"E Martin, com a curiosidade espicaçada pela natureza audaciosa dos desenhos, me pediu para dar uma olhada. Para ver se poderiam ser fabricados."

"Fabricados?"

"Uma coisa é desenhar algo, meu rapaz. Até Thomas Edison desenha todo tipo de porcaria. Outra é desenhar algo que possa ser construído na prática. Uma coisa que funcione. É o que faz um inventor. Ele projeta aparelhos passíveis de fabricação."

"O desenho de Tesla pode ser fabricado?"

Westinghouse retomou a carta antes de responder. "Pedi que alguns dos meninos dessem uma espiada — é interessante, tenho que admitir. Mas sem dúvida não está completo. Exigiria meses de trabalho para chegar a alguma coisa passível de ser construída."

"A carta traz o endereço de Tesla? Há algum indício de como eu poderia encontrá-lo?"

"Não", respondeu Westinghouse. "Mas me dá uma pista de como *eu* posso fazer isso."

Gesticulou de novo na direção dos diagramas. "O sr. Martin concordou em publicar o material. Também pediu a Tesla que provasse a eficácia de seu desenho mediante uma apresentação pública. Martin conseguiu que Tesla concordasse em apresentar o trabalho perante o American Institute of Electrical Engineers. Uma organização da qual, como deve imaginar, eu sou membro."

A demonstração ocorreria em Nova York dentro de algumas semanas. Se quisesse interrogar Tesla sobre seu trabalho no laboratório de Edison, Paul seria bem-vindo a comparecer como convidado de Westinghouse.

Quando voltaram ao laboratório a fim de discutir outros assuntos, Paul se sentiu encorajado. Não tinha ideia de quem seria esse misterioso sr. Tesla. Mas qualquer inimigo de Edison estava fadado a ser um amigo de Westinghouse.

9. O sr. Tesla tinha algo que não queria mostrar

> A ciência pode ser descrita como a arte da supersimplificação sistemática — a arte de discernir aquilo cuja omissão poderia ser benéfica.
>
> Karl Popper

Três semanas mais tarde, Paul conduzia George Westinghouse em meio à multidão que mesmo à noite ocupava as calçadas da rua 47. Westinghouse sem dúvida não era fã de Nova York. A agitação, a desordem e muito provavelmente até mesmo o som alto o perturbavam. Disse a Paul, com orgulho, que não pisava em Manhattan havia mais de dois anos. Esse sr. Tesla teria de fazer algo notável para justificar a interrupção de uma sequência de meses tão bem-sucedida.

Os dois chegaram à esquina da Madison Avenue onde, diante deles, o campus da Universidade Columbia se estendia por dois quarteirões. Atravessaram os gramados da igreja de St. Thomas. Era a primeira vez que Paul voltava ao local onde se formara. Caminhando em meio aos prédios cinzentos em estilo grego, teve a sensação de que viajava no tempo. Passou pelo antigo Instituto de Surdos e Mudos, sabiamente comprado pelos mentores da universidade. Novas alas iam sendo construídas em cada edifício à medida que a universidade se expandia. A faculdade de direito ficava mais perto da rua 49, na extremidade norte do campus. Observando os alunos vestidos com displicência que circulavam pelo gramado, Paul se sentiu velho. Será que só haviam passado alguns poucos anos desde que ele fora tão moço quanto eles?

Sentir-se como um estranho no lugar em que você se formou, ser visto como velho por seus pares mas jovem por seus sócios — esses eram os sinais de um desajuste de gerações típico das pessoas que obtinham sucesso na mocidade. Paul teve o desejo instintivo de voltar para lá, de ser de novo um estudante com o futuro pela frente. Não obstante, ele se recordava de como aqueles anos haviam sido tensos e infelizes — ele, o garoto pobre do Tennessee em meio aos filhos endinheirados da nobreza de Nova York. Quando estava na Oberlin, pensava que havia encontrado colegas bem situados na vida — filhos de comerciantes e dirigentes ferroviários —, mas só porque nunca havia estado entre os realmente ricos. Nunca se sentira pobre antes de estudar em Columbia.

Enquanto levava Westinghouse até a faculdade de engenharia, Paul reparou que não era o único ex-aluno a passar por baixo do novo arco de pedra na entrada. Era evidente que a publicação dos desenhos de Tesla prenunciara o caráter extraordinário da palestra daquela noite — o que quer que isso pudesse significar numa entidade tão nova quanto o American Institute of Electrical Engineers, e numa área ainda tão desconhecida.

Ele e Westinghouse se instalaram em dois assentos na parte de trás do grande auditório. E então, várias filas mais perto do palco, Paul reconheceu um rosto. Charles Batchelor fez uma careta de desprazer quando se entreolharam; deu-lhe as costas e se perdeu num mar de engenheiros.

Thomas Edison também estava acompanhando a trajetória de Tesla. Óbvio.

Os diagramas publicados no *Electrical World* eram incompletos. Sugeriam o começo de algum novo artefato, mas ofereciam poucas indicações acerca de sua função. No entanto, o que Tesla esboçara tinha o potencial evidente de ser revolucionário.

Ninguém sabia com precisão o que Tesla iria revelar. Westinghouse dissera que, com base nos diagramas, podia ser um de centenas de diferentes aparelhos elétricos. O mistério só aumentava a expectativa.

Esperaram meia hora. Quanto maior o atraso, maior a expectativa. A cada minuto que passava, as conversas no auditório se intensificavam e soavam mais alto. Os assentos gemiam sob o peso dos murmúrios.

Por fim, as portas se abriram e surgiu Thomas Martin — identificado por Westinghouse — na companhia de um homem que só podia ser Nikola Tesla, chocantemente magro, com pelo menos um metro e noventa e oito de altura, um bigode bem cuidado, os cabelos lisos partidos ao meio. A primeira coisa que passou pela cabeça de Paul é que aquele sujeito devia ter saído do circo de P. T. Barnum. Tesla, imaculadamente vestido num terno engomado e com vaselina no cabelo, parecia muito desconfortável ao ser puxado por seu anfitrião. Antes de subir ao palco, Martin lhe apontou um assento reservado na primeira fila, no qual sentou de modo desajeitado.

Todos se prepararam para assistir ao espetáculo.

"Começarei declarando o óbvio", disse Martin, num tom carregado de autoridade. "Nosso convidado não desejaria estar aqui."

A plateia recebeu o gracejo com uma risadinha de apreciação. Martin era uma figura muito respeitada nos círculos de engenharia de Nova York. Caso os presentes servissem de indicação, a ciência estava se transformando numa brincadeira de jovens, e o branco da barba do editor deixava claro que ele não pertencia mais àquele grupo.

"Nikola Tesla é um gênio", continuou Martin. "E, como muitos deles, é um homem extremamente reservado. No entanto, convenceu-se de que deveria compartilhar sua genialidade conosco esta noite. Tenho certeza de que, como todos poderão em breve confirmar, descobertas do tipo que ele fez não devem permanecer nas sombras." No leve sorriso de Martin, Paul podia sentir a satisfação de quem se julgava parte da descoberta de Tesla por tê-lo trazido até ali. O que quer que Tesla revelasse ao mundo pertencia também a Martin.

"Senhores", prosseguiu Martin, "se me permitem uma última heresia, não os cansarei com uma apresentação mais detalhada do nosso convidado de honra. Ele solicitou que os pormenores da sua vida antes deste momento não fossem mencionados, pois pouco têm a ver com o que nos oferecerá. Por isso, acatando seu desejo, e sem maiores delongas, apresento meu amigo e colega Nikola Tesla. Ele tem algo que *não* gostaria de lhes mostrar."

Levou algum tempo até que os aplausos tivessem início depois que Martin encerrou sua fala. Ele já se afastara do pódio. Tesla se aproximou do grande quadro-negro que havia sido introduzido no palco e se voltou para a audiência, mantendo as mãos nos bolsos enquanto parecia mirar algum ponto distante. As palmas cessaram, mas Tesla não pareceu ter notado. Não pôs nenhuma anotação sobre o púlpito. Não pegou o giz, não fez nada que pudesse indicar que estava prestes a ministrar uma palestra.

Tesla continuou a contemplar algum ponto vago e longínquo, como se fosse o único habitante do mundo em que vivia.

Parecia desconhecer a existência das centenas de pessoas reunidas à sua frente, prontas para absorver cada palavra que ele se dignasse pronunciar.

"Desculpem minha aparência", ouviu-se sua voz aguda e com forte sotaque. "Rosto muito pálido, saúde bem precária."

Pela pronúncia carregada e a natureza estranha de sua sintaxe, Paul precisou de alguns segundos para se dar conta de que o sérvio estava falando inglês. Logo ficou claro que o domínio de Tesla da matéria-prima da língua — palavras, frases curtas — era satisfatório, porém o uso das estruturas complexas — gramática, construção de sentenças — deixava a desejar. Ele parecia jogar para o alto todas as palavras que sabia sobre determinado assunto, e então se afastava para ver onde haviam caído.

"Os laboratórios são lugar melhor para máquinas que para gente", continuou Tesla. "Mas faço digressão. Foi pouco tempo para preparar a palestra de hoje à noite, não pude tratar do assunto com a extensão que queria. Minha saúde, como disse. Peço as desculpas a todos, terei prazer se aprovarem o que eu disser."

Dito isso, Nikola Tesla saiu do palco.

10. Corrente alternada

> *Lembre-se de que é impossível falar sem causar mal-entendidos: sempre haverá alguém que não o compreenderá.*
>
> Karl Popper

Thomas Martin fez o possível para acalmar a audiência. Irritado, parecia estar lidando com mais uma das rebeldias de Tesla. Se a intenção do apresentador era reivindicar o convidado como um achado seu, aquele desastre em andamento sinalizava o oposto. Tesla não pertencia a ninguém.

E então, de repente, o sérvio reapareceu nas largas portas duplas. Entrou tão depressa quanto saíra. Mas dessa vez puxava um carrinho de quatro rodas, coberto com um longo pano preto. A julgar pelas protuberâncias irregulares sob o tecido, era óbvio que ali embaixo havia algo estranho. Uma coisa que Tesla pretendia mostrar na hora certa. Paul não pôde deixar de pensar num mágico que prepara seu truque.

"O assunto que tenho prazer de mostrar aos senhores é um

novo sistema de distribuição elétrica e transmissão de energia." As palavras de Tesla foram pronunciadas num volume mais adequado a um almoço entre velhos amigos do que a um auditório com centenas de pessoas. Os presentes fizeram sinal aos vizinhos para se calarem, todos se esforçando para entender o que ele dizia. Paul olhou na direção de Westinghouse. Será que ele conseguiria escutar alguma palavra?

"O uso do meu sistema está baseado nas correntes alternadas porque elas oferecem vantagens especiais em comparação com as correntes contínuas usadas hoje em dia. Acredito de que vou provar a capacidade superior de adaptação dessas correntes para a transmissão de energia e operação dos motores."

O silêncio que se fizera havia pouco foi rompido no mesmo instante por gritos de descrença vindos de todos os cantos da plateia. "Correntes *alternadas?*", perguntavam muitos em alto e bom som. O que quer que Tesla estivesse dizendo, parecia extremamente controvertido.

Tesla puxou o pano preto, revelando três aparatos de metal. Aos olhos de Paul, cada qual, duas vezes maior do que uma máquina de escrever, não passava de uma coleção de fios trançados, tubos vazios e rodas estranhas.

"Peço perdão", disse Tesla. Como não levantou a voz, suas desculpas não puderam ser apreciadas por boa parte da audiência. "Acho que é preciso mais explicação."

Tesla por fim se dirigiu ao quadro-negro e começou a escrevinhar equações, que para Paul lembravam rabiscos infantis mas que exerceram um efeito hipnótico sobre os engenheiros. Ao chegar ao fim de uma linha, o sérvio tinha de parar e caminhar três metros para a esquerda a fim de recomeçar a escrever, arrancando exclamações de surpresa. Paul rapidamente desviou sua atenção de Tesla para os presentes. Reparou nas testas franzidas à medida que lutavam para entender o que o palestrante lhes mostrava. Mais de um pegou lápis e papel. O resultado das anotações no quadro-negro parecia provocar mais confusão. Olhavam de volta para o quadro-negro e semicerravam as pálpebras, como se quisessem ter certeza de que não estavam delirando.

"O senhor sabe o que tudo isso significa?", Paul perguntou a Westinghouse.

Viu então que seu cliente estava literalmente de queixo caído. "Senhor?"

"Não estou certo de que alguém saiba", respondeu Westinghouse, extasiado com a demonstração de habilidade matemática no palco. "Ele está multiplicando 'K' pelo cosseno de... o que é aquilo? Um 'U'?"

"Temo que sua pergunta se dirija à única pessoa da plateia que não sabe o que seja um cosseno."

Tesla continuou a escrever, aparentemente mantendo uma conversa muito animada com o quadro-negro.

"Senhor", disse Paul, "poderia me dar uma explicação por alto do que está acontecendo? Que máquinas são aquelas? Só uma ideia geral."

"Meu Deus... aquilo ali é um gerador. Mais à frente, um motor. A do meio parece um transformador para rebaixar a tensão."

"Então por que a surpresa toda?" Paul poderia jurar que já tinha ouvido falar de todas aquelas coisas antes.

"É a corrente", respondeu Westinghouse. "É feita... bem, ele está dizendo que é feita, não posso afirmar agora se... um sistema fechado de correntes em alternância."

Westinghouse tomava notas furiosamente em seu caderninho. Por todo o auditório, dezenas de engenheiros estavam entregues a sussurros semelhantes, tentando compreender o significado da demonstração.

"O que faz a corrente alternar?", indagou Paul.

"Parte de mim se compraz com o fato de o senhor finalmente ter interesse por algum conhecimento científico. A outra parte só quer que cale a boca."

Westinghouse arrancou a primeira página do caderno e esboçou um diagrama simples. "Em termos básicos, há duas variedades de corrente elétrica. Contínua, às vezes chamada de direta, que vem sendo usada como norma desde Faraday. E alternada, conhecida desde aquela época mas só encontrada em laboratório. Porque é inútil."

"Inútil?"

"Sabe como a eletricidade é gerada?"

"Sei!", respondeu Paul com entusiasmo. "Por um gerador."

"Meu Deus... O que eu quero dizer é: sabe como *funciona* um gerador? Como ele gera uma corrente?"

"Ah... Não."

Westinghouse apontou para o diagrama enquanto explicava os componentes que havia desenhado. "Veja — e, por favor, entenda que estou eliminando diversos detalhes importantes em nome da brevidade —, há um ímã e uma bobina de fios enrolados que gira em torno desse ímã. A bobina pode ser movimentada à mão ou por uma máquina a vapor, nos sistemas maiores, e a corrente é gerada quando ela passa pelo campo magnético. Entendeu?"

"Acho que sim. Mas por quê? Por que fazer girar uns fios enrolados dentro de um campo magnético cria uma corrente elétrica?"

"Ninguém sabe."

"O que quer dizer com 'ninguém sabe'?"

"Quero dizer que ninguém sabe. A energia elétrica é uma força. Simplesmente acontece. Só Deus sabe de onde vem. Para nós, mortais, e sobretudo para os mortais particularmente inteligentes que chamamos de cientistas, tudo o que sabemos é como produzir a coisa. Quer que eu continue?"

"Muito." Embora torcendo para que Westinghouse não se embrenhasse por uma vereda técnica demais, qualquer explicação seria mais compreensível do que aquelas linhas de giz branco com que Tesla continuava a cobrir o quadro-negro.

"Cada vez que a bobina passa pelo ímã, cria uma descarga de eletricidade. Vupt! Vupt! Como um rifle disparando a cada giro. Mas note, por favor: na verdade, não é em nada parecido com um rifle, só estou usando uma metáfora para o senhor entender. Então, a fim de fazer funcionar um aparelho de forma correta, essas descargas são dirigidas a algo que sirva como comutador. O comutador transforma esses impulsos de energia num fluxo regular. Como uma represa num rio."

"Isso faz sentido."

"Folgo em saber. Porque agora a coisa se complica. Todos os sistemas elétricos devem ser circuitos fechados, certo? Isso é parte essencial da estranha força. A eletricidade só flui num circuito completo; se for parcial, não serve. Por isso, como eu disse, um gerador retira a energia só Deus sabe de onde e a envia para um comutador a fim de regularizá-la — pense em transformar uma série de gotas de água num fluxo suave. O comutador então dirige esse fluxo para o aparelho que estiver sendo alimentado — digamos, para um motor ou uma lâmpada. Aí, para completar o circuito, a lâmpada é conectada de volta ao comutador, e de lá para o gerador."

Westinghouse mostrou de novo seu diagrama traçado às pressas. Continha um círculo, com um retângulo chamado "gerador" numa ponta, um retângulo chamado "comutador" no meio e um retângulo chamado "motor" na outra ponta. Westinghouse moveu o dedo na direção do ponteiro dos relógios em torno do círculo para indicar o trajeto da eletricidade. "A corrente flui continuamente, constantemente, percorrendo esse circuito. Como um rio circular. Percebe? Chamamos isso de corrente contínua, CC."

"Estou entendendo", disse Paul com razoável confiança.

Westinghouse soltou um grunhido, não de todo convencido. "Há outra maneira de construir esse circuito. É o mesmo circuito, só que com um gerador diferente. Remova o comutador. Então, se antes a corrente percorria um trajeto contínuo, agora ela é enviada em impulsos, percebe? Vupt! Vupt! Vupt! E, devido a uma particularidade do gerador que é sutil demais para o senhor entender, agora a corrente não é enviada apenas na direção do ponteiro dos relógios" — Westinghouse traçou a circunferência com o dedo a fim de melhor elucidar suas palavras. "Esses impulsos trocam de direção. Um impulso segue na direção dos ponteiros, para e muda de direção, indo na direção contrária à dos ponteiros do relógio. Para de novo, muda outra vez de direção, e assim por diante. Executa essas reviravoltas centenas de vezes por segundo. A corrente 'alterna', entende? Chamamos isso de CA. E espero que também entenda que, quando falo em direção dos ponteiros do relógio, estou empregando de novo uma metáfora, já que a eletricidade em si não tem direção. O senhor compreende bem o uso de metáforas?"

"E quem se importa com isso? Contínua, alternada — CC, CA —, qual a importância disso?"

"Nenhuma. A menos que se queira usar a corrente elétrica em casa. Nesse caso, importa muito. A corrente alternada é transmitida em voltagens bem maiores que a contínua porque não tem um comutador para controlar, ou comprimir, seu poder. É mais eficiente."

"Então, por que não a utilizamos?"

"Porque ela não funciona. Pense numa das minhas lâmpadas. Ela é alimentada com uma corrente direta, contínua. É o que faz a luz ser tão suave, tão regular. Agora, imagine se a alimentarmos com uma corrente alternada. A luz iria acender e apagar, acender e apagar, centenas de vezes por segundo. Seria pavoroso. Além do mais, imagine alimentar um motor com a coisa. Liga e desliga, liga e desliga. Que tal?"

"Péssimo."

"A única coisa boa é que uma corrente alternada seria mais forte. Por isso, se fosse possível fazer com que ela funcionasse... bom, as luzes durariam mais tempo. Os motores operariam mais rápido. Ah, ia esquecendo: a eletricidade poderia ser enviada para muito mais longe."

Paul levantou os olhos do diagrama. "O problema da distância? A corrente alternada é a solução!"

"A corrente alternada *pode* ser a solução. Difícil afirmar com certeza porque estou lhe ensinando as noções básicas da física em vez de ouvir o sr. Tesla."

Um sujeito na fila em frente pediu que se calassem. Westinghouse estava tão absorto na demonstração que nem reagiu à grosseria. Paul se voltou para o palco e não abriu a boca até que o apresentador terminasse suas equações e, por fim, desse partida nas máquinas. Tesla girou uma roda num dos aparelhos e um zumbido mecânico tomou conta do auditório. Depois girou outra roda na máquina ao lado, que emitia um som mais grave. Para Paul, soavam como rugidos de animais distantes.

As máquinas zuniam sem cessar, provocando um barulho quase agradável para os ouvidos da plateia. As rodas dos motores giravam num ritmo contínuo. "Tesla descobriu como fazer essa corrente alternada funcionar, é isso?"

Westinghouse não respondeu. Nem precisava.

Paul levantou num salto. A guerra entre Thomas Edison e George Westinghouse estava prestes a sofrer uma inflexão decisiva. Uma nova arma acabara de surgir no campo de batalha. E Westinghouse precisava da colaboração de Paul, o advogado sabia disso.

11. Uma corrida até a porta

Não me importa muito ficar rico: prefiro chegar na frente dos outros.

Thomas Edison

Antes que Westinghouse pudesse lhe perguntar o que iria fazer, Paul se esgueirou para fora, perturbando os engenheiros à medida que seu paletó roçava nos lápis com que faziam suas anotações. Uma vez no corredor, subiu os degraus na direção dos fundos, onde, como sabia desde seus tempos de aluno, havia uma entrada de serviço. De lá partia uma escada que ele galgou aos pulos.

Dentro de minutos Tesla seria o inventor mais procurado do país. Charles Batchelor sem dúvida tentaria recontratá-lo de imediato. Paul não tinha a menor ideia se as máquinas de Tesla poderiam ser úteis a Westinghouse, mas tinha certeza de que não poderia permitir que Edison as tivesse. E sabia que não dispunha de muito tempo.

Saiu às pressas para o frio da noite e correu para o outro lado da faculdade de engenharia. Parou diante dos degraus de pedra. E esperou.

Se sua intuição se confirmasse... Tesla não parecia ser do tipo afeiçoado às luzes da ribalta. Para protegê-lo da multidão de ávidos engenheiros, Martin o levaria para fora da faculdade, tendo necessariamente de cruzar aquela porta. Paul disporia de poucos segundos para dizer algo que despertasse o interesse de Tesla. Mas o quê? Ele nunca se vira em tal situação, precisando elaborar uma argumentação tão concisa.

Meio minuto depois, lá estavam Tesla e Martin.

"Sr. Tesla!", Paul exclamou.

Martin agarrou a manga do casaco de Tesla e o puxou.

"Sr. Tesla", continuou Paul, aproximando-se. De perto, o sérvio era alguns centímetros mais alto do que o advogado, que não estava acostumado a essa desvantagem de altura.

"Perdão... desculpas...", balbuciou Tesla, enquanto Martin buscava afastá-lo.

"Sr. Tesla", disse Paul, "eu trabalho para George Westinghouse. E gostaríamos de lhe oferecer uma parceria muito especial." Ouvindo o nome de Westinghouse, tanto Tesla quanto Martin se viraram. Paul tinha o alvo à sua frente.

"Ouvi dizer que o senhor teve más experiências com Thomas Edison no passado", prosseguiu Paul. "Que tal lhe parece uma oportunidade de se vingar?"

Quando os lábios de Tesla começaram a esboçar um sorriso de curiosidade, Paul soube que acertara na mosca.

12. Lagosta no Delmonico's

Nenhum argumento racional terá um efeito racional sobre alguém que não quer adotar uma atitude racional.
                                                    Karl Popper

Talheres de prata reluziam sobre a mesa. A luz de gás lançava sombras sobre a toalha branca. Quadros a óleo decoravam as paredes: paisagens plácidas, cenas rurais pitorescas. Todos naquele aposento enfumaçado da William Street estavam ali para algum tipo de batalha, empunhando as afiadas facas de combate. Paul Cravath, algo desconfortável em seu smoking, contemplou o prato de crustáceos: a lagosta mais macia e impregnada de manteiga que jamais tinha visto.

A lagosta diante de Paul fora capturada na costa do Maine — naquela mesma manhã, era quase certo — e então encaminhada aos mercados da Fulton Street num barco carregado de frutos do mar. Comprada pessoalmente pelo chef, Charles Ranhofer, havia sido mergulhada ainda viva em água quente e fervida por vinte e cinco minutos contados no relógio. Quebraram-lhe as patas; abriram-lhe a cauda; removeram da carapuça a carne úmida e a cozinharam numa panela de ferro, com manteiga clarificada. Por cima, despejaram um creme fresco que a cocção reduziu à metade; uma xícara de Madeira foi acrescentada, a chama do fogo alta para secar o vinho. O chef adicionou uma colher de sopa de conhaque e quatro gemas, aspergiu uma pitada de pimenta caiena... e *voilà*! Um séquito de garçons levou a carne tenra ao prato de Paul. Lagosta à Newburg, a *spécialité de la maison*.

Aquele era o terceiro prato do jantar, e ainda estavam na lagosta. Ele não tinha ideia de como acomodaria toda aquela comida em seu estômago já cheio. Os botões da calça recém-comprada na R. H. Macy's pareciam prestes a estourar. A camisa branca, novinha, se empapava de suor. A gravata-borboleta no colarinho em ponta de asa apertava seu pescoço, como se tencionasse decapitá-lo, tal um camarão frito. Jantares de negócios eram um esporte sanguinolento: quanta carne e vinho um homem era capaz de enfiar goela abaixo e continuar se comportando com um mínimo de profissionalismo?

No Delmonico's, o restaurante mais elegante e mais procurado pela elite de Nova York, o padrão gastronômico, mais do que ancorado na complexidade culinária, era definido pelo volume. É demais? Pergunta inválida. Codornas, bolos, cardamomo e moedas — nunca existiriam em quantidade suficiente para satisfazer a todos. Paul não podia ser criticado por participar do ritual, era apenas um homem de seu tempo. Mas, ao menos para si mesmo, teria de confessar que suas papilas gustativas amavam o sabor de um molho *béarnaise*.

O advogado tomou um gole de vinho e gesticulou na direção do prato que estava diante de seu companheiro de jantar.

"Já provou essa lagosta antes, sr. Tesla?", perguntou Paul. "É a melhor de Nova York."

Não que estivesse mentindo. Talvez fosse mesmo a melhor da cidade, embora ele nunca a tivesse experimentado. Carter e Hughes levavam clientes àquele restaurante com frequência, mas jamais o haviam convidado para acompanhá-los. Seu objetivo era causar uma boa impressão. Na noite anterior, depois que Tesla aceitou seu convite para jantar, ele se reuniu com seu cliente no hotel e ambos elaboraram um plano. Westinghouse e equipe analisariam as patentes da CA recém-concedidas ao sérvio; se conseguissem que as lâmpadas que a empresa comercializava funcionassem com a corrente alternada, ganhariam uma bela vantagem tecnológica sobre Edison. Suas lâmpadas não apenas seriam alimentadas com mais eficiência, como poderiam receber a energia a partir de distâncias muito maiores. Ao longo do jantar, Paul mostraria a Tesla — literalmente — como não faltaria manteiga em seu pão.

"Não desfrutei desse crustáceo", respondeu Tesla. "Peixes não combinam com meu paladar", ele disse. Passando o dedo pela borda do prato, Tesla fez uma pergunta estranha: "Quantos centímetros lhe parece? Trinta?".

"Perdão?"

"O prato. Trinta e cinco centímetros? Sim, acho que trinta e cinco. E quatro de profundidade."

"Acho que sim..."

"Bem grande, não? Cento e quarenta centímetros cúbicos dessa sopa cheirosa, menos o volume deslocado pela cauda da lagosta. Por isso..." Tesla fez uma pausa enquanto media o comprimento da cauda com o dedo, incluindo os nós. "Sim, cento e cinco centímetros cúbicos."

"O senhor tem uma cabeça boa para números", comentou Paul. Como o tópico da conversa lhe escapasse de todo, julgou que aquela observação pudesse manter vivo o diálogo. "Imagino que seja uma característica valiosa na sua profissão."

"A irregularidade do formato, isso é que torna difícil o cálculo. De outra forma, daria maior precisão." Tesla olhou fixo para a comida.

"Não quer nem provar um pouco?"

"Não posso."

"Não gosta de crustáceos?"

"Porque *não* são cento e cinco centímetros cúbicos, sr. Paul Cravath; acho que nós dois sabemos disso. E as aproximações só têm valor pelo grau de precisão com que são feitas. Neste caso, nenhuma."

"O senhor só pode comer a lagosta depois de medir suas dimensões cúbicas?"

"Bem, claro que não; por favor, não me tome por louco. Só consigo ingerir um jantar se seu volume cúbico for um número divisível por três."

E pensar que, no passado, Paul achara difícil conversar com Westinghouse!

Quatro garçons trabalhavam em conjunto para servir o *ris de veau* no momento em que Paul se decidiu a introduzir o assunto. "Meu cliente pode lhe fornecer um laboratório e uma equipe que lhe permitam desenvolver seus aparelhos. O senhor criou algumas invenções maravilhosas, mas até hoje não criou produtos comercializáveis, não é verdade? Westinghouse dispõe dos recursos necessários para fazer exatamente isso. Tudo indica que pode ser um belo casamento. E, como humilde oficiante, recomendo um casamento na primavera."

Tesla não manifestou nenhum sinal que indicasse que aquelas palavras o tivessem impressionado, positiva ou negativamente. Parecia estar em outro lugar.

"Produtos?", perguntou Tesla, como se o simples fato de pronunciar a palavra fosse pecado.

"Sim, seus desenhos. As maravilhas sobre as quais teorizou.

George Westinghouse tem condições de fabricá-las. Torná-las reais. Dar vida a elas."

Tesla franziu o cenho. "Não me interessa que essas coisas sejam construídas ou não. Já vi todas elas na minha cabeça. E sei que funcionam. Se são produtos no seu mercado — o que é que eu tenho a ver com isso?"

Paul hesitou, não sabia como responder. Que inventor não queria ver suas criações transformadas em realidade?

Era preciso mudar de tática. O que entusiasmava Tesla, o que o fazia operar, era uma força desconhecida. No entanto, por mais estranho que fosse seu interlocutor, Paul tinha a esperança de que ele possuísse alguns dos instintos mais básicos de todo ser humano.

"E Thomas Edison?", perguntou Paul. "O senhor gostaria que ele visse seus desenhos se tornarem realidade?"

"O sr. Thomas Edison seria incapaz de compreender os desenhos que fiz, mesmo que fossem construídos diante dos seus olhos. Ele não inventa. Ele não faz ciência. É um rosto para os fotógrafos. Um ator no palco."

"O que aconteceu entre os senhores?"

Tesla fez uma careta como se estivesse bebendo leite azedo. Supondo, é claro, que bebesse leite.

"Andei pela Europa quando jovem, depois que saí da Sérvia. Em 1882 viajei para Paris, França, onde encontrei o sr. Charles Batchelor. Ele tinha sido mandado para Paris, França, com o objetivo de supervisionar as fábricas do sr. Edison; esse senhor me contratou lá. Ficou mais alguns meses e, quando viu meus experimentos ainda humildes, disse para procurar por ele se algum dia fosse a Nova York, Estados Unidos."

"E então o senhor o procurou."

"Então procurei. Parti para Nova York, Estados Unidos, só com um tostão no bolso. Fui direto para os escritórios de Edison.

Meu primeiro encontro com o grande sr. Thomas Edison. Foi... O senhor já se encontrou com o sr. Thomas Edison?"

"Já. Não é uma experiência que eu recomende a pessoas de saúde delicada."

"Riu de mim. 'Quem é esse vagabundo parisiense e o que ele está dizendo?' Foi o que falou o sr. Thomas Edison. Meu sotaque é forte. Talvez o senhor tenha notando. O sr. Charles Batchelor disse que eu era inteligente, mas ele não acreditou. Por isso ofereci uma demonstração. Eles tinham um navio no porto da cidade de Nova York — motores parados. Ia levar material para Londres, Inglaterra, mas não conseguia sair do porto. A pessoa que ia consertar estava em Boston, Estados Unidos, e levaria dois dias para chegar. Aí eu disse que tomava conta."

Tesla contemplou o timo de vitela. Com a faca de prata, cortou-o pela metade, depois em quartas partes e finalmente, com precisão infinitesimal, em oitavas partes.

"As máquinas não são coisas complicadas, sr. Paul Cravath. As pessoas parecem ter tanto medo delas! Medo de enfiar a mão lá dentro. 'Muitas peças se mexendo!' Sou muito brilhante, o senhor sabe, mas, por mais que eu queira, essa história não serve para ilustrar minha capacidade excepcional. Porque qualquer pessoa pode consertar uma máquina. Basta fazer o seguinte. Tira a primeira peça e estuda: o que essa peça faz? Está ligada a quê? E aí continua: o que é essa próxima peça? Está ligada *a quê*? Uma máquina é uma cadeia, e todas as cadeias têm elos. O sr. Charles Batchelor podia ter feito a mesma coisa se tivesse paciência."

"Mas não tinha", disse Paul. "E o senhor teve."

"Edison ficou... talvez impressionado. No dia seguinte comecei a trabalhar para ele, no laboratório de Nova Jersey, Estados Unidos. Era sujo."

"Sujo?"

"Quase nunca limpavam o laboratório, então os funcionários dele trabalhavam como porcos no meio de um monte de sujeira. Comutadores aqui, engrenagens ali, todos os parafusos numa grande pilha no centro da mesa, de modo que encontrar dois iguais, Deus me livre, era como achar duas agulhas ao mesmo tempo no mesmo palheiro. Edison é um porcalhão. Um touro numa loja... Loja de quê?"

"De porcelana."

"O quê?"

"Loja de porcelana", disse Paul. "Com um touro dentro. Não vale a pena o senhor perder seu tempo com esse detalhe."

"Aprecio sua honestidade. Aquele laboratório é um lugar para onde não volto nunca mais, entende? Não é só a sujeira. É a falta de visão. Digamos que a pessoa quer fazer qualquer coisa... Está bem, digamos que quer construir uma mesa. Aí começa com o tampo, mas Edison dizia: 'Vamos tentar fazer só com duas pernas!'. Um homem razoável responde: 'Mas é claro que uma mesa precisa ter quatro pernas. Vamos construir assim'. E Edison dizia: 'Mas temos que experimentar'. Esta era a palavra que ele adorava: 'experimentar'. Estava sempre experimentando. Todas as possibilidades que ele era capaz de imaginar, todas as variantes, todas as modificações inúteis que só faziam tomar tempo. E aí a mesa de duas pernas não funcionava. E eu dizia: 'Posso agora construir nossa mesa com quatro pernas?'. E Edison dizia: 'Não, vamos tentar uma mesa de três pés!'. E construíamos aquilo. E aí, finalmente, seis meses depois, lorde Edison dava autorização para construir a mesa de quatro pés. Perdendo meio ano numa tarefa que deveria ter custado um dia. O laboratório da Edison General Electric não foi planejado para estimular a invenção. Foi planejado para estimular o tédio."

"Por isso o senhor foi embora", disse Paul enquanto um garçom reenchia a taça de Montrachet.

"No final daquele ano, 1884, pedi um aumento de salário. Outros sete dólares por semana. Com isso eu receberia um salário principesco de vinte e cinco dólares por semana."

"E Edison negou um pedido tão razoável?", perguntou Paul em tom de apoio.

Na verdade, vinte e cinco dólares por semana era um salário bem decente — embora irrisório comparado ao montante que Edison tinha embolsado com as patentes criadas naquele laboratório.

"Riu de mim. Outra vez. Nunca vou esquecer aquele riso. 'O mato está cheio de homens como você, Tesla.' Foi o que ele me disse. As palavras exatas. 'O mato está cheio de homens como você, Tesla. E posso ter quantos quiser por dezoito dólares por semana.' Saí porta afora do seu escritório naquele dia e nunca mais o vi."

"Parece que chegou a hora de ir à forra."

"Então, é isso que o senhor sugeriu, sr. Cravath. Mas como isso vai ocorrer?"

"Posso lhe mostrar?", disse Paul, fazendo um gesto exagerado para pegar sua carteira. Retirou um cheque de Westinghouse.

Obviamente, o que Paul passou sobre a mesa não era dinheiro dele. Mesmo assim, sentiu certa excitação por ter tal fortuna na ponta dos dedos.

"São cinquenta mil dólares." Seu companheiro olhou de relance para o cheque. "Sabe qual é a melhor vingança, sr. Tesla?"

Paul fez sinal para que o garçom trouxesse duas taças de champanhe e se recostou na cadeira de braços.

"O sucesso."

13. Dinheiro

> *Bill gosta de dizer que é um homem ligado ao produto, mas na verdade não é. É um homem de negócios... Acabou sendo o mais rico do mundo e, se este era seu objetivo, então ele o alcançou. Mas esse objetivo nunca foi o meu.*
>
> Steve Jobs

Tesla se esqueceu de pegar o cheque.

Foi isso o que mais aborreceu Paul enquanto ele se agitava sob as cobertas em seu apartamento de dois quartos da East Fiftieth Street. Tesla o deixara sobre a mesa. Os empregados da rouparia haviam lhe entregue o casaco e ele já ia saindo quando Paul viu a folha sob uma faca e com uma mancha de vinho tinto na borda superior.

O advogado voltou para pegá-lo. Recebeu um agradecimento insípido.

Tesla chegara a Nova York com cinco centavos no bolso e

agora, quatro anos depois, distraidamente esquecera um cheque de cinquenta mil dólares na mesa de um restaurante.

Paul chegara a Nova York com pouco mais de cinco centavos, embora não muito mais. Saberia dizer o montante preciso de sua conta no banco First National, até os últimos centavos. Merecera cada um daqueles centavos e tinha orgulho deles. Na verdade, ninguém jamais falava sobre essas coisas. Às vezes era difícil até com amigos. Vivia bem e gostaria de proclamar para todas as pessoas próximas a ele: "Vejam o que conquistei!". Mas a própria palavra "dólar" parecia grosseira.

Como alguém podia não gostar de dinheiro? O que motivava seus sonhos? De que eram feitos seus desejos? A felicidade podia ser "comprada", como se dizia? Bem, claro que não. Porém tampouco era oferecida de graça.

Para Paul, aqueles que não ligavam para dinheiro pertenciam a dois tipos. O primeiro era o dos ricos a mais não poder. Nascidos em berço de ouro, tinham tanto dinheiro, por tanto tempo, que essa questão, honestamente, nem lhes passava pela cabeça. Podiam ter consciência de sua boa sorte, mas o conceito era apenas teórico. Sabiam, de forma abstrata, que possuíam coisas que os outros não tinham, mas — ou talvez por causa disso — sempre pareciam inventar desejos hipotéticos que permaneciam abstratamente insatisfeitos. Imaginavam outras pessoas bem mais ricas, e tomavam cuidado para marcar suas diferenças em relação a excessos genuínos. "Se nós pudéssemos viajar à Europa todos os anos", eles diriam, "como fulano de tal." Coisas desse naipe. E então arcavam com o peso dos tediosos dramas familiares, com as complicações trágicas dos irmãos perdulários e das irmãs solteironas. As pequenas descortesias e indignidades do melodrama familiar lhes davam a liberdade de se imaginarem sobrecarregados. Tais pessoas tinham o privilégio de escolher as razões pelas quais se sentiriam infelizes.

O segundo tipo era constituído, ironicamente, dos pobres que não sabiam de nada. Não tinham um tostão furado, nunca tinham tido, talvez nunca teriam — e, conquanto em princípio gostassem da noção de possuir centavos, nem imaginavam quanto prazer poderiam comprar com eles. Não eram felizes como pobres, isso seria uma caricatura condescendente. Ser pobre não fazia ninguém feliz. O fato é que apenas algumas poucas pessoas conseguiam ser pobres e felizes ao mesmo tempo.

O pai de Paul se aproximava desse segundo tipo. Não corria atrás de dinheiro. Não buscava uma posição elevada, um cargo importante, uma carreira gloriosa. Só queria justiça, e dizia isso com toda a clareza. Desejava construir um mundo mais justo porque o seu Deus o ensinara a se dedicar a tal missão. Às vezes Paul sentia inveja da simplicidade da perspectiva de seu pai. Perseguir somente a luz da graça de Deus era bem mais simples do que cumprir o que lhe era exigido. Desejava poder compartilhar das crenças do pai. E, contudo, por mais que se esforçasse, o Deus de Erastus Cravath não conseguia penetrar no coração do filho mediante um ato de vontade mental.

A relação de Tesla com o dinheiro era mais misteriosa. Não que, a rigor, o desprezasse. Ele aceitara sua oferta. Mas dinheiro não era sua meta. O que Nikola Tesla queria, enfim? A pergunta o encasquetava, mantinha-o acordado naquela noite de primavera, já quente o bastante para fazê-lo jogar no chão as pesadas cobertas.

14. Uma negociação difícil

Mostre-me um homem totalmente satisfeito e eu lhe mostrarei um fracasso.

Thomas Edison

Lemuel Serrell, o advogado de Tesla, deixou claro não compartilhar da ambivalência de seu cliente quanto ao dinheiro: queria mais quarenta mil dólares para fechar o negócio. Para começo de conversa. Seu escritório parecia existir havia um século, bem mais do que os quinze anos em que efetivamente ocupava aquele espaço. Serrell era uma lenda, se é que existia tal coisa no campo relativamente novo dos advogados de patente. Seu pai fora o primeiro na área, tendo aberto a firma logo depois da promulgação da Lei de Patentes de 1836, que inovara no mundo todo ao criar um "escritório de patentes" governamental. Não se concederiam mais patentes cujos méritos só seriam avaliados caso ela fosse contestada na Justiça, mais tarde. O escritório contava com peritos científicos aptos a analisar todos os pedidos. Esperto, o velho Serrell se deu conta de que, se havia peritos do governo envolvidos numa área em que se mesclavam aspectos científicos e jurídicos, também haveria um mercado para peritos particulares. Cientistas não eram famosos pelo conhecimento jurídico, nem advogados pela acuidade científica. Pai e filho tinham desenvolvido uma experiência valiosíssima em ambos os campos.

O mais moço trilhara seu aprendizado ao cuidar das primeiras patentes do próprio Edison. Revelando um bom faro para o talento, já contatara o inventor quando este tinha meros vinte e três anos. Providenciara suas patentes iniciais no campo do telégrafo e do telefone. Pouco depois, Edison se bandeou para a firma de Grosvenor Lowrey, de mais prestígio.

O sol do verão aquecia o tampo de bordo, pintado de preto, da escrivaninha de Serrell. Ele e Paul estavam sentados frente a frente em cadeiras de espaldar alto forradas de couro. Serrell tirou o paletó num gesto de familiaridade. Apesar do calor, Paul continuou com o seu.

"Passei dois anos trabalhando nas patentes de CA com Nikola", disse Serrell, afável. "De início, acredite ou não, nós as devolvemos, pois demandavam maior especificidade. Mas nosso Nikola não desistiu, naturalmente. Refinamos o aparelho e a linguagem do pedido. O senhor pode constatar que são inatacáveis."

"É por isso que meu cliente quer comprá-las."

"Sei, sei", disse Serrell. "Comprar..."

Serrell girou a cadeira para contemplar a paisagem do lado de fora da janela. Essa não era a primeira negociação de Paul, ele conhecia aquela manobra. Ao receber o bilhete de Serrell, imaginara que o advogado mais experiente trataria de assumir uma atitude agressiva na negociação, seguindo com arrogância e bazófia a estratégia típica de Edison. Mas o outro adotara uma postura calma e moderada, como um terceiro desinteressado que só queria que Tesla e Westinghouse chegassem a um acerto justo. Melhor para Paul, embora sem dúvida ele desejasse que seu oponente entrasse direto no assunto.

"Quer dizer que o senhor é o jovem prodígio do Westinghouse", disse Serrell, cujo rosto barbado era emoldurado pela luz que entrava do janelão. "Tamanha responsabilidade sobre ombros tão moços. O senhor decerto está a par de que ele me sondou antes de procurar o senhor..."

Paul precisava disfarçar sua surpresa. Seria um desastre passar o recibo de que seu interlocutor sabia mais do que ele sobre seu próprio cliente.

"Sim, naturalmente", ele mentiu, tranquilo. "Suponho que tenha conversado sobre o assunto com muitas pessoas. O senhor conhece George. Jamais toma uma decisão sem examinar todas as possibilidades."

"Já perguntou a ele sobre isso?"

"Sobre o quê?"

"Sobre por que escolheu o senhor."

Paul olhou bem dentro dos olhos de Serrell. Chegara a hora de abandonar a gentileza.

"Senhor", ele disse, "não desejo ser descortês, mas já fui bastante intimidado nos últimos tempos. E de modo ainda mais incisivo. Se está tentando me assustar, vá em frente. Caso contrário, talvez queira me dizer quanto mais dinheiro gostaria que meu cliente pagasse ao seu em troca das patentes que ele detém, pois assim nós dois encontraríamos outras maneiras de passar o resto da tarde."

Lemuel Serrell sorriu.

"Deus meu, sr. Cravath. O senhor não está mesmo há muito tempo nisso, não? Existe um código de conduta dos advogados — bem, sempre que possível preferimos apenas fazer ameaças tácitas. O senhor entende, escaramuças sob o manto da polidez, esse tipo de coisa."

"Minhas desculpas."

"O senhor preenche as necessidades de Westinghouse melhor do que eu."

Serrell pegou uma folha de papel e escreveu uma fórmula financeira mais ou menos simples. "O sr. Tesla não venderá as patentes. Calma, calma, não me olhe desse jeito. Não vai *vendê-las*, mas sim *licenciá-las*. Uma combinação de dinheiro vivo, ações e comissões por unidade produzida. Estude as cifras, converse com Westinghouse e depois voltamos a nos falar. Eu precisaria de uma resposta dentro de vinte e quatro horas, mas suspeito que os senhores não reagiriam bem a esse prazo."

Paul deu uma espiada no papel. Os números eram excessivamente generosos para Tesla. Mas sem dúvida negociáveis.

"Foi um prazer conhecê-lo", disse Paul ao guardar a folha no bolso do paletó e se levantar.

"Lembranças aos srs. Carter e Hughes", disse Serrell. "Ah, e... espero que não me considere inoportuno, mas, se algum dia o senhor deixar sua firma, temos um bom número de clientes que adorariam estar sob os cuidados da mesma pessoa que trata dos negócios de George Westinghouse."

"Estou feliz onde estou. E o sr. Westinghouse está satisfeito conosco. Mas agradeço, de qualquer modo." Havia ainda uma pergunta da qual ele não conseguia se livrar.

"Desculpe a curiosidade", disse Paul, "mas por que o senhor recusou?"

"O quê?"

"O emprego que o sr. Westinghouse lhe ofereceu."

"Ah." Serrell olhou para baixo, tamborilando com os dedos, como se o ritmo pudesse instruí-lo sobre a melhor formulação da resposta.

"Para advogados mais experientes, como eu, não convém pegar casos perdidos. Mas alguém como o senhor... um jovem, apenas começando. Ter o nome nos jornais beneficiará sua carreira. E estou certo de que não será responsabilizado pessoalmente por perder uma causa que ninguém pode ganhar."

15. Redes

> *Não seremos os primeiros nessa festa, mas seremos os melhores.*
>
> Steve Jobs

A transação foi finalizada em julho. O cliente de Serrell receberia um total de setenta mil dólares de entrada, dois terços dos quais em ações da Westinghouse e um terço em espécie, bem como dois dólares e meio por cavalo-vapor vendido em todos os dispositivos que empregassem a tecnologia de corrente alternada do sérvio. No entanto, isso não viria de mão beijada: Tesla seria consultor da Westinghouse Electric Company, transferindo seu laboratório para Pittsburgh — a despeito dos temores do dono, que suspeitava que ele não conseguiria trabalhar dentro dos limites mais rígidos de um ambiente corporativo.

Numa sufocante manhã da primeira semana de julho, quando entravam em seu gabinete, Westinghouse manifestou suas preocupações ao advogado.

"Ainda está escrito 'Westinghouse' na porta da frente", Paul o tranquilizou. "O senhor é quem comanda. Se ele quiser trabalhar, terá de trabalhar para o senhor. A menos que seja tão hábil com uma talhadeira quanto é com um rotor, não há motivo de preocupação."

Paul não sabia se Westinghouse o ouvira. Falando mais alto, decidiu puxar um assunto delicado.

"Por que o senhor me contratou?"

Westinghouse ficou tão perplexo com a pergunta quanto Paul se surpreendeu por ter tido a petulância de fazê-la. Os dois evitaram se olhar.

"Serrell me contou que o senhor lhe ofereceu a causa antes. Antes de mim."

Demorou um pouco até que a resposta viesse. "É verdade."

"Então, por que eu? Além de meus sócios, posso listar cinquenta advogados com mais experiência."

"Quer que eu verifique se algum deles está disponível para substituí-lo?"

"Não. Queria que me dissesse por que me escolheu."

Westinghouse o encarou. Ponderava algo.

"O senhor tem razão, eu não o contratei por sua experiência. Na verdade, contratei-o porque lhe falta experiência. Entre a EGE e a dúzia de financistas de Wall Street que têm interesse no sucesso da empresa, não há uma única banca em Nova York que não esteja de um modo ou de outro presa na rede de Edison. Procurei bem, acredite. Todas tiveram algum envolvimento financeiro com Edison ou algum de seus apoiadores. J. P. Morgan detém, *pessoalmente*, sessenta por cento da EGE. É difícil — ou impossível — encontrar uma firma que não tenha algum vínculo com Morgan."

"Já eu não tinha cliente nenhum."

"Nenhum cliente. Nenhum conflito. Nenhuma lealdade ambivalente."

A lógica de Westinghouse era muito boa. E pensar o tempo todo que fora valorizado pelo que conquistara. Não, seu valor residia em sua ausência de realizações.

"Não fique amuado", disse Westinghouse. "Com um pouquinho de sorte, o senhor ainda pode se tornar mais conhecido."

Essas palavras eram o que mais se aproximava de um paternal tapinha nas costas que receberia de seu cliente. Mais do que seu pai lhe dera até então.

"Seu amigo Tesla", disse Westinghouse, "pode ter trazido exatamente essa boa sorte. Meu pessoal tem muito a aperfeiçoar, mas estamos mudando quase tudo em nosso sistema elétrico: geradores, dínamos, até mesmo a espessura dos fios. Quando terminarmos, nosso sistema CA será não apenas o melhor do mundo para produzir e transmitir luz elétrica, mas será tão diferente do sistema CC de Edison que vai tornar praticamente irrelevantes todos os trezentos e doze processos dele."

Westinghouse estava certo em sua análise jurídica. Havia, porém, um detalhe crucial que ele não mencionara.

"O senhor está mudando *tudo*?"

Westinghouse sabia a que Paul estava se referindo. "Disse *quase* tudo."

"A lâmpada."

"A desgraçada da lâmpada."

"O maior processo de todos. O senhor pode mudar cada elemento de seu sistema elétrico, mas, se a lâmpada alimentada pelo sistema ainda for similar à de Edison, não adianta nada."

"É para isso que vou precisar do sr. Tesla. Se ele foi capaz de conceber um novo tipo de sistema elétrico, então é possível que também conceba um novo tipo de lâmpada. Melhor. Que aproveite integralmente o potencial da corrente alternada."

"Não precisa ser melhor", disse Paul. "Só precisa ser diferente. Do ponto de vista jurídico, se o senhor e Tesla puderem criar em conjunto um desenho fundamentalmente novo de lâmpada, então... bem, então não há razão para se preocupar com Edison nos tribunais."

"Meu rapaz... seus tribunais, seus processos... Se pudesse entender como a promessa da CA é tão maior que isso!"

Paul nunca o vira tão entusiasmado. Ocorreu-lhe que era a faceta que só os homens em seu laboratório podiam enxergar: a resposta de caráter infantil de alguém que decidira ganhar a vida inventando coisas pelo prazer da invenção.

"Fessenden e eu temos estudado a fundo a CA. Como ela resolve o problema da distância, isso nos sugere uma vantagem ainda maior." Westinghouse foi até a escrivaninha, destrancou a última gaveta e retirou um maço de papéis. Diagramas mecânicos, Paul imaginou. Mas, ao se aproximar, reparou que eram mapas. Mapas dos Estados Unidos.

"A corrente CC de Edison só pode ser transmitida ao longo de algumas centenas de metros de cada vez, por isso ele se vê forçado a vender os geradores um por um. Fez um trabalho de primeira ao convencer os ricaços a instalar essa corrente em suas casas, mas ainda tem que vender um gerador para cada um deles. Com a CA, não teremos mais esse inconveniente."

Westinghouse apontou-lhe algumas palavras nos cantos dos mapas: "Grand Rapids, Michigan", "Jefferson, Iowa".

"A corrente alternada nos permitirá construir um grande gerador no centro de cada comunidade, depois do que podemos simplesmente interligar a esse único gerador tantas casas quanto quisermos. Não é difícil ligar uma nova casa ao sistema depois que ele tiver sido construído. Podemos instalar o gerador, fazer com que algumas casas aceitem nossa corrente... e então os vizinhos verão como nossa luz é de fato brilhante... e em pouco tempo toda a cidade estará iluminada pelas lâmpadas Westinghouse."

Ali, em meio a pedaços de maquinaria amassados e manchados de óleo, estava o esboço da eletrificação dos Estados Unidos.

"Será possível vender para municípios inteiros de uma só vez", disse Paul. "Cidades inteiras serão cidades da Westinghouse."

"Exato. A corrente alternada não é apenas uma tecnologia melhor. É um negócio melhor."

Paul folheou os mapas. Pontos vermelhos assinalavam o que já era território de Edison — Nova York, Boston, Filadélfia, Chicago, Washington. Entre as grandes cidades, só Pittsburgh não fora conspurcada com uma marca vermelha.

No entanto, Westinghouse também tinha distribuído pontos azuis por toda parte, marcando cidades potencialmente receptivas: Lincoln, Nebraska; Oshkosh, Wisconsin; Duluth, Minnesota.

A revolução elétrica de Westinghouse não nasceria nas torres de aço das metrópoles ricas dos Estados Unidos — sua rebelião viria de milhares de pequenas cidades modorrentas. Juntas, formariam uma rede que se estenderia de Ithaca, em Nova York, a Portland, no Oregon.

Edison havia se apoderado da Broadway. Westinghouse conquistaria a Broad Street, em Ohio.

As linhas estavam traçadas. Todos teriam de escolher um lado. Todos se conectariam a uma rede. Redes de luz. Redes de pessoas. Redes de energia e poder. Redes de dinheiro.

"Podemos começar a vender agora mesmo", disse Westinghouse. "E devemos nos preparar para instalar o primeiro sistema no outono." Observou o espanto no rosto de Paul. "Se o senhor puder manter os tribunais sob controle, então Nikola Tesla e eu vamos fazer Thomas Edison parar."

16. Um passo para a frente, dois para trás

O que eu faço depende do que eu posso fazer, não do que as pessoas pedem que eu faça.

Tim Berners-Lee

Na noite em que Tesla transferiu seu laboratório para Pittsburgh, deveria ocorrer, por sugestão de Paul, um jantar de boas-vindas em homenagem ao inventor. Uma refeição amistosa na mansão, com a presença de Tesla, Westinghouse e os membros mais falantes da diretoria, Fessenden e seus principais assistentes. Como o sérvio se comportaria à mesa? Protagonizaria alguma bizarrice? Talvez. Mas Marguerite amenizaria a situação, e os engenheiros estariam lá caso ele engatasse um monólogo impenetrável atrás de outro. A conversa teria em quem se escorar.

Os empregados da casa ajudavam Tesla a se instalar em seu novo apartamento mobiliado, enquanto Marguerite supervisionava a preparação do frango assado com alecrim. George Westinghouse cuidou do tradicional molho de salada. Gravatas brancas foram laçadas nos colarinhos dos senhores, o único paletó de smoking de Paul foi mais uma vez passado a ferro.

Todos se puseram à porta quando os empregados receberam Tesla na mansão. Os cavalheiros, em linha, o cumprimentaram da direita para a esquerda com um aceno de cabeça. Tesla se aproximou de Marguerite, curvou-se para lhe tomar a mão, e então soltou um grito agudo.

A surpresa impediu que os circunstantes falassem alguma coisa. Tesla recuou em direção à porta, em passos lentos. Marguerite forçou o que parecia ser o conjunto de músculos de seu rosto a fim de sustentar o sorriso com que o recebera. Por fim, o mordomo perguntou se Tesla estava bem.

"É o cabelo", disse Tesla, sério. Observou com horror a manga de seu paletó. Paul acompanhou a direção de seu olhar. De fato, ali havia um longo fio de cabelo branco. De Marguerite, decerto.

"Não suporto o toque", ele disse. "Perdão, sra. Marguerite Westinghouse."

Dito isso, deu meia-volta e foi embora. O jantar foi misericordiosamente breve.

Como mais tarde se constatou, Tesla jamais voltou a pôr os pés naquela casa. Embora seu laboratório ficasse a pequena distância, alguns passos por uma trilha de terra, os engenheiros encarregados de auxiliá-lo confirmaram que ele quase nunca saía.

Suas refeições consistiam de água e bolachas de sal, que ele solicitava em horas estranhas da noite por meio de uma sineta insistente. Qualquer tentativa de fazê-lo engolir um pedaço de carne resultava em fracasso — o conteúdo cúbico do lombo de porco assado que lhe foi apresentado numa bandeja de prata polida, por exemplo, foi considerado um múltiplo de sete e, portanto, venenoso para seu sangue.

Haviam planejado encontros semanais para manter Westinghouse informado dos avanços do desenho de uma lâmpada que driblasse o alcance das patentes de Edison. Tesla não foi a nenhum. Justiça lhe seja feita: não havia nenhum avanço a reportar, por isso sua decisão de não comparecer às reuniões de certo modo era bem racional.

Westinghouse tinha pouca paciência para todas essas excentricidades. Estavam num local de trabalho, no qual os homens deviam se comportar de modo compatível com a seriedade de suas tarefas. Ele parecia se ver como o pai de uma grande prole de filhos entusiasmados, aos quais — e isso era novidade! — dava folga nos feriados. Na verdade, tinha sido o primeiro patrão nos Estados Unidos a reduzir a semana de trabalho para seis dias. Todos, do chefe da divisão de contabilidade ao operário menos qualificado nas fábricas, recebiam ao menos um dia de folga por semana. Para o patrão, tais liberalidades eram um sinal de respeito. Todos os funcionários da Westinghouse Electric Company estavam metidos naquela encrenca. Havia um óbvio adversário não muito longe dali, em Nova York, um exército inimigo que se agigantava à frente deles por seus números, recursos e poderio.

O empresário se via impotente diante da teimosa insubordinação de Tesla, de quem necessitava, enquanto este considerava o patrão vagamente útil, se tanto. Ele não podia suspender seus pagamentos, uma vez que Lemuel Serrell havia garantido sua irrevogabilidade. Não podia proibi-lo de usar nenhuma ferramenta do laboratório, pois o acesso a seus recursos era fundamental. E qualquer pressão social que pudesse exercer sobre ele era igualmente inócua: o isolamento não era punição para um homem que, acima de tudo, buscava ficar sozinho.

17. Uma visitante famosa

> *As grandes realizações sempre ocorrem quando existem grandes expectativas.*
> Charles F. Kettering, inventor do motor de arranque elétrico

Em certa manhã úmida de agosto, Paul foi surpreendido com uma batidinha na porta de seu escritório. Levantou os olhos da correspondência e deu de cara com Martha, a secretária da firma, que parecia excitada.

"O senhor tem uma visita", ela disse. "Bem, na verdade... duas."

O cartão de visitas que lhe passou trazia um nome que costumava frequentar as colunas sociais.

"Agnes Huntington está na sala de espera?"

"Está."

"A verdadeira Agnes Huntington?"

"Se aquela moça tão linda não for a verdadeira Agnes Huntington", respondeu Martha, "então não consigo conceber a beleza da titular."

Por que uma das principais cantoras jovens de Nova York o visitaria?

Ele sabia tudo sobre ela, é claro. Lia os jornais. Norte-americana de nascimento, ganhara fama em Londres quando, numa jogada brilhante de seleção de elenco, coubera a ela o principal papel masculino da ópera cômica *Paul Jones*. A temporada lotou o teatro Prince of Wales e lhe valeu excepcionais elogios. Notícias de seu desempenho haviam cruzado o Atlântico, e logo a própria contralto desembarcava. Depois de cantar com a companhia Boston Ideals e excursionar pela Costa Leste, rendeu-se à Metropolitan Opera. Mediante, segundo os jornais sugeriram, um montante considerável. Na última temporada de verão, o assunto fora a reencenação da ópera que lhe deu notoriedade. Ele não havia assistido ao espetáculo, é claro. Um camarote no Met devia custar seu salário mensal, e, mesmo se se dispusesse a desembolsar tal valor, dificilmente ainda seria possível adquirir uma entrada. Os advogados eram verdadeiros trabalhadores braçais para os genuinamente ricos. O fato de que labutavam com canetas em vez de enxadas não os valorizava aos olhos dos Rockefeller, dos Morgan e dos Roosevelt. Apenas tornava mais bizarras suas tentativas de participar da vida social.

E, não obstante, Agnes Huntington, a mais brilhante estrela que reluzia sob as luzes da ribalta da Broadway, o esperava resignada na sala de espera.

"Você não disse que eram duas pessoas?", indagou Paul. "Quem é a outra?"

"Ah", respondeu Martha. "É a mãe dela."

"Luminosa" tinha sido um dos termos empregados pelos jornais londrinos para descrever a estrela de vinte e quatro anos. Paul poderia ir mais longe em sua escolha de adjetivos. Os cabelos louros e encaracolados de Agnes estavam perfeitamente penteados, formando um halo ao redor do rosto. A pele tinha a mesma cor leitosa dos dentes. Os olhos, de um cinzento hibernal, eram impossíveis de ser perscrutados. Rendas azuis pendiam das bordas do vestido verde. Só as rendas eram mais caras que o terno de Paul. E, malgrado a aparência imaculada, ela não emanava delicadeza. Não era uma boneca de porcelana. Era uma geleira distante. Remota, tranquila, mas dotada de grande e misteriosa atividade sob a superfície.

O efeito do conjunto o deixou nervoso. Por sorte a mãe dela, Fannie, falava pelos três.

Sim, um chá seria bem-vindo. Não, sem açúcar. O assunto que as movera era muito delicado. A discrição de Paul seria apreciada. Precisavam de um advogado que impedisse que a situação atual chegasse às colunas do *Sun*. Paul, Fannie Huntington soubera, representava George Westinghouse contra Thomas Edison. Talvez por isso tivesse alguma experiência com pessoas em posição desvantajosa. E não temia uma luta injusta.

"Senhoras", ele disse, "posso lhes assegurar que, seja quem for que esteja lhes causando problemas, não pode ser um adversário tão poderoso quanto Thomas Edison."

Isso era precisamente o que Fannie Huntington desejava ouvir. Paul teve a impressão de que ela não costumava se desapontar com frequência. Era das menores mulheres que Paul já vira, mas tinha uma personalidade de bom tamanho. Uma bala de rifle. Dura e fria, carregada e engatilhada, pronta a explodir. Como tal mãe pudesse ter gerado aquela filha era uma questão para o sr. Darwin.

O problema, Fannie explicou, começara em Boston, quando a srta. Agnes cantava com a trupe dos Ideals. Paul os conhecia? Sabia que Agnes havia trabalhado com eles?

"O sr. Cravath sabe muito bem quem eu sou, mamãe", disse Agnes com rispidez. Sua voz ao falar era cortante. Não dava a menor indicação da maravilha que a fizera famosa. "Sabe que cantei com os Ideals. Sabe que agora estou cantando no Met. Aposto que compareceu a alguma matinê."

"Sinto muito, mas não tive essa sorte." Tal confissão talvez o fizesse cair alguns pontos na avaliação de Agnes.

"Bem, então devemos convidá-lo para um espetáculo", sugeriu Agnes em tom gentil, sem um quê de condescendência.

Paul só havia conhecido dois tipos de celebridade. O primeiro se empenhava em fingir desconhecer a própria fama — seus integrantes simulavam uma surpresa humilde quando reconhecidos. *Ora, ora!* O segundo tinha suficiente consciência de sua posição para não se importar. Tendo acumulado alguns anos de fama em sua breve existência, Agnes pertencia a essa segunda turma.

O fato de que não precisava provar nada a ele, enquanto Paul sentia um grande desejo de provar muita coisa a ela, só acentuava o oceano de distância social que os separava.

"Então, o que lhe aconteceu de ruim em Boston?", ele perguntou, formal.

"Ah, começou em Boston", respondeu Fannie. "Mas o problema ocorreu em Peoria."

Os Ideals faziam sua primeira turnê no Meio-Oeste. Indiana, Ohio, Illinois, Missouri. Claro que Agnes nunca tinha cantado em tais lugares, Fannie fez questão de esclarecer. Mas W. H. Foster, o proprietário dos Ideals, havia sido movido pelo ganho pecuniário e tentara se exibir em locais que não estavam familiarizados com as artes mais requintadas. Deram descontos a fazendeiros e gente assim. O que os Ideals podiam perder em matéria de qualidade de espectadores mais do que compensaria em escala.

Apresentações de uma só noite constituíam a regra geral na turnê. Uma noite em Gary, Indiana, por exemplo, perante dois mil espectadores que eram "testemunhas inexperientes de um espetáculo de classe". Dali para Dayton, outra exibição na noite seguinte. Sua filha começou a achar que havia entrado para um dos circos de P. T. Barnum.

Em Peoria, Illinois, o conflito se intensificou. Foster disse a Agnes que, para poupar dinheiro, ela teria de viajar com o coro. É óbvio que tal coisa não era aceitável. Agnes se queixou de forma polida, mas o sr. Foster não respondeu a seus argumentos com racionalidade. Ao contrário, resolveu puni-la injustamente.

Primeiro, proibiu Fannie de viajar com a filha. Depois, começou a abiscoitar parte do salário da cantora. Eles tinham um contrato que estipulava com clareza que Agnes deveria receber duzentos dólares por semana enquanto durasse a turnê. De início, faltavam dez dólares no cheque semanal. O sr. Foster disse se tratar de um erro do contador, que cuidaria de resolver. Nada fez. Poucas semanas mais tarde, a redução era de cinquenta dólares. Depois, cem dólares. E bem cedo Agnes recebia menos da metade do combinado.

Por isso, aceitando o conselho de uma mãe preocupada, a cantora abandonou os Ideals. Fez as malas, pegou um trem em Chicago, dois dias depois estava em casa, em Boston. Dentro de poucos meses, felizmente o Met as havia obrigado a se mudar para Nova York. A carreira de Agnes continuou a avançar com celeridade.

No entanto, o desejo de ambas de deixar aquela triste experiência para trás não se concretizou. O sr. Foster ameaçara processar Agnes por sua partida repentina. Ela lhe disse que ficasse com o dinheiro que tinha roubado, mas isso não bastou. O sr. Foster estava exigindo que Agnes voltasse para Boston a fim de cantar de novo com os Ideals.

"E se a srta. Huntington não fizer o que ele deseja?", Paul perguntou.

"O sr. Foster se gaba de ter muitos amigos nos círculos jornalísticos de Chicago. Diz que uma carta sua basta para provocar um grande rebuliço. Pode contar mentiras horríveis sobre as razões da partida de Agnes do Meio-Oeste. Pode até sugerir... bem, o senhor sabe..."

Paul fez um gesto indicando que ela não precisava continuar. "Um escândalo. Algo dessa natureza."

Olhou para Agnes, tentando avaliar sua reação. Nada notou. Agnes parecia imperturbável. Seus olhos tinham o brilho cinzento dos dias de fevereiro. Nos lábios, nenhum sorriso ou sinal de desgosto.

"É preciso encerrar essa questão", disse Fannie. "E acabar sem atropelos. O senhor pode nos ajudar?"

O que Paul foi forçado a dizer era difícil, mas inevitável.

"Seria um prazer apresentá-las aos meus sócios. São excelentes advogados, as senhoras estariam em mãos muito capazes."

Houve um momento de silêncio da parte das mulheres. Não pareciam muito acostumadas a receber uma negativa. Era como se não soubessem como reagir.

"Infelizmente, o problema é o meu tempo", continuou Paul. "Não disponho de um minuto sequer. A defesa de George Westinghouse exige minha atenção integral."

"Estranho", disse Fannie, "um advogado não se interessar por um novo cliente."

"Neste momento, tenho um cliente. Tenho um caso. Preciso vencê-lo."

Agnes parecia divertir-se com a sinceridade de Paul. Se estava ofendida, não demonstrou. Parecia já ter esquecido a existência dele e se preparava para voltar ao grande mundo dos concertos e festas do qual se afastara por um instante. Paul teve de enfrentar o pensamento desagradável de que em breve ela iria embora. Quando fora a última vez que falara com uma mulher de sua idade? Mas sabia o que precisava fazer.

"Vamos, querida", disse Fannie. "Só neste quarteirão há uma centena de outros advogados que aceitarão seu caso no mesmo instante."

As desculpas adicionais de Paul foram menosprezadas. Embora tivesse passado pouco tempo no escritório, Agnes deixou atrás de si o tênue aroma de algum perfume exótico que ele lamentou talvez nunca mais voltar a sentir.

Olhou para a pilha impossível de documentos sobre a escrivaninha. É isso *o que se exige dos vencedores*, disse para si próprio. Permaneceu no escritório até tarde, até que não tivesse mais forças na mão para escrever — e não dormiu bem.

18. Pais e filhos

Em geral, um homem deve muito pouco ao que possui quando nasce. Um homem é aquilo que faz de si mesmo.

Alexander Graham Bell

Erastus Cravath não ficou impressionado. Deixou bem claro ao filho quando o visitou em Nova York no final de agosto.

Não se impressionou com o cliente de Paul. As lâmpadas a carvão eram bastante boas para a casa da família em Nashville.

Não ficou boquiaberto com o apartamento na rua 50. Para começo de conversa, ele já não gostava muito da cidade. Não podia imaginar por que o filho queria viver lá. Naquele verão sufocante. Uma cidade barulhenta, suja, desagradável. Com terríveis condições de vida para os judeus, espremidos nos cortiços do sul do East Side. E o tratamento dado aos negros no Tenderloin era ainda pior. Será que ninguém se preocupava com a febre tifoide?

E por que o apartamento ainda não fora decorado após dois

anos de ocupação? Evitou perguntar em que igreja Paul passava seus domingos, sabia a resposta.

Achou o Central Park excessivamente bem cuidado, como os jardins de algum velho e pedante lorde inglês. Não gostava de lagosta, mas, se Paul queria gastar seu dinheiro se fartando de frutos do mar, não seria ele a dizer a alguém com vinte e sete anos como deveria se alimentar.

Escrevera uma carta informando sobre sua visita. Seria sua primeira viagem à cidade desde que Paul fora morar lá. Tinha negócios a tratar, encontros com alguns doadores do Fisk College — os poucos homens em Nova York que possuíam tanto fortes convicções morais quanto contas bancárias necessárias para apoiar a universidade. Nem se lembrara de acrescentar à carta que seria um prazer rever o filho.

Bem, embora ficasse feliz em receber o pai, nos últimos meses Paul andava numa roda-viva e nem teria muito tempo para diversões... Erastus não sabia e nem queria saber se Nova York tinha muito a oferecer em matéria de diversões, mas de todo modo duvidava que houvesse algo que apreciasse.

Quando chegou, subiu os quatro andares até o apartamento, resfolegando nas escadas e recusando qualquer ajuda para a bagagem. Era quase tão alto quanto o filho, mas carregava um peso bem maior em volta da cintura. Sua barba branca, Paul reparou, tinha crescido tanto que as pontas desfiadas tocavam a frente da camisa três botões abaixo do colarinho.

O rapaz havia tirado folga naquela tarde, mas o visitante argumentou que a viagem tinha sido exaustiva e ele ficaria grato se pudesse se deitar por algumas horas na cama de hóspedes. Como Paul não dispunha de tal acomodação, ele foi convidado a ocupar sua cama naquela tarde e durante todo o tempo que lá permanecesse. E assim Erastus foi se deitar às duas enquanto seu filho ficou à toa na sala, com saudades do escritório.

Ao acordar, o hóspede declinou do convite para jantar num restaurante decente: seria um esbanjamento desnecessário, ele ficaria mais do que contente se pudesse preparar um guisado. Onde ele poderia comprar um bom pedaço de carne?

Paul cometeu o erro de admitir que não sabia onde ficava o açougue mais próximo. Abria, assim, o flanco para que o pai comentasse sobre quão bom seria ter uma esposa que o ajudasse nas compras. O tópico de seu celibato estava inaugurado. Sim, ele desejava se casar em breve, mas no momento o trabalho consumia todo o seu tempo. Não seria melhor fazer um nome na praça antes de casar?

De olho nas cebolas na panela, o pai lhe disse que ele não deveria buscar o amor de uma mulher que o amasse por causa do nome. "Você precisa de uma mulher que ame o homem que está por trás do nome."

Era urgente encerrar a discussão o mais depressa possível. Receber conselhos românticos de seu pai era o mesmo que receber conselhos financeiros de um jovem membro da família Rockefeller: quem nunca sofreu com a falta de alguma coisa não imagina o que precisa sacrificar para obtê-la.

O casamento de seus pais era muito feliz. Disso ele não tinha dúvida, embora o deixasse algo perplexo. Os dois haviam se conhecido quando jovens e logo se casaram. Seu pai às vezes era irascível, sua mãe tendia a ser ainda mais opiniática que o marido, mas viviam bem juntos. E desculpavam os defeitos um do outro. O rígido moralismo de ambos terminava na entrada do sobrado no Tennessee. Tratavam-se com uma bondade leniente que não estendiam a muitas outras pessoas. Só quando ficou mais velho, vendo os amigos enredados em relacionamentos áridos e tristonhos, foi que Paul compreendeu como seus pais desfrutavam de um raro privilégio. Do qual ele ainda não usufruíra.

Aos vinte e sete anos, Paul havia beijado quatro garotas.

Claro que nunca falava sobre isso, mas às vezes pensava, e as recordações eram prazerosas. Desde seu breve encontro com Agnes Huntington, duas semanas antes, tais recordações haviam se tornado mais insistentes e remotas.

A primeira garota que beijara havia sido Evelyn Atkinson, ainda em Nashville. O pai dela dirigia uma companhia de navegação perto do cais. Depois de estudar, todas as tardes Paul corria para a beira do rio a fim de encontrar adolescentes de sua idade. Beijara Evelyn numa noite em que havia fiapos de nuvens no céu e o tênue luar do Tennessee iluminava as covinhas em seu rosto sorridente. Ela estava sempre sorrindo, era a lembrança mais forte que guardava dela. Mesmo enquanto se beijavam, os cantos de sua boca continuavam erguidos.

Quando aconteceu de beijar Gloria Robinson no festival de tabaco do outono, seu gosto pelos beijos era inegável. Não contou a ninguém. Os outros garotos o gozavam por puro ciúme, imaginando o que ele teria feito. Conjeturando que as garotas deixavam que ele fizesse.

Tinha beijado Emily três vezes. Era a irmã mais moça de Gloria. Sentiu-se mal por fazê-lo, mas, como tinha certeza de que Gloria não havia contado a Emily nem Emily a Gloria, nada de mau acontecera. Fosse como fosse, talvez não tivesse sido uma de suas ações mais nobres.

Conheceu Molly Thompson na Oberlin. Ela era ruiva e tranquila, sujeita a ataques de coceira por causa do capim de Ohio. Beijavam-se com frequência. Os colegas de turma achavam que havia ocorrido algo mais que meros beijos — os rumores se espalhavam com rapidez numa universidade tão pequena —, mas Paul e Molly sabiam a verdade. Tinham passeado nas margens do Plum Creek, dançado ao som de violinos no Allencroft Hall, sussurrado as breves histórias de suas vidas atrás das casas de fachadas de pedra da Lorain Street. Depois de formados, ela pediu que Paul a acompanhasse de volta a Cincinnati, sua cidade natal. Ele queria ir para Nova York. E a coisa ficou por aí.

Recebeu uma carta de Molly enquanto cursava a faculdade de direito. Tinha um filho de seis meses, o marido era um funcionário graduado que cuidava das finanças no escritório do prefeito. Às vezes ela se perguntava como Paul estava indo. Como resposta, ele lhe enviou um recorte do jornal de direito de Columbia. Seu artigo ganhara o prêmio anual para alunos do terceiro ano. Em breve se formaria como primeiro da turma.

Ela não voltou a escrever.

E a isso se resumia sua experiência em matéria de beijos. A faculdade lhe deixava pouco tempo para se relacionar com mulheres; a vida profissional ainda menos. Seu celibato tinha sido total ao longo daqueles anos.

Sabia que, aos vinte e sete, já estava na hora de ter se casado. Não era impossivelmente velho, porém mais velho do que gostaria a maioria das mulheres em idade de casar. Era um jovem advogado, mas um velho solteirão. Havia feito boas escolhas na vida, e elas lhe traziam as devidas recompensas. Às vezes se perguntava como teriam sido as coisas caso tivesse feito outras opções, mas isso não significava que lamentasse qualquer das decisões tomadas.

Não podia dizer nada disso a seu pai. Suas habilidades verbais não chegavam a ponto de lhe permitir uma comunicação autêntica com o homem que o ensinara a ler. O que ganharia se contasse sem modéstia ao pai que, segundo o entendimento geral, ele era o mais bem-sucedido advogado de sua geração, o principal defensor no maior processo de patentes na história dos Estados Unidos? Por mais terríveis que fossem, os dragões que aniquilara nunca seriam capazes de impressionar Erastus.

Seu pai jamais mudaria. Não iria de repente desenvolver

algum interesse pelas opiniões do filho sobre o mundo. Não começaria a admirar suas ambições ou conquistas. Paul nada teria a ganhar ao lhe expor suas angústias emocionais. Satisfazia-se com a possibilidade de manter relações cordiais com ele. Qualquer esforço para ir mais longe romperia o frágil equilíbrio que haviam finalmente alcançado.

A fé era o único caminho que Erastus reconhecia para a retidão moral. Orava para um Deus e Salvador em cuja existência Paul não acreditava. E nem cogitava confessar sua descrença ao pai. Entre os segredos que admitiria lhe revelar, com certeza não estava incluído o ateísmo adquirido na universidade.

Navegaram em conversas polidas. Paul perguntou pela irmã, ela estava bem. Perguntou pela mãe, também estava bem. Tinha tido uma tosse horrível no inverno, mas, felizmente, a primavera a havia curado. Erastus deu sua opinião acerca da eleição — estava trabalhando duro em prol de Harrison, tendo testemunhado o desastre econômico causado por Cleveland. Paul expressou dúvidas de que Harrison pudesse convencer os chefões políticos a se unir aos republicanos no outono. Por volta das onze, Erastus estava mais uma vez pronto para dormir. Paul se acomodou no chão da sala, semiencoberto por um lençol de algodão azul. O apartamento era quente no verão, ele demorou a pegar no sono. Só depois de muito se debater de um lado para o outro teve uma série de sonhos, um dos quais envolvia, sem muita sutileza, uma mulher com o rosto de Agnes Huntington.

Às cinco e meia Paul acordou assustado e constatou que o pai já preparava o café. Olhando por cima do jornal matutino, Erastus resmungou alguma coisa quando o filho se levantou e caminhou até a pia do banheiro para fazer a barba.

Tão logo sentou, Erastus empurrou-lhe uma página do *Evening Post* da noite anterior.

"Há uma coisa aí que pode lhe interessar", ele disse. "O editorial — é na sua área de trabalho, não?"

Mal leu a primeira frase, Paul já estava se desculpando. Sua presença era necessária em Pittsburgh imediatamente. Precisava correr para a Grand Central Station a fim de pegar o próximo trem. Erastus compreendia, poderia se cuidar sozinho nos próximos dias. Deixaria a chave no café da rua 54. Visitaria doadores, precisava assegurar o futuro da universidade. E, como nunca vira as torres da Trinity Church, faria um passeio.

Paul já estava do lado de fora, com sua valise para viagens curtas, quando se lembrou de que não lhe dera um abraço de despedida. Como não estava com as chaves, bateu à porta de seu próprio apartamento. Erastus não se manifestou. Teria voltado a dormir ou não o ouvira por estar lavando a louça do jantar. Paul deu meia-volta, desceu os quatro andares e partiu para Pittsburgh.

19. Morte nos fios

Os Estados Unidos são um país de inventores, e os maiores inventores são os jornalistas.

Alexander Graham Bell

A bordo de um vagão de primeira classe da Pennsylvania Railroad, Paul releu o editorial do *Evening Post* de Nova York. MORTE NOS FIOS, urrava a manchete. OS PERIGOS DA CORRENTE ALTERNADA. A matéria era atribuída a "Harold P. Brown, engenheiro elétrico". A primeira pergunta de Paul era: quem diabos seria esse tal de Harold P. Brown? A segunda tinha a ver com a razão pela qual lhe haviam concedido um espaço tão proeminente para proclamar suas opiniões absurdas.

"Todos os dias surgem notícias de mais vidas ceifadas prematuramente pela ameaça dos fios elétricos que agora estão suspensos sobre nossas cidades. Nunca na história dessa nação uma tecnologia tão perigosa, tão pouco compreendida e tão criminosamente carente de testes foi empurrada com tamanha arbitrariedade para dentro dos lares de nossas famílias e das salas onde brincam nossos filhos, sem o menor respeito pela segurança de todos." A seguir o jornal mencionava a tragédia que Paul testemunhara na Broadway, assim como outras mortes causadas por fiações elétricas defeituosas. "Várias empresas, com mais apreço pelo todo-poderoso dólar do que pela segurança pública, adotaram a nova 'corrente alternada' para o sistema de luz incandescente", continuava o editorial. "Se a corrente em arco é potencialmente perigosa, então a alternada não pode ser descrita por um adjetivo menos forte do que 'abominável'. É um pecado que o público esteja sujeito a um perigo constante de morte súbita só para que uma companhia possa pagar dividendos um pouco maiores."

O jornal ainda sugeria, numa linguagem virulenta, que a corrente alternada poderia fritar os ossos de qualquer criança situada a trinta metros de distância. Como necessitava do dobro da voltagem da corrente contínua, ela era, segundo Harold P. Brown, duas vezes mais letal. Além disso, nenhuma razão científica legitimava a preferência da corrente alternada à contínua — o mercado é que induzira aqueles mercadores da morte a adotar tecnologia tão maléfica. E o jornal publicava o nome do principal proponente de tal sistema mortífero: George Westinghouse. "Um vilão aparentemente pronto a cometer qualquer baixeza para extrair mais um dólar dos ingênuos e dos crédulos."

"A fim de impedir a perda generalizada de vidas humanas", concluía o editorial de Harold Brown, "toda corrente alternada, tal como oferecida por George Westinghouse, deve ser hoje mesmo proibida pelo Legislativo deste estado."

Naquela noite, Paul observou George Westinghouse andar de um lado para o outro em seu laboratório. Penduradas ao longo das paredes, lâmpadas a gás banhavam o espaço cavernoso com uma pálida luz cor de laranja. Os engenheiros de Westinghouse temiam que as lâmpadas elétricas pudessem interferir em seus testes de novos desenhos para elas. As cores que seriam lançadas no mercado — amarelos muito claros, brancos bem tênues, os clarões menos intensos — eram desenvolvidas ali. As cores do futuro precisavam ser examinadas no passado obscuro.

Editoriais idênticos ao de Brown pipocaram em quatro outros jornais da Costa Leste. O primeiro sistema CA comercial de Westinghouse, baseado nas ideias de Tesla, estava para ser instalado em Buffalo dentro de poucas semanas. A loja de departamentos Adam, Meldrum & Anderson já havia publicado anúncios promovendo as lâmpadas alimentadas pela CA 498 que em breve brilhariam em seus tetos de estilo italiano. A menos, é claro, que Harold Brown conseguisse que o sistema fosse proibido.

"Não é verdade", disse Westinghouse. "A CA não é mais perigosa que a CC. É exatamente o contrário. Por que o *Evening Post* teria publicado uma falsidade tão óbvia?"

"Sabe quem é o dono do *Evening Post*?", Paul perguntou.

"Não."

"Henry Villard."

"Que é..."

"Um magnata de médio porte do meio jornalístico. Mas que, por acaso, recentemente passou a deter duas mil ações da Edison General Electric."

Westinghouse parou de caminhar. "Edison lhe deu ações em troca de me denunciar na primeira página de seu jornal?"

"Nunca seremos capazes de provar", disse Paul.

"Ele pode fazer isso? Pode realmente conseguir que o Legislativo do estado proíba minha corrente?"

"Depende."

"Malditos advogados", grunhiu Westinghouse. "Me diga claramente: ele pode ou não pode fazer isso?"

"Ao chegar à estação, fiz consultas em Albany. Parece que Edison já arranjou um senador do estado de Nova York, amigo dele, para apresentar um projeto de lei nesse sentido."

"Se é que vale o palpite, teria ele recompensado também esse senador?"

"Já que fracassou na tentativa de criar um produto melhor que o seu, ele agora vai usar a lei para torná-lo ilegal. Mandei uma mensagem para meu senador estadual. Vou defender seu caso perante o Legislativo. Edison não pode comprar *todos* eles."

Westinghouse baixou os olhos. "A CA é melhor", ele disse baixinho. "Meu trabalho é melhor que o dele." Se estava falando com alguém, não era com Paul.

"O senhor pode me ajudar a entender tudo isso? Sou leigo no assunto. Me explique. Sua corrente alternada usa o dobro da voltagem da corrente contínua. O senhor mesmo me disse. Bom, para um leigo, voltagem duas vezes maior, perigo duas vezes maior. Parece uma questão de bom senso."

Quando seu cliente voltou a falar, sua voz ainda era baixa. "Mas esse é o ponto principal da eletricidade. Nada faz o menor sentido."

Westinghouse recorreu a Reginald Fessenden para fazer uma demonstração. O engenheiro, empregado havia poucos meses, parecia exausto e envelhecido. Fosse qual fosse o trabalho que vinha fazendo, as tensões a que estava submetido se refletiam nos cabelos rapidamente grisalhos que ocupavam suas têmporas.

Um pequeno gerador foi acoplado a algo que Westinghouse chamou de capacitor. O dispositivo tinha uns vinte centímetros de comprimento, o formato de um cilindro, e era recoberto de um material — borracha? — liso e totalmente preto. Para Paul, parecia uma sobremesa francesa.

A pedido de seu patrão, Fessenden girou algumas vezes a manivela lateral da máquina, que entrou em ação com um ligeiro zumbido.

"E agora", disse Westinghouse, voltando-se para Paul, "gostaria que o senhor pusesse as mãos num desses fios aqui. Sim, esses aí."

Paul observou aqueles fios desencapados e lembrou-se do trabalhador em chamas na Broadway. "Senhor... isso não vai me eletrocutar?"

"Sim. Quando encostar as mãos nesses fios, cento e dez volts de corrente alternada vão atravessar seu corpo."

O advogado piscou. Isso soava como uma morte certa.

Westinghouse notou seu medo. "Não confia em mim?"

"Não é isso, mas..." Paul olhou para as máquinas. Aquelas coisas letais, futurísticas. Respirou fundo, lentamente, e pegou os fios com toda a força, cada mão numa extremidade diferente.

Ouviu-se um estalido.

Do fundo da garganta de Paul escapou um grito.

Em menos de um segundo havia terminado.

Paul sacudiu as mãos, mexendo os dedos para se livrar da sensação de ferroada. Era como se tivesse apanhado uma bola de beisebol sem a luva.

Nenhum clarão, nenhuma centelha. Nenhum raio penetrara em sua carne.

"Uau", ele disse, quando recuperou a fala.

"E então", perguntou Westinghouse, paciente, "o que aprendemos?"

Paul se voltou para Fessenden, esperando pela resposta.

"Voltagem", começou um obediente Fessenden, "não é o mesmo que energia. A corrente alternada pode usar voltagens mais altas que a contínua, mas faz isso com uma amplitude variável. Posso lhe mostrar um caderno cheio de equações, caso o senhor tenha curiosidade em se aprofundar."

"A-ha!", disse Westinghouse. "Enfim estamos ensinando um pouco de ciência a esse jovem. Agora: por que a corrente alternada é menos perigosa?"

Paul mais uma vez se voltou para Fessenden.

"Certo", disse Fessenden. "Então, ela se chama corrente *alternada*, o senhor se recordará, porque literalmente *muda de direção* centenas de vezes por segundo. A contínua permanece constante. Ora, reagindo à corrente elétrica, os músculos do corpo humano se contraem. Como os seus acabaram de fazer. É por isso que as pessoas podem morrer eletrocutadas. Elas pegam a corrente e não conseguem largar porque a corrente contrai os músculos que a seguram."

"O cérebro quer largar", disse Westinghouse, "mas os músculos não cumprem a ordem. Agora mesmo, quando o senhor sentiu o choque, o que aconteceu?"

"Larguei."

"Foi capaz de largar porque a AC, nessas centenas de vezes por segundo, sempre que muda de direção, faz uma pausa infinitesimal na corrente. Pense numa carruagem: ela percorre um círculo na direção dos ponteiros do relógio tão rápido quanto pode, mas, para inverter a direção, precisa desacelerar e parar antes de voltar a pegar velocidade na direção contrária. O mesmo ocorre com a corrente alternada."

"Exceto com respeito à desaceleração", corrigiu Fessenden.

Westinghouse concordou. "A eletricidade não se presta muito bem às metáforas. A gravidade, o movimento centrípeto — fenômenos muito mais fáceis de explicar usando analogias literárias. Se Newton fez uso da poesia, a nós só resta a prosa. Às vezes reflito sobre isso."

Paul absorveu o que lhe fora dito. Como poderiam explicar tudo aquilo aos potenciais fregueses, sem exigir que cada um deles enfiasse as mãos num gerador CA? Ter um sistema melhor do que o de Edison de nada serviria caso não pudessem explicar ao público por que era melhor. A realidade não valia nada; a percepção era o busílis. Edison tinha se dado conta disso antes deles. Enquanto Westinghouse usava as descobertas de Tesla para criar um produto superior, Edison partira para criar uma história superior.

E as histórias eram supostamente a área em que Paul era perito.

Como se estivesse lendo a mente de seu advogado, Westinghouse voltou a falar. O tom professoral desaparecera.

"Paul", disse Westinghouse baixinho, "confio no senhor para cuidar disso."

As palavras de Westinghouse eram como um vento frio. Baixas, inaudíveis, mas suficientes para congelar Paul no lugar onde estava.

"Sinto muito, sr. Westinghouse", disse Paul. "Sabia que Edison ia reagir à contratação de Tesla e à adoção da AC. Mas não podia imaginar como. Não pensei que iria tão longe."

"Esse é seu trabalho", continuou Westinghouse. "Se chegamos a tal ponto, o senhor não está indo tão bem quanto eu poderia esperar."

Envergonhado, Paul olhou para Fessenden. O engenheiro se entretinha com os documentos que segurava, evitando claramente qualquer contato visual.

"O senhor cometeu o erro", disse Westinghouse, "de subestimar a vileza de Thomas Edison."

"É verdade. Só posso prometer que isso não se repetirá."

Foi dispensado alguns minutos depois. Ele e Fessenden deixaram o inventor no silêncio do laboratório vazio e escuro.

"Ele vai esquecer isso", disse o engenheiro enquanto caminhavam rumo à mansão, atravessando os gramados. Acima dos carvalhos, o ar abafado ameaçava explodir numa tempestade de verão. "Tenho recebido esse mesmo tipo de olhar. Ele tem um jeito de fazer a gente se sentir um anão. Mas não se preocupe: amanhã ele estará tratando dos fracassos de outra pessoa."

"Como estão correndo as coisas com Tesla?" Paul não ouvira queixas nas últimas semanas, o que interpretara como uma evolução positiva.

Fessenden fez uma careta à menção do nome do sérvio. "Bem... Acho que vai ser um pouco difícil explicar."

20. A diferença de opinião entre os srs. Tesla e Westinghouse

> *Só quando têm de escolher entre teorias competitivas é que os cientistas se comportam como filósofos.*
> Thomas Kuhn, *A estrutura das revoluções científicas*

Tesla havia apresentado um desenho do vácuo dentro das lâmpadas a Westinghouse, que sugerira algumas mudanças e um teste das duas versões para ver qual funcionava melhor. Tesla se trancou em seu apartamento em sinal de protesto.

Passados quatro dias, Fessenden e equipe ainda não tinham ouvido uma palavra do insurreto, que no verso dos formulários de encomendas do Departamento de Máquinas vinha rabiscando pedidos quase ilegíveis de bolachas de sal, empurrados sem cerimônia por baixo da porta. Uma arrumadeira, de passagem, reparou nos papeluchos: a moça os entregou ao mordomo, que então procurou descobrir como levar o incidente ao conhecimento do patrão sem provocar-lhe a ira.

Por fim conseguiram passar as bolachas por baixo da porta.

Paul pediu a Fessenden que o conduzisse ao apartamento de Tesla, que aparentemente ainda estava trancado lá dentro, não tendo cumprido a promessa de sair depois que lhe fossem entregues as tais bolachas. Tesla não o atendeu. Os pedidos para um breve encontro esbarraram contra a madeira. Ao dar meia-volta no corredor, o advogado viu um pedaço de papel branco se esgueirando por baixo da porta de Tesla.

"Sr. Paul Cravath", ele leu no formulário do Departamento de Máquinas. "É imperativo que eu abandone meu emprego com o sr. George Westinghouse. Ele não tem o espírito do inventor. Me despeço e o verei em Manhattan, Nova York — Nikola Tesla."

Os problemas de Paul haviam dobrado. Agora, não só teria de conduzir a guerra pública na imprensa entre Edison e Westinghouse, mas também precisaria gerenciar a batalha particular entre seu cliente e Tesla.

Surpreendentemente, foi Tesla quem escolheu o local para as negociações de paz. Muito embora parecesse não se interessar por comida ou vinho, tudo indicava que simpatizara com o Delmonico's. Nem mesmo ele era imune à fragrância da exclusividade: era imune às expectativas da gentileza.

Na semana em que os advogados de Edison forçaram Paul a comparecer a irritantes audiências perante as cortes de três estados acerca das diferenças entre CA e CC — e ao longo da qual o Legislativo do estado de Nova York realizou longas e verborrágicas sessões sobre a proibição pura e simples da corrente alternada —, Paul implorou a seu cliente para que viajasse até Nova York a fim de compartilhar do *canard aux olives* com o homem que provavelmente poderia livrá-los de todas aquelas agruras.

"Este senhor não sabe coisa nenhuma do que significa inventar", atacou Tesla. O Bordeaux generosamente servido em seu copo permanecia intocado. "Nunca soube e nunca vai saber."

"Venho lidando há meses com essas cretinices", disse Westinghouse.

"Eu sugeriria", Paul disse, com imparcialidade, "que a linguagem desta conversa adquirisse um tom mais ameno."

Tesla não se mostrou muito receptivo. "O sr. George Westinghouse não tem a linguagem que expresse as muitas maravilhas que são do meu conhecimento."

"Exatamente meu ponto! Será que alguém tem a menor ideia do que ele está falando? Sabe-se lá onde aprendeu inglês."

"Não vou me dignar a explicar", respondeu Tesla. "Mas não foi com nenhum dos mamíferos idiotas que povoam seu laboratório."

"Parem", pediu Paul. "Parem os dois, por favor."

Embora não imaginasse que o encontro seria fácil, Paul não tinha ideia de como o desentendimento entre os dois se tornara pessoal. "Isso vai muito além da questão do vácuo na lâmpada, não é mesmo?"

"O senhor está bem correto", disse Tesla. "O problema que enfrento é que o sr. George Westinghouse não é um inventor."

"O problema que enfrento é que o sr. Nikola Tesla é um idiota."

"Sr. Tesla", disse Paul, "o sr. Westinghouse é um dos inventores de mais êxito da história dos Estados Unidos. Veja bem, não digo isso como advogado, mas como um cidadão que todos os dias desfruta dos produtos que ele criou."

"Freios a ar comprimido", disse Tesla. "O senhor descobriu algumas noções brilhantes sobre como fazer parar objetos pesados que viajavam a grandes velocidades. Vinte anos atrás fez um trem bem grande parar. Parabéns. A orquestra se levanta e toda a plateia faz uma reverência."

"Por favor", disse Paul, "todos nós nos beneficiaríamos de mais clareza e menos insultos."

"Que tipo de sistema elétrico o senhor inventou, sr. Westinghouse?"

Westinghouse respondeu com paciência.

"A corrente alternada que minha empresa está aperfeiçoando — e já pôs à venda — é produto tanto das recentes descobertas do senhor, com relação às quais lhe dou todo o crédito, quanto das patentes Sawyer-Man que adquirimos faz algum tempo. O senhor teve uma boa ideia. Eu construí um sistema para pô-la em uso."

"Sim, é verdade", retrucou Tesla com rudeza. "Mas não inventou nada, entende? Os srs. Sawyer e Man, estes são meus pares. Tiveram ideias brilhantes. O senhor assinou um cheque."

"Eles registraram as patentes. Comprei o direito de uso delas. E então combinei o trabalho deles com o seu e com o meu próprio, criando um sistema elétrico — ainda em aperfeiçoamento — que modificará a natureza da vida humana. É assim que funciona o mundo dos negócios."

"Os trabalhos do seu negócio", disse Tesla, "não estão listados no catálogo das minhas preocupações."

"Quais são suas preocupações?", perguntou Paul, esperando que isso pudesse esclarecer a raiz do desacordo entre os dois.

"A corrente alternada funciona. Pode movimentar motores. Pode acender lâmpadas. Pode levar energia às cidades. Sei que isso é verdade."

"E eu também", disse Westinghouse.

"Muito bem", interveio Paul. "Agora estamos no mesmo barco."

"Mas vamos viajar para lugares diferentes", disse Tesla. "O senhor quer construir uma lâmpada de corrente alternada, alguma coisa diferente da lâmpada de Edison. Mas por quê? Por causa dos seus problemas legais. Não em prol de uma descoberta científica. Quer um novo produto. Eu quero uma nova invenção."

Westinghouse e Paul ficaram momentaneamente sem palavras. Os garçons aproveitaram para encher os copos e servir três porções de peitos de pato.

"Eu faço coisas, Tesla. Coisas maravilhosas. Minha companhia fabrica freios a ar com três válvulas, máquinas a vapor, medidores de amperes, válvulas giratórias. Fazemos essas coisas melhor que qualquer um no país. Melhor que Eli Janney. Melhor que George Pullman. Com certeza, melhor que Thomas Edison."

"Confirmo a veracidade factual dessa afirmação", ofereceu Tesla.

"Em Edison, os senhores têm um inimigo comum", disse Paul.

Westinghouse ignorou esse comentário. "O que é que o senhor produz?", ele perguntou.

"Pensamentos", Tesla respondeu, como se falasse com uma criança. "Tenho pensamentos. E as coisas que imagino vão durar mais e ter mais efeito nos próximos séculos que seus brinquedinhos frágeis."

"As muitas coisas que construí vão durar muito tempo."

"Não, sr. George Westinghouse. As construções são efêmeros. Só as ideias duram para sempre."

Tesla levantou e fez sinal ao garçom de que queria o casaco.

Paul intermediava as disputas de homens que devotavam a vida a criar coisas do nada. Mas que coisas mais diferentes! Westinghouse criava objetos. Tesla criava ideias. Enquanto Edison, a alguns quilômetros de distância, estava ocupado em criar um império.

Paul não era dono de uma mente criativa. Sabia que homens como Edison, Tesla e Westinghouse tinham algo que lhe faltava. Um órgão extra, uma região adicional do cérebro, uma vela iluminada por Deus como a que brindou Santo Agostinho com sua fé — esse dom criativo existia, e Paul tinha plena consciência de que não lhe fora concedido.

Que sentiria um homem criativo? Como seria viver suas descobertas, excitar-se com suas loucuras inventivas? Paul tentou imaginar o que um Edison, um Tesla, um Westinghouse poderiam sentir num momento de pura inspiração... Mas ele não era capaz daquilo. Paul não inventava: ele resolvia. Os problemas chegavam à sua escrivaninha e ele os solucionava. Respondia a perguntas, corrigia erros. Se alguém lhe fizesse uma pergunta, ele era excepcionalmente bom em fornecer uma resposta. Não era, porém, o tipo de pessoa apta a formular as questões.

Paul compreendeu que via aqueles dois homens com mais clareza do que eles jamais se veriam. Por não ser um deles, podia enxergá-los com o distanciamento necessário, três gigantes em meio a brumas longínquas. Três formas inteiramente incompatíveis de abordar a ciência, a indústria e os negócios.

"Adeus", disse Tesla antes de dar meia-volta e sair porta afora. "Favor não me considerar mais como parte da sua Westinghouse Company."

21. Perfídia na firma Carter, Hughes & Cravath

Tudo conquista quem corre enquanto espera.
Thomas Edison

"Estamos aqui para ajudar", mentiu Charles Hughes. Encostado ao umbral da porta da sala de Paul, ele tentava parecer à vontade. Carter estava às suas costas. O desgosto no rosto do sócio mais velho desmentia o simulacro de simpatia do mais novo.

"Agradeço", Paul mentiu de volta.

"Duvido", disse Carter, que não fazia o menor esforço para ocultar sua condescendência com relação ao antigo protegido.

"Como está seu relacionamento com Tesla?", indagou Hughes. Duas semanas haviam se passado desde o malfadado jantar com Westinghouse e Tesla. Paul enviara algumas cartas aos cuidados de Lemuel Serrell, porém não obtivera resposta.

"Não tive nenhuma resposta. Mas ele foi visto em Manhattan algumas vezes — creiam ou não, jantando com gente da alta sociedade. Minha teoria é que está em busca de financiadores para sua própria companhia, a ser instalada em algum local de Nova York. Serrell não quer me dizer exatamente onde, ou também não sabe." Por que seus sócios estavam tão focados no sérvio? De todas as crises, a perda de Tesla parecia ser a mais gerenciável.

"Temos de convencê-lo a voltar para a Westinghouse", disse Carter.

"Ou encontrar alguém para ajudar Westinghouse a criar uma lâmpada CA que não infrinja a patente." Paul sabia que gênios do calibre de Tesla não cresciam em árvores. No entanto, em algum lugar eles brotavam. "Perder a capacidade técnica de Tesla é um problema, sem dúvida, mas de caráter científico e não jurídico. As patentes permanecem firmes nas mãos do sr. Westinghouse."

"Sim", disse Hughes. "É isso que nos preocupa."

Tudo indicava que os sócios de Paul sabiam de algo que ele desconhecia.

"Examinamos os contratos", disse Carter.

"Dois dólares e cinquenta centavos por cavalo-vapor de cada unidade vendida?", perguntou Hughes.

"Não tenho os papéis aqui comigo, mas acho que esse é o royalty que Westinghouse está pagando."

"E ele paga mesmo que Tesla não esteja trabalhando com ele para tornar as patentes úteis."

"Sim", disse Paul. "Westinghouse mantém as patentes mesmo que Tesla vá embora, as condições não se alteram. Isso é uma coisa boa."

"Bem", disse Hughes com uma humildade cuidadosamente fingida, "não é."

"Como assim?"

"Ah, meu Deus", disse Carter. "Ele não entende mesmo."

"Walter", disse Hughes, "não precisamos fazer com que o sr. Cravath se sinta ainda pior, precisamos?"

"Me sentir pior por quê?", perguntou Paul.

"Quando o senhor negociou com o sr. Serrell", disse Hughes, "sem a nossa orientação, estabeleceu um valor fixo e uma estrutura de royalties que cobriam tanto as patentes do sr. Tesla quanto seu trabalho futuro. E, claro, essa negociação foi bem generosa, não é mesmo?"

"Creio que valia a pena", disse Paul. "Westinghouse pensa o mesmo."

"Valeria se cobrisse tanto as patentes quanto os aperfeiçoamentos futuros. Mas agora essa taxa só cobre as patentes. Embora Westinghouse tenha de chamar outras pessoas para substituir Tesla, ele ainda lhe pagará a comissão integral. Eternamente."

"O senhor pensou que estava negociando um contrato sobre patentes", interrompeu Hughes, "mas na realidade estava negociando um contrato de trabalho. E agora seu cliente — um cliente desta firma — está pagando uma fortuna em royalties por um trabalho que a outra parte não está obrigada a realizar."

"Mas..." Paul tentou pensar numa resposta, o rosto em brasa pela vergonha. "Como é que, de outro modo, eu teria..."

"Poderia ter posto mais uma cláusula no contrato", cortou Carter com raiva. 'Se e quando Tesla sair, a taxa de royalty será reduzida em cinquenta centavos', ou vinte e cinco centavos — quem sabe quanto teria podido obter?"

"Quase sempre empregamos tal cláusula nesse tipo de contrato", disse Hughes. "A American Steel tem uma assim com Benjamin Marc. Participei de acertos semelhantes com Serrell no passado. Ele esperava pelo pedido. Mas o senhor não pensou nisso. Nem nos consultou. Ele deve estar rindo até agora."

Como se deixara manipular por Serrell? Enquanto repassava as negociações, a maldosa engenhosidade de Serrell por fim se revelou.

Carter chegou à mesma conclusão. "Ele lhe ofereceu um emprego, não é verdade?" E cruzou os braços com o desânimo e a irritação de quem contempla alguém que fora promissor e agora se mostrava extraordinariamente limitado.

Hughes expôs a questão de modo mais simpático. "Ele lhe ofereceu uma posição na firma com o propósito de garantir que o senhor não nos consultaria. Sabia da sua inexperiência. E da sua ambição, sua vontade em ficar com todo o crédito. Por isso, ao oferecer uma simples conspiração contra nós, criou um muro entre o senhor e seus sócios com maior experiência."

A vergonha de Paul queimou-lhe as entranhas. "Eu não sabia que tal cláusula era uma opção", ele disse com todo o controle que conseguiu reunir.

"Não sabia", disse Carter, "porque tem vinte e sete anos. Está mal informado até a raiz do cabelo e é burro o suficiente para não entender a armadilha em que se enredou."

"Walter", interveio Hughes. "Chega."

"Não preciso da sua falsa comiseração", disse Paul com uma ênfase que não era intencional. "O senhor quer bancar o anjo enquanto o sr. Carter faz o papel do diabo? Me poupem o teatrinho barato."

"Isso representa centenas de milhares de dólares que Westinghouse vai perder por causa da sua arrogância", disse Carter. "Talvez milhões."

"As patentes só duram mais seis anos", argumentou Paul, sem grande convicção. "É bastante dinheiro, sem dúvida, mas em seis anos o prejuízo acaba e, se vencermos Edison, não vai fazer diferença."

"Vencermos?", disse Carter. "Como é que Westinghouse pode esperar vencer Edison quando está amarrado a um contrato que o obriga a pagar um royalty de dois dólares e cinquenta centavos por cavalo-vapor que Edison não paga? Ele terá de vender seus produtos a um preço maior, o que significará seu fim no mercado. Ou vendê-los sem obter praticamente nenhum lucro, o que afundará sua companhia. Bela situação em que o senhor o meteu."

Sim, aquele desastre era da autoria exclusiva de Paul.

"Cometi um erro."

"Cometeu um erro", repetiu Hughes. "Mas não vai cometer outros. É só isso que pedimos."

Paul olhou para Hughes, buscando ver uma corda com a qual pudesse se reerguer. "O que os senhores querem?", perguntou. Mal pronunciou aquelas palavras e se deu conta do que estava por vir. E compreendeu que não tinha condições de reagir.

Queriam compartilhar o cliente. Se Paul recusasse, revelariam a Westinghouse não apenas as implicações dos altos royalties que ele estava obrigado a pagar, mas que tais pagamentos poderiam ter sido evitados. As más notícias poderiam ser dadas de duas maneiras: fosse com um tom de delicada inevitabilidade que os advogados empregavam para acalmar os clientes, fosse com a acusação que Paul era incapaz de negar. Era bem provável que a firma fosse afastada do caso. E ele era o único que não tinha outros clientes. O único que não se recuperaria daquela perda.

Talvez fosse muito inexperiente para arcar com um processo daquela magnitude, ele pensou. Talvez fosse exagerada a fé que Westinghouse depositara nele.

Aceitou a proposta sem discussão.

"Então, muito bem", disse Carter. "Vamos comunicar o trato a Westinghouse. Diremos que, de acordo com as diretrizes do escritório, sua causa é de tal grandeza e importância que não pode ser conduzida por uma só pessoa. Três advogados pelo preço de um — ele não ficará desgostoso."

Paul observou os sócios deixarem sua sala. Vislumbrou os sorrisos em seus rostos. Queria lembrar daquelas expressões. Se mais uma vez fosse tentado a se sentir muito confiante, teria aqueles sorrisos como lições.

Um começo. Um meio. Um fim. E depois desaparecer, para ser relembrado quando necessário.

Uma decisão enrijeceu sua coluna assim que a porta se fechou. Só restava uma maneira de ganhar. E isso implicava trazer Tesla de volta. Naquela noite, só voltou para casa quando enxergou a saída.

22. Uma visita ao número 4 do Gramercy Park

> *Nenhum experimento se perde.*
> Thomas Edison

Agnes e Fannie Huntington moravam num sobrado com fachada de arenito no número 4 do Gramercy Park. Embora o quarteirão não fosse tão chique quanto a Quinta Avenida, nem abrigasse as mansões ancestrais da Washington Square, estava no auge da moda nos círculos artísticos. Ali viviam pessoas com gostos exigentes que gozavam de grande popularidade, que trabalhavam para viver mas eram regiamente pagas. Sem dúvida, o grupo de artistas, escritores, atores e cantores que residiam naquela praça de menos de um quilômetro quadrado era o mais impressionante dos Estados Unidos. O escritor John Bigelow e o comerciante de papéis de parede James Pinchot moravam ali perto. O magnata ferroviário Stuyvesant Fish comprara recentemente uma casa de quatro andares e havia gasto um dinheirão para restaurá-la com o arquiteto Stanford White. O salão de baile no último andar da mansão de Fish e a escadaria de mármore que levava a ele já haviam se tornado lendários nos meios da alta sociedade.

A casa das Huntington era a menor do quarteirão. Suas oito janelas brancas projetavam uma simplicidade clássica, enquanto o corrimão de ferro preto que conduziu Paul até o topo dos seis degraus da frente sugeria sutilmente a dose correta de riqueza.

Esperou pelas senhoras na sala de chá. Pendurara seu chapéu novo, comprado no dia anterior, junto à porta da frente. Como o sofá de forro muito colorido era pequeno, Paul lutava para acomodar o corpo avantajado. Cruzou e descruzou as pernas, tentando descobrir uma posição que não o fizesse parecer um pião prestes a cair de banda.

"Prefere uma poltrona?"

Fannie Huntington era um caniço de seda preta que cruzava o tapete oriental. Agnes entrou tranquila atrás da mãe, com o mesmo sorriso impenetrável que exibia na primeira vez em que a vira. Ele fez um esforço para não pensar o que mais existiria por trás daquele sorriso.

Paul agradeceu mais uma vez por o haverem recebido tão prontamente. Como mencionara em sua carta da véspera, mudara de opinião. Seria um prazer aceitar a causa se pudessem perdoar sua resistência inicial e ainda não tivessem encontrado um advogado adequado. Pelo olhar de Fannie, deduziu que não. Paul não sabia por quê, mas não iria perguntar. Talvez do que mais precisassem fosse discrição. Em Nova York, essa talvez fosse a única coisa que mulheres de sua classe não podiam comprar com facilidade.

Ele lhes disse que adotaria uma estratégia simples. Escreveria ao gerente dos Boston Ideals, informando-o de que a firma Carter, Hughes & Cravath representava a srta. Huntington em todas as questões. Não mencionaria nada em particular. Procuraria serenar os ânimos. Sem dúvida, malgrado os incidentes desagradáveis que haviam ocorrido entre a srta. Huntington e o sr. Foster, ele sugeriria que tais coisas fossem vistas como ultrapassadas. Ninguém ganharia nada desenterrando esqueletos.

Não faria advertências. Deixaria para depois, se necessárias. "Só um amador começa ameaçando", ele disse. Tentou demonstrar autoridade, enquanto os olhos cinzentos de Agnes estudavam seu rosto em busca de alguma fraqueza. "Se alguém se mostra histérico, não tem para onde ir depois. As ameaças mais eficazes são sempre as que permanecem tácitas, já que as partes conhecem bem o que está em jogo. Uma coisa muito útil que as senhoras têm a seu favor é que só desejam manter a situação atual. E ele quer alterá-la. Sendo assim, nenhuma ação é uma vitória para nós."

Sabia que isso era essencialmente verdadeiro também para seu outro cliente. Sua habilidade consistia em gerar atrasos criativos. Era razoável. Quem alguma vez contratou um advogado com vistas a acelerar o processo?

Quando terminou, Fannie verteu um pouco de leite em seu chá. "E que honorários o senhor exige para mudar de opinião?"

Ela não era boba. Paul mencionou um valor que era menos da metade da remuneração de praxe, o que pareceu satisfazer o senso de negócios de Fannie. Mas também despertou sua suspicácia.

"Queria pedir um favor adicional."

"Que tipo de favor posso lhe fazer?", perguntou Fannie.

"Não a senhora. Sua filha. E não é para mim. É para George Westinghouse."

Agnes deu uma risadinha sardônica. "Sinto muito, mas não me exibo mais em residências privadas", ela disse. "É parte do meu contrato com o Met."

"Na verdade", disse Paul, "não se trata disso... Eu gostaria, bem... gostaria que me levasse a uma festa."

23. O Players' Club

Não há nada numa lagarta que indique que ela será uma borboleta.

Buckminster Fuller

Pouco adiante da casa de Agnes Huntington se erguia uma mansão de quatro andares que, meses antes, fora comprada pelo ator Edwin Booth. Ele, porém, não planejara transformar o palacete todo em sua residência. Instalou-se num apartamento do último andar e do resto do espaço criou um clube fechado. Um clube para artistas, como disse às colunas sociais do *Sun* e do *Times*. Mais elegante do que os frequentados pelos esnobes da Washington Square. Players' Club, assim o chamou. Todos os luminares da Broadway e do *beau monde* literário de Nova York foram convidados a integrá-lo. As festas semanais, segundo os jornais, eram espetaculares.

O que as reportagens claramente evitavam mencionar, mas que era ventilado pelos nova-iorquinos que as liam, é que Booth sem dúvida criara o clube como um artifício para limpar o nome da família, maculado estrepitosamente quando seu irmão, John Wilkes, assassinara o presidente Abraham Lincoln duas décadas atrás. Seu plano consistia em oferecer ao tribunal da opinião pública um novo tópico de conversa. O clube seria exclusivo. Quanto menos gente fosse convidada, mais gente gostaria de ser convidada. O que acontecia lá dentro serviria de assunto nas mesas de chá a cada semana. Assim, o nome de Booth poderia ser sinônimo de alguma coisa, qualquer coisa, que não lembrasse um vil assassinato.

Haveria uma festa no Players dentro de uma semana, Paul disse a Agnes e a Fannie Huntington. Mulheres não podiam integrar o clube, mas a fama da cantora garantiria sua inclusão na lista de convidados.

"Essas festas", disse Fannie, sem agressividade, "têm certa reputação."

"Foi o que li", disse Paul.

"Não acho que minha filha se sentiria confortável em tais companhias." Agnes desviou o olhar ao ouvir o comentário da mãe.

"Não planejava frequentar essas festas", ela disse com recato.

"Srta. Huntington, se concordasse em ir e me levar como seu convidado, isso representaria uma tremenda ajuda para mim."

"Sinto muito, não entendo", disse Fannie, antecipando-se a uma resposta da filha. Cruzou as mãos sobre o colo. "Como a presença numa festa do Players' Club poderá ajudá-lo a ganhar a causa do sr. Westinghouse?"

"Essa festa será promovida por Stanford White", disse Paul.

Fannie piscou. Stanford White era o arquiteto mais famoso de Nova York, tendo projetado as Villard Houses e o Madison Square Garden. O arco que ficaria na parte norte da Washington Square, concebido por ele, estava sendo construído naqueles dias. No entanto, por maior que fosse seu renome ao modernizar a paisagem urbana, isso vinha sendo em grande medida eclipsado por sua reputação pessoal. Solteirão empedernido, corriam rumores sobre as inúmeras jovens com que se relacionava.

A senhora deixou evidente que estava a par desses rumores sórdidos. E que não gostava nem um pouco que sua filha se envolvesse neles.

"Parece que o sr. White fez um novo amigo", disse Paul. "E a festa da próxima semana é em homenagem a ele. Para apresentá-lo à alta sociedade de Manhattan."

Paul inclinou o corpo. "O convidado de honra é um estranho cientista cujo nome as senhoras talvez não conheçam. Mas é extremamente importante que eu o encontre."

Uma semana depois, numa noite de setembro em que fazia um friozinho revigorante, Paul apanhou Agnes na casa no número 4. Atravessaram o Gramercy Park até o número 16, onde ficava o Players' Club.

Agnes não disse palavra durante a breve preleção de sua mãe, dirigida aos dois, sobre os perigos inerentes a qualquer festa de que Stanford White participasse. E então, milagrosamente, Fannie os levou à porta e eles se viram sozinhos do lado de fora.

Paul conhecia bastante bem as regras de comportamento de um cavalheiro e lhe ofereceu o braço durante a curta travessia. Mas, antes que pudesse ao menos mencionar como a temperatura estava agradável, Agnes se manifestou.

"Ah, meu Deus, como estou precisando de um drinque." Ela havia falado tão pouco nos encontros anteriores que Paul se surpreendeu com o timbre de sua voz e sua repentina alegria.

"O senhor é um santo", ela continuou, "por me tirar de casa. Não me mudei para o Gramercy para passar as noites jogando cartas com minha mãe."

Paul se sentiu inseguro, lembrando das advertências de Fannie. "Espero que o ambiente não seja muito tumultuado. Se a senhora se sentir desconfortável em qualquer momento, podemos nos despedir..."

"Está brincando? As festas de Stanford são divinas. A última de que participei terminou duas horas depois do amanhecer. Quando cheguei em casa, mamãe estava na sala de visitas para me pegar em flagrante. Sei lá como a convenci de que tinha acordado cedo e saíra para respirar um pouco de ar fresco. Acho que ela acreditou, mas praticamente não botei os pés para fora de casa no mês seguinte. O que significa que o senhor é meu anjo da guarda."

A Agnes em cuja companhia Paul se via era sem dúvida bem diferente da respeitabilíssima moça que o contratara como advogado de defesa. A máscara gentil perfeitamente ensaiada de repente fora substituída por um sorriso diabólico.

"A senhora é amiga do sr. White?", ele perguntou ao se aproximarem do clube. Não sabia como reagiria à resposta, e se preocupou em ter sido descortês.

Pela primeira vez em sua presença, ela soltou uma sonora gargalhada. "Qualquer moça que pisar no clube é *amiga* de Stanford White. A única razão pela qual não me preocupei em ficar ainda mais amiga foi minha idade. Graças a Deus." Paul tentou se mostrar à vontade. "Fico feliz em saber que sua juventude é... um bem-vindo elemento de dissuasão para homens desse tipo."

Agnes lançou-lhe um olhar de perplexidade. "Exatamente o contrário. Sou velha demais para ele." Paul fixou os olhos em seus sapatos a fim de que ela não notasse sua surpresa. "Aquela garota da família Astor que precisou se consultar com um médico de confiança — o senhor pode adivinhar por quê — foi quem deu origem a essa confusão mais recente. Ela tem catorze anos."

"Ah", foi tudo que Paul conseguiu dizer.

"Meio irônico, não acha? Ele é apanhado por ter engravidado a única garota com quem se relaciona que tem idade para tanto."

Paul se sentiu diante do precipício de um mundo cujas regras desconhecia.

"Agora", disse Agnes em tom animado enquanto subiam os degraus de concreto da entrada do Players' Club, "mamãe já foi dormir, a noite é uma criança, e acho que é mais do que hora de encher a cara."

Paul foi recebido com baldes de champanhe. Champanhe por toda parte, as torrentes jorravam. Da mesma cor que as molduras douradas ao longo das paredes. Até o álcool naquele lugar tinha o matiz da riqueza.

Agnes pediu uma taça com duas framboesas dentro. "Uma surpresinha para o último gole", ela disse.

Apresentou Paul a muita gente. Ele era bom em matéria de nomes, bom em anotar os detalhes que poderiam se transformar em recordações úteis. O sr. Honeyrose com as suíças grisalhas, a sra. Sheldon com seu sotaque espanhol, o sr. Farnham encurvado e com a bengala de prata. Paul registrou todas as particularidades ao apertar cada uma das mãos.

Agnes parecia conhecer todo mundo. A cada beijo em sua mão, ela respondia com uma piada; retribuía cada mesura com uma história que estava morrendo de vontade de contar. Circulava pela festa como se tivesse nascido para aquilo.

De certo modo, era verdade. Paul sabia que os Huntington pertenciam a uma antiga família, dos primeiros colonizadores. Haviam prosperado no Oeste, com ouro na Califórnia e trens no Colorado, assim como, mais ao leste, na Câmara dos Deputados e no Senado. Os Huntington haviam florescido tão profusamente nas campinas do poder e do dinheiro que ele não sabia de que ramo ela descendia. As conexões de família não eram mencionadas nas notícias sobre sua trajetória.

Entretanto, ela procurara a ele, Paul, para representá-la, e não a uma pessoa mais velha ou conhecida. Sendo assim, é provável que Agnes e Fannie não contassem com a proteção de alguém mais poderoso do que Paul. Como ele não era muito poderoso, isso devia significar que elas provinham de um afluente menos importante dos Huntington. Contudo, viesse de onde viesse, a jovem mulher que Paul observava espalhando seu charme entre os frequentadores do Players' Club parecia muito feliz em estar lá.

"Tesla", disse Paul depois do que lhe pareceu ser o milésimo aperto de mão. "Preciso encontrar Tesla."

"Tenho certeza de que ele está com Stanford. Pegue mais duas taças e então subimos."

O segundo andar estava tomado pela fumaça de charutos. Um quarteto de músicos se espremia num canto, violinistas suados friccionando seus arcos de crina de cavalo nas cordas do instrumento. As batidas no assoalho dos pesados sapatos de sola de couro ameaçavam sufocar a música. Agnes conduziu Paul em meio aos dançarinos ligeiramente bêbados que buscavam acompanhar o ritmo de uma valsa rápida.

No terceiro andar, Paul viu um grupo reunido em torno de um par de sofás, formando um semicírculo. Todos estavam concentrados num homem magro cuja cabeça se destacava no centro. Tesla. Pelo ricto em seu rosto, Paul adivinhou que ele se divertia. Como alguém que gostava tão pouco de companhia podia desfrutar tanto do prazer alheio?

"Um ímã e uma bobina", dizia Tesla. "É disso que se precisa. Pensem da seguinte forma: a força magnética que conhecemos faz tempo. A bobina pode ser tirada do colchão das suas camas." Todos riram à menção da cama. Tesla não parecia compreender o que causara o riso, mas de toda maneira o apreciou.

"Mas de onde ela *vem*?", perguntou o homem que estava ao lado dele. Bem mais baixo, com um bigode basto e malcuidado, exibia uma fileira de botões dourados na camisa branca e engomada de colarinho em ponta de asa. Paul olhou para Agnes em busca de confirmação. Era Stanford White.

"A eletricidade vem de lugar nenhum", disse Tesla. "De todo lugar. Do ar em nossa volta. Não é criada. É aproveitada."

"Como domar um cavalo?", perguntou White, provocando uma risada geral.

"Como a força do vapor", respondeu Tesla. "De onde vem a água? Não é criada. Existe. Então o homem aprendeu a esquentar a água. E a controlar as nuvens de vapor que subiam da água quente…" Ele bateu palmas. "Pronto! Lá estava a energia."

Paul observou as senhoras que se entreolhavam e sorriam enquanto os homens trocavam expressões de aprovação. Todos se esforçaram para parecer impressionados com as palavras de Tesla, como se compreendessem tudo.

Tesla continuava a falar, mas mantinha o corpo cuidadosamente afastado dos outros, desviando-se com movimentos rígidos para evitar os bem penteados cabelos que pendiam ameaçadores das cabeças femininas. Suas demonstrações de loucura eram vistas como excentricidades.

White se voltou para o grupo com um piscar de olhos. *Vocês não ouvem isso todos os dias*, dava a impressão de dizer. Tesla era a curiosidade que animava a festa.

"O amigo dele não parece um convidado", disse Agnes baixinho, "mas uma atração artística." Entre todos os papéis que Tesla pudesse representar, Paul jamais o teria imaginado como o bobo da corte dos artistas de Manhattan.

"Stanford adora uma novidade", Agnes continuou. "Na última vez que vim, estava acompanhado de um mágico chinês. Truques para os tolos. Mas é a primeira vez que monta um show em torno de um cientista."

Ainda dissertando sobre a natureza da eletricidade, Tesla por fim avistou Paul. Parou de repente. "Sr. Paul Cravath", ele disse, as sobrancelhas se erguendo em sinal de surpresa. As pessoas, confusas, se voltaram para ver a quem Tesla se dirigia. Stanford White falou antes que Paul pudesse fazê-lo. "O sr. Tesla tem um amigo?"

"Sim", respondeu Agnes. "Este aqui é o sr. Paul Cravath. Meu advogado." White olhou para ela desconfiado.

"Podemos deixar que os dois amigos conversem por um minutinho?", ela sugeriu.

"Só", disse White, "se nos brindar com uma canção."

Agnes sorriu. "Talvez, se o senhor for muito afortunado." Puxou White de volta para o grupo, oferecendo com tato a Paul a chance que desejava.

"O que é que está fazendo aqui, sr. Paul Cravath?", Tesla perguntou depois que Paul se aproximou.

"Tenho tentado encontrar o senhor." Lembrando-se de como o inventor odiava contatos físicos, Paul manteve as palmas das mãos a alguns centímetros do corpo dele, guiando-o mais pelos gestos do que pelo toque. Conduziu-o a um local onde pudessem falar sem serem ouvidos. "Precisamos conversar."

O tom de voz de Tesla se animou. "Ah! Sim, se o senhor for amanhã de noite terá coisas magníficas para ver."

"For aonde?", perguntou Paul.

"Ao meu novo laboratório." Tesla sorriu diante da surpresa de Paul. "Não pense que passei esse tempo todo vagabundeando."

"Inventou alguma coisa nova?" Paul tentou imaginar o que Tesla, deixado a sós, poderia ter criado. Mas tais coisas estavam além da imaginação dele.

Tesla se curvou a fim de sussurrar suas palavras.

"É um telefone sem fio."

Paul o olhou com ar abestalhado. Os telefones só existiam

havia uma década; quase ninguém possuía um aparelho, custava um absurdo. Paul mesmo nunca usara um deles. Quem iria querer um sem fio? Afinal, como seria um "telefone sem fio"?

Tesla soltou uma gargalhada. A descrença de Paul parecia excitá-lo. Deu-lhe um endereço na Grand Street. "Me encontre amanhã de noite", murmurou, "e vou lhe mostrar uma coisa que poucos homens podem dizer que viram — quer dizer, alguma coisa que nunca viram até hoje." Entregou a Paul um cartão onde não constava nenhum nome, apenas o endereço na Grand Street.

Antes que Paul pudesse pedir maiores esclarecimentos, sua atenção foi atraída por um som que chegava do outro lado do salão. Uma canção se elevava acima do vozerio e flutuava com delicadeza, sustentada por uma doce melancolia. A voz era potente mas terna, uma centelha reluzente no salão obscurecido pela fumaça.

Paul não podia ver a cantora, mas isso era o de menos. Soube de imediato que aquele som só poderia vir de uma pessoa, e que sua fama era bem merecida.

Agnes não entoava uma de suas árias — cantava "Onde você arranjou este chapéu?", uma cançoneta que fizera um sucesso inesperado naquele verão. Ela havia moderado a cadência, dando à música um toque estranho e sombrio. Soava engraçado e, ao mesmo tempo, curiosamente perturbador.

Tesla, paralisado, passou bruscamente pelo advogado a caminho da fonte da canção. Seu ombro raspou no de Paul, mas ele não pareceu notar o contato que em condições normais o deixaria horrorizado. Paul o seguiu até o círculo de convidados em torno de Agnes, naquele instante executando as últimas notas.

Tentou capturar o olhar de Agnes durante os aplausos. Ela de fato era especial. Quando as palmas cessaram, Stanford White tinha claramente consumido sua dose de música para uma noite.

"Que beleza!", exclamou. "Sr. Tesla, esta exibição não foi *eletrizante?*" Em meio às risadas, ele começou a fazer mais perguntas sobre eletricidade. As pessoas cercaram o inventor. Paul só enxergava sua cabeça despontando acima dos smokings com cheiro de fumaça de charuto e dos pescoços adornados de colares de pérolas.

Apartado do círculo, por alguns minutos o advogado escutou a fala de Tesla. E as risadinhas dos presentes, os muxoxos devido ao sotaque impenetrável e à sintaxe impossível. O gênio se transformara no bichinho de estimação. Um novo e estranho brinquedo. Mas Paul sabia que alguém tão peculiar quanto Nikola Tesla seria posto de lado tão logo se oferecesse uma mágica do interesse dos presentes. Nem mesmo ele ficaria imune à transitoriedade dos caprichos daqueles pândegos.

Foi então que, pela primeira vez, Paul sentiu certa afinidade com o inventor. Ambos não passavam de dentes na engrenagem de seus superiores. Meros funcionários. Tesla, pelo menos, era um gênio. Como alguém apenas medianamente inteligente como Paul sobreviveria em meio àquelas pessoas?

Ou será que, no último ano, ele se tornara uma delas? Também estava usando Tesla. A diferença é que, enquanto os convidados conspiravam para se divertir, ele procurava obter uma vantagem. Era difícil preservar o sentimento de superioridade moral.

Hora de partir. Moveu-se furtivo pelos salões em busca de Agnes. Por fim a localizou no andar de baixo, conversando animada com um homem que Paul não reconheceu. Deu meia-volta, deixando que ela se distraísse nos jardins dos quais ao menos um dos dois brotara. A brisa do lado de fora teve um efeito purificador. Se soprasse bastante forte, quem sabe o cheiro dos charutos e perfumes se dissiparia.

Ficou alguns momentos parado na rua, contemplando o Gramercy Park. A luz amarelada imprimia grandes borrões de cor às árvores frutíferas. Seria esta a Nova York a que aspirava? Este o espetáculo para o qual teria condições de comprar uma entrada se vencesse a causa? Sentiu-se vítima de um logro. Apesar de orgulhoso de suas conquistas, tinha ainda mais orgulho de suas ambições. Se o que existia dentro daquele prédio não fosse o mundo que almejava, qual seria então?

"Acho que o senhor não gostou da festa." Paul se voltou e viu Agnes descendo os degraus às suas costas. Ela abriu a bolsa e dela retirou um estojo de prata. Acendeu um cigarro fino, sem oferecê-lo a Paul.

Ele não sabia o que dizer. Não fumava.

"Talvez não fosse a festa", ela continuou. "Talvez fossem os convidados."

"Eles são horríveis." As palavras lhe escaparam inadvertidamente. "Desculpe. Não era isso o que eu queria dizer. Foi champanhe demais. Muito obrigado por ter me trazido."

Agnes lançou um penacho de fumaça na noite. "Pare de ser cortês", ela disse. "Já tenho bastante disso dentro de casa. Conseguiu o que queria com seu estranho amigo?"

Sua brusquidão foi estimulante.

"Vão comê-lo vivo", disse Paul. "Ele é ingênuo demais, inocente demais. E eles são lobos a triturar um pedaço de carne entre as patas."

Sua aquiescência foi pragmática e em nada emocional. "Stanford White está usando Tesla para fins cômicos. Edwin Booth está usando Stanford para se reabilitar. Estou usando Edwin para passar uma noite longe de minha mãe. E o senhor está me usando para encontrar Tesla. É a velha roda de transações que faz o mundo girar."

Paul observou-a fumar. Via uma outra faceta de Agnes, um toque áspero sob o sorriso melífluo. Uma sombra escura sob a delicada flor da alta sociedade.

Ela ergueu uma sobrancelha. "Ou o senhor não gosta daqui, em meio a nós, os lobos?"

Paul refletiu antes de responder. "Gostaria de ajudá-lo."

"Pensei que seu cliente fosse George Westinghouse."

"Na verdade, tenho agora dois clientes, srta. Huntington."

Ela sorriu ao ouvir isso. Talvez ele tivesse conseguido dizer algo espirituoso.

"Cravath", disse Agnes, jogando o cigarro no chão, "a ingenuidade não lhe cai bem: o senhor pode perfeitamente jogar o jogo deles e sair ganhando. Ou deixar que o expulsem de Nova York em farrapos. Da mesma forma como o sr. Foster está tentando fazer comigo. Mas, sabe de uma coisa? Ninguém ganha um jogo se não entra nele."

Guardou a cigarreira na bolsa e encheu os pulmões pela última vez com o ar da noite. "Eu não vou voltar para aquela merda que é o Boston Ideals. Se o senhor quer voltar para… onde mesmo, Tennessee? Que assim seja. Mas, se quiser ficar aqui, se quiser um lugar ao sol em Manhattan, lembre-se: o senhor pediu para ir à festa. Não há como sair dela mais cedo."

Deu meia-volta para entrar na casa. Ele não tinha certeza sobre o que o havia chocado mais — a palavra de baixo calão ou Agnes saber que ele vinha do Tennessee.

"Srta. Huntington", ele disse, "não vou perder."

Ela voltou a encará-lo, os cachos emoldurados pelo arco da porta. Ficou extremamente séria — a caricatura de um olhar de reprovação, como se tentasse penetrar no fundo da alma de Paul. Mas no mesmo instante o cenho cerrado se dissipou num largo sorriso, fazendo troça de seu ar determinado.

"Eu sei", ela disse, mais uma vez se movendo em direção à porta. "Não o teria seguido até aqui se o julgasse um perdedor."

24. O laboratório de maravilhas de Nikola Tesla

> *Fique sozinho — este é o segredo da invenção; fique sozinho, e então nascem as ideias.*
>
> Nikola Tesla, de seu diário

Às sete da noite do dia seguinte, Paul se dirigiu ao endereço na Grand Street, perto da Lafayette. Contemplou o prédio industrial de cinco andares que ocupava todo o quarteirão. Os nomes na entrada indicavam que cada patamar abrigava uma pequena empresa. Os carpinteiros MASTERS & SONS no primeiro piso, JEFFERS LEAD no segundo.

O laboratório de Tesla se localizava naquela região coalhada de fábricas de roupas e móveis, de lojas de botões e placas de vidro. O pensamento mais futurista do país se fazia em meio aos restos improvisados do passado.

Paul apertou o botão do quarto andar, o único do prédio que não identificava o ocupante. Tocou a campainha e esperou, mais uma vez impressionado com a capacidade de Tesla de desaparecer.

Naquela tarde ele havia mandado um telegrama a Westinghouse relatando que Tesla lhe concedera uma audiência em seu laboratório perto do Quarteirão Italiano. Era uma oportunidade de ver seus trabalhos mais recentes. "Leve-o ao Delmonico's", Westinghouse lhe respondeu. "Pague um jantar bem caro, mesmo que ele não coma nada. E faça com que volte para o nosso lado." Seu cliente não demonstrou nenhum interesse nas possíveis invenções de Tesla.

Paul não contara aos sócios que contatara Tesla. Se o problema dos royalties havia sido uma criação sua, ele o resolveria por conta própria.

Aguardou diante da porta até que alguém a abriu. O homem que apareceu na entrada não era Tesla, mas um sujeito que ao sair lhe facultava a entrada. Subiu até o quarto andar pelos instáveis degraus de madeira, que rangiam sob seu peso. Pareciam andaimes colocados durante a construção, e nunca substituídos.

Chegou a uma porta reforçada, tão segura quanto pouco convidativa.

"Sr. Tesla?", bateu à porta. "Está aí? É Paul Cravath." Será que Tesla havia se esquecido do encontro?

Então ouviu alguma coisa. Fazendo força para escutar, registrou uma série de estalidos metálicos que vinham do interior. Som de ferrolhos sendo abertos. Depois, novo silêncio.

Ao empunhar a maçaneta, percebeu que ela agora se movia com facilidade. A porta cedeu a um leve empurrão. Foi recebido por um bafo acre, que soprou poeira no corredor. Além do umbral reinava a escuridão. Paul olhou para o nada à sua frente.

"Sr. Tesla?", repetiu. "Sinto muito, mas não posso vê-lo."

Paul ouviu um som de pés se arrastando rapidamente lá dentro. "É o senhor?"

Nenhuma resposta. Paul deu um passo hesitante na sala em

trevas. O laboratório de Tesla podia conter qualquer coisa. Não era um lugar para se entrar às cegas.

"Nikola? Há alguma luz aqui?"

Mais alguns estalidos à distância antes que ouvisse a voz nasalada de Tesla.

"Não vou iluminá-lo só com uma luz, sr. Paul Cravath. Vou fazer isso com uma *tempestade* elétrica."

De repente os céus se abriram e uma luz divina invadiu o aposento. Ou foi o que pareceu a Paul, que precisou usar a manga do casaco para proteger os olhos. Fechou-os e viu cicatrizes de brilhantes traços vermelhos e roxos que toldavam sua visão.

Um ruído horroroso acompanhou a exibição. Como o de uma fritura ou uma cuspida, forças poderosas da natureza a rasgar o ar.

Depois de um momento, pôde piscar algumas vezes e por fim abriu os olhos. À sua frente, no meio da sala, viu um dispositivo elétrico do tamanho de um bonde. Uma coluna de vidro, com formato similar ao de uma lâmpada, embora muitas vezes maior, se elevava uns sete metros acima do aparelho. De sua superfície, saíam o que Paul só saberia descrever como enormes tentáculos de energia elétrica, estendendo-se por todo o salão. Atingiam o teto, as paredes, os cantos mais distantes do espaço cavernoso — os braços envolventes de um gigantesco animal elétrico.

Paul se encolheu por um medo instintivo de que aquele animal pudesse se atirar em cima dele e devorá-lo. Mas os frenéticos tentáculos de energia de algum modo o evitavam. Evitavam as mesas espalhadas pelo salão, evitavam o sérvio alto de terno preto que estava calmamente sentado numa cadeira de madeira a poucos metros da coluna de vidro. As mãos de seu criador estavam pousadas no colo enquanto o ar à sua volta vibrava com a energia.

"E então?", ele disse ao cruzar as pernas e sorrir para Paul. "Como vai o trabalho no laboratório do sr. Westinghouse?"

A coisa era um transformador ressonante, segundo Tesla explicou depois de desligá-lo. Uma bobina que produzia uma corrente com rápidas alternações de voltagem muito alta e amperagem muito baixa. Bastante seguro, malgrado a exibição. E, embora seu uso mais óbvio fosse o próprio espetáculo, seu funcionamento interno podia ser aplicado a telégrafos, transmissores de rádio, equipamentos médicos... e possivelmente até ao "telefone sem fio" que Tesla vinha desenvolvendo. Ele contou tudo isso enquanto mostrava o laboratório ao visitante, que pouco compreendeu do que viu, e menos ainda das explicações de seu anfitrião. Edison e alguns outros vinham trabalhando para aperfeiçoar o "telefone" original de Alexander Bell. E Tesla buscava fazer com que os aparelhos operassem sem a ajuda de fios. Não precisava ser cientista para aquilatar o absurdo daquela invenção. Mesmo que, por algum milagre, ele conseguisse fazer com que funcionassem, quem veria a menor utilidade naquilo?

Os laboratórios de Tesla e Westinghouse eram muito diferentes, mas duas coisas chamaram a atenção de Paul. A primeira era a ausência de poeira. A segunda, a ausência de sinal de presença humana. Este era o mundo particular de Tesla, que ele manteria livre das impurezas e irritações que afetavam negativamente suas experiências. Estava, por fim, a sós com suas maravilhas.

Sobre uma mesa mais ao fundo estava um dispositivo que Tesla chamou de tubo de Crooke. Parecia uma lâmpada elétrica, embora com o dobro do tamanho. Era um tubo de vidro de quarenta e seis centímetros do qual fora retirada a maior parte do ar. Um fio se conectava à base, enquanto outro penetrava no tubo fechado a um quarto de distância do topo. O aparelho estava cuidadosamente disposto sobre uma base de vidro. Tesla girou um botão e no mesmo instante um raio de energia disparou da ponta de um dos fios para a do outro. O raio era de um azul brilhante, mas a cabeça do tubo, na outra extremidade, exibiu um horrendo brilho verde. Verdadeiro caldeirão de feitiços.

"Raios catódicos", explicou Tesla. "Disparam partículas de carga negativa de uma ponta para a outra."

"Servem para quê?", perguntou Paul, admirando as cores pulsantes.

Tesla o olhou com curiosidade. "Servem para o que estão fazendo. Não é bonito?"

"O senhor devia compartilhar esses aparelhos com o mundo. Mostrar às pessoas o que está criando. Contar para alguém."

"Não estou lhe mostrando, sr. Paul Cravath?"

"Está. Mas não sou cientista."

"Talvez esta seja a verdadeira razão de eu estar mostrando ao senhor", disse Tesla com um sorriso. "O senhor não poderia roubar minhas ideias nem que quisesse."

"Suponho que seja um gesto de confiança", respondeu Paul.

Tesla soltou a risada aguda que o caracterizava.

"Quero lhe falar sobre seu retorno à Westinghouse", Paul se aventurou a dizer.

"Imaginei que faria isso", retrucou Tesla, evasivo. "Mas não compartilho de seu entusiasmo."

Quando se preparava para iniciar a argumentação, Paul foi interrompido.

O som de uma comoção vindo da escada central do prédio atraiu a atenção dos dois. Botas se chocavam contra os degraus de madeira do lado de fora. Os passos soavam como se produzidos por uma dúzia de pessoas, a barulheira só fazia aumentar.

Paul correu instintivamente até a porta para verificar o que estava acontecendo.

Ao abrir a porta de aço, viu que a escada central, cinco andares de madeira velha, estava engolfada em chamas.

25. Instabilidade no sistema

> *Uma revolução científica não é de todo redutível a uma reinterpretação de dados consolidados. Antes de mais nada, os dados não são inequivocamente consolidados.*
> Thomas Kuhn, *A estrutura das revoluções científicas*

Paralisado, Paul não acreditava no que via. Só podia ser uma alucinação horrível, uma mortífera ilusão de óptica.

Operários que trabalhavam no andar de cima desciam os degraus às carreiras. Pedaços de madeira candente se soltavam atrás deles. Um homem pisou num degrau e este cedeu imediatamente. Um companheiro o agarrou e os dois alcançaram o térreo. Antes que Paul pudesse pegar Tesla e se unir aos trabalhadores em fuga, uma tábua em chamas caiu diante da porta, bloqueando o caminho.

O advogado fechou com estrondo a porta de aço a fim de manter o fogo do lado de fora. Deu um passo atrás, esbarrando em Tesla.

"O fogo já chegou ao corredor", disse Paul. "Não temos chance por aqui."

Tesla olhava para Paul.

"É um incêndio", ele disse. Só agora a informação chegava a seu cérebro.

"As janelas abrem?" Paul correu para as janelas na parede dos fundos. Puxou uma cortina com violência, arrancando o tecido das argolas.

Do lado de fora, a fumaça gerada no andar de cima subia ao céu.

Tesla continuava impassível. O aposento estava ficando quente, o fogo acima e abaixo transformava o laboratório num forno do tamanho do quarteirão.

"Temos que abrir as janelas", Paul insistiu. Nem suas palavras nem seus movimentos nervosos pareciam ter efeito sobre o inventor.

Armado de um aparelho que encontrou em uma das mesas, Paul golpeou a vidraça. Fosse o que fosse, o longo tubo de vidro se espatifou no momento do impacto, mas a grossa base de metal rompeu a janela. Estilhaços de vidro voaram por toda parte, para fora do prédio e em sua direção.

"Sr. Tesla", ele disse, "venha! Nossa chance é maior se sairmos pela janela do que se enfrentarmos a escada." O outro ainda continuava junto à porta. Entreolharam-se por um instante. Naquele átimo, Paul pôde ver a expressão vazia de Tesla. Ele não demonstrava medo. Pelo contrário, era como se nem estivesse ali.

E então o teto desabou.

PARTE II — BOLSÕES NA RETAGUARDA

À medida que os sistemas tecnológicos se expandem, surgem bolsões na retaguarda: componentes do sistema que ficaram para trás ou estão fora de sintonia com os demais.

Thomas Hughes,
A construção social de sistemas tecnológicos

26. Amigos poderosos

> *Neste negócio, quando você se dá conta de que tem um problema, é tarde demais para se salvar. A menos que esteja sempre correndo apavorado, você já era.*
>
> Bill Gates

Durante semanas, Paul Cravath transitou entre a consciência e a inconsciência. Os momentos em que estava desperto eram tão nebulosos quanto aqueles em que sonhava. Apenas as cores diferenciavam os dois estados. Um era composto de intenso clarão branco, mais abrasador do que uma lâmpada incandescente. O outro era escuro. Pensamentos lúgubres, o fogo do inferno. Enquanto os dias passavam e as doses de morfina eram a cada hora reduzidas à metade e depois a um quarto, ele começou a distinguir melhor as duas fases. Com um medo resignado, entendeu que as sombrias visões de fogo eram na verdade apenas sonhos, e que o mundo real, aquele em que acordava, era limpo, brilhante e povoado de horrores bem piores.

O último andar do Hospital Bellevue era sem dúvida o lugar mais branco que já vira. As roupas de cama eram alvejadas e passadas todos os dias a ponto de se tornarem dolorosas ao toque. Os aventais e camisas de colarinho alto dos médicos que entravam e saíam de seu quarto eram tão alvos quanto os lençóis. Tão alvos quanto as paredes do cômodo estreito. Tão alvos quanto as ataduras que envolviam seu abdômen dolorido, trocadas diariamente.

Tesla sumira. Não lembrava quem lhe dera a notícia. Teria sido George Westinghouse, cujo rosto preocupado ele vira mais de uma vez à beira de seu leito? Carter? Ou Hughes e sua mulher, que nos primeiros dias da internação deixaram rosas brancas em sua mesinha de cabeceira?

Como as oficinas do prédio que pegou fogo estavam quase vazias naquela hora da noite, os poucos trabalhadores haviam escapado ilesos. Paul aparentemente caíra no meio do madeirame em chamas. Um samaritano desconhecido o arrastara para um lugar seguro e o pusera numa ambulância puxada a cavalo. Teria esse estranho visto Tesla? Não havia como saber. Se o inventor não havia morrido, como poderia ter fugido? A explicação mais provável era que seu corpo fora incinerado ou esmagado na queda do prédio. No entanto, nenhum cadáver foi encontrado em meio aos escombros.

Ele ficou sabendo desses detalhes por um investigador que o visitou duas semanas depois da internação. A agradável luz da tarde refletia docemente o céu cinzento de outubro. Da cama, ele via a rua 26. As molas de aço do colchão rangiam quando ele se voltava para a janela, como se o repreendessem pelo desejo de escapar. Nas primeiras semanas, qualquer movimento era extraordinariamente difícil. As ataduras em volta de seu corpo, comprimindo as costelas em recuperação, estavam embebidas do viscoso cataplasma composto de farinha de milho e água quente. Ele tinha quase certeza de que sentiria muitas dores não fosse a morfina.

Costelas, nariz e fêmur esquerdo haviam sido fraturados. Os órgãos internos sofreram lesões consideráveis, mas os médicos não chegavam a um consenso sobre qual delas era a mais grave. Envolto no nevoeiro induzido pela morfina, ele compreendia que estava bem avariado. Mas iria sobreviver.

Sentara-se para conversar com o investigador, uma conquista recente da qual tinha grande orgulho. Sentia-se num estado razoavelmente bom ao trocar amabilidades com o policial, cuja indumentária — paletó normal e gravata, em vez de uniforme — revelava sua alta patente.

"Quer dizer que não há nenhum indício do paradeiro de Tesla?", Paul perguntou. "Vivo, morto ou algo entre esses dois extremos?"

"Nada ainda", respondeu o investigador. "Sr. Cravath, gostaria de lhe fazer uma pergunta, e espero que não se ofenda."

"Na minha profissão, ninguém se ofende com muita facilidade."

"Lembra-se de ter tido esta conversa comigo antes?"

"Que conversa?"

"Esta é a terceira vez que o visito, senhor", disse o policial. "A fim de obter sua versão dos eventos do dia 19 de setembro."

Paul ficou imediatamente preocupado. "Eu não... Sinto muito. Não lembro."

O sujeito olhou para o frasco de morfina em sua mesinha de cabeceira.

"Era de esperar, senhor. Não quero alarmá-lo ou lhe causar maiores desconfortos. Os médicos dizem que o senhor ficará um pouco afetado durante certo tempo. Parece mais lúcido ultimamente, por isso pensei que estaria pronto, mas talvez hoje não seja um dia apropriado para receber mais visitantes."

"Quem mais quer me ver?"

"Meu chefe. Quer verificar sua situação pessoalmente."

"O que eu puder fazer para ajudar..."

O investigador saiu. O que assustou Paul não foi apenas ter esquecido os encontros anteriores. Deu-se conta de que a morfina não o permitia estar em plena posse das faculdades mentais. Precisaria de cada grão de inteligência se desejasse retomar o trabalho.

O policial voltou acompanhado por um homem de uns sessenta anos, a caminho de se tornar calvo. Um valentão cujos traços haviam sido suavizados com a chegada da meia-idade. O tipo de buldogue que agora seria forçado a obter com latidos o que na juventude obtivera com mordidas, decerto com melhores resultados. Paul o reconheceu de pronto. Quando o outro se referira a seu chefe, ele não imaginara que fosse o próprio chefe de polícia.

"Meu nome é Fitz Porter. Meu agente me disse que o senhor passou por maus bocados, mas vem se recuperando bem."

"Desde que isso seja 'bem'", ele respondeu. "Infelizmente, a morfina me deixou mais apagado do que seria do meu gosto."

"Essa droga é milagrosa", disse Porter. "Poupou muito sofrimento em Bull Run."

Porter ficara famoso por ter comandado o v Exército da União durante a guerra, bem antes que o presidente Arthur o mandasse chefiar o Departamento de Polícia de Nova York.

Paul era criança durante a guerra. Erastus Cravath seguia as notícias com avidez, lendo em voz alta os soturnos números de baixas publicados no *Nashville Dispatch*. Pacifista dedicado e defensor apaixonado dos direitos dos negros, a guerra o deixou em situação incômoda. Que depravações o lado da retidão moral poderia se permitir com vistas a atingir seus nobres objetivos? Quantos homens a União poderia aniquilar e sacrificar a fim de libertar os escravos? Ele não tinha uma resposta, e o filho deduzia que a ladainha das mortes recitada diante da família servia para que todos compartilhassem do ônus moral. Como uma útil advertência ao longo dos anos: saber a diferença entre o bem e o mal às vezes não bastava para esclarecer muita coisa. Só porque um homem sabe onde traçar a linha na areia, isso não significa que saberá o que fazer quando seu único curso de ação exigir que seja atravessada.

Que foi o que Erastus Cravath por fim fez. Alistou-se como capelão no exército da União, passando o último ano da guerra longe da mulher e do filho pequeno. Ao voltar, não contou à família o que tinha visto. Ou feito.

"Fico lisonjeado pelo senhor ter vindo", disse Paul ao chefe de polícia. "Esse não deve ser o único incêndio na cidade que exige sua atenção. Alguma notícia sobre o sr. Tesla?"

"Se o sr. Tesla estiver vivo, vamos encontrá-lo", ele disse, tranquilo. O desaparecimento de cientistas sérvios não o faria perder muitas horas de sono. "O investigador Rummel me falou que, nas primeiras conversas que tiveram, logo depois que a ambulância o trouxe para o Bellevue, o senhor contou que viu o fogo primeiro na escada, e não no laboratório do sr. Tesla."

"Correto."

"Na época, pensamos que o trauma e a morfina talvez tivessem confundido suas lembranças. Deduzimos que a fonte mais provável do incêndio era o laboratório. Todos aqueles aparelhos curiosos. Os equipamentos elétricos. Mas agora sabemos que as chamas tiveram início no telhado. Alguém foi lá em cima e ateou o fogo de propósito."

As pessoas se matavam por muito menos de um bilhão de dólares. Paul pensou em Thomas Edison, sentado atrás de sua escrivaninha de trabalho, dando baforadas no charuto e planejando a vitória que julgava inevitável.

"O senhor não parece surpreso, sr. Cravath", disse Porter, observando-o com atenção. "É a morfina? Ou não se espanta que alguém quisesse eliminar seu amigo?"

Ele não sabia como responder sem divulgar demasiadas informações acerca de sua causa.

"O próprio prefeito", Porter continuou, "nos pediu para dar absoluta prioridade a esse incêndio criminoso. O senhor tem amigos poderosos. Estão cuidando do senhor."

"Por favor, diga ao sr. Westinghouse que fico muito grato."

"Sr.... Westinghouse?", perguntou o chefe de polícia, perplexo.

"George Westinghouse", ajudou o investigador. "Ele é cliente do sr. Cravath."

Paul teve um calafrio.

"O próprio Thomas Edison falou com o prefeito para se assegurar de que o senhor estava sendo bem tratado. E para garantir que escalássemos nossos melhores homens. Vamos reportar todos os avanços de nossas investigações diretamente ao sr. Edison. Ele ficou sabendo que alguém tentou atingi-lo e que faremos todos os esforços possíveis para identificar o culpado."

Paul olhou para o chefe de polícia e depois para o investigador. Ambos mantinham um ar resoluto. Se tinham sido ludibriados, tapeados ou comprados, não deram a menor pista. "Eu mesmo, o investigador Rummel e cada um no departamento vamos cuidar do senhor", continuou o chefe de polícia. "E o faremos com todo o apoio de Thomas Edison."

27. Dois passeios nas margens do East River

> *Quem quer que viva para combater um inimigo tem interesse em mantê-lo vivo.*
>
> Friedrich Nietzsche

Paul não tinha visto Agnes Huntington desde a festa no Players' Club. No entanto, ao longo de sua lenta recuperação, ele a sentiu a seu lado, fosse em vigília ou em sonhos. Em sua primeira visita, Carter fez questão de lhe falar sobre a nova cliente, de modo que a firma pudesse lidar com qualquer correspondência enviada por W. H. Foster. A carta de Paul com certeza provocaria uma resposta. Agnes e a mãe deviam ser informadas do incêndio e da convalescência de Paul. As semanas passavam, mas uma certa carta lhe desejando melhoras nunca chegara.

E então, numa manhã, lá estava ela ao pé da cama, insistindo com as enfermeiras para que ele respirasse um pouco de ar fresco. Levou-o para passear nos jardins do hospital e, embora Paul ainda precisasse de cadeira de rodas, a voz de Agnes não traiu a menor comiseração enquanto as rodinhas sacolejavam pelas aleias de terra.

"Está gostando da morfina?", ela perguntou. "Uma colega minha adora. Ajuda a garganta depois de um espetáculo."

Como Agnes previra, o ar frio revigorou Paul, depois de tanto tempo confinado em uma cama. No entanto, o céu fechado era um prenúncio de novos horrores. Manhattan, em sua opinião, sempre tinha existido como um bastião em guerra contra sua geografia. Feita de pedra e concreto, erguia-se como um quebra-mar, uma fortaleza para resistir à neve que se aproximava.

"Já parei com a morfina. Não tomo nada mais forte que um pouco de cocaína pela manhã. Ajuda as dores de cabeça."

"O senhor me consideraria sentimental se dissesse que estou contente por saber que não morreu?"

"Acho que nunca a descreveria como sentimental."

"Bom", disse Agnes. "Fico feliz. Afinal, ainda precisamos de seus serviços."

Ele sorriu. Teria até rido se não temesse sentir mais dor em seu torso.

Sentiu que era fácil gostar de Agnes, mas, ao mesmo tempo, que seu charme dificultava a compreensão de sua personalidade. O florete de seu humor tinha sido forjado na prática. Ele se perguntou — não pela primeira vez — se não havia um grão de verdade nos rumores de teor libertino que o sr. Foster ameaçara espalhar.

Informou-a de que sua firma ainda não recebera nenhuma notícia de seu antigo empregador. Ela tampouco, felizmente.

"Não seria bom sinal?", Agnes perguntou.

"Por enquanto sim. Mas precisamos esperar mais para cantar vitória."

"Concordo, Cravath."

Ainda que não pudesse ver sua fisionomia, já que ela estava

às suas costas, empurrando a cadeira de rodas, ele percebeu o tom pesaroso em sua voz. O que quer que Agnes Huntington já tivesse vivido a ensinara a ser muito cautelosa.

"Quero lhe perguntar sobre o incêndio." Ela falou sem ênfase, como se movida por mera curiosidade. "Os jornais dão a entender que foi um acidente infeliz. Foi isso mesmo?"

"Foi mesmo infeliz."

"Mas foi um *acidente*?"

As rodinhas chocalhavam ao atropelar algumas pedras. Paul pensou no que significaria confiar nela à luz do que agora sabia sobre Edison. Era agradável imaginá-la como uma aliada, mas será que era de confiança?

Claro que não.

"Foi um acidente infeliz, srta. Huntington. Uma das máquinas não testadas de Tesla provavelmente iniciou o incêndio, embora não se possa ter certeza. Ainda não sabemos o que aconteceu com ele. Seu amigo Stanford White lhe disse alguma coisa?"

"Não tenho saído muito. Mamãe, nervosa com a quase morte do nosso advogado, está no auge de um acesso de superproteção. Só fui à casa dos Vanderbilt, que ofereceram sua tradicional festa desta época do ano, para recepcionar quem saiu da cidade durante o verão. Encontrei Stanford e perguntei por Tesla. Ele fez um beicinho — perdeu um brinquedo novo quando estava se divertindo tanto. Parecia considerá-lo morto." Agnes fez uma pausa. "Meu Deus, será que disse algo horrível? Ele era seu amigo."

Seria difícil descrever Tesla como "amigo" de alguém. "Eu me sentia responsável por ele. Ainda me sinto."

"Não é responsável pela morte dele."

Ele não respondeu de pronto. Precisava avançar com cuidado. "Ainda não estou certo de que ele tenha morrido, srta. Huntington."

"Por quê?"

"Se eu estou vivo, por que ele não estaria?" O tempo estava mudando. Hora de entrar.

Quando George Westinghouse foi visitá-lo uma semana depois, Paul havia sido promovido: aposentara sua cadeira desconjuntada, trocando-a por uma bengala. No ar frio dos jardins de fundos do Bellevue, o paciente em recuperação, satisfeito, batia a bengala no chão de terra enquanto passeava com seu cliente. Abaixo deles corria o East River, ondulado pelo vento. Paul praticamente não tomava mais sua dose matinal de cocaína, mas olhar para as águas ainda o deixava um pouco tonto.

Vestia o casaco marrom do hospital que fazia parte de sua fatiota para passeios ao ar livre. No último mês não usara nenhuma de suas roupas. Nunca imaginara que sentiria tanta falta dos poucos ternos que tinha.

"Quer dizer que tem certeza de que um dos capangas de Edison provocou o incêndio?", perguntou Westinghouse.

Enfim o advogado podia conversar com seu cliente. Eles haviam trocado telegramas nas semanas anteriores, depois que Paul recuperara a lucidez, porém o rapaz não se arriscara a revelar suas suspeitas até que se encontrassem pessoalmente.

"Sim", disse Paul. "O senhor conhece Charles Batchelor. O que ele não faria pelo patrão?"

"Sinto muito", disse Westinghouse de repente. Paul se surpreendeu ao ouvi-lo dizer aquelas palavras. Decerto seu cliente não as pronunciava com frequência. Com certeza não para um subordinado.

"Eu o fiz entrar no campo de batalha. E agora o vejo com os ferimentos de guerra."

"Senhor", disse Paul, fincando a bengala na terra e se voltando para encarar seu companheiro de passeio, "não é culpa sua. Eu decidi enfrentar Edison. Se o senhor está com medo, tem toda razão para experimentar este sentimento. Se está inseguro, isso apenas significa que entende a complexidade da situação. Mas, se está com culpa, isso não nos ajudará em nada. Quer se desculpar com alguém? Desculpe-se com Tesla. Ele é o inocente em tudo isso. Mas para tanto será preciso encontrá-lo."

Westinghouse afastou o rosto enquanto Paul fazia esse discurso. Parecia pouco à vontade ao manifestar algum sentimento. Seu pedido de desculpa não lhe custara pouco.

"Se ele estiver vivo, queira Deus, como o senhor irá encontrá-lo?", indagou Westinghouse. "Posso contratar a Pinkerton."

"Não."

"Não confia neles?"

"O senhor confia?"

A agência de detetives Pinkerton, a mais famosa do país, tinha a reputação de graduar sua lealdade segundo a generosidade do contratante. Se Edison fora capaz de pressionar a força policial, fazer o mesmo com a Pinkerton seria uma brincadeira de criança.

"Então somos só nós", Westinghouse por fim concluiu.

"Sim."

"E seus sócios. Eles me procuraram há algumas semanas. Com o senhor fora de combate, alguém precisava manter nossa defesa no processo da lâmpada elétrica."

Paul sabia. Era normal que Carter e Hughes assumissem as rédeas. No entanto, aborrecia-o constatar que seus ferimentos haviam contribuído ainda mais para seu rebaixamento.

"Tudo bem", ele respondeu. "Carter e Hughes podem tomar conta da maior parte da estratégia jurídica por um tempo. São muito... experientes." E contemplou as águas gélidas do rio, fixando a vista num par de remadores que tocavam um pequeno bote. Do outro lado do East River ficava o Brooklyn, uma vasta metrópole ocupada por irlandeses, alemães, negros, judeus, italianos, dinamarqueses, finlandeses e umas poucas famílias antigas e abastadas. Era a terceira maior cidade do país, habitada sobretudo por estrangeiros. Atrás de Paul, o imenso edifício do Bellevue bloqueava o horizonte a oeste. No topo do telhado, a bandeira norte-americana, com suas trinta e oito estrelas e treze faixas, tremulava ao vento. Num piscar de olhos Paul era capaz de vislumbrar um número de mundos maior do que a cidade onde fora criado.

"Quando é que lhe darão alta?", perguntou Westinghouse.

"Dizem que dentro de dois dias."

"Tome cuidado. Chega de excursões noturnas. Não vale a pena morrer por isso."

Paul ficou sensibilizado pela preocupação, porém não julgou necessária a advertência. "Quem ganharia com minha morte? Posso ver Edison procurando me amedrontar. Já tentou isso quando nos conhecemos. Mas me matar? Isso pode retardar o processo, porém não elimina a defesa. E, francamente, um atraso nos beneficiaria, uma vez que é Edison quem procura impedir que o senhor continue a produzir as lâmpadas."

Seu cliente não parecia convencido com aquele argumento.

"Pois então, senhor, só resta uma possibilidade: o incendiário queria matar Tesla."

"Por quê?"

"Porque é a única forma de garantir que ele jamais nos ajudará. Edison sabe que sem o talento dele é difícil criar uma lâmpada que não infrinja a patente."

"E o senhor estava lá só por acaso? Muito azar, meu rapaz."

"Não estou dizendo que o fato de eu estar lá tenha sido um acidente."

"O que quer dizer então?"

"Como acha que descobriram o endereço de Tesla?"

"Deus meu", disse Westinghouse. "O senhor foi seguido."

Olharam para o encapelado East River. "Tão logo saia, provavelmente voltará a ser seguido", disse Westinghouse.

"A má notícia é que não sabemos onde Tesla está. Mas nossa esperança é de que Edison também não saiba."

"Como encontrá-lo? Tesla não tem parentes no país. O senhor disse que seu único amigo, Stanford White, acredita que ele esteja morto."

"O que significa que só conhecemos uma pessoa que teve contato com ele desde que abandonou sua companhia. E já compartilhamos algumas poucas e boas."

28. Uma acusação assustadora

> *Por maior que seja o número de cisnes brancos que tenhamos registrado, não se pode deduzir que todos os cisnes sejam brancos.*
>
> Karl Popper

Quando entrou no escritório de Lemuel Serrell, dois dias depois, Paul já se livrara do gesso. Seu coxear não era terrível, mas o irritava. Ele ainda precisava da bengala. Tinha ido se encontrar com o advogado de Tesla assim que deixara o hospital, passando rapidamente por sua casa para vestir uma roupa decente. Sentia-se fraco com a indumentária do hospital. Os indefectíveis paletó preto e camisa branca de gola alta que faziam parte de sua vida profissional o reanimaram instantaneamente.

Sentado atrás da escrivaninha, Serrell fumava. Não ofereceu a mão ao visitante. Continuou em sua cadeira, com uma expressão dura.

"Estou surpreso que o senhor tenha tido a audácia de vir até aqui", disse Serrell.

"Bom dia", Paul o cumprimentou, chocado com a agressividade. "Estou me sentindo bem melhor, obrigado por ter perguntado."

Serrell ergueu uma sobrancelha. Era o tipo de homem que conhece o valor de uma sobrancelha erguida.

"Estou aqui por Tesla. Para ter certeza de que ele está seguro."

"Logo *o senhor* quer se certificar da segurança dele?"

Paul encarou o rosto raivoso à sua frente. Levou algum tempo para se dar conta de que Serrell estava fazendo uma acusação terrível. "Está pensando que eu pus fogo no laboratório? A troco de que eu faria isso?"

"Dois dólares e cinquenta centavos por unidade é um bocado de dinheiro para seu cliente, sr. Cravath."

Paul nunca fora acusado de tentativa de assassinato. Não era agradável.

"Ouça-me com atenção, sim?", disse Serrell. "Posso lhe assegurar que a morte do sr. Tesla não o ajudará em nada. A mãe dele vive na Sérvia. Se o filho morrer, ela receberá a totalidade dos royalties devidos a ele. Eu mesmo preparei o testamento. Por isso, será inútil qualquer tentativa para completar o vil trabalho que o senhor começou."

"Sr. Serrell", disse Paul, num tom que esperava ser razoável, "não vê minha bengala? Eu estava com o sr. Tesla quando o incêndio teve início. Quase morri."

"A polícia esteve aqui. Me disseram que o senhor estava com Tesla — que é precisamente meu ponto. Se o senhor tinha conhecimento de onde era o laboratório dele, creio que isso faz de nós dois os únicos que sabiam. Só um de nós queria vê-lo enterrado."

"E que tal Thomas Edison?", sugeriu Paul. "Ele tinha mais razão para atingir Tesla que qualquer um de nós." Serrell havia preparado pedidos de patente para Edison no passado. Talvez menos de dez anos antes.

"Edison?", o advogado deu um sorriso de mofa. "Besteira."

"Por quê?"

"Porque se Thomas Edison quisesse matar Nikola Tesla, então nem o diabo o impediria de fazer isso."

Serrell mostrou-lhe a porta. "Peço-lhe gentilmente que saia, embora a gentileza seja meramente retórica. O que me convence da sua culpa no plano de matar meu cliente é que acredito que ele esteja bem vivo — com base em nossos tratos anteriores, acho que o senhor seja o único suficientemente incompetente para ter fracassado."

A perna ferida vacilou um pouco quando Paul se levantou, mas ele continuou impávido. Não se deixaria dominar por Lemuel Serrell. Não de novo.

"Não sei se o senhor é um cúmplice consciente de Edison ou um joguete involuntário", disse Paul. "Mas sei que ele é responsável pelo que aconteceu. E não vou permitir que Edison, ou o senhor, me incriminem falsamente."

Dito isso, Paul deu meia-volta e saiu porta afora. Só depois de atravessar o umbral reparou que nem se apoiava mais na bengala.

29. Becos sem saída e pistas falsas

> *A ciência normalmente não visa novidades factuais ou teóricas; quando tem êxito, nada encontra de novo.*
> Thomas Kuhn, *A estrutura das revoluções científicas*

Na semana seguinte à confrontação com Lemuel Serrell, Paul visitou o Instituto Norte-Americano de Engenheiros Elétricos; a redação da revista *Electrical World*, onde conversou com o editor, Thomas Martin; o laboratório de Westinghouse em Pittsburgh, onde falou com Fessenden; e meia dúzia de pequenos laboratórios de Nova York que poderiam ter empregado engenheiros que de algum modo tivessem tido alguma relação com Tesla. Nenhuma das visitas — apesar de suas súplicas, de seus afagos, das notas de dois dólares passadas em sérios apertos de mão — foi proveitosa.

Ninguém tinha falado com Tesla desde semanas antes do incêndio. Ninguém sabia o que diabos ele fazia o tempo todo. E ninguém o vira desde que se afastara da empresa de Westinghouse em agosto. O palpite geral era de que até o incêndio ocorrer, ele devia estar morando em seu novo laboratório.

Paul tentou vários hotéis. Percorreu sórdidos albergues da Bowery, embora duvidasse que um sujeito maníaco por limpeza pudesse se abrigar em locais onde se ouviam os ratos não apenas durante a noite, mas ao meio-dia. Gastou metade de seu salário em gorjetas para porteiros, em vão. Nenhum homem muito alto com forte sotaque sérvio e linguajar estranho fora visto. Ele chegou a considerar a possibilidade de se aventurar pelas cervejarias de má reputação e pelos ainda mais infames clubes masculinos — lugares que serviam como um santuário para homens que preferiam não ser encontrados. No entanto, ao imaginar Tesla tentando se comunicar com os moradores de uma das mal-afamadas "pensões" do Chelsea, isso lhe pareceu tão cômico que descartou a hipótese antes de testá-la.

Ao fim de uma semana de buscas, não encontrou nenhuma pista do desaparecido. Seus esforços só retardaram ainda mais a recuperação da perna esquerda. As solas dos sapatos se desgastaram; os tornozelos ficaram doloridos.

Também trocou uma breve correspondência com sua outra cliente. Ou clientes. Sua interlocutora fora Fannie Huntington, não sua filha. Pouco depois da alta de Paul, o sr. Foster escreveu para Fannie. Como qualquer chantagista, advertiu-a a não envolver advogados. Quanto mais gente envolvida, disse Foster, mais difícil lhe manter sigilo sobre os detalhes do caso. Tentou fazer de Paul o problema mais sério das Huntington.

Por carta, ele assegurou a Fannie de que estava estudando a questão. Na realidade, não sabia bem como proceder, mas não tinha dúvida de que seria necessário fazer alguma coisa o mais cedo possível. Penalizava-o pensar na precariedade da posição de Agnes e de quão pouco ele pudera ajudá-la.

Além disso, restava o probleminha do bilhão de dólares referente ao processo de patentes. E a defesa do direito de George Westinghouse fabricar as lâmpadas elétricas não estava indo bem.

A ação retaliatória de Paul contra Edison havia sido derrotada num tribunal federal de Pittsburgh. O juiz Bradley decidiu que a lâmpada de Edison fora claramente diferenciada de suas antecessoras. Assim, ele não violara nenhuma das patentes que Westinghouse havia comprado de Sawyer e Man. Sua patente permanecia inviolável. Na ausência de Paul, seus sócios mais antigos tinham recorrido. Ninguém estava com muita esperança de vitória.

Voltou ao escritório de Carter, Hughes & Cravath num dia em que o céu ameaçava despejar a primeira tempestade de neve. Ao subir os degraus da rua e depois a escada de ferro até o terceiro andar, sentiu uma sensação curiosa. Aquele ambiente tão conhecido parecia estranhamente acolhedor e estranhamente distante. Fazia menos de um ano que ele trabalhava lá. Entretanto, tinha a impressão de que não passava de uma criança quando pela primeira vez pendurou o casaco no gancho de latão. Sabia que nunca mais se sentiria tão jovem.

Viu que Carter e Hughes recebiam um homem baixo, de semblante sério. Os advogados e o visitante pareciam examinar uma papelada. Ele acenou através do vidro, porém nenhum dos três reparou nele. Voltou para sua sala, começando, bem devagar, a estudar a montanha de documentos que havia se acumulado.

Só depois que o estranho foi embora é que Hughes foi cumprimentá-lo.

"Bem-vindo à casa", ele disse.

Paul perguntou quem era o visitante. O sócio sorriu orgulhoso antes de explicar. Na ausência de Paul, Carter e Hughes tinham feito o que melhor sabiam fazer: boas transações. O novo plano de negócios de Westinghouse — a criação de uma "rede de correntes" que se estendia de costa a costa — exigia a participação de mais gente do que o pessoal que ele empregava diretamente. Não fazia sentido enviar um gerador inteiro e todos os técnicos necessários para instalá-lo, por exemplo, em Michigan; seria muito mais eficiente que uma oficina local o construísse. Pensaram que talvez fosse prudente subcontratar uma série de companhias locais por todo o país. Era um bom plano, Paul teve de admitir.

Seus sócios haviam iniciado o processo de comprar pequenos fabricantes na Costa Leste e no Meio-Oeste. Mas, como a Westinghouse Electric Company não possuía muito capital disponível, as aquisições precisavam ser estudadas com atenção, segundo uma estratégia. E às vezes era melhor subcontratar essas companhias locais em vez de comprá-las.

A mais substancial dessas transações fora feita com um certo sr. Charles Coffin. Presidente da Thomson-Houston Electric Company, sediada em Lynn, Massachusetts, era ele o cavalheiro que assinava os contratos naquela manhã. Sua empresa tinha capacidade de fabricar geradores do Maine a Connecticut. Seu apoio seria muito valioso.

A equipe de Westinghouse estava reunindo seus jogadores.

Alguns dias depois, sentado em sua sala, Paul ouviu um mensageiro à entrada. O rapaz dizia à secretária que trazia um envelope para ser entregue em mãos ao sr. Cravath. Ele aguardava notícias sobre o processo ou uma intimação para se apresentar perante o tribunal. Mas o conteúdo do curto telegrama foi totalmente inesperado.

"Sr. Cravath. Venha por favor imediatamente à nova Metropolitan Opera House. Estarei em meu camarim. Tenho algo que o senhor gostará de ver. Sinceramente, srta. Agnes Huntington."

30. A Metropolitan Opera House

> *A ciência raramente avança do modo simples e lógico imaginado pelos leigos.*
>
> James Watson

O advogado chamou um coche em meio minuto. Esperou outros trinta e quatro até chegar à rua 39, na qual o edifício da Metropolitan Opera House tomava todo um quarteirão. Com sete andares, elevava-se acima dos prédios do bairro onde predominava a fabricação de roupas. Construída apenas cinco anos antes, a Cervejaria Tijolo Amarelo, como o povo a apelidara, preservara alguns elementos arquitetônicos da vizinhança. Parecia um prédio mais apropriado a atividades fabris do que artísticas.

O Met fora fundado em 1883 para se contrapor à Academia de Música, localizada num local bem mais nobre, a Union Square. Os assentos de veludo da Academia só admitiam as mais velhas e ricas famílias de Nova York. Nenhum dos dezoito camarotes vendidos para membros da elite cinquenta anos antes voltaria ao mercado. Muito embora a cidade estivesse produzindo milionários o bastante para encher três grandes casas de ópera, o conselho de diretores daquela instituição não se mexia. Nem mesmo os Rockefeller, os Vanderbilt ou os Morgan eram aceitos. Por isso, essas três famílias e outros amigos igualmente abonados se uniram e construíram seu próprio teatro. O Met se transformou num sucesso imediato e agora, cinco anos depois, todos os mais requintados espetáculos da Europa e da Filadélfia eram lá exibidos em turnê pelo país. A Academia fechara em 1886. Seu diretor deu uma breve declaração aos jornais: "Não consigo lutar contra Wall Street".

Havia uma lição a ser extraída. Os Estados Unidos eram um país em que poderosos e famosos estavam fadados a formar uma aliança precária. O dinheiro, mesmo o antigo como o de Nova York, era algo de peso. Mas não era mais o bastante. Estar na moda era a força real que movimentava a nação. Estar na moda era ser popular, famoso. A popularidade refletia a voz do povo. E era aos gostos sempre mutantes do público que até mesmo os mais ricos procuravam apelar. De que serve ser rico se ninguém o admira por isso?

O gerente da casa — um sujeito alto, de smoking, que supervisionava as serventes que espanavam e poliam os enfeites de parede — o recebeu. Como era de manhã, as lâmpadas nos corredores estavam apagadas, porém o advogado podia vê-las de onde se encontrava. Eram lâmpadas elétricas fabricadas por Edison.

Paul explicou que fora chamado pela srta. Huntington. Somente depois de ter assegurado ao desconfiado gerente não ser um fã à cata de autógrafo, mas o advogado da prima-dona, é que o graduado funcionário se dignou a aceitar seu cartão de visita.

Conduziu Paul ao cavernoso teatro no centro do prédio. Seus passos ecoavam sob o teto abobadado. Estranha sensação. Quatro mil assentos vazios ocupavam a área. Paul olhou de relance para as cinco fileiras de camarotes que se projetavam de cada lado.

E pensar nas cenas que ocorriam todas as noites em meio àquelas poltronas! As punhaladas pelas costas, a luta por ascensão social, as amargas brigas em família que se desenrolavam a cada intervalo. O drama entre os espectadores, como era do conhecimento de todos, era mais intenso do que o exibido no palco. Deserto àquela hora matutina, o teatro parecia impregnado da promessa de batalhas noturnas.

Chegaram ao palco. Atravessaram as cortinas e desceram por uma escada até uma porta onde reluzia em letras douradas o nome AGNES HUNTINGTON. O advogado não se espantaria se fossem de fato de ouro.

O gerente bateu à porta duas vezes e anunciou o nome de Paul, a quem ocorreu que até então conhecera duas Agnes Huntington muito diferentes — uma na casa da mãe, outra no Players' Club. Encontraria uma terceira no Metropolitan Opera?

"Estão aguardando o senhor", disse o funcionário antes de se afastar.

Paul ficou parado por alguns instantes, respirando fundo.
"Estão?"
Mas o sujeito já tinha ido embora.

A porta se abriu com um rangido. Lá estava Agnes Huntington, radiante. Usava um vestido preto cuidadosamente informal que ia até os tornozelos, as mangas compridas acabando num leve rendilhado branco nos punhos. Sem sapatos.

"Sr. Cravath", ela o cumprimentou, convidando-o a entrar no camarim.

Uma das paredes era tomada por um enorme espelho emoldurado por fileiras de lâmpadas que faziam o aposento parecer duas vezes maior. Havia uma bancada de maquiagem abaixo do espelho e, ao lado, uma arara de roupas. Muitos trajes vermelhos e azuis, de um vermelho e de um azul tão vívidos e luminosos que surpreenderam o visitante. As lâmpadas acentuavam o colorido dos tecidos de seda.

Junto às roupas se viam duas cadeiras de madeira e um sofá-cama decorado, no qual se encarapitava um homem alto que se balançava para a frente e para trás, resmungando baixinho.

"Já conhece o sr. Tesla, não?", disse Agnes ao fechar a porta.

31. Perguntas ainda sem resposta

Decidir o que não fazer é tão importante quanto decidir o que fazer.

Steve Jobs

Nikola Tesla aparecera de manhã, acercando-se de Agnes à entrada dos artistas. Ela custou um pouco a lembrar do sujeito que seu advogado buscara no Players' Club. Mas ele a reconheceu no mesmo instante — afinal, estava à sua procura. Sujo e passando mal, com muita dificuldade pronunciou algumas palavras. O gerente a ajudou a levá-lo ao camarim.

Lá estava o extravagante inventor, sentado no sofá da estrela da ópera. Paul se recordou de que como ele apreciara o Delmonico's. Esse sujeito imprevisível parecia ter uma atração por ambientes luxuosos.

Só quando chegou mais perto dele é que o advogado pôde verificar seu estado — ele parecia ignorar sua presença e continuava a murmurar alguma coisa em voz quase inaudível. Paul se esforçou para entender o que ele dizia em meio a balbucios sem nexo e meias sílabas.

"Nikola? Pode me ouvir?"

"Ele não responde. Mas, por mais perguntas que o senhor possa ter para ele, juro que tenho um número ainda maior delas para fazer ao senhor."

Os olhos de Tesla estavam bem abertos, fixos num ponto longínquo, como se a parede do camarim fosse um horizonte distante. Vestia o mesmo terno com que Paul o vira na última vez. Mas agora imundo. A camisa, antes branca, estava amarelada ou marrom, com manchas indescritíveis. Ele fedia a asfalto, suor e estrume.

Era como se a cerca que em geral o separava do mundo exterior tivesse crescido e engrossado, uma verdadeira muralha. Normalmente Tesla era capaz de jogar umas poucas bolas de conversação por cima do muro. Agora, contudo, nada chegava ao outro lado. Qualquer que tivesse sido a loucura que o acometera, ela havia cortado por completo os vínculos entre o homem e o mundo a seu redor. Se sua consciência ainda estava presente — se, como o pai de Paul acreditava, sua alma permanecesse em alguma parte de seu cérebro —, ela agora era a única residente de um reino interditado.

"Disse alguma coisa que indicasse onde andou ou como sobreviveu?"

"Nada."

"Por que cargas-d'água ele procurou a senhora?" Paul se lembrava de como Tesla havia ficado siderado pela voz de Agnes no Players' Club.

"Não tenho a menor ideia. A questão mais interessante é o que o senhor vai fazer agora."

Era uma situação complexa. "Quem mais sabe que ele está aqui?"

"O gerente", disse Agnes. "Mas ele não tem a mínima ideia de quem ele seja."

"E sua mãe também?"

"É verdade. Sempre que me acontece alguma coisa importante, a primeira coisa que faço é contar para minha mãe."

"Srta. Huntington. Este homem corre perigo."

Ele podia ver a cabeça de Agnes a toda. Entendeu que o que para ele era um problema, para ela se transformaria numa oportunidade.

"Cravath, pode ter certeza de que o senhor foi a primeira e única pessoa que contatei, além da minha mãe. É preciso levá-lo a um hospital, rápido." Ela testava as águas, Paul pressentiu. Queria ver se estava disposto a deixar Tesla num lugar público. Pela expressão do advogado, deve ter ficado óbvio que não era o caso. "A menos, claro, que haja alguma razão pela qual não queira que ninguém saiba que Tesla está aqui, são e salvo."

No Bellevue, ele tivera a certeza de que não podia confiar em Agnes. Nada neste novo encontro o fizera mudar de opinião. Mas que opção lhe sobrava?

Agnes era uma espectadora naquele jogo. Sua eventual lealdade seria determinada pelos outros jogadores envolvidos e por aquilo que poderia obter de cada um. Ela precisava de Paul — ao menos por enquanto. E ele compreendeu que, a despeito de não poder confiar nela, ela só o trairia em nome de interesses que se lhe apresentassem maiores. E portanto ele deveria garantir que a situação não chegasse a esse ponto.

"Alguém está tentando matar este homem."

"É?", ela disse. "Então pelo jeito estão trabalhando muito mal."

"Eu lhe menti antes. Quando disse que o incêndio tinha sido um acidente."

"Ah, mentiu?"

"A senhora supôs que menti, não?"

"Não suponho. Refliti. E refleti que era bem provável. Quem está no encalço do sr. Tesla?"

A fisionomia de Paul pareceu confirmar as suspeitas dela.

"Quer saber se eu penso que Thomas Edison em pessoa tenha ido até a Grand Street e acendido o fogo?", ele disse. "Não. Mas estou convencido de que ele foi responsável pelo incêndio." Explicou os detalhes do caso e a ameaça representada por Thomas Edison. Ela absorveu as informações sem sinal de surpresa ou preocupação.

"O senhor realmente sabe como escolher seus inimigos." Agnes não se assustava por pouca coisa. Ou pelo menos Edison não era alguém que a assustasse.

"Seus colegas, quando é que eles chegam? Eles vêm a este camarim?"

"Costumam chegar por agora. Cada um tem seu próprio camarim, por isso ninguém vai se aboletar aqui. Mas podem bater na porta. Fofoquinhas, mexericos..."

"Ele precisa ficar num local seguro."

"Onde?"

O apartamento de Paul era pequeno, mas serviria. Entretanto, se um dos homens de Edison estivesse seguindo seus movimentos, então ele seria descoberto em poucas horas. Seu escritório não era apropriado, os sócios mais antigos não eram confiáveis. Na propriedade de Westinghouse haveria muitos boquirrotos. Empregados, visitantes que circulam pela casa, o laboratório, as fábricas, jardins, a estação ferroviária privada — a informação iria vazar. Seria possível alojar Tesla num hotel? Ele ficaria à mercê de uma série de estranhos, passíveis de ser comprados.

Paul não era o herói de um livro de aventuras juvenil. Nem lera Júlio Verne.

"Posso fazer uma sugestão?", perguntou Agnes. "O senhor vai ter que instalar o sr. Tesla em algum lugar que os homens de Edison nem pensem em investigar. Um lugar suficientemente perto daqui, ao qual ele possa ser levado bem rápido, além de suficientemente grande para mantê-lo lá por certo tempo. Um lugar em que o dono possa cuidar de um inválido com problemas mentais e que nunca, nem num milhão de anos, levantaria suspeita alguma de Edison ou dos seus homens."

O argumento era convincente.

"Pode manter o sr. Tesla na minha casa."

"Na sua casa?"

"Sim."

"Por que a senhora iria se oferecer para hospedá-lo?"

"Como o senhor poderia recusar?"

Tesla resmungou alguma coisa no sofá-cama.

"Posso abrigá-lo", ela disse. "Posso conseguir que mamãe ajude. Não me olhe assim. Ela é mais tratável do que parece. Vamos mantê-lo aquecido, alimentado e seguro. E então, depois que recuperar a sanidade — tanto quanto possível —, o senhor o convencerá a voltar à Westinghouse e criar os aparelhos de que necessita. A clientela vai comprar os sistemas da Westinghouse em vez dos de Edison. E, acredito, o senhor será o principal advogado da maior e mais influente empresa do país. Vocês vão poder comprar a companhia Boston Ideals se o sr. Foster me ameaçar de novo."

Os artelhos de Agnes bateram de leve no assoalho de madeira. A apresentação fora cabal e, uma vez terminada, ela não esperava que fosse objeto de contestação.

"Não confia em mim?", ela perguntou.

"Confio um pouco", ele respondeu. "Está me pedindo para confiar muito."

Bastava que a qualquer momento Agnes pronunciasse algumas palavras impensadas num jantar, e a vida de Tesla, assim como a carreira de Paul, estariam encerradas.

"Se tem medo de que eu o encaminhe a Edison, talvez possa pensar que, se eu quisesse, já poderia tê-lo feito."

Agnes tinha razão. Ele se sentiu impressionado e assustado com sua força.

"A senhora devia ser advogada", ele disse.

Tomando isso como sinal de aquiescência, Agnes foi até a arara de roupas e pescou um casaco verde comprido e um par de pequenos sapatos sem salto.

"Temos que arranjar roupas novas para ele. Os figurinistas devem dispor de muitas. O senhor e eu temos de sair separadamente. Se Edison mandou que o seguissem, não podemos correr nenhum risco. Primeiro o senhor vai embora, depois eu saio com Tesla. Tomamos um coche e vamos para o Gramercy."

"Como a senhora vai explicar à sua mãe?"

"Isso é problema meu", ela disse, enquanto calçava os sapatos macios. "Tenho uma apresentação esta noite. Vá em casa depois. Meia-noite em ponto."

"Tudo bem."

"Agora me ajude a levantá-lo."

Paul se inquietou à ideia de ter de abandonar Tesla de novo. Agora que finalmente o encontrara, iria perdê-lo de vista mais uma vez. Mas não tinha alternativa.

Voltou-se por alguns segundos para Agnes. "Obrigado. Prometo que isso não vai prejudicar seu canto."

"Bem, vou lhe contar um segredo horrível sobre a ópera", disse Agnes ao tocar a sineta para chamar um assistente. "É o mesmo espetáculo todas as noites."

32. Terrores noturnos no número 4 do Gramercy Park

> *Só porque uma coisa não funcionou do modo como você havia planejado, isso não significa que ela seja inútil.*
>
> Thomas Edison

    Paul não diria nada a seu cliente sobre o reaparecimento de Tesla. Não agora.
    Westinghouse estava isolado em Pittsburgh e não sabia lidar com os subterfúgios da alta sociedade. Era um sujeito durão, sem paciência para dissimulações. Se ficasse sabendo, meia dúzia dos principais engenheiros do laboratório também ficariam a par. Ou qualquer um dos executivos de suas divisões fabris. Todos eles trabalhavam lá havia muito mais tempo que o advogado. Paul confiava sua vida a Westinghouse, porém não podia lhe confiar aquele segredo. Ainda não.
    Isso o deixou zangado. Não consigo próprio, por ocultar de seu cliente uma informação relevante. Não com Tesla, por sua instabilidade mental, nem com Carter e Hughes, por suas trai-

ções mesquinhas. Não com Westinghouse, por se mostrar tão pouco propenso aos segredos a ponto de precisar ser enganado.

Paul tinha raiva de Edison. A posição moralmente desconfortável em que se encontrava agora era fruto da guerra que ele iniciara. Edison era o próprio demônio. E a efetiva medida de sua vilania era o comportamento que obrigava Paul a adotar.

Naquela noite, ele fez a primeira de muitas visitas noturnas ao Gramercy. Na maior parte das vezes, depois de sair do escritório, descia do coche entre onze e meia-noite e esquadrinhava o parque para ver se era observado. Missão impossível num local tão vibrante. Os restaurantes e cervejarias na Irving Place estavam sempre cheios de homens e mulheres jovens que passeavam alegremente sob as lâmpadas mesmo no inverno. O teatro no Irving Plaza ficava a poucos quarteirões de distância e, se por acaso ele chegasse no fim da sessão, encontrava as ruas apinhadas de amantes da música. Sempre que ia à casa de Agnes, ouvia uma canção do lado de fora.

O Gramercy não era o tipo de vizinhança que repararia muito num jovem que, altas horas da noite, visitava às escuras a residência de alguma artista.

Na primeira visita, Fannie abriu a porta e o mandou entrar. Olhou bem dentro dos olhos dele.

"Não estou gostando disso", ela o informou.

"Se eu estivesse em sua posição também não gostaria. Se houvesse qualquer outra solução, posso lhe garantir que nem eu nem meu amigo enfermo estaríamos aqui."

"Minha filha conquistou muita coisa em pouquíssimo tempo para ser prejudicada pela chantagem de um administrador desonesto, pelas festas devassas de pedófilos da alta sociedade, pelos delírios de um lunático ou pelos estratagemas de um advogado esperto demais em benefício próprio. Minha filha gosta do senhor. Eu não gosto. Por isso, pode ter certeza de que vou me voltar contra o senhor, e contra seu amigo Tesla, na primeira oportunidade que aparecer."

Entretanto, não importava como Agnes havia convencido a mãe a acolher Tesla, ela aquiescera, mesmo que não pudesse ser considerada cúmplice voluntária. Seu mau humor era compreensível. Se olhos maldosos registrassem as visitas noturnas de um jovem à sua filha, estaria criada uma confusão dos infernos.

Essa foi a mais longa das trocas de palavras entre Paul e Fannie. Nas futuras visitas, ele passou a cumprimentá-la com um aceno de cabeça, obtendo como resposta uma careta de desprazer. Os contatos entre os dois eram mínimos.

Em algumas noites, Agnes estava em casa quando Paul chegava, em outras não. Passados os primeiros dias, ela lhe deu uma chave da porta, mas o advogado julgava descortês não se anunciar previamente. Era importante preservar algumas formalidades.

No bem-arrumado vestíbulo, era recebido pelas luzes a gás bruxuleantes. Pendurava o casaco e, já em dezembro, batia as botas no chão para soltar a neve.

Tesla fora instalado num pequeno quarto do segundo andar, antes ocupado por uma empregada. Passava a maior parte do tempo na cama de pijama. Quando o advogado entrava, quase sempre o encontrava debaixo dos lençóis. No entanto, o inventor não parecia dormir muito.

Ele estava tendo visões, Paul constatou tão logo conseguiu extrair-lhe algumas palavras, que foram pronunciadas com uma voz muito débil.

"Um grande animal alado", balbuciou o inventor.

Na primeira noite, não disse quase nada que se pudesse entender. Na segunda, verbalizou mais algumas palavras, porém sem maior significado.

"Um incêndio", disse Tesla. "Tudo o que vejo é fogo."
"Isso mesmo!", Paul exclamou. "Houve um incêndio. No seu laboratório. Mas ocorreu há meses. O senhor escapou e agora está a salvo."
Tesla balançou a cabeça de modo desafiador. "Não, não, não, não, não. Conosco aqui. Vejo o fogo em volta de todos nós."
Nas noites seguintes, ele descreveu outras visões. Falou de besouros de chifre. De rios de sangue e de um eclipse solar infinitamente longo. Descreveu um exército de zumbis e uma colônia de formigas cujos corpos eram compostos de partículas de estrelas distantes. Com o passar dos dias, suas descrições se tornaram mais extensas, embora ele sempre se referisse a essas visões não como sonhos, mas cenas que estavam diante de seus olhos vigilantes. Eram tão reais quanto Paul, Agnes e Fannie, tão palpáveis quanto sua pequena cama e a única vela que iluminava o quarto.

A cada noite Paul trazia uma caixa de bolachas de sal que Tesla devorava com avidez. Parecia ter fome, mas só comia isso. Era incompreensível como ainda não morrera de escorbuto. Depois de algumas noites, valendo-se do fornecimento das bolachas, Paul tentou obter mais informações sobre o estado do inventor. Tesla sabia quem era seu interlocutor. Tinha alguma recordação do que haviam compartilhado. Na segunda semana já se referia a ele pelo nome, como fizera com Agnes desde o início. Entretanto, menções a "Edison" e "Westinghouse" pareciam não afetá-lo: ou não lembrava quem fossem, ou, em seu estado, não ligava para eles.

Contudo, a presença de Tesla exerceu um efeito inesperado sobre Agnes. Ela honestamente parecia gostar de tê-lo ali. Com frequência, ao chegar, Paul já a encontrava ao lado da cama do doente, onde permanecia depois que ele partia.

Tesla parecia suavizá-la, seus sorrisos estudados desapareciam. Quando ela ria, era um riso diferente daquele na festa de Stanford White. Diferente mesmo daqueles mais moderados com que brindava Paul. Era um riso mais quente: não era comédia, mas companheirismo.

Ela parecia compreender aquele homem mais do que Paul jamais poderia. Tinha mais facilidade em decifrar sua gramática tortuosa. Ficava realmente fascinada até mesmo com os monólogos incoerentes.

"A senhora gosta dele", Paul lhe disse certa noite quando subiam a escada para o quarto do hóspede. Como tinha acabado de chegar, seu rosto estava vermelho de frio. A briga com W. H. Foster ainda pairava sobre eles, porém Paul já tinha decidido que outra carta não resolveria. Teria de arranjar algo melhor.

"Surpreende-se por eu gostar de Tesla?"

"Ele não faz o tipo de gente do seu círculo."

"Já passei muito tempo representando. No palco, para ganhar dinheiro; fora dele, para ganhar respeito. Ele nunca fez isso um único dia na sua vida. Nem lhe ocorreria. Ele não se importa com a opinião dos outros, só lhe interessa a dele."

Entraram no quarto e, como de costume, encontraram-no resmungando para si mesmo. O vento do inverno sacudia as janelas, fornecendo um acompanhamento em tom grave à conversa que tiveram em voz baixa.

"Navios", disse Tesla. "As partículas que estão se movendo, deslizando, fazendo pressão. Elas são como navios bem pequenos. Devemos ver o que elas trazem. Devemos investigar as águas em que navegaram."

Paul olhou para Agnes. Já tinham ouvido vários desses monólogos. Estariam ali na próxima noite e nas seguintes para presenciar muitos outros.

"As partículas, elas só são navios, não é mesmo? Vou inventar uma máquina para elas andarem na água. Para juntar um porto com outro. Não posso acreditar que ninguém pensou nisso antes. É óbvio quando a gente vê os botes."

Agnes se curvou sobre a cama, na esperança de ouvi-lo melhor.

"É uma bobina, srta. Agnes Huntington. Tem o formato de uma bobina. Não consegue ver? Brilha de tão maravilhosa."

Paul olhou em volta do quarto entulhado de móveis. "Não há nada aqui", ele disse. "Sua mente está criando coisas que não estão aqui."

Tesla se voltou para Paul e, pela primeira vez desde que tinha reaparecido, o encarou com genuína consideração.

"Exatamente", disse Tesla.

"O senhor está tendo alucinações", disse Paul.

"Não", retrucou Tesla com o primeiro sorriso que Paul via em seu rosto havia muito tempo. "Estou inventando."

33. O sr. Edison não concordaria

Quando um homem anormal é capaz de descobrir tantas formas anormais de fazer seu nome conhecido em todo o mundo e de acumular tamanha fortuna com tão pouco conhecimento real, eu digo que este homem é um gênio — ou, usando uma palavra mais popular, um feiticeiro.
Francis Jehl, assistente no laboratório de Edison, 1913

Na noite seguinte, foi recebido com uma surpresa.

O homem que encontrou à beira da cama do enfermo era corpulento. Careca, tinha uma barba branca e espessa que mais do que compensava a falta de cabelos no topo. Encontrava-se curvado sobre Tesla quando ele entrou.

"Ah", disse o homem, olhando-o. "O senhor trouxe as bolachas de sal."

"Quem é o senhor?"

Agnes, ao pé da cama, forneceu a resposta. "Não se preocupe, Cravath. Este é o dr. Daniel Touff. Ele é um alienista."

Foi a primeira briga entre os dois. Depois que o médico saiu, Paul a questionou, com raiva.

"Como trouxe um estranho sem me consultar?" Ele não tencionava gritar, mas sua voz soou alto.

"Não preciso da sua permissão para saber como cuidar de Nikola", ela retrucou, calma.

Agnes conhecera o dr. Touff meses antes, na festa do Dia das Bruxas da sra. Astor. Era tido como confiável naquelas rodas, virtude essencial para quem trabalhava em sua área. Estavam na sala de visitas — Agnes sentada pacientemente no sofá enquanto Paul caminhava de um lado para o outro. Ela explicou que o alienista estava fascinado pelo que descreveu como o "subconsciente" de Tesla. Ele perguntou o que significava aquela palavra, ela admitiu que não fazia a menor ideia. O doutor achava que Tesla parecia sofrer de *démence précoce* — algo como uma loucura antes da velhice. Seria Tesla insano? Aparentemente o dr. Touff não considerava correto tal termo. Esta era a questão, ela disse. "Os alienistas estão abandonando os conceitos de 'sanidade' e 'insanidade'. Querem classificações menos rígidas. Eles se veem como cientistas da mente."

"Ele sugeriu algum tratamento?"

"Descanso."

"É o que estamos proporcionando a ele."

"Também mencionou outra coisa. Que a amnésia não afetou outras habilidades."

"Por exemplo?"

"Inglês, para começar. Já lhe ocorreu que ele não fala conosco em sérvio?"

Era um ponto interessante, Paul admitiu.

Ela continuou. "E sua facilidade com as coisas mecânicas. Sua fala está repleta de termos científicos, de referências a máquinas. Partículas junto com animais alados."

"Suas visões… suas alucinações", disse Paul. "Ele fica dizendo que elas o inspiram a construir uma nova máquina. Vê essas coisas, acredita que são reais — e isso, para ele, significa inventar."

"Um clarão de luz, como são Paulo na estrada para Damasco."

"Ele disse a Westinghouse que a ideia para seu motor de corrente alternada lhe veio num transe semelhante. Sofre uma série de episódios alucinatórios, e aí nasce alguma coisa. Inventa um aparelho. E segue adiante em busca de algo mais."

Agnes parecia encantada com tal processo, embora suspeitasse de sua eficiência. "Mas ninguém 'inventa' uma coisa até que possa construí-la. Se eu passar uma tarde olhando uma partitura e imaginando como posso cantar a música, não se pode dizer que tenha executado a peça. Não crio realmente a coisa antes de entrar no palco e cantar. Minha garganta fica um pouco cansada e recebo algum aplauso no final."

"Para ele é diferente."

"Dizer que inventou alguma coisa não é o mesmo que inventar."

"O sr. Westinghouse concordaria com a senhora…", Paul falou, os sons morrendo aos poucos.

"Cravath?", disse Agnes. "O que foi?"

"E se o sr. Edison não concordar com essa teoria? Se Edison acreditar que dizer que inventou alguma coisa é o mesmo que inventá-la?"

Ela não sabia aonde Paul queria chegar.

"Edison afirmou ter inventado a lâmpada elétrica incandescente no dia 16 de setembro de 1878", disse Paul. "Todo mundo sabe disso porque ele fez uma declaração grandiosa. Anunciou no *Sun*. Organizou demonstrações particulares para jornalistas do *Herald* e do *Times*, que já o admiravam. Patenteou imediatamente o desenho fundamental do artefato — a base, o circuito, tudo isso. Mas só pediu a patente um ano depois, em 4 de novembro de 1879." Paul sentiu uma onda de energia. "E então pergunto: que prova temos de que Edison tenha inventado a lâmpada no momento em anunciou que o fez?"

"Acha que ele mentiu?"

"A primeira patente pedida por ele era vaga. Ou pelo menos esse tem sido meu argumento jurídico até agora. Ele deu entrada em um pedido vago que cobria uma aérea muito ampla. E se Edison não tivesse conseguido que a coisa *funcionasse*? Se houvesse simplesmente *dito* a todo mundo que funcionava? Imagine a situação do ponto de vista dele. Está trabalhando na lâmpada, com dezenas de engenheiros suando vinte e quatro horas por dia. Sabe que está perto, mas sabe também que diversos outros inventores estão trabalhando exatamente no mesmo problema. E também estão perto. Hibbard, Swan e Sawyer... eles estavam quase lá."

"Aí Edison canta de galo?", disse Agnes. "Monta um espetáculo para a imprensa dizendo que o jogo acabou, que resolveu o problema da lâmpada elétrica. E então...?"

"E então os outros desistem! O grande Thomas Edison acabou de inventar a lâmpada elétrica para uso em recintos fechados. Ponto final. E começam a trabalhar em outros desenhos. Mas entre o anúncio de Edison e o pedido de patente houve um intervalo muito grande — a requisição ocorreu um ano mais tarde, e os produtos só começaram a ser vendidos depois de mais um ano. Westinghouse viu oportunidade para outra companhia entrar na jogada. O mesmo ocorreu a Hibbard e Swan. Mas ninguém jamais parou e pensou: que prova existe de que Edison tenha de fato inventado uma lâmpada que funciona?"

"Deve ter havido demonstrações."

"Muito breves. Um minuto de cada vez... dois... Todos os

jornais assim as descreveram. Um jornalista, ou um investidor, via a lâmpada por um minuto. Dois, no máximo, e depois era afastado do local de demonstração. Supostamente a fim de que ninguém pudesse observar o desenho por tempo suficiente para roubá-lo. Mas, e se as demonstrações fossem curtas por uma outra razão?"

"Porque as lâmpadas não funcionavam de verdade?"

"A questão básica era a estabilidade. Ninguém conseguia fabricar uma lâmpada que não explodisse em minutos nem pusesse fogo no que estava por perto... E se as primeiras lâmpadas de Edison, as que descreveu em seu pedido inicial de patente, ainda estivessem explodindo?"

"E ninguém sabia, porque só podiam ver por dois minutos."

"Edison teve dois anos a mais para aperfeiçoar a engenhoca, enquanto todos os outros se torturavam por não entender como ele pudera fazer aquilo."

Paul e Agnes se entreolharam por alguns segundos carregados de emoção. Ela estava tão tensa quanto ele. "Se eu conseguir provar que Edison mentiu ao pedir a patente, então não preciso provar que as lâmpadas de Westinghouse não a infringem. A batalha jurídica que estou conduzindo, os argumentos que tenho apresentado — tudo estaria superado. Porque, em vez disso, poderíamos invalidar a patente dele. Mandar toda a safadeza pelos ares, de cima a baixo."

"E aí?"

"Aí a Edison General Electric Company e a Westinghouse Electric Company estariam livres para produzir e vender dois produtos diferentes, deixando o público decidir qual prefere. Fim dos processos, fim das ameaças. Estaríamos na situação que Edison teme desde que soube que Westinghouse o desafiaria: numa luta honesta."

34. O império da invenção

> *A inovação vem de pessoas que se encontram nos corredores ou telefonam uma para a outra às dez e meia da noite com uma nova ideia. Ou então imaginaram algo que manda para a espaço o modo como vínhamos pensando certo problema.*
>
> Steve Jobs

Depois da epifania ocorrida na companhia de Agnes, Paul caminhou até a rua 50, no lado leste, inventando um plano de ataque e também pensando sobre a sorte de tê-la como confidente. Lembrou-se, não pela primeira vez, de que ela era sua cliente, não sua amiga — e com certeza não seria nada mais. A ideia de que a mais brilhante estrela dos palcos nova-iorquinos namorasse seu advogado era um disparate. E, no entanto, ele só pensava em todos os convites que ela recusara nas últimas semanas para ficar à beira da cama de Tesla. Sentia afeição por Tesla, era evidente. Seria possível que sentisse também por ele? Não foi fácil pegar no sono aquela noite.

No dia seguinte, o advogado começou a reunir o material de que precisava para provar que Edison mentira ao pedir a patente. Foi rapidamente engolfado pelo volume e a variedade dos documentos.

Primeiro, aqueles relativos à própria patente número 223 898. O pedido tinha meras três páginas. A primeira consistia de um desenho da lâmpada feito à tinta, com anotações nas margens identificando os diversos componentes. As outras duas, de dois breves sumários escritos à mão, relatando o que a lâmpada fazia e como era operada, assinados por Edison. Menos de mil palavras no total. A batalha jurídica que aquelas palavras tinham causado! Uma Guerra de Troia em apenas duas folhas.

Já os documentos que acompanhavam o pedido eram significativamente mais longos. Incluíam os esclarecimentos prestados por Edison ao escritório de patentes nos anos que se seguiram ao pedido, bem como a correspondência entre o inventor e o escritório com respeito à concessão posterior da patente. Todos devidamente assinados e validados. Numa corrida pela preeminência histórica, a data em que se podia provar a reivindicação de um direito era pelo menos tão importante quanto a própria substância da reivindicação.

Além disso, havia os materiais relativos às outras patentes relevantes, dezenas delas concedidas pelos governos dos Estados Unidos e de países europeus para itens denominados "lâmpadas incandescentes". Até então, Edison tinha argumentado com êxito que cada uma dessas patentes era bem diferente da sua, a qual em nada devia a essas invenções. Paul vinha se esforçando para compreender essas diferenças na esperança de comprovar que alguma delas invalidasse as reivindicações de Edison.

Vinham então as entrevistas, os artigos e panfletos publicados a respeito da milagrosa "invenção" de Edison. Se o objetivo era provar que não ocorrera nenhum avanço essencial quando ele anunciou o acontecimento, Paul precisaria acumular e organizar todas as declarações feitas pelo inventor e seus associados nos anos que precederam a concessão da patente e nos que a ela se seguiram. Seria possível demonstrar que Edison se contradisse em algum momento? Encontraria Paul alguma declaração por parte de um dos engenheiros de Edison que desmentisse o patrão? Teria algum dos jornalistas que testemunharam as demonstrações da lâmpada no inverno de 1878 reparado em determinado detalhe?

A papelada a ser esquadrinhada era assustadora. Paul reuniu montanhas de papel nas salas da firma e as contemplou qual um alpinista experiente estuda os picos distantes do Everest. Que homem seria capaz de fazer a escalada sozinho?

Carter e Hughes privilegiavam uma estratégia de caráter defensivo, argumentando que a patente de Edison era boa, mas que as lâmpadas de Westinghouse não a infringiam. O sentimento de ambos em relação a Paul era de tal rivalidade que o jovem duvidava de que poderia convencê-los a assumir uma postura mais ofensiva. Embora pudesse conversar com Westinghouse sobre o assunto, como seu cliente poderia ajudar? Seus funcionários eram engenheiros, e Paul necessitava de advogados.

Seus pensamentos se concentraram na maravilha que era o laboratório de Edison. Admirava os feitos daquela organização, eram inegáveis. Até mesmo Reginald Fessenden havia descrito com reverência a engenhosidade do sistema. Seu laboratório tinha de fato produzido um número maior de maravilhas no curso de uma década do que qualquer outro ao longo da história da humanidade. Do telégrafo dúplex ao fonógrafo e ao microfone de carbono, incluindo centenas de outras maravilhas menores, as conquistas de Edison eram extraordinárias.

E, contudo, ele não fizera aquilo sozinho. Ele não era o inventor solitário que varava as madrugadas. A imagem que gostava de apresentar ao público não passava de outro de seus engodos. Edison era o chefe de uma vasta organização, tal como eram os demais barões da era industrial. Andrew Carnegie dirigia uma empresa que refinava mais ferro-gusa do que qualquer outra no mundo. Jay Gould criava ferrovias e John Rockefeller extraía petróleo das profundezas do solo. A genialidade desses homens não estava no trabalho de suas mãos, mas na eficiência do sistema que construíram.

O império de Edison era de outra natureza. Os barões industriais haviam gerado organizações que produziam objetos. Florestas eram exploradas para extrair madeira; minas eram cavadas para buscar carvão; fábricas eram erguidas para combinar as matérias-primas da indústria pesada. Mesmo a Westinghouse Electric Company fora criada para produzir em massa equipamentos industriais de consumo geral. Mas a sede de Edison, primeiro em Menlo Park e agora na Quinta Avenida, gerava sobretudo ideias. Vanderbilt construíra um império de navios; James Duke, de tabaco; Henry Clay Frick, de aço. Thomas Edison erguera um império de invenção.

No entender de Paul, Edison não era o primeiro a ficar rico inventando alguma coisa inteligente, e sim o primeiro a criar uma fábrica que cultivava a inteligência. Whitney e Alexander Graham Bell ficaram famosos inventando algo excepcional. Edison estabelecera um laboratório que havia inventado muitas coisas. Sua genialidade não estava no ato de inventar, e sim na invenção de um sistema de invenção. Dezenas de pesquisadores, engenheiros e trabalhadores labutavam numa organização hierárquica construída com bastante zelo, e que seu fundador continuava a supervisionar.

No topo da pirâmide, ele era capaz de identificar os problemas que urgia resolver. Buscava deficiências no mercado e localizava áreas que podiam estar maduras para receber uma invenção nova. Escalava uma equipe a fim de determinar quais os problemas tecnológicos que emperravam a indústria e buscar a solução correta. Uma vez que tal equipe identificasse as questões relevantes, um exército de inventores secundários atacava as possíveis soluções até alcançar um progresso de fato. O exército então se dedicava a uma infinita variedade de potenciais aperfeiçoamentos, até que, pelo próprio volume das tentativas de erro e acerto, nascia uma "invenção". E essa invenção seria patenteada, produzida em massa e comercializada sob um nome. Um nome era gravado de forma ostensiva ao lado de qualquer produto saído daquele laboratório. Um nome cujas seis letras eram reproduzidas com a mesma fonte e o mesmo corpo em todos os aparelhos. Um nome encontrado num ou noutro artigo na casa de qualquer cidadão norte-americano com bom nível financeiro.

E-D-I-S-O-N.

Este mesmo nome constava de muitas e muitas páginas à sua frente. Sentiu certa inveja. Se ao menos dispusesse de uma organização! Se possuísse um sistema para resolver problemas jurídicos como aquele que Edison desenvolvera para resolver problemas tecnológicos!

Bem, e por que não?

35. Advogados associados

> *Ninguém é rico se não tiver condições de organizar seu próprio exército.*
>
> Marcus Crassus, 54 a.C.

O Hamilton Hall da Universidade Columbia era um prédio de quatro andares em estilo neogótico no centro do campus da Madison Avenue. O telhado em aclive terminava pouco acima dos carvalhos desfolhados que ladeavam as aleias de terra batida. O campus era uma fortaleza de pedra no meio da urbe, suas torres cinzentas perfurando o azul do céu de inverno.

Paul sempre sentira que aquele campus devia ter sido projetado sob forte carga de ansiedade. As intrincadas fachadas góticas foram construídas para lembrar o Velho Mundo, as pedras com superfícies curvas representando o Iluminismo europeu e as famosas universidades da Inglaterra e da França. Embora fosse uma das mais antigas no país, ainda tinha a gordurinha dos bebês. A insegurança que afligia os nouveaux riches de Wall Street era ainda pior entre os acadêmicos. Todos os banqueiros queriam ser príncipes, todos os professores queriam ser Martin Luther.

Durante séculos, a tecnologia fora dominada pela Royal Society de Londres e pela Académie des Sciences de Paris. Antes da última década, ninguém teria imaginado que os Estados Unidos seriam um bastião avançado do progresso científico, pois detectava-se no país uma inclinação anti-intelectual. No entanto, agora os dois laboratórios tecnologicamente mais avançados do planeta, tanto quanto Paul saberia dizer, não estavam no Louvre, em Paris, ou na Burlington House, em Londres. Ficavam em Menlo Park, Nova Jersey, e Pittsburgh, Pensilvânia, e eram dirigidos por homens que tinham vencido por seus esforços e não possuíam formação acadêmica. Além disso, no entender de Paul, um terceiro laboratório talvez estivesse alocado num pequeno quarto dos fundos da casa de uma cantora de ópera no Gramercy Park. E existia apenas na mente de Nikola Tesla.

Ele entrou no auditório do quarto andar em meio a um grupo de alunos. Misturava-se bem a eles, conhecidos pela postura confiante, sóbria, enérgica. Atributos que Paul ainda conservava. Ao tomar assento no fundo do salão, o advogado podia sentir o cheiro das loções cuidadosamente aplicadas nos cabelos.

Viera observar a aula de Theodore Dwight, na qual se realizaria um julgamento simulado. O professor havia ficado muito feliz em ajudar o ex-aluno num momento de necessidade. Ter o mais famoso jovem advogado da cidade de volta à sala seria uma honra, tanto para o professor quanto para os cerca de sessenta estudantes sob sua orientação.

Quase chegando aos setenta anos, Dwight exibia uma plumagem excepcional com suas suíças e a barba branca como a neve. A peruca combinava perfeitamente, dando-lhe um ar de despreocupada seriedade: despreocupação com o que pudesse estar na moda, seriedade com o trabalho de toda uma vida. A largura dos colarinhos variava, bem como os nós de gravata, mas a lei permanecia imutável.

O tema naquela tarde era o processo "Goodyear *vs.* Hancock", uma ação fundamental de patentes disputada algumas décadas antes e relativa à criação da borracha à prova d'água. Os alunos debateriam o caso. Dwight servia como juiz, enquanto dois grupos de estudantes, sentados a seu lado, atuavam como defensores do querelante e do acusado.

Observando os rapazes que conduziam seus embates apaixonados e sem objetivo de ganho pecuniário, Paul reparou em quatro deles, que articulavam seus argumentos com maior clareza. Não é que a análise jurídica deles fosse a mais astuta, mas eles sabiam expô-la por meio de uma narrativa concisa. Eram contadores de história.

Mais tarde, ao lado do professor, ele explicou a proposta aos quatro que selecionara.

"Estou aqui para lhes oferecer um emprego", disse Paul aos jovens. "Para trabalhar no caso 'Edison *vs.* Westinghouse'. Já ouviram falar?"

É claro. "Vou precisar de apoio em todas as áreas", Paul continuou. "Pesquisa, redação de memoriais, busca e preparação de testemunhas. Preciso de pessoas inteligentes para me ajudar."

"Então seríamos advogados da firma Carter, Hughes & Cravath?", perguntou o mais ativo, que se apresentara como Beyer.

"Não exatamente", respondeu Paul. "Como ainda estão cursando a universidade, continuam como alunos enquanto trabalham para mim, até que se formem."

"Então está nos convidando como aprendizes?", perguntou outro, Bynes. "Todos nós?"

"Não, o que estou propondo também não é exatamente isso."

"Se não atuaremos como aprendizes nem advogados", disse Beyer, "então o que seremos?"

"Um meio-termo. O que estou propondo é ao mesmo tempo uma novidade e a melhor chance que qualquer um de vocês vai ter para entrar a galope na corrida que é nosso ofício. Pensem nessa posição como a de um 'advogado associado' — que tal assim? Vamos criar uma fábrica jurídica. Os homens têm se organizado em sistemas que produzem qualquer material, mineral, equipamentos de toda ordem. Por que não fazer o mesmo no campo jurídico?"

Demonstrando perplexidade, Bynes falou pelo grupo.

"Porque — e naturalmente não quero parecer rude ou ingrato — o trabalho jurídico é de uma natureza categoricamente diferente do trabalho físico. Um memorial não é uma placa de aço."

Dwight sorriu, orgulhoso de seu aluno por participar daquele diálogo socrático.

Paul tinha a resposta na ponta da língua. "Se é possível organizar um processo para produzir um, por que não para produzir o outro? E eis aqui o benefício adicional: vou poder instruí-los ao longo de um caso. Depois que me formei, servi como aprendiz para o sr. Carter, de quem agora sou sócio. É complicado ser promovido a advogado — eu nunca havia lidado com um cliente, e tive que atraí-los sem experiência de como fazê-lo. Vocês não seriam jogados nesse mar cheio de tubarões."

"Então como vamos conseguir clientes?", perguntou um dos que ainda não tinham falado. Paul já esquecera seu nome.

"Terão os meus. Ou, para ser mais preciso, terão exatamente um dos meus."

"Westinghouse", completou Beyer.

"Vocês terão de se dedicar a esse caso e apenas a ele, sempre sob minhas instruções. E vou adotar a proposta: receberão salários. Dez dólares por semana, que posso garantir por um ano, quando então terão terminado a universidade e poderão trabalhar como advogados plenos. Ou, se não fizerem um trabalho de primeira, serão dispensados e substituídos por outros jovens e brilhantes alunos. Mas a oportunidade está dada, o futuro de cada um só dependerá da qualidade do trabalho."

Beyer, Bynes e os outros dois se entreolharam enquanto consideravam o oferecimento de Paul. A profissão jurídica existia havia séculos como um sistema de mestres e seus protegidos, artesãos e aprendizes. As firmas de advogados ainda se comportavam como oficinas de sapateiros. Ao criar esse novo tipo de entidade jurídica, Paul visava alterar fundamentalmente os métodos da profissão.

"Qual será nossa primeira tarefa?", perguntou Beyer.

"Precisamos provar que Thomas Edison mentiu para o público, seus investidores e o governo dos Estados Unidos da América."

"Nossa!", disse Beyer. A ávida expectativa dos alunos se dissipou.

"Bom", Paul explicou, "acho que não mencionei que seria fácil."

Os jovens associados de Paul começaram imediatamente. Trabalhariam por meio período durante poucos meses, até a formatura, e depois passariam a um regime de tempo integral. Ele os instalou numa sala barata na Greenwich Street, a uns quatrocentos metros da Carter, Hughes & Cravath. Tratava-se de um velho edifício subdividido em pequenos escritórios. Não foi difícil a locação, Paul pagou o primeiro mês com um cheque pessoal contra o First National. Incumbiu os rapazes da mobília e eles compraram num mercado de usados uma longa mesa que tratariam de dividir.

"Desfalque" não era a palavra que Paul teria preferido empregar para descrever seu plano de remuneração pelos serviços dos associados. Ele não tinha condições de pagar-lhes indefinidamente do próprio bolso, precisaria desviar recursos da conta de Westinghouse. Mas se a tentativa de anular a patente de Edison não fosse um gasto correto para a Westinghouse Electric Company, o que mais seria?

A pouca confiabilidade de Carter e Hughes era o que o havia posto naquela situação. Se não o tivessem traído antes, ele agora não se veria forçado a agir às escondidas. Por isso, naquelas frias semanas de dezembro de 1888, enquanto Manhattan se enrolava em camadas de lã da Nova Inglaterra, Paul envolvia suas operações em camadas de mistificação financeira.

Não tinha ilusões, sabia dos riscos. Qualquer desfecho para aquela história passaria pela dissolução da firma. Em algum momento, Carter e Hughes descobririam tudo e então o expulsariam, e provavelmente o processariam. Se o plano de Paul fosse bem-sucedido, eles tomariam conhecimento disso na hora da vitória. Se fracassasse, saberiam de tudo quando a Westinghouse Electric Company pedisse falência. De um modo ou de outro, Paul seria punido. Ganhasse ou perdesse, acabaria desempregado. De um modo ou de outro, terminaria sozinho. Sua única dúvida era se sua próxima firma estaria localizada em Manhattan ou no térreo não aquecido da casa do pai no Tennessee.

36. A srta. Huntington concede uma entrevista

> *De certo modo, as manchetes induzem a erro: as más notícias geram manchetes; os avanços graduais, não.*
>
> Bill Gates

O Natal de 1888 chegou junto com uma frente fria que tornou a cidade ainda mais dura, mas não gélida como no ano anterior, quando ocorreu a maior tempestade de neve em décadas. Agora só estava gelada.

Tesla passou o Natal com as Huntington. Paul não foi convidado: aparentemente Fannie desejava preservar alguns momentos particulares na santidade da família. De intruso bastava o sérvio, mas pelo menos se tratava de um caso de caridade. Combinava com a época do ano. Paul era o mero advogado de ambas. Um serviçal. Podia se arranjar sozinho.

Ele passou o Natal trabalhando. Jantou na taverna P. J. Clarke, no quarteirão onde morava. Esperava não encontrar vivalma, mas o local estava mais cheio do que de costume. Ele não era o único nova-iorquino solitário que queria degustar um guisado de carneiro e tomar cerveja num lugar público.

No dia seguinte, arrastou-se em meio ao frio até o Park Row, de frente para o City Hall. Os andaimes que envolviam o prédio de cinco andares sinalizavam o vasto projeto de reforma que estava em curso — a estrutura parecia estar sendo alargada para fora, como um inseto que escapasse da casca. Até que era uma boa metáfora, já que Paul não tinha grande apreço por quem trabalhava lá dentro. Eram jornalistas.

O *New York Times* não era o jornal de maior circulação ou prestígio da cidade, mas sem dúvida era o mais ambicioso e obcecado por seus ideais comicamente nobres.

Ele concebera o plano, e Agnes o apoiara de pronto. Fannie se mostrara cética, porém mesmo ela foi obrigada a admitir que se tratava da melhor ideia que seu advogado tivera até então. Era arriscado. Contudo, devido à natureza da chantagem que sofriam, qualquer ação também o seria.

O plano de Paul consistia em jogar com a reputação de seus dois clientes, utilizando uma a serviço da outra. Chegou a esse raciocínio ao lembrar da marca nos produtos de Thomas Edison: todos traziam a palavra "Edison", na mesma fonte e no mesmo corpo. Se o freguês gostasse de um deles, poderia ficar tentado a comprar outro, totalmente diferente, baseado na lógica de que procedia do mesmo fabricante. A palavra "Edison" se tornara uma "marca", não menos incisiva e permanente que as gravadas no couro dos rebanhos. O logo circular de Edison até lembrava a cicatriz do ferro em brasa de um criador de gado. Não devia ter sido acidental.

Paul criaria sua própria "marca" como advogado. O nome Cravath ficaria no centro de ambos os casos de que cuidava, símbolo das tremendas dificuldades tratadas com bom gosto e discrição.

No *Times* havia um repórter chamado Leopold Drucker, que teria grande prazer em fazer uma entrevista com Agnes, já que raras vezes ela as concedia. O jornal não publicaria nada que a retratasse de forma desfavorável, como era do gosto de tantos jornalistas de mexericos.

"Mas por que", Fannie perguntara, "conceder uma entrevista?"

"Porque W. H. Foster está chantageando as senhoras com a ameaça de um escândalo. Por isso, em vez de esperar que ele use os jornais contra as senhoras, nós usaremos os jornais contra ele. Se Foster acredita que as senhoras têm muito a perder com uma divulgação pública, vamos deixar claro que ele também tem."

Como combinado, Paul e Agnes se encontraram no vestíbulo do edifício do *Times*. Uma secretária indicou a escada para o quarto andar.

"Não fale muito", disse Paul. "Só o necessário."

"Sei como dar uma entrevista. Não é minha primeira. Mas, se der certo, aposto que vai ser a mais divertida."

Que Agnes se deleitasse com um ataque a W. H. Foster não o surpreendia. Quando maltratada, ela podia ser vingativa — outro traço que ele apreciava.

"O sr. Drucker está a nosso favor", disse Paul, "mas não completamente. Vai ser uma entrevista de verdade."

"O senhor o comprou", retrucou Agnes, peremptória. Não era uma pergunta.

Paul fez uma pausa antes de falar. "Não exatamente."

"Assim como Edison comprou o *Evening Post*, o senhor fez o mesmo com o pessoal do *Times*."

"Westinghouse concedeu ao sr. Drucker entrevistas exclusivas e acesso a relatórios sobre produtos que em breve apareceriam no mercado. Por isso, Drucker escreveu com generosidade — e honestidade — sobre esses produtos. Não é propina. É uma troca." Paul reforçou a afirmação: "Não descemos ao nível de Edison".

Agnes ergueu uma sobrancelha. "Já pensou que talvez esteja perdendo justamente por isso?"

Encontraram Leopold Drucker em meio a outros jornalistas que trabalhavam diante de escrivaninhas entulhadas. Mesmo no dia seguinte ao Natal, o som das máquinas de escrever preenchia a redação.

Paul, fascinado, observou Agnes dar a entrevista. Seu desempenho não foi menos brilhante do que suas apresentações. A secretária de Drucker transcrevia suas palavras. Agnes falou calmamente, como se estivesse numa reunião social. Tratou Drucker como um amigo de longa data, embora tivessem se conhecido minutos antes. Falou num tom leve, engraçado e refinado. Parecia uma moça do interior encantada por viver os sonhos de uma cidade grande e, ao mesmo tempo, uma figura respeitada na alta sociedade de Nova York, de hábitos elegantes e com um comportamento digno das grandes senhoras.

Discorreu sobre Paris, Londres, sua paixão pelo canto. Mencionou a mãe devotada, sempre a seu lado. Uma moça inocente no que dizia respeito ao teatro enquanto negócio. Esperou que Drucker lhe perguntasse sobre a turnê no Meio-Oeste — por que tão curta? Não gostara de Chicago?

"Chicago estará para sempre em meu coração", ela disse. "É a Paris do Meio-Oeste. Houve apenas um probleminha com o diretor, e me vi forçada a abandonar o grupo." Quando pressionada a revelar a natureza do problema, ela se opôs. "Pergunte ao sr. Foster. Ele dirige o grupo em que eu cantava. Gente maravilhosa. Se falar com alguma das moças da trupe, transmita por favor meu carinho. Elas sofreram tanto! Mas, sim, Chicago, que cidade divina!"

Paul precisou se conter para não aplaudir. Drucker podia

publicar aquilo sem nenhuma modificação. Poucas palavras, escolhidas com cuidado, haviam sido suficientes para causar o estrago que ela desejava. "Moças." "Sofreram." "Probleminha." Não comprometia o bom nome de Foster, nada havia de difamatório no que dissera. Nada que nem de longe mostrasse uma ponta de rancor. Soara como se ela estivesse se esforçando para *não* prejudicar a reputação dele. E assim qualquer leitor atilado poderia tirar suas conclusões sobre aquele diretor capaz de causar um problema com suas cantoras. Qualquer especulação a respeito da natureza da questão residiria somente no campo da imaginação do leitor.

Terminada a entrevista, o sr. Drucker instruiu a secretária a entregar a transcrição até a noite. A redação emudeceu quando Agnes passou diante dos jornalistas e datilógrafos. Paul a observou deslizar pelo salão.

"Cravath!", disse Drucker. "Chegou uma coisa, ontem se não me engano, que pode interessá-lo. Vou lhe mostrar. É da autoria de Harold Brown."

"Com certeza", disse Paul, "o *New York Times* não vai publicar um editorial de Brown." O *Times* nunca fora propriamente um jornal favorável a Westinghouse, mas também não se mostrara um bajulador contumaz de Edison como os outros.

"Não é um editorial. É um anúncio. De página inteira."

"Anúncio de quê?"

"De uma demonstração", disse Drucker. "E, valha-me Deus, tudo indica que vai ser um espetáculo e tanto."

37. Algo grotesco no Ano-Novo

Afinal, o que é um cientista? É um homem curioso que olha por um buraco de fechadura, o buraco de fechadura da natureza, tentando saber o que está acontecendo.

Jacques Cousteau

A coleção de Paul dos editoriais incendiários de Harold Brown crescera substancialmente nos meses anteriores. A pilha no chão de seu escritório já se tornara periclitante. Quase todos os grandes jornais do país haviam publicado uma de suas arengas, sempre com uma inflexão hiperbólica. A corrente alternada chegara para matar nossos filhos, e o fornecedor era George Westinghouse.

Paul e Westinghouse haviam tentado educar o público, discorrendo sobre os princípios científicos, explicando por que a corrente alternada era menos perigosa do que a contínua. Seu cliente havia redigido pessoalmente editoriais em que garantia a segurança de seus sistemas. Entretanto, a opinião pública não se sensibilizara com os raciocínios científicos como engolira as invenções mirabolantes de Brown.

Brown agora elevava a campanha a outro patamar, organizando um show ambulante em que demonstraria como a corrente de Westinghouse podia ser letal.

No dia do Ano-Novo de 1889, Paul pegou o trem para West Orange, Nova Jersey. Encontrou um auditório cheio. Calculou uns cem espectadores, entre funcionários municipais encarregados de assuntos de segurança, representantes de companhias de iluminação, engenheiros variados e um contingente significativo de jornalistas. A turnê de Brown estava sendo anunciada ao longo de toda a Costa Leste. Ele se apresentaria em Boston, Filadélfia, Baltimore, Washington. Áreas sob o controle de Edison, pensou Paul, embora nessas viagens Brown tivesse de utilizar trens com os freios desenhados por George Westinghouse.

Harold Brown entrou no salão. Para surpresa de Paul, ele mais parecia um agente de seguros: era baixo, com gestos comedidos e voz débil; se não fosse a figura principal do evento, desapareceria na multidão. Começou a palestra explicando que não tinha "interesse comercial ou financeiro" no debate nacional entre a CA e a CC; seu envolvimento nessa disputa era motivado exclusivamente por seu compromisso com a verdade. Dirigiu a atenção da plateia para uma pequena jaula, feita de madeira mas com fios de cobre entre as barras. Dentro, havia um cão de caça preto de bom tamanho. Um assistente prendeu fios nas pernas do animal, um na pata dianteira direita, outro na traseira esquerda. O cão, sem suspeitar de nada, não latiu quando lhe apertaram o cobre contra o pelo. Brown mostrou aos espectadores um gerador de corrente contínua. Do "tipo fabricado pelo sr. Edison", como explicou. Ligando um interruptor, fez passar no corpo do cão o que descreveu como uma carga de trezentos volts. O animal emitiu um ganido e estremeceu, como se buscasse se libertar. Os grilhões, porém, não se desprenderam.

"Podem ver", Brown sentenciou, "que a corrente contínua fere tanto quanto uma alfinetada."

Regulou o gerador para quatrocentos volts e aplicou de novo a corrente no infeliz cão de caça. O latido foi mais alto.

Depois foram setecentos volts de CC. O cachorro uivou, batendo a cabeça contra as barras da jaula. O pobre coitado se agitou até conseguir soltar o fio elétrico da pata dianteira. O assistente de Brown o repôs com toda tranquilidade.

Ouviram-se berros de protesto na audiência. Alguns homens gritaram que aquilo era demais. Paul se sentiu terrivelmente mal.

"Mesmo com setecentos volts", Brown explicou, ignorando as súplicas da plateia, "essa corrente contínua é incapaz de causar um mal permanente ao animal. Mas", acrescentou, "vejamos como a corrente alternada se comporta." O assistente substituiu o gerador de CC por um maior e mais novo. Brown o descreveu como um aparelho de corrente alternada, idêntico àquele produzido pelo sr. Westinghouse.

"Voltemos a modestos trezentos volts", ele disse ao acionar o interruptor e fazer passar a corrente alternada pelo corpo do cachorro. Depois de se sacudir fortemente e lançar um guincho pavoroso, o animal caiu no chão, morto. "Terrível", disse o apresentador, enquanto balançava a cabeça, penalizado. Os espectadores estavam chocados. "Sinto ter lhes mostrado tal horror. Mas, se os senhores se incomodaram, sugiro procurarem o sr. Westinghouse. É ele quem está tentando levar essa corrente para todas as ruas do país. Se é isso o que acontece com um cão, imaginem o que pode fazer com uma criança!"

Apesar de uma nota oficial de protesto da Sociedade Norte-Americana para a Prevenção da Crueldade contra os Animais,

Brown deu uma demonstração quase idêntica no dia seguinte. Um cachorro terra-nova foi eletrocutado durante oito segundos antes de morrer. Na outra noite foi um setter irlandês, com resultados idênticos.

Nas semanas seguintes, a cobertura jornalística dessas demonstrações foi quase cômica em termos de previsibilidade e absurdo. Paul havia imaginado que a controvérsia relativa àqueles eventos grotescos lhe seria vantajosa. De fato, quem poderia levar a sério as afirmações de um homem que queimava animais vivos?

Pois se enganara. Todos os jornais seguiram o mesmo padrão. Primeiro, uma denúncia do comitê editorial, como se todos estivessem limpando a garganta, sobre a abominação moral de sacrificar os animais. Logo depois, a observação relutante de que, mesmo se Brown talvez houvesse ido longe demais, isso não invalidava a demonstração. E, com base nos horrores testemunhados, sua mensagem era ao mesmo tempo robusta e vitalmente importante.

"Conquanto Brown pudesse encontrar uma audiência maior para seus argumentos caso eles não fossem expostos de maneira tão contrária aos princípios cristãos", declarou o *Philadelphia Inquirer*, "não se podem negar os perigos que elucidou com tanto sucesso ao eletrocutar um labrador." A controvérsia resultou no uso de ainda mais tinta, chamando mais atenção para a causa de Brown. Pelo que se via, no circo da opinião pública nenhum ato era demasiado extremo. A vilania de Brown fora transferida com sucesso para Westinghouse.

"Sr. Paul Cravath", comentou Tesla, duas semanas mais tarde, quando Paul entrou em seu quarto. "Sua aparência é mais pálida que a minha."

Ao recém-chegado só restou sorrir. Poucas vezes Tesla se

dirigira a ele pelo nome desde o acidente. "Não estou dormindo tanto quanto devia."

Tesla não respondeu. Voltou-se para a janela e contemplou as formas que o gelo tomava do lado de fora da vidraça. Traçados geométricos que se moviam lentamente. Paul passou mais vinte minutos tentando fazer com que ele retomasse a conversa, mas nada. A breve centelha de lucidez foi tudo o que ele pôde colher naquela noite.

No entanto, era sinal de melhora. Na véspera, Agnes até o ouvira se referir a Edison. Os nomes estavam voltando, bem como os fatos. Paul esperava que em breve ele lembrasse como sobrevivera. E, mais importante, recuperasse a capacidade para inventar uma lâmpada que não infringisse nenhuma patente. Embora a produção de geradores de CA crescesse segundo o planejado, Westinghouse e Fessenden haviam relatado pouco progresso no desenvolvimento de uma lâmpada nova. Só um golpe de gênio daria corpo a tal produto, como sugerira Fassenden. A recuperação de Tesla não podia tardar; Paul torcia para que ocorresse a qualquer momento.

Ele e Agnes tomaram um cálice de vinho do Porto tarde da noite. Recentemente isso se tornara um ritual em suas visitas da meia-noite, e ele passava o dia na expectativa desse momento. Devido à sua posição, sem falar na carga de trabalho, só lhe restavam poucos amigos. Deu-se conta de que havia apenas uma pessoa com quem ele podia ser cem por cento honesto. Que sorte, e que fantástico, que fosse ela!

"Algum progresso com seu amigo Harold Brown?", perguntou Agnes tomando um golinho. Ela ainda calçava as luvas pretas de seda, apesar de estar na sala de visitas. Era uma curiosa mistura, pensou Paul, de formalidades adotadas e abandonadas.

Perguntou-se como seria beijá-la. Em vez disso, falou sobre o caso.

"Ainda não encontramos uma conexão com Edison. Não temos nem registro de que ambos tenham estado no mesmo lugar ao mesmo tempo. É como se Edison fosse o dr. Jekyll, e Brown, o sr. Hyde."

"Nunca li esse livro."

"Nem eu", Paul admitiu. "Mas meus associados descobriram uma coisa estranha: pedidos de patente em nome de Brown. Todos rejeitados."

"Rejeitados?"

"Ele apresentou o desenho de uma lâmpada elétrica quatro ou cinco anos atrás. Algumas de seu próprio gerador. Meus rapazes levantaram duas dúzias dessas coisas."

Agnes refletiu, batendo com os dedos enluvados contra o delicado cristal do cálice. "Então ele é um inventor fracassado?"

"É o que parece. Pedi a um dos engenheiros de Westinghouse que desse uma olhada nos pedidos rejeitados. Me disseram que não valem nada — cópias malfeitas. Os funcionários do escritório de patentes tinham ordens de errar em favor da concessão do maior número possível de patentes com base na lógica de que era mais conveniente que os tribunais as invalidassem depois. Mas as ideias de Brown eram demasiado medíocres mesmo para eles. Ele queria ser Thomas Edison, porém não tinha capacidade para tanto. Por consequência, em vez disso…"

"Finge ser um Edison na imprensa." Agnes ficou pensativa, como que permitindo que o vinho impregnasse sua mente. "O *Sun* publicou o perfil dele."

"O *Boston Herald* também. E alguns outros."

"Mencionam seu laboratório em Manhattan."

"Nada menos que em Wall Street", disse Paul. "Está vestido a caráter. Calça de trabalho manchada, botas gastas, o laboratório em Manhattan."

"E o que faz um falso inventor em seu laboratório real?"

Paul se deu conta de que não tinha resposta.

38. Um roubo noturno

> *Picasso dizia: "Bons artistas copiam. Grandes artistas roubam". E nunca tivemos a menor vergonha de roubar grandes ideias.*
>
> Steve Jobs, atribuindo erroneamente
> uma citação a Pablo Picasso

A esquina da Wall Street com a William Street estava deserta à uma hora da manhã. Quatro dias depois de sua conversa com Agnes, Paul se encontrava lá, sob uma lâmpada de arco montada sobre um pedestal — ele, a única figura banhada pelo luar artificial. As horas entre o pôr do sol e o amanhecer pareciam diferentes sob uma iluminação artificial. A área sob a lâmpada tinha matizes da Renascença italiana, a cidade mais além lembrava um turbilhão sombrio do impressionismo francês.

Sob as mais brilhantes luzes públicas que o dinheiro podia comprar, ele contemplou o negócio sujo em que relutantemente se metera. O laboratório de Harold Brown ficava no terceiro andar do número 45 da Wall Street. O prédio se erguia diante dele nas margens do círculo iluminado que o cercava.

"O senhor é o Cravath?", ouviu às suas costas. Deu meia-volta e viu que um sujeito baixo, magro e sem barba se aproximava. Com as mãos enfiadas nos bolsos do casaco, usava um chapelão e vestia roupas de trabalho simples.

"Acho que tenho uma boa ideia de quem é o senhor."

O homem deu de ombros antes de fazer um gesto na direção do número 45 da Wall Street. "Se seu objetivo é fazer carreira como ladrão, sugiro começar por alguma coisa um pouco menor."

"Agradeço o conselho", disse Paul, "mas prefiro que minha carreira termine o mais breve possível."

"Como queira."

Ele contatara um arrombador profissional. Custara-lhe um tempinho até concluir suas pesquisas para descobrir um bar onde se congregavam indivíduos de reputação duvidosa. Não teria podido perguntar diretamente a seus colegas de universidade se conheciam alguns ladrões disponíveis, podia?

Gastara algum tempo nas negociações, bem como mais de uma nota de dois dólares nas mãos de barmen tagarelas. Ainda que o uísque não fosse sua bebida preferida, ele o consumiu com regularidade nos locais em que pesquisou.

Aquele sujeito, cujo nome Paul preferia desconhecer, lhe fora altamente recomendado. A ver se sua reputação era merecida.

O ladrão tirou do paletó o que pareciam ser suas ferramentas de trabalho. Paul ouviu o leve tilintar dos instrumentos de metal na fechadura do número 45. Observou a rua. Não fora informado sobre o que deveria fazer durante a operação, mas supervisionar o local lhe pareceu lógico.

Transcorreram três intermináveis minutos antes que ele ouvisse o agradável estalido do mecanismo. Acompanhado do arrombador, entrou num vestíbulo de mármore às escuras. Havia lâmpadas elétricas nas paredes — Paul podia divisar seus formatos —, mas ele não ousava acendê-las.

Acendeu as duas velas que trazia no bolso e passou uma delas para o ladrão. A luz era bem fraca, não se enxergavam mais que três metros à frente. Paul encontrou a escada. O laboratório de Harold Brown ficava no terceiro andar, em breve chegariam à porta.

Sem que precisasse ser instruído, o ladrão entendeu e a atacou. Eram duas fechaduras. Pela tranquilidade de seus gestos, Paul deduziu que ele decerto havia feito isso muitas vezes. Aquela noite era fichinha.

Às vezes só um criminoso para pegar outro. E Thomas Edison — bem como seu compatriota Harold Brown — era sem dúvida um criminoso.

Paul se tornara um criminoso? Tinha de admitir que seguira um trajeto estranho da Faculdade de Direito de Columbia até participar de um arrombamento. Examinou o hall, atento a qualquer ruído. Só se ouviam os tinidos provocados pela atividade de seu parceiro. A fechadura inferior cedeu rápido, em menos de um minuto. Tudo corria bem.

"Não consigo", sussurrou de repente o ladrão.

"O quê?", perguntou Paul.

"A fechadura de cima. Não consigo abrir."

"Nem tentou direito."

"É o modelo... muito robusto. Não tenho as ferramentas."

"O senhor é um profissional."

O ladrão deu de ombros. Não julgava necessário defender seu profissionalismo.

"O que é que eu devo fazer?"

"Sei lá. Seja o que for, tem que ser depressa. Daqui a pouco alguém vai nos ver."

Não estava errado. Ao longo do corredor havia janelas que davam para a Wall Street. Se ele vira os lampiões de rua ao passar em frente às tais janelas, qualquer um que olhasse para o alto poderia enxergar a luz das velas, por mais fracas que fossem.

"A porta é muito pesada?", ele perguntou. "Podemos abri-la com um pontapé?"

O ladrão estudou a situação.

"Acho que não, mas sei lá. Se acertarmos um ou dois bons golpes aqui — apontou para o meio da porta —, "talvez se solte um pedaço suficiente para se entrar por ele. Mas não tenho certeza. E ia fazer um barulhão danado."

"Mas é uma possibilidade."

"É uma idiotice."

Por instantes Paul ficou considerando suas opções. Não demorou muito.

"Às vezes essas coisas são sinônimas."

Ele recuou três passos. Apontou para o meio da porta, buscando a confirmação do ladrão. Respirou fundo. Uma vez que começasse a derrubar aquela porta, não haveria como voltar atrás. No entanto... Bem, já passara do ponto de voltar atrás, não?

Com toda a força de que dispunha, chutou com o pé direito a porta trancada do laboratório de Harold Brown.

39. Invenções já inventadas

Se uma escrivaninha atravancada é sinal de uma mente atravancada, uma escrivaninha vazia indica o quê?

Albert Einstein

O pontapé de Paul abriu um buraco considerável. Seu corpo ricocheteou. Sentiu uma dor aguda do pé à testa. A perna, ele logo notou, se enganchara na porta arrombada. Seu corpo estava estranhamente pendurado do lado de fora.

Ele puxou o pé devagarinho, sentia muita dor. A calça se rasgara um pouco, as farpas penetraram em sua pele. Não via sangue, mas tinha certeza de que havia algum.

"Para um homem elegante, o senhor é bem forte", disse o ladrão.

"Meu pé...", disse Paul. "Pode...?"

O ladrão contemplou a perna de Paul e o buraco na porta.

"Quer que cuide do resto?", ele perguntou.

"Quero", respondeu Paul.

"Tenho uma ideia melhor." O ladrão enfiou a mão pelo buraco e encontrou a fechadura de cima. Puxou o ferrolho e a porta se abriu.

"Obrigado." Não havia tempo a perder. O arrombamento fora ruidoso, alguém decerto ouvira alguma coisa.

O suposto laboratório se parecia mais com o escritório de Paul do que o de Westinghouse. Na área da frente, algumas escrivaninhas para as secretárias. Mesas para correspondência. Duas salas menores nos fundos. Paul foi direto para lá. À esquerda se situava o único espaço com jeito de abrigar pesquisas científicas. Era uma sala pequena, cheia de aparelhos, com uma mesa de trabalho. Mas os equipamentos pareciam ter sido espalhados ao acaso. Paul tinha estado num número suficiente de laboratórios elétricos para reconhecer que se tratava de algumas poucas espécies de geradores, lâmpadas e motores básicos. Uma sala cheia de invenções já inventadas.

O local não se prestava para descobertas, mas para dissecação. Brown pegava os aparelhos de outras pessoas e bulia com eles. Não criava artefatos próprios.

"Que troços são esses?", o ladrão espiava por cima do ombro de Paul.

"Nada demais", disse Paul antes de passar para a sala dos fundos. O cômodo parecia mais promissor, com uma escrivaninha de cerejeira, uma cadeira de espaldar alto e dois arquivos. Era ali que Brown conduzia seu verdadeiro negócio: manipular a opinião pública.

O advogado botou a vela sobre a escrivaninha e folheou os papéis. Quase todos eram cartas, o que não o surpreendeu. Passou os olhos pelos documentos sobre a mesa e dentro das gavetas, pouca coisa poderia ser descrita como de caráter científico. Nenhum diagrama, nenhum desenho, nenhum projeto. Apenas cartas para editores, respostas de editores, cartas de secretários municipais, cidadãos preocupados, jornalistas, prefeitos curiosos e de...

Thomas Edison.

Lá estava o papel de carta de Edison. Paul instintivamente passou os olhos pela parte inferior: a assinatura de Edison. Tinha em mãos uma carta de Edison para Brown. Prova da conspiração dos dois.

Só quando começou a lê-la é que sua alegria foi se dissipando.

40. A cadeira

> As expectativas são uma forma extraordinária de verdade: se as pessoas acreditam nelas, tornam-se verdadeiras.
>
> Bill Gates

"Harold Brown desenhou uma coisa que ele chama de cadeira elétrica", disse Paul.

George Westinghouse franziu o cenho. "Construir uma cadeira usando a corrente elétrica? Besteira."

"A cadeira não é feita de eletricidade — transmite eletricidade para quem sentar nela."

"Por que diabos alguém ia querer fazer isso? A pessoa ia morrer."

"Exatamente."

Conversavam a bordo do vagão particular de seu cliente, o *Glen Eyre*. Os espaços vazios do interior da Pensilvânia iam ficando velozmente para trás. A neve recente tingira a paisagem de um branco fosco, a planície se perdia à distância.

Paul explicou ter encontrado no escritório de Brown uma correspondência trocada com Edison que confirmava a conspiração entre ambos.

Em segredo, Harold Brown havia solicitado ao Legislativo do estado de Nova York que considerasse métodos alternativos de execução dos condenados à morte. A forca era uma tecnologia ultrapassada. Talvez se pudesse empregar um método mais científico. E teria ele algo em mente? Sim, sua "cadeira elétrica". O condenado seria amarrado a uma cadeira de madeira por correias com contatos metálicos na testa e na parte inferior das costas. Esses contatos estariam conectados a um gerador elétrico que, ao ser ligado, mataria o criminoso no mesmo instante. Segundo Brown, seria bem mais humano que a forca. Para não falar do pelotão de fuzilamento.

Brown até se dera ao trabalho de especificar o gerador mais apropriado. Movido por uma corrente alternada, era manufaturado pela Westinghouse Electric Company.

O proprietário da empresa não gostou nem um pouco do que ouviu. Edison e Brown estavam mancomunados para fazer de sua corrente alternada o instrumento oficial das execuções. A corrente letal patrocinada pelo Estado. Os sistemas de CA estavam vendendo bem, as instalações em Great Barrington, Massachusetts, e Oregon City Falls, Oregon, tinham dado bons resultados. Mas quem desejaria instalar em casa a mesma tecnologia que o Legislativo de Nova York escolhera para suas prisões?

"Mas Edison não é favorável à pena de morte. Já fez campanha contra. Em público. Li seus editoriais hipócritas."

"Isso foi antes de reconhecer que ela poderia servir a seus interesses."

Westinghouse olhou para os campos cobertos de neve. "É um cara esperto, de fato. Quase mereceria nosso respeito."

"'Quase' é a palavra-chave."

"E suponho que ninguém se importaria se a coisa não funcionasse. Meu sistema, mesmo construído de forma adequada, não daria conta de matar alguém."

A expressão do advogado deixava claro que o público não se interessava por esse tipo de lógica.

"Então, como vamos reagir?", perguntou Westinghouse.

"Mandei uma petição para Albany. Dentro de duas semanas vou argumentar diante do Legislativo do estado de Nova York que o uso de uma cadeira elétrica em execuções constituiria uma punição cruel e incomum."

"Está propondo que a CC deva ser a corrente oficial nas execuções?"

"Não espero que os senadores sejam cientistas. Peço que sejam humanitários."

"O que vai acontecer se o senhor perder? Se usarem meu equipamento para construir essa cadeira elétrica? Como podemos competir nessas circunstâncias?"

"Não podemos."

"Então, o que faremos?"

Paul contemplou os campos sob o manto branco. Uma cidade surgia ao longe.

"Esperemos que nos próximos anos ninguém cometa um assassinato em Nova York."

"Ou", acrescentou Westinghouse com desgosto, "que ao menos não seja apanhado."

As viagens de Paul a Pittsburgh costumavam ser breves — dez horas em trânsito para um encontro com seu cliente, depois o regresso durante a noite. Dessa vez, contudo, Westinghouse pediu que ele pernoitasse. Receberiam amigos para jantar no dia seguinte, e Marguerite perguntara por que Paul nunca mais os visitara. Ela o convidava para a ocasião, se estivesse livre. O apartamento de hóspedes já estava pronto.

Seria um jantar para onze pessoas. O molho da salada seria o habitual. Os outros convidados não eram cientistas, mas gente da alta sociedade de Pittsburgh.

Paul se viu sentado ao lado de uma jovem mulher que claramente dominava tudo o que de melhor se aprendia nas mais finas escolas do oeste da Pensilvânia. Discorria com facilidade sobre raças de cachorro, ações de caridade e os modismos em voga.

Não seria Paul a fazer de novo o papel de idiota, suscitando algum tema indelicado. Não era difícil: nenhum assunto sério foi tratado. O grupo era versado nas regras da polidez.

Ele se lembrou do último jantar na mansão, quando Tesla escafedeu-se antes que a refeição começasse. Ainda não havia comunicado ao dono da casa que o sérvio estava vivo. A dissimulação deu um gosto amargo à *galette* de morangos. Ficou feliz de lhe servirem um Bordeaux capaz de perdoar seus pecados de boa-fé.

"O senhor não gostou muito da Stephanie", observou Marguerite quando ele se juntou a ela na cozinha depois do jantar. Os demais convidados tinham passado para a sala de bilhar.

"Perdão?"

"Paul", disse Marguerite, "o senhor não é bobo, e é por isso que George gosta do senhor. E foi por isso que pensamos que gostaria de conhecer Stephanie."

Ele ficou tão lisonjeado em saber que seu cliente gostava dele que precisou de um tempo para se dar conta de que Stephanie era a herdeira de minas de minério de ferro que sentara a seu lado e se mostrara educadamente efervescente.

"Não entendi...", ele disse.

Marguerite soltou um suspiro de desapontamento ao servir o vinho de sobremesa nos cálices. "O senhor é um bom partido e sabe disso, não? E já não é tão moço, certo?"

"Estou com vinte e sete anos."

Ela sorriu, como se dissesse que isso não significava ser tão moço quanto ele gostaria de acreditar.

"E estou interessado em outra pessoa", ele explicou. Nunca tinha dito tal coisa em voz alta a ninguém. Sentiu certa vergonha.

"Ah!", disse Marguerite, obviamente contente. "Já a conheço?"

"Acho que não." Ele não lhe forneceria um nome, e ela era esperta demais para perguntar.

Marguerite ergueu a bandeja com onze bem equilibradas taças de Vouvray.

"Bem", ela disse ao conduzi-lo para fora da cozinha. "Se não quiser me dizer quem é a senhorita em questão, ao menos espero que não seja tão discreto com ela."

41. O mistério dos filamentos

Se você observar com cuidado, vai ver que a maioria dos sucessos instantâneos levou muito tempo para acontecer.

Steve Jobs

A "guerra das correntes", como a imprensa começou a se referir ao embate, se abriu em tantas frentes que Paul estava penando para se organizar. Difícil lembrar quais eram as batalhas passíveis de ser vencidas e quais as fadadas ao insucesso, mas da forma mais lenta possível.

Em primeiro lugar, havia o processo "Edison *vs.* Westinghouse" — a luta principal — e as trezentas e doze ações que dele resultavam. Caso seus associados tivessem êxito em encontrar a prova de que Edison mentira ao pedir a patente, todas as outras ações cairiam por terra. Até lá, contudo, havia muito trabalho maçante. O plano de Edison de enterrá-lo num mausoléu de papelada tinha sido bem arguto. Embora a adoção da corrente alternada por Westinghouse lhe desse uma clara vantagem na maioria daqueles processos, Carter, Hughes & Cravath eram obrigados a preparar trezentos e doze memoriais, comparecer a trezentas e doze audiências, preparar trezentos e doze recursos a fim de adiar os julgamentos. Para a felicidade de Paul, seus sócios tinham assumido tais funções durante sua hospitalização. Se, à época, ele ficara amargurado com a insistência deles em fazê-lo, agora isso lhe permitia concentrar-se em outras frentes.

Em segundo lugar vinha sua arguição diante do Legislativo do estado de Nova York para que a eletricidade não fosse usada em execuções. A apresentação deveria ser feita em pessoa aos legisladores em Albany. O advogado viajou até lá e jantou com vários senadores. Que apreciaram a carne que lhes foi servida, os charutos que fumaram juntos, os oferecimentos de igual hospitalidade em suas próximas visitas a Manhattan. Se tinha conquistado seus votos, isso eram outros quinhentos. A carteira de Edison garantira uma receptividade nos meios governamentais mais do que cem filés-mignons pagos por Paul.

Enquanto as duas partes se digladiavam nos tribunais e no terreno da opinião pública, a eletrificação dos Estados Unidos prosseguia. Edison vendia unidades CC para mansões em Boston, Chicago e Detroit; Westinghouse vendia sistemas CA em Telluride, Colorado, e Redlands, Califórnia.

Em Nova York, Tesla começava a lembrar de mais e mais coisas. Paul ficava até altas horas ao lado da cama do inventor, observando-o preencher um caderninho atrás do outro. Aparentemente, os elementos centrais do que havia desenhado para Westinghouse, para Edison e para si mesmo estavam voltando a ficar sob seu comando. Paul se sentiu encorajado ao ouvi-lo maldizer tanto Westinghouse quanto Edison. Não tinha ideia se daquelas garatujas algum dia sairia uma lâmpada que não infringisse nenhuma patente, mas, se assim fosse, esse seria o melhor caminho para a vitória.

Numa dessas visitas, ele teve a oportunidade de falar com Fannie. Ele estava se armando para fazer uma proposta desde sua conversa com Marguerite. A chance se apresentou numa noite de sábado, no começo de fevereiro. Agnes saíra com colegas depois do espetáculo, e Paul teve um momento a sós com sua mãe.

Apesar da hora, ela havia preparado chá para os dois, o que ele interpretou como um gesto de paz. A jogada na imprensa contra W. H. Foster dera bons resultados — elas não tinham ouvido nada da parte dele desde que a entrevista fora publicada. Ele caíra nas boas graças de Fannie, ao menos por certo tempo.

"Preciso lhe agradecer, sra. Huntington. Sei o que fez por mim e pelo sr. Tesla nesses últimos meses."

Ela inspecionou algumas flores meio murchas sobre a mesinha de centro.

"Sua ajuda na situação da minha filha foi apreciada", ela disse.

"Temos uma parceria mutuamente benéfica."

Ela arrumou de novo as flores à luz débil da vela. Ele fez uma pausa canhestra. "Sra. Huntington. Há outro humilde pedido que quero lhe fazer."

"Estou percebendo", ela disse.

Mais uma vez ela demonstrava não ser boba. "Queria convidar Agnes para passear. Talvez neste domingo. Pensei num jardim. Prospect Park, lá no Brooklyn. Tem umas orquídeas de inverno que ainda estão floridas. Bonitas. Muito bonitas. Antes de falar com ela, queria contar com sua aprovação."

Malgrado as preferências bem modernas de Agnes, ele decidira que, ao lhe fazer a corte, seguiria uma trajetória antiquada. Ela era de fato uma Nova Mulher, como o tipo costumava ser descrito nos jornais. Tendo conhecido as pessoas afogadas em champanhe em cuja companhia ela circulava em segredo, Paul resolvera se distinguir por meio da formalidade. Um passeio seria bem-visto aos olhos de ambas.

Fannie o olhou como se visualizasse pela primeira vez a vida aquática num planeta distante.

"Sr. Cravath", ela disse, lentamente, "acredito que Agnes já tenha planos para amanhã."

Ele não compreendeu de início. "Bem. Então talvez na próxima semana."

"Com Henry La Barre Jayne."

"Ah", ele disse.

"Do ramo dos Jayne da Filadélfia", Fannie acrescentou de modo desnecessário.

"Sei."

"Não será a primeira saída deles à tarde."

"Não, não, entendo." Ele queria desaparecer. Claro que Agnes Huntington seria cortejada por um membro da nobreza norte-americana. Como ele fora tolo a ponto de acreditar que, de todas as propostas que devia receber, ela favoreceria a sua? Não ter mencionado nenhum cavalheiro interessado nela só acentuava a extensão de sua idiotice. Ela vivia imersa num mundo social tão distante que tais assuntos nem lhe ocorriam quando estavam juntos. Nem considerara que Paul deixava a desejar: era insignificante demais para ser avaliado.

Henry Jayne era o último de uma longa linhagem de herdeiros de um império de navegação cuja fortuna se estendera recentemente à área imobiliária. Sua família possuía metade da Filadélfia e havia pouco começara a abocanhar grandes terrenos em Manhattan. Henry Jayne, pouco mais velho que Paul, administrava a cabeça de ponte da família em Nova York. As revistas quinzenais concordavam que era o mais filantrópico dos irmãos, além de cuidar das posses da família no campo das artes.

"Eles vão se casar?", ele perguntou. Só depois que falou reparou como havia sido abrupto. Era a vergonha falando. Quem dera tivesse mantido a boca fechada.

"Bom, não posso dizer com certeza", retrucou Fannie, ríspida. "Mas sei que o sr. Jayne é bastante interessante. Completou seus estudos em Leipzig. Fala cinco idiomas."

"Fascinante."

"A companhia da minha filha é muito procurada, sr. Cravath. Ela se casará com o sr. Jayne? Não sei. Seus dons, além do encanto pessoal, lhe deram uma rara oportunidade. Não é intenção dela desperdiçar isso. E é meu dever me certificar de que assim seja."

Ela cruzou os braços.

"Sra. Huntington", ele disse, "eu lhes desejo tudo de bom. Tenho orgulho de ser advogado da sua filha. É uma posição que prezo e que espero manter por muito tempo."

A ênfase em sua posição pareceu satisfazer Fannie. Ele se despediu e voou para a saída. Que papelão! Mas ao abrir a porta deu de cara com Agnes, vasculhando a bolsa à procura da chave.

"Cravath!", ela disse com um sorriso, agradecida por sua mágica de lhe prover o acesso, dispensando-a da chave. "Sintonia perfeita, como sempre."

Agnes parecia ter bebido um tantinho. Estava alegre, claramente feliz com a noitada. Teria estado na companhia dos colegas da ópera? Ou com o sr. Jayne?

Deu-se conta de quão pouco conhecia as atividades dela quando não estavam juntos. Não podia se imaginar outra vez no quarto de Tesla com ela.

Ele deu um passo para o lado a fim de que ela pudesse sair do frio.

"Aceita tomar um drinque comigo?", ela perguntou. "Não vai acreditar a noite que tive. Sabia que os cisnes mordem? E forte! Vai adorar essa história."

Mas ele não se afastou da porta. "Sinto muito, preciso ir. Boa noite."

Antes que ela pudesse tirar o casaco, Paul já havia saído e fechado a porta.

Desceu os degraus depressa, caminhando com passos decididos na noite.

Não olhou para trás a fim de ver se divisava seu rosto na janela. Queria dormir o mais cedo possível, e que seus sonhos fossem esquecidos e a aurora logo o despertasse.

Precisava retomar o trabalho.

Os quatro associados de Paul o esperavam quando, na manhã seguinte, ele entrou no escritoriozinho da Greenwich Street. Era a hora do encontro semanal. Com os colarinhos abertos e as gravatas sem nó, pareciam ter passado a noite lá. O aposento cheirava a suor e café seco. Por uma vez Paul teve inveja deles.

Com um floreio, um deles lhe passou uma pasta cheia de papéis.

"Por que não resume para mim, sr. Beyer?", pediu Paul abrindo a pasta.

O associado trocou olhares com seus colegas.

"O que foi?", disse Paul.

"É só... bem...Eu sou o Bynes."

Ele levantou os olhos. Podia jurar que Beyer era o de bigode.

"Desculpe. O que vocês têm para me mostrar?", perguntou.

"Bem, senhor", disse um deles, qualquer que fosse seu nome. "Acho que pegamos Edison."

O associado apontou para o primeiro documento na pasta.

"Essa é uma entrevista com ele publicada no *New York Sun* no dia 20 de outubro de 1878. Ele afirma claramente que sua nova lâmpada elétrica consiste de uma ampola de vidro com um vácuo em que se inseriu um filamento de platina. O filamento é a parte que brilha."

"Sei o que é um filamento", disse Paul.

"Bom, a patente de Edison, concedida no dia 27 de janeiro de 1880, se refere à ampola de vidro, com vácuo e um filamento de algodão. Ele mudou o filamento."

Ele compreendeu o que aquilo significava. "Disse à imprensa que estava usando um tipo de filamento. Mas, quando pediu a patente, já estava usando um tipo diferente. Não tinha conseguido fazer a lâmpada funcionar na época em que anunciou a descoberta."

"Exato", confirmou o rapaz.

"Mas", acrescentou outro dos associados que Paul estava certo não se chamar Beyer ou Bynes, "essa nem é a melhor parte. Só prova que Edison mentiu para a imprensa."

"O que não é um crime", disse o de bigode.

"Correto", disse o quarto dos associados. "E se pudermos mostrar que Edison mentiu na própria patente?"

"Isso seria algo especial, sr. ...?"

"Sou o Beyer", disse o rapaz.

Paul teve dificuldade em acreditar nisso, mas não importava. Beyer continuou. "As lâmpadas que vêm sendo produzidas pelas fábricas da Edison General Electric usam filamentos de *bambu*." Mostrou-lhe um desenho do artefato em questão. Mesmo aos olhos de um leigo, não havia engano possível quanto ao material.

"Primeiro falou à imprensa que era platina", disse Paul. "Depois disse ao escritório de patentes que era algodão. Mas de fato está usando bambu."

"Justamente."

"Ele estava chutando. Só fez uma lâmpada funcionar *depois* que a patente foi concedida."

Este era o momento pelo qual ele havia esperado. Os rapazes tentaram ocultar seus sorrisos de orgulho sob as expressões profissionalmente sérias. Tinham trabalhado bem, e sabiam disso. Mas pareciam pensar que, para convencer Paul da competência deles, precisavam esconder a exuberância juvenil. Observar aqueles jovens fingirem que eram mais velhos fê-lo se sentir ainda mais velho.

"O que o senhor vai fazer agora?", perguntou o de bigode, que provavelmente se chamava Bynes.

Paul não ocultou seu sorriso. "Acho que chegou a hora de tomarmos um depoimento do sr. Thomas Edison."

42. O depoimento de Thomas Edison

> *Todo mundo rouba na ciência e na indústria. Eu roubei um bocado. Mas sei como roubar. Eles não sabem.*
>
> Thomas Edison

Durante mais de um ano, o nome de Edison perseguiu Paul a cada dia. Ele havia encontrado o inventor uma única vez, e no entanto ele não saía da sua mente. Seu cotidiano consistia em orbitar em torno da massa solar de Edison. Praticamente todos os pedaços de papel que passavam por sua escrivaninha traziam o nome de Edison, cuja presença o dominava, estivesse ele acordado ou dormindo. Passara muito mais tempo sonhando do que falando com Edison.

Paul chegou cedo para o depoimento. Às sete da manhã entrou no escritório de Grosvenor Lowrey na Broad Street. A atividade nas salas forradas de papel de parede era intensa — assistentes, aprendizes, secretárias e estafetas finalizavam as preparações, num movimento contínuo. Enquanto ele aguardava, o escritório se embelezava para receber o grande homem. O latão fora polido com vinagre; a madeira, tratada com álcool e cera; todos os papéis enfiados numa gaveta ou arquivo.

Quando Edison por fim chegou, atrasado, ele reparou que sua aparência mudara significativamente. Envelhecido, os cabelos agora estavam quase totalmente grisalhos. Engordara na cintura. Vestia-se sem apuro.

Em suma, tratava-se de um ser humano. E isso era o que Paul achava mais estranho. O demônio parecia incapaz de dar um nó na gravata-borboleta.

Edison sentou-se à longa mesa como se seu depoimento fosse apenas uma das muitas tarefas a que teria de se submeter naquela manhã. Nisso tinha razão. Murmurou algumas palavras para Lowrey, seu advogado, que se sentou à sua esquerda. À direita estava a secretária do tribunal, encarregada de transcrever tudo o que ele falasse.

"Muito bem", disse Edison. "Vamos terminar logo com isso."

"Bom dia", cumprimentou Paul, arrumando seus papéis sobre a mesa com grande cuidado.

"E quem é o senhor?"

Paul parou. Edison sorriu. O inventor tentava irritá-lo a fim de abalá-lo antes mesmo que as perguntas começassem. O desempenho de Edison era perfeito: fingir uma mistura de perplexidade e indiferença diante daquelas questões mundanas antes de reagir com violência no momento certo.

"Sou Paul Cravath, advogado do sr. George Westinghouse."

A secretária do tribunal datilografava à medida que falavam.

"Grosvenor Lowrey, advogado do sr. Thomas Edison."

"E eu sou Thomas Alva Edison."

"Por favor, diga seu local de nascimento para os registros", pediu a secretária.

"Ohio. Mas cresci em Port Huron, no Michigan."

"E onde reside atualmente?"

"Tenho uma propriedade em West Orange, em Nova Jersey. Meu escritório fica no número 65 da Quinta Avenida, em Nova York."

A secretária assentiu. "Hoje é dia 11 de março de 1889", ela informou aos presentes. "Sr. Cravath, pode começar, por favor."

Ele vinha treinando as perguntas havia dias.

"Qual foi a primeira coisa que inventou, sr. Edison?"

Edison riu. "Foi... bem, é chamado de repetidor automático."

"E quando foi isso?"

"Será que George Westinghouse planeja reivindicar que inventou isso também?"

"Em que ano foi?"

"Em 1865. Antes disso, fui aprendiz de açougueiro e vendi balas na estrada de ferro. Saí de casa só com uma mala. Viajei de trem durante alguns anos, aprendi tudo sobre ferrovias. Arranjei vários trabalhinhos aqui e ali. Coisas que precisavam ser consertadas. Sempre levei jeito com máquinas."

"É o que parece."

"Fiquei amigo do pessoal da Western Union nas estações. Eles tinham uns equipamentos engraçados, sabe? Comecei a fazer o que sempre fiz. Mexer nas coisas. Fiz um bocado de perguntas. Algumas eles podiam responder, outras não. Se não sabiam, então eu era obrigado a bolar as respostas. Havia coisas que eles discutiam, e eu ficava ouvindo a conversa. Falavam como seria bom poder fazer circular mensagens automaticamente se tivessem um mecanismo para transmitir os sinais. Mas não tomavam nenhuma providência sobre isso. Deixavam o tempo passar, afogavam as queixas na cerveja. Por isso fiz o que faço até hoje: reconheci um problema e tratei de resolvê-lo. Havia interesse numa máquina capaz de transmitir mensagens telegráficas? Fantástico. Passei alguns meses mexendo nisso e naquilo até que construí uma que funcionava."

"E então", disse Paul, "vendeu o desenho para a Gold and Stock. Por duzentos dólares."

"Conhece essa história?"

"O senhor já a contou muitas vezes para os jornalistas."

"É uma boa história."

"Bastante simples", disse Paul. "Mas seus relatos sobre as invenções sempre são assim, não é fato?"

"Isso é o que pessoas do seu tipo — e que fique registrado que por 'seu' me refiro ao sr. Cravath e por 'tipo' me refiro aos idiotas — nunca conseguem entender. É genuinamente simples. Identifico o buraco e o tapo. Com essas mãos aqui. Ah. Agora compreendi. O senhor está tentando me provocar, é isso?"

"Se o sr. Cravath está sendo provocativo", disse Lowrey, "posso instruir o tribunal…"

"Não, não, Grosvenor", disse Edison. "O sr. Cravath e eu estamos apenas brincando um com o outro, certo?"

Paul aquiesceu. Tinha esperado as escaramuças. Ficaria desapontado sem elas.

"Esse processo que o senhor descreveu", ele disse, "tapar buracos. Vem aplicando desde então?"

"Depois do repetidor, a Western Union me contratou. Inventei várias coisas para eles. Então vim para Nova York, onde abri minha oficina. Para mexer em coisas."

"O senhor era um adolescente que vivia nas ruas. Andando em trens. E aos vinte e dois anos se instalou em Nova York."

"E aos trinta era milionário. Ao que parece, as pessoas dão certo valor às coisas que faço. Do telégrafo ao telefone, do fonógrafo à lâmpada elétrica. Todos problemas que pediam uma solução. Foi o que fiz, e tenho sido — não graças a seus esforços — confortavelmente recompensado por isso."

"O senhor inventou o telefone?", perguntou Paul.

"Sim."

"Engraçado. Pensei que tivesse sido Alexander Graham Bell."

"É uma mentira", disse Edison, "mas até agora os tribunais não reconheceram o que aconteceu de verdade. Inventei o telefone, não ele. Tive a ideia, produzi o aparelho. Ele apenas entregou o pedido de patente antes de mim."

"Quem quer que peça primeiro obtém a patente."

"É o que dizem os advogados. Ao que o inventor nesta mesa pergunta: 'Por quê?'. Por que deve ser assim? Nem sempre foi."

"É verdade. Os tribunais nem sempre consideraram que o primeiro a fazer o pedido obtinha a patente. Mas agora consideram."

"Homens como o senhor reduziram minha profissão a um jogo de documentação. É tedioso e absurdo."

"O senhor não foi o primeiro no caso do telefone", disse Paul, "mas aqui está reivindicando que a invenção foi sua. Que tal a lâmpada elétrica?"

"Para sua enorme tristeza, os tribunais têm sistematicamente sustentado minha reivindicação a respeito desse produto."

"Estamos trabalhando nisso."

"Fui o primeiro com relação à lâmpada elétrica."

"Foi mesmo? Com certeza o 'problema', como o senhor costuma dizer, era conhecido havia décadas. Um exército de engenheiros tentara criar lâmpadas elétricas para ambientes fechados."

"Mas só eu tive sucesso."

"O que dizer de Sawyer e Man?"

"O que eles têm a ver com isso?"

"A patente deles com relação à lâmpada incandescente — que está licenciada para meu cliente — antecede a sua em alguns anos."

"Talvez", disse Edison com indiferença. "Mas o artefato deles não estava finalizado. Não funcionava. A patente deles era bastante ampla. Mera sugestão, não a coisa de fato."

"Por exemplo", comentou Paul, "a patente de Sawyer e Man não especificava o tipo de filamento?"

O rosto de Edison se iluminou. "Ora, ora! Isso é algo muito técnico vindo do senhor. Sim. A patente de Sawyer e Man sugere, entre outras noções fantasiosas, que devia haver algum tipo de filamento carbonizado. Um finíssimo fio no centro, que emite luz quando aquecido. Mas a coisa não passa disso, como tantas outras."

"E no seu pedido de patente, o senhor especificou um filamento, certo?"

"Sem dúvida."

"E qual era esse filamento?"

Edison indicou os papéis sobre a mesa. "O senhor deve ter o pedido em meio a essa pilha de documentos à sua frente."

"Quero que o senhor me diga. Para que fique registrado." Paul fez um gesto na direção da datilógrafa.

"Então vai se desapontar", disse Edison. "Acho que não me lembro."

"Sendo assim, vou ajudar. Seu pedido diz que era um filamento de algodão."

"Muito bem."

Paul selecionou um dos papéis de suas cuidadosas pilhas. "Era mesmo?"

"Era mesmo o quê?"

"Foi um filamento de algodão que, depois de décadas de tentativas, finalmente fez a lâmpada funcionar?"

"Sim."

"Tem certeza? Porque disse ao *New York Herald* que ele era feito de platina."

"Como o senhor falou antes, sr. Cravath, dou muitas entrevistas."

"Há algodão nas lâmpadas que atualmente está enviando a seus fregueses?"

"Onde está querendo chegar?"

"Não é bambu?"

Lowrey falou rapidamente. "Não responda."

"Será um prazer", disse Edison.

"Não faça isso", insistiu Lowrey.

Edison desviou sua raiva de Paul para seu advogado. "Disse que responderei, Grosvenor. Não me olhe atravessado." Voltou sua atenção para Paul. "São os três."

"Todos os três?"

Edison balançou a cabeça. "O senhor nunca entendeu o que eu faço."

"Então me conte."

Edison se curvou para a frente, apoiando os cotovelos na mesa. "Eu crio coisas, sr. Cravath. Coisas que não existiam antes. Alguém como o senhor jamais compreenderá o que significa trazer algo novo para este mundo enfadonho."

"Não são seus empregados que fazem isso? Todos os engenheiros no seu laboratório? A tropa de técnicos que conduz os experimentos na EGE."

"Sim", disse Edison. "Este é exatamente meu ponto. Eu contratei esses engenheiros. Eu os botei para trabalhar. Eu defini o escopo de suas pesquisas e depois estabeleci um método. Durante um século os cientistas fracassaram na construção de uma lâmpada elétrica para recintos fechados. Até que eu fizesse isso. Como fiz? É o que gostaria de ouvir? Foi assim: estudei todos os desenhos que haviam sido tentados antes. Vi os que chegaram perto; vi o que faltava para chegarem lá. Descobri as rachaduras e meus homens as pavimentaram. Isso é que é a ciência, sr. Cravath. Isso é que é a descoberta. Não é uma centelha colorida. Não é um momento de inspiração divina. Não é a mão de Deus descendo para apontar com o dedo. É trabalho. É a labuta monótona. É tentar dez mil formatos diferentes de lâmpadas. Depois tentar dez mil maneiras de encher a ampola de ar. Depois, sim, dez mil diferentes filamentos. É entender que esses três componentes são os que interessam e, então, tentar dez mil vezes dez mil combinações deles até que uma delas funcione. E depois vender para um público que nunca pensou que aquilo fosse possível. É por causa dessa última parte que o senhor está de fato me acusando. E em relação a isso, confesso, sou totalmente culpado. Totalmente culpado. Sim, sr. Cravath, vendi a lâmpada elétrica. Os cidadãos dos Estados Unidos não tinham isso. E passaram a ter. Então começaram a comprar em grandes quantidades — e há alguma parte do senhor que duvide que todos me devem tal coisa? Alguma parte do senhor que creia que, sem mim, os norte-americanos teriam luz elétrica dentro das suas casas? Claro que não. O senhor quer a lâmpada elétrica mas não quer saber como a construí. Privilegia o efeito, mas se horroriza por alguém tê-lo criado. Eu inventei o diabo da lâmpada elétrica. Desenvolvi-o na mente do público. O senhor se queixa dos filamentos. Platina, algodão, bambu? Há dez mil outros. Minha patente cobre todos. George Westinghouse pode ficar brincando com seus detalhes bobos. Ele adora os detalhes, não? O formato exato da lâmpada, o ângulo exato da fiação. Isso é ótimo. Mas conhecer os passos da dança de nada serve se a pessoa não chegou ao baile. Eu contratei a orquestra, eu aluguei o salão, eu anunciei o show. E o senhor me odeia porque meu nome está no cartaz. Bem, vou dizer o seguinte: a lâmpada elétrica é minha. Se a palavra 'invenção' guarda algum vestígio de sentido racional, então cumpre afirmar que a lâmpada elétrica foi ideia minha. Foi invenção. E a patente é minha. Todas as lâmpadas.

Todos os vácuos. Todos os seus desprezíveis filamentos. E, quanto à ingratidão tácita com que me paga de volta, só vou dizer uma última coisa."

Edison se recostou na cadeira antes de pronunciar as palavras finais.

"Não há de quê."

43. Fracasso, fracasso e mais fracasso

Às vezes, olhamos por tanto tempo para uma porta que está se fechando que só tarde demais vemos a que está aberta.
Alexander Graham Bell

Não foi surpresa quando, dois meses depois, o tribunal federal de Nova York decidiu contra a Westinghouse Electric Company no processo principal sobre a lâmpada elétrica. Paul estava preparado para tal derrota desde o depoimento de Edison. Lowrey repetiu no tribunal a argumentação do inventor. Era inegavelmente eficaz.

Thomas Edison não tinha patenteado a lâmpada elétrica *perfeita*, o juiz concordou. Ele havia patenteado o *campo* das lâmpadas elétricas. O fato de mais tarde ter aperfeiçoado seu desenho, e de Westinghouse o haver potencialmente aperfeiçoado ainda mais, era irrelevante. As lâmpadas de seu cliente infringiam a patente de Edison, mesmo se ela não se referisse exatamente a um aparelho que não funcionou como se intencionava.

A estratégia de Paul fora limitar o escopo da patente de Edison a um aparelho não existente e inoperante; em resposta, Edison tivera êxito em ampliar o escopo de sua patente para incluir praticamente tudo o que gerava iluminação.

No tribunal, Hughes tinha se pronunciado quase o tempo todo na defesa da Westinghouse. Carter complementara quando necessário. Mal se ouvira voz de Paul. Ele bem que queria atribuir a derrota às técnicas antiquadas dos sócios, mas no fundo sabia que não era culpa deles. A genialidade de Edison não se restringia à ciência: ela se estendia ao litígio.

Paul e seus sócios desceram tristonhos os degraus da corte na parte sul de Manhattan e perceberam que a primavera havia adornado a cidade com cornisos, violetas e hibiscos. Entrariam com um recurso, ele já havia começado a preparar a documentação. Aquele julgamento em Nova York não seria o fim do processo "Edison *vs.* Westinghouse". O tribunal federal de recursos seria a próxima instância. E, se esta falhasse... havia ainda outras, e a ele só restava cair de altitudes cada vez maiores.

Para piorar seu estado de espírito, o processo da lâmpada elétrica nem foi a única batalha que ele perdeu naquele mês. Ele também se viu no lado errado do debate realizado em Albany, no Legislativo do estado de Nova York: a cadeira elétrica foi aprovada pelos representantes do povo. Mais outro combate que ele levaria aos tribunais, argumentando a invalidade da lei estadual em termos constitucionais. A eletrocussão, Paul diria, representava a própria definição de "punição cruel e incomum" vetada pela Constituição. Ele teria de fazer isso rápido, pois em breve algum nova-iorquino seria condenado a morrer.

Seus fracassos não acabaram aí. Pouco depois foi chamado a comparecer à sala de visitas das Huntington.

Podia ouvir os passos de Tesla no andar de cima. Ele quase não tinha ido lá desde aquela conversa vexatória com Fannie. O trabalho lhe dera as devidas desculpas, justificava a escassez e a brevidade das visitas noturnas. Fannie decerto havia comentado com Agnes sobre seu infeliz convite. Ele não suportava ficar a sós com a moça, com receio de que ela tocasse no assunto. Tinha a esperança de que todos aqueles que sabiam de seu enrabichamento se esquecessem logo. As saídas com o sr. Henry Jayne com certeza ocupariam a atenção de Agnes.

Sentada diante dele e, como sempre, bem vestida, Agnes exibia a expressão de Mona Lisa que adotava quando com a mãe estava presente. Paul chegara a imaginar que descobrira o que aquele sorriso escondia, mas agora não sabia de mais nada.

"Desde a entrevista da minha filha, que o senhor habilmente tornou possível", disse Fannie, "não voltamos a ouvir uma palavra daquele infame sr. Foster. Acreditamos que o senhor teve êxito e somos muito agradecidas." Ele olhou para Agnes. Nenhuma reação.

"Obrigado, posso assegurar que o prazer foi meu."

"Por isso, estou certa de que o senhor vai compreender se lhe disser que seu amigo do andar de cima deve abandonar esta casa."

Ele esperava por isso em algum momento. Mas justo agora? "Ele não tem para onde ir", disse. "Se pudesse contar com a hospitalidade das senhoras por um pouco mais..."

"Não podemos mantê-lo aqui por mais tempo. Creio que compreenderá."

Agnes virou o rosto. Aquele não era o seu plano, quanto a isso ele não tinha a menor dúvida. Nem era seu desejo, porém ela não tinha condições de se opor à mãe.

Fannie continuou. "A questão é que receberemos para um jantar dentro de quatro dias. Na quinta-feira. A família Jayne." Ele julgou vislumbrar um leve sorriso enquanto ela falava.

"Não temos podido receber ninguém desde que o sr. Tesla

passou a residir aqui. Peço que cuide da partida dele até essa data. Lamento que tenha de ser assim."

Se os pais de Henry La Barre Jayne iam jantar naquela casa consideravelmente mais humilde, é porque tinham aprovado Agnes. Ela devia ter se comportado muito bem durante a temporada de corte. O verdadeiro propósito da visita seria Fannie, que precisava ser avaliada. Um matrimônio em potencial numa família de posses e com projeção social não podia correr o risco de ser prejudicado pela presença de Tesla.

"Compreendo", foi tudo o que ele pôde dizer.

"Sentimos muito por isso", disse Agnes. Eram suas primeiras palavras desde que ele chegara. "Eu sinto muito."

"Vou providenciar para que meu amigo possa dispensar a hospitalidade das senhoras até quinta-feira", ele disse. Pôs-se de pé, abotoando o paletó preto num gesto que esperava ser visto como de profissionalismo. "A paciência das senhoras foi muito apreciada. E espero poder continuar a representá-las."

Já se encaminhava para a porta quando Agnes falou. "Para onde vai levá-lo?"

Ele não tinha uma resposta. Será que em algum canto de Nova York Tesla ficaria a salvo dos tentáculos de Edison? Talvez pudesse interná-lo em algum sanatório nas montanhas... Só que lá existiriam enfermeiras, jardineiros e serventes.

Era preciso remover Tesla para um lugar que o dinheiro não pudesse alcançar. Onde as conexões de Edison não seriam úteis. Onde a iluminação fosse fornecida por pavios que se derretiam.

"Srta. Huntington", ele disse ao se decidir por uma solução que não lhe era muito agradável, "não tema. O sr. Tesla ficará perfeitamente seguro. Sei de um lugar onde posso abrigá-lo."

44. O regresso do pródigo Cravath

> *Creio que vale a pena tentar descobrir mais sobre o mundo, mesmo que isso só nos ensine quão pouco sabemos. Pode nos fazer bem lembrar, de tempos em tempos, que, conquanto haja grandes diferenças nas pequenas coisas que sabemos, somos todos iguais em nossa infinita ignorância.*
>
> Karl Popper

Agnes insistiu em acompanhar Paul e Tesla a Nashville. Seu pedido foi uma surpresa e tanto para Paul e para Fannie. Ele sabia do afeto dela por Tesla, passara muitas noites com os dois no quartinho. Entretanto, não se dera conta de como era intenso, arriscando-a a se indispor com a mãe para continuar ao lado do inventor.

Ele imaginara que Agnes não conseguiria convencer a mãe, mas, sabe-se lá como, ela foi bem-sucedida. Quaisquer que tenham sido os dramas vividos nos bastidores, as duas mulheres lhe ocultaram as negociações. Não sabia o que a filha teria dito à mãe, nem o que a mãe exigiria em troca. O jantar com os Jayne foi adiado por uma semana e uma estrela substituta teve a oportunidade de brilhar no Met. Tudo para que Agnes se certificasse de que Tesla chegaria são e salvo ao Tennessee.

Será que Fannie reduzira seu controle? Ou Agnes endurecera sua rebelião? Talvez os cálidos pensamentos sobre a corte de um membro da família Jayne tivessem amenizado as preocupações da mãe. Talvez a filha houvesse ficado mais ousada em sua exigência de escapar da redoma.

A viagem para Nashville foi feita em duas estradas de ferro, com uma baldeação em Cincinnati. Os viajantes utilizaram três compartimentos da primeira classe com leitos. Agnes se ocupou de coisas práticas. Assentos, refeições, passagens, horários. Tesla permaneceu calado e só saía do vagão-dormitório de quando em quando. Era a primeira vez que se via fora de casa em meses, e isso claramente o abalava. Na primeira noite, através da parede do compartimento, Paul ouviu Agnes cantar para fazê-lo dormir. Deu-se conta de que só a ouvira cantar no Players' Club. Tesla evidentemente se tornara um ouvinte frequente. Encostando a orelha na parede para melhor escutar, ele se convenceu de que Tesla era um homem de sorte.

Passou a maior parte da viagem preocupado em saber como Agnes reagiria a Nashville. Imaginou que não apreciaria a frugalidade da residência de três andares dos Cravath. O que pensaria de seu pai? Durante as refeições, feitas a dois, ela praticamente só conversava sobre Tesla. O lento processo de recuperação, o mais recente relatório do alienista. Deixava pouca dúvida sobre quem a movera naquele empreendimento.

O convite para um passeio dominical jamais foi mencionado naqueles dois dias. Nem o nome de Henry Jayne. Ela foi delicada o bastante para não esfregar sal na ferida, e ele ficou agradecido. No vagão-restaurante lotado e enquanto cuidavam de

Tesla, tiveram poucas oportunidades de ficar a sós. E isso diminuía a chance de ele se sentir constrangido diante dela. Tinha tanto prazer em sua companhia que quase conseguia esquecer que essa talvez fosse a última vez que estariam juntos.

Era madrugada quando um terrível guinchar de freios anunciou a chegada do trem número 5 da Louisville Railroad à estação de Nashville. Os condutores acordaram os bocejantes passageiros em seus assentos. Paul pulou do único degrau do vagão para a plataforma. Seus olhos precisaram de um momento para se adaptar à luz dourada do Tennessee, no comecinho daquela manhã de primavera

Atrás dele, Agnes conduziu Tesla para a luz do sol. Ela parecia exausta; ele estava desperto, embora catatônico, como de costume.

Ao sair da estação, Paul viu uma figura bem conhecida de pé, ereta, sob os salgueiros.

"Meu filho", disse Erastus Cravath, estendendo a mão.

Um firme aperto de mãos era seu cumprimento preferido. Sempre fora.

Paul se voltou para apresentar seus companheiros, mas o pai se adiantou.

"E essa aqui deve ser a srta. Huntington", ele disse, fazendo uma reverência cortês. Ela respondeu ao gesto com uma delicadeza despretensiosa.

"Seu filho já me falou muito sobre o senhor. É uma honra conhecê-lo."

"Ah, minha querida, não deve dar ouvidos a muito do que ele lhe conta. Meu filho gosta de exagerar!"

"Papai", Paul interrompeu, "este aqui é Nikola Tesla."

"Ora, ora, como o senhor é alto! E é também um grande prazer conhecê-lo." Estendeu a mão, mas o inventor apenas continuou a olhar para longe, parecendo desconhecer por completo que havia seres humanos a seu redor. Ou que um deles, o pai de Paul, estivesse tentando lhe dar boas-vindas.

"Vejo que não está bem, meu amigo", ele disse. "Compreendo. Vamos tratar de fazê-lo melhorar."

Acenou para Big Annie, a égua da família, assim batizada por Paul quando ele era menino. Amarrada a um poste, estava à frente do coche ainda mais velho que ela.

Paul e o pai quase não se falaram durante a viagem de uma hora. Paul mostrou vários pontos de interesse para seus convidados. Embora tivesse nascido em Ohio, a família se mudara para Nashville quando ele tinha cinco anos. A irmã, Bessie, chegou logo depois. Ela saíra de casa ao se casar com um respeitável cidadão de Clarksville. Às vezes escrevia para o irmão, que nem sempre encontrava tempo para responder.

Nashville havia crescido desde a última vez que Paul subira pela margem do rio Cumberland. Nos cais barulhentos formigavam jovens estivadores, uma geração que havia abandonado os implementos agrícolas para carregar barris.

Erastus e Ruth Cravath viviam numa casa de fazenda de três andares a noroeste da cidade. Bem distante da universidade, o que agradava a ela, que preferia manter uma boa separação da vida profissional do marido. O casal escolhera a casa de fazenda por sua simplicidade espiritual, não pelos confortos práticos. Eles nunca haviam tentado explorar a propriedade para valer. Não criavam gado perto do estábulo, com exceção dos poucos cavalos para fins de transporte. Nada se plantava. Com Paul em Nova York e Erastus viajando tanto para levantar recursos, ninguém da família poderia trabalhar no campo. O terreno estéril em torno da casa se estendia até o horizonte.

O teto bem inclinado, de madeira, tinha se deteriorado desde sua última visita. A casa inteira parecia ter caído num estado de confortável descuido. Nem Erastus nem Ruth providenciavam janelas mais grossas ou degraus da frente mais sólidos até que algum deles quebrasse. Durante sua infância, nunca faltara nada de que Paul realmente precisasse, mas ninguém nunca tivera algo que simplesmente desejasse.

A casa era da cor da terra do Tennessee.

"Alô, mamãe", disse Paul ao abrir a rangente porta de tela. "Cheguei."

45. Todas as famílias felizes...

> *A tecnologia não é nada. O importante é ter fé nas pessoas — acreditar que elas sejam basicamente boas e inteligentes, e que, se você lhes fornecer as ferramentas, elas farão coisas maravilhosas.*
>
> Steve Jobs

Paul e Agnes precisaram de um dia inteiro para explicar o problema a Erastus e Ruth Cravath. Nas cartas, Paul falara dos fatos essenciais dos últimos dezoito meses: Tesla, Westinghouse, Edison. Contara das dificuldades nos tribunais e do iminente desastre que envolvia a cadeira elétrica. Nada disso era novo. Mas a conspiração para abrigar Tesla em segredo a fim de mantê-lo a salvo de Edison, sem que o próprio Westinghouse soubesse... isso não lhe pareceu adequado a uma carta à família. Ruth e o reverendo receberam bem a notícia. Pareciam mais preocupados com a segurança de Tesla. O que a fé de Erastus mais valorizava era um ser humano em necessidade.

Ruth sugeriu que o inventor ocupasse o quarto que fora de Bessie, ainda cheio de suas coisas de criança. Pensavam que ele não se importaria com a bagunça.

"Vocês estão fazendo uma coisa muito boa", Agnes disse a Ruth.

Ruth deu de ombros. "Vocês também já fizeram essa mesma coisa boa."

"Ele pode ficar aqui... por algum tempo?", disse Paul.

"Será um prazer para nós, meu filho", disse Erastus. Voltou-se para Tesla, empertigado no sofá. "Gostaria que eu lhe mostrasse seu quarto?"

Tesla continuou com os olhos pregados na parede branca. A atividade dos últimos dias parecia ter causado um retrocesso em sua recuperação.

"O universo usa paletós. O universo usa camisas. O universo precisa ser desabotoado."

Todos o olharam por um momento. "Vamos fazer com que ele fique bom", disse Ruth.

Mais tarde, depois que seus pais tinham ido dormir, Paul foi à varanda dos fundos, onde descobriu Agnes fumando um cigarro às escondidas. Surpreendeu-se ao vê-la ali, na varanda de sua casa de infância. O luar iluminava seus cabelos melhor do que qualquer lâmpada elétrica jamais o faria.

"Srta. Huntington", ele sussurrou.

Ela se sobressaltou, como se tivesse sido apanhada cometendo um crime.

"Desculpe. Sei que seu pai odeia o fumo."

"Pode deixar que não conto nada."

Sentou-se ao lado dela e a velha madeira estalou sob seu peso. "Sei o quanto tem feito por Nikola. Obrigado."

"Ah." Deu uma tragada. "Ele não tem mais ninguém."

Ela contemplou o céu noturno. Lançou uma pluma de fumaça no ar e a viu se desintegrar entre as estrelas. Uma colônia de grilos estridulava lá fora.

"O senhor já conheceu alguém mais solitário?", ela perguntou de repente.

"Ele é o imperador do seu reino particular."

"Seu único habitante."

"Sim."

"O que o torna também seu escravo."

Seu tom era pensativo, quase filosófico. Estava assim desde que chegaram. Paul não entendia o que causara aquela mudança de comportamento. Nas ocasiões anteriores em que a vira livre do olhar atento da mãe, ela parecia vibrante e brincalhona. Agora estava introspectiva.

Todas as preocupações de Paul com respeito à reação dela tinham se comprovado desnecessárias. Ela ficara muito à vontade, mostrara-se amistosa, insistindo em ajudar Ruth a fazer a cama de Tesla. Acomodou-se no que tinha sido o quarto de Paul, como se fosse uma prima que não viam fazia muito tempo.

Deu outra tragada no cigarro, que já chegava ao fim. "Nikola Tesla chegou a Manhattan com… o quê… alguns centavos no bolso? Não tinha casa. Não tinha emprego, conhecidos, parentes ou amigos em quem se apoiar. Sabe o que ele possuía?" Ela indicou a cabeça. "Sua mente. Foi sua esquisitice que fez dele o que é. Não se tornou o maior inventor, do porte de Thomas Edison, jogando o jogo muito bem — e sim recusando-se a jogar o jogo. E, por ser alguém que tem jogado o jogo incrivelmente bem, eu o respeito por isso. Gostaria muito de viver num mundo em que gente como ele não fosse comida viva."

"E Henry La Barre Jayne?", perguntou Paul. "Ele concordaria?"

Nunca havia pronunciado aquele nome diante dela. Sua voz soou petulante, mesmo para ele.

"Parece que o senhor tem muitas opiniões sobre alguém que desconhece por completo."

"Desculpe, fui maldoso."

"Foi mesmo."

Paul tinha evitado essa conversa no trem, assim como a evitara muitas vezes em Nova York. Mas a intimidade de ter Agnes na casa de seus pais o liberou daquele silêncio cortês.

"Passei a vida chegando em segundo lugar atrás de homens com sobrenomes como o de Jayne. Era de esperar que a essa altura eu já estivesse acostumado."

"Segundo lugar?"

Paul a estudou. Pelo jeito, a mãe não lhe falara sobre o convite para um passeio dominical em meio às flores. Será que fora um gesto generoso da parte de Fannie? Para lhe poupar algum embaraço? Agora, ele nada tinha a perder sendo honesto.

"Perguntei à sua mãe se podia convidá-la para um passeio", ele confessou. "Ela me informou que a senhora saía com o sr. Jayne."

"Isso soa exatamente com o que eu esperaria dela."

"Sinto muito por insultá-lo", disse Paul. "Não foi correto da minha parte."

"Sinto muito que minha mãe tenha lhe causado algum constrangimento", ela disse, por sua vez. "Ela é… complicada. Assim como é toda a situação."

Ele a olhou intrigado. Não tinha certeza a que ela se referia.

Agnes parecia estar tomando uma decisão muito difícil. Ele não insistiu. Se ela estava prestes a lhe dizer algo, deixaria que resolvesse por conta própria.

"Olhe", ela disse por fim. "Há muita coisa sobre tudo isso — minha mãe, Henry Jayne — que o senhor não sabe. E… bem, quero lhe contar."

"Estou a postos", disse Paul.

"Mas tenho medo de fazê-lo."

Dentre todas as emoções que ela havia expressado até então, o medo nunca figurara. Não se assustara com Edson, nem com Stanford White, nem diante do perigo de dar acolhida a Tesla. O que a amedrontaria?

"Pode confiar em mim", disse Paul. "Se não bastassem outras razões, além de tudo sou seu advogado."

Ela sorriu por um instante. "Eu menti."

"Sobre o quê?" Observou-a lutando para encontrar as palavras. "Srta. Huntington?"

"É justamente isso", ela disse por fim. "Não me chamo Agnes Huntington."

46. Mas cada família infeliz...

> *A história da ciência, como de todas as ideias humanas, é uma história de sonhos irresponsáveis.*
>
> Karl Popper

Ela nascera em Kalamazoo, no Michigan, com o nome de Agnes Gouge. Sua mãe, Fannie, não era a figura de alta sociedade que Paul conhecia, mas uma empregada doméstica. O pai era marinheiro de longo curso. Uma vez, quando a menina tinha sete anos, ele lhe escrevera uma carta, enviada de Oslo, com um desenho do porto e perguntas sobre sua saúde. Não trazia nenhum endereço onde ela pudesse alcançá-lo. Nunca mais soube dele.

Sempre gostara de cantar. Os vizinhos de cima batiam com as botas no chão, mas ela não se importava. Nem sua mãe.

Quando a jovem tinha catorze anos, as duas se mudaram para Boston. Fannie lavava o chão e cuidava da porcelana da família Endicott, enquanto Agnes fazia testes para o Boston Bijou Theater. As vagas iam para as garotas da cidade cujos pais conheciam o diretor. Agnes arranjou um emprego para varrer o palco do Howard Athenaeum, mas não era o que ela imaginava. Não se viu em meio a um grupo solidário de artistas. Não manifestavam nenhuma camaradagem para ajudá-la. Ela era a arrumadeira, os cantores eram os cantores, e os assistentes de palco eram bêbados. Era tanto um bordel quanto um teatro. Embora um prostíbulo talvez pudesse ser lucrativo.

Boston não estava dando certo. Fannie vira a filha chorar, sentira a dor de suas ambições frustradas desde que haviam partido do Michigan. Sabia como Agnes queria cantar e sabia também que filhas de empregadas domésticas não se tornavam prima-donas. Ela queria que sua filha — precoce, inquisitiva e curiosa — aprendesse a ser inescrupulosa.

Agnes não tinha ideia de quanto tempo a mãe gastou planejando o que aconteceu. Se foi uma decisão tomada no calor do momento ou se tudo estava sendo organizado ao longo de vários meses.

Certo dia, quando a jovem tinha dezessete anos, ao chegar em casa ela encontrou um vestido sobre a cama. De uma cor que nunca vira antes. Era verde, acetinado, elegante. O matiz de folhas de orquídea, alquemila, saxífraga. Matizes de um oceano longínquo. Teve um sobressalto quando o viu, quando seus olhos captaram o brilho da luz da tarde que penetrava pela janela suja e quadrada. Em cima do vestido, pousado com delicadeza sobre a seda, um colar de diamantes.

Agnes se aproximou. Estendeu a mão para roçar o tecido, mas a recolheu depressa. Temia engordurá-lo com as pontas dos dedos. Aquele vestido e aquela joia não pertenciam a ninguém que ela conhecesse. Ou pudesse vir a conhecer. Eram adereços de princesa.

"Gostou?" Agnes se voltou e viu Fannie à porta, fumando um cigarro fino.

"O que é isso?"

"Um vestido", disse Fannie. "E é seu."

"Você…" Agnes não podia acreditar no que ia dizer. "Você… o roubou?"

"Veio do quarto de vestir da srta. Endicott. Assim como a joia. A moça tem mais ou menos sua idade — um pouco menos. Pode estar sobrando um pouco no busto, mas podemos ajustar."

"Você roubou um vestido de Mary Endicott?" Agnes estava aterrorizada. A família descobriria a perda, e sua mãe vinha polindo a prataria por tempo suficiente para ser a principal suspeita. A polícia estaria batendo à porta delas dentro de alguns dias.

Fannie então expôs seu plano. Partiriam de Boston naquela mesma noite. Pegariam um vapor para Paris, com o vestido na mala. Agnes embarcaria vestindo suas roupas normais, porém desembarcaria com o traje de seda verde. Deixaria o porto de Boston como uma arrumadeira, chegaria a Paris como a herdeira de uma fortuna de dinheiro novo feito na Califórnia.

"Srta. Agnes Huntington", sua mãe tinha dito. "Não soa bem?"

"Não sei quem é essa pessoa", Agnes protestou.

"Exatamente. Ninguém sabe. Mas, bem cedo, todos saberão."

Apenas com um vestido impossivelmente caro e um colar de pedras preciosas, a adolescente Agnes renasceria em Paris. Lá, poderia ser quem quisesse. Havia muitos ricaços com o sobrenome Huntington vagando pelo mundo, ninguém poderia afirmar de qual ramo ela descendia; e, se aperfeiçoasse suas maneiras, ninguém seria grosseiro o bastante para perguntar. Agnes era bonita, sua mãe lhe dissera. Era radiosa. Era engraçada. Inteligente e esperta, atributos que nem sempre se equivaliam. E dona de um talento imenso. O único obstáculo que a impedia de avançar nos Estados Unidos era sua origem.

"Mas, e você?"

Fannie também estaria lá. Esperando nas coxias. Silenciosa e invisível, ficaria nos bastidores assistindo ao triunfo da filha.

A polícia não a encontraria em Paris — eles nunca procuram muito longe. Embora certamente não fossem ficar parados: os Endicott não estavam para brincadeiras. Razão pela qual, para que o embuste tivesse êxito, Fannie precisaria estar sempre à sombra.

"Tenho medo."

"Eu sei", sua mãe respondeu. "Mas eu te amo, e é por isso que estamos fazendo tal coisa."

Fannie chegou mais perto e beijou a filha na testa. Então fez as malas enquanto Agnes ficou à toa caminhando de um lado para o outro, chocada demais para argumentar ou fazer qualquer coisa por vontade própria.

Embarcaram no vapor transatlântico da Cunard Line rumo à Europa.

E essa foi a última vez que qualquer um viu Agnes ou Fannie Gouge.

Na terceira classe, Agnes manteve o vestido guardado na mala, à qual se agarrava até enquanto dormia. Na manhã do desembarque, a mãe retirou a capa protetora do vestido. As outras mulheres na cabine do porão ficaram incrédulas. Agnes e Fannie nada explicaram.

Durante a viagem, ao passar por alguns cavalheiros da primeira classe que fumavam no convés de uso geral, Agnes ouvira falar de um café. Dos fiapos de conversa que pudera captar, parecia ser um bom lugar para travar amizades. Em seu segundo dia em Paris, deixou a pensão de mulheres que Fannie encontrara e pediu informações sobre como chegar ao tal café.

Sentou-se diante de seu *café au lait* no Boulevard Saint-Marcel usando um elegante vestido de noite e um colar igualmente refinado. Às onze da manhã. Passados vinte minutos, dela se aproximou um homem alto, com os cabelos pretos lustrosos e um velho paletó de lã. Era de fato bem bonito.

Dirigiu-se a ela em francês, idioma que Agnes não falava, é claro.

"Perdão", ela disse. "Quer tentar em inglês?"

"A senhorita está usando uma roupa fina demais para esta hora da manhã."

Ela o olhou de cima a baixo. "Eu diria que o senhor se beneficiaria se vestisse algo melhor."

O homem riu com o insulto que ela lhe dirigira e tomou um assento à sua frente.

Haveria uma festa na noite seguinte. Sempre havia uma festa, ela logo aprendeu. Ele a convidou e, quando Agnes aceitou, perguntou onde poderia apanhá-la.

"Ora, aqui mesmo, é claro!", ela respondeu. "Não vai querer tomar um drinque antes de uma longa noitada? A menos que pense que a noitada não será longa."

Ele a assegurou de que seria. E, quando foi buscá-la na noite seguinte em sua carruagem de dois cavalos, descobriu que não se enganara. Se ele reparou que ela usava o mesmo vestido verde da véspera, nada comentou. Ela também aprendeu que gente como ele nunca comentava esse tipo de coisa.

Foram necessárias só mais três festas até encontrar alguém que lhe comprasse outro vestido. O sujeito se chamava Coulter e era amigo do próprio monsieur Jacques Doucet, o grande estilista. Ela com certeza apreciaria alguma de suas criações, não? A coleção de vestidos de noite de Agnes cresceu na proporção direta de sua coleção de admiradores. Um barão da seda, um aristocrata menor do velho regime, um banqueiro alemão que ia com frequência a Paris. Nenhum deles lhe exigia algo em troca dos mimos.

A mãe foi sua única companheira feminina naquele primeiro ano. As mulheres da sociedade parisiense eram competitivas e capazes de farejar algo estranho mesmo quando seus irmãos, maridos e pais não podiam. Mas o que fazer além de não incluí-la em seus chás? Fazer circular incessantes mexericos sobre ela, talvez? Ou bastaria pronunciar seu nome em tom de escárnio e com comentários depreciativos?

Ela voltava todas as noites para a companhia da mãe, que lhe dera tudo e nada recebera.

Se as maledicências sociais a feriam vez ou outra, a dor era aliviada pelo canto. Agnes fez sua estreia durante uma festa na mansão de Thomas Hentsch. A plateia foi extraordinariamente receptiva, seu nome se tornou conhecido. Primeiro, ela se exibiu em festas, até que recebeu um convite para cantar no Théâtre du Châtelet. Quando fechava os olhos em meio a uma canção, quando sentia o ar na garganta e os espectadores enlevados à sua frente, sabia que aquilo era tudo que tinha imaginado de melhor. Se fosse capaz de esquecer as circunstâncias de sua chegada, seria feliz.

Segundo se dizia, Agnes conseguia que a mais estoica plateia caísse em prantos. Se isso era verdade, é porque ela sabia sobre o que cantava.

Depois de um ano, as duas se mudaram para Londres. Agnes se valeu da reputação conquistada em Paris para chegar já reconhecida do outro lado do canal. E, dessa vez, sua mãe "veio" da Califórnia para se encontrar com ela. Àquela altura tinham dinheiro o bastante para que também Fannie se vestisse com apuro. Os proprietários dos teatros do West End se bateram para contratar a mais nova revelação da lírica antes mesmo de sua chegada. Lá as duas viveram alguns anos de sucesso. O conde de

Harewood se encantou por ela. Ela fez um passeio de barco à vela maravilhoso com o duque de Fife. E então, de volta a Paris, foi recebida como um campeão de regresso ao país natal.

Depois dessa turnê, Agnes retornou a Boston. Tinha vinte e um anos e era a queridinha do Velho Mundo. Foi recepcionada de braços abertos nas casas de ópera e nos salões da Back Bay, ambientes que jamais poderia frequentar no passado. E ninguém a reconheceu. Ninguém reconheceu Fannie. Quem se lembraria de uma pobre arrumadeira chamada Agnes Gouge? Agnes Huntington era uma figura respeitada pela elite europeia, objeto de desejo de todos os segmentos da sociedade norte-americana. Certo vestido verde e os diamantes que o acompanhavam haviam sido vendidos fazia muito tempo. A mãe se mantinha distante das festas, das noites de estreia. O mais afastada possível dos Endicott. Não se fazia ver na alta sociedade de Boston, mesmo seu nome quase nunca era associado a Agnes.

Tinham escapado. A vida que Agnes conquistara se tornou tão intensa que ela a assimilou por completo. Não sucumbira à dissimulação: crescera a ponto de se transformar na mulher que sonhava ser. O talento de Agnes Huntington, as virtudes que faziam dela uma estrela no palco e a mais fulgurante presença nas festas eram cem por cento genuínas. Ninguém mais a fizera ser quem ela era. E, conquanto houvesse mentido para chegar lá, não eram as mentiras que ecoavam todas as noites das paredes da Metropolitan Opera House. Era a verdade. A mentira só lhe concedera uma chance razoável. Não devia nada a ninguém, exceto a uma pessoa, e essa era uma dívida que iria pagar a cada dia. Fannie era difícil, controladora, onipresente? Claro que sim. Agnes se regozijava com uma ocasional noitada? Quando bebia um pouco e se libertava dos cuidados absolutos da mãe? Bem, é claro. Mas, se vez por outra se ressentia do comportamento da mãe, nem por isso não a amava. Fannie lhe dera tudo.

* * *

"Por que está me contando tudo isso?"

"Porque nunca contei a ninguém. E pensei que... queria que o senhor soubesse por que é tão importante que... Porque tenho que..."

"É por isso que sua mãe quer que a senhora se case com um membro da família Jayne. Tem medo de que um dia tudo venha à tona. Que alguém reconheça Agnes Gouge sob o rosto de Agnes Huntington."

Ela continuou a olhar para ele.

"E é por isso que, para começo de conversa, fui contratado. Não era por causa das histórias inventadas por Foster. Isso vocês poderiam resolver sozinhas. Estavam com receio de que ele começasse a cavoucar o passado. Caso a identidade de vocês fosse revelada, tudo isso — tudo o que a senhora fez — não valeria nada."

Seu sorriso era triste.

"A menos que tivesse alguma proteção", ele concluiu. "Agnes Huntington é suscetível de ser acusada. Mas Agnes Jayne, não." O plano delas era brilhante, ele tinha de admitir. "Ninguém ousaria confrontá-la. Mesmo se os Endicott encontrassem vocês, possivelmente não iriam dizer nada, poderiam ser comidos vivos pelos Jayne."

"Lutar contra os Jayne", ela disse, "seria como lutar contra Thomas Edison. Só um idiota tentaria fazer isso."

"Um idiota como eu?"

"Ou como nosso excêntrico amigo que está aqui."

Ele entendeu que não poderia se casar com ela. Agnes merecia uma paz que ele jamais poderia garantir. Será que gostava dele? Foi por isso que fizera a confissão? Não sabia. Seria mesmo? Esperava que sim. Porém, por saber que gostava dela, deixou que essas esperanças se perdessem na noite estrelada.

Ele estendeu o braço e tomou sua mão. Não decidira fazer isso, apenas aconteceu. Seus dedos se entrelaçaram. Ele não estava certo se envolvera os dedos dela com os seus ou se tinha sido o contrário. A pele dela era quente.

"Às vezes odeio muito", ela disse, "ter que passar a vida fingindo."

Ele apertou seus dedos. "Estamos nos Estados Unidos da América", ele disse. "Todos estamos fingindo."

Ele contemplou o céu claro da noite. Seus olhos naturalmente traçaram as constelações em meio às estrelas brilhantes. Ursa Maior, Órion, Cassiopeia. Costumava desvendar seus desenhos ocultos daquele mesmo lugar, desde menino. No entanto, a ironia das constelações residia no fato de que suas formas não passavam de narrativas impostas por uma mente ativa. Os desenhos mais reluzentes eram apenas aquilo que alguém imaginava ser. Caso se olhasse para as estrelas de outro modo, as figuras que formavam de repente também se tornariam diferentes. Com um piscar de olhos, qualquer um pode ligá-las por linhas que desenham o que se quiser.

Ele se curvou para a frente e a beijou.

47. A manhã seguinte

Não creio que se possa mencionar uma única grande invenção feita por um homem casado.

Nikola Tesla

A manhã seguinte foi estranha. Paul acordou tarde, tendo dormido mal no sofá da sala. Ao levantar a cabeça dos duros travesseiros, sentiu de imediato o cheiro do café no bule de zinco. Quando terminou de se vestir e chegou à cozinha, encontrou Agnes e Erastus conversando descontraídos, como se ela pertencesse à família. Tentou ler o rosto dela. Pensou em seus lábios, seus dedos, a sensação de seu corpo contra o dele ao se abraçarem. Vendo-o na cozinha, os pensamentos dela também teriam corrido de volta para aquelas cenas? Não descobriu nenhuma pista em seu sorriso. Ela disse bom-dia, sorriu amigavelmente e depois voltou a conversar com Erastus sobre Tesla, pois o reverendo tinha algumas ideias a respeito da natureza peculiar da mente do inventor. Teresa d'Ávila havia sofrido alucinações similares. Será que ele também não fora abençoado com uma visão divina?

Passaram a manhã a conversar com os donos da casa, até que saíram para pegar o trem do meio-dia. Depois de se despedirem de Tesla e Ruth, Paul e Agnes foram até a estação em silêncio, acompanhados de Erastus, que então lhes ofereceu seu costumeiro adeus formal.

Paul gastou alguns centavos em jornais e um pãozinho doce enquanto aguardavam na plataforma. Precisava dizer alguma coisa sobre a noite anterior, mas não sabia o quê. Nem como. Devia pedir desculpas? Admitir que tinha sido pouco delicado, já que ela ficaria noiva em breve? Ou deveria lhe dizer, de uma vez só, a fim de que as palavras se perdessem no ar, que estava apaixonado?

"Srta. Huntington", disse Paul, gaguejando. "Quer dizer, Agnes..."

"Ele tem orgulho do senhor, sabe?", ela disse.

"O quê?", ele perguntou.

"Seu pai se orgulha muito do filho, não sei se o senhor sabe."

Sua família claramente lhe tinha causado certa impressão. Talvez, Paul imaginou, não tendo uma família própria, ela via a sua com bons olhos.

"É difícil acreditar", ele zombou.

"O senhor acha que ele é frio."

"Acho que, quando se lembra da minha existência, sou um grande desapontamento para ele."

"Quantas vezes ele foi visitá-lo em Nova York?"

"Uma vez. A negócios. Negócios para a Fisk."

"Ou talvez tenha sido isso que ele lhe disse."

"Por que não teria apenas dito que queria me ver?"

"Meu Deus. O senhor é tão... tão igual a todos os homens! Escute. Pensou alguma vez que talvez ele não acredite que seu filho sinta orgulho do pai que tem?"

A sugestão era absurda. "Que conversa é essa?"

"Foi o senhor quem saiu. Não ele. Imagine como ele se sentiu."

"O que ele achou que eu iria fazer aqui?"

"Dar aulas na Fisk, pregar em Nashville. Ele acha que o senhor o rejeitou, e o que mais quer é contar com sua aprovação."

"Isso não faz o menor sentido. Como ele pode pensar tal coisa?"

"Porque", disse Agnes, como se fosse a coisa mais óbvia no mundo, "vocês dois são parecidíssimos."

Paul se calou. Nunca o haviam comparado ao pai.

"O senhor devia lhe dizer", ela falou.

"Que tenho orgulho dele?"

"Que o respeita. Que ele é um homem bom, um homem admirável, e que o senhor sempre soube disso. Que ele é sua família, e Nova York não passa do lugar que o senhor escolheu para viver."

Paul refletiu. Como poderia Agnes, que só o conhecera na véspera, entender seu pai melhor do que ele?

"Vou tentar."

Isso pareceu suficiente para ela.

"E... sobre a noite passada", ela disse. "Não há nada que o senhor precise falar. Não espero que faça nada. É nesse ponto que estamos. É isso que nós somos. Gostaria que as coisas fossem diferentes, e sei que esse também é o seu desejo."

"Sinto muito por tê-la beijado."

"Eu não."

E então ambos olharam para baixo. O sentimento era forte demais, dispensava gestos de mera cortesia.

Paul olhou para o balcão de jornais a seu lado. Uma pequena manchete, na parte inferior da página, atraiu sua atenção. Ele se voltou na direção do mostruário onde eram anunciadas as chegadas e partidas dos trens.

"Me desculpe", ele disse. "Preciso ir. Sai um trem em cinco minutos." Seus pensamentos pareciam um verdadeiro turbilhão.

Agnes pareceu confusa. "O número 5 só sai dentro de uma hora."

"Vou para Buffalo." Ele apanhou o jornal e pagou mais do que devia ao rapaz do outro lado do balcão. "Veja. Houve um assassinato. O artigo diz que certo sr. William Kemmler, de Buffalo, acaba de ser condenado por matar a mulher com uma machadinha."

Agnes franziu a testa enquanto lia. "E daí?"

"Daí que, se for condenado à morte, vai ser executado na cadeira elétrica que usa a corrente alternada."

Ela ergueu os olhos e o encarou, sabendo muito bem o que isso significaria para ele. E para Tesla. "Vá", ela disse.

Ele se pôs de pé. "É uma pena, eu queria... Queria dizer..."

Ela fez um gesto de despedida. "Vá."

"Adeus, srta. Huntington", ele disse, pegando a mala. A formalidade soou ridícula. "Vai voltar sozinha para a cidade, sem problema?"

"Acho que consigo me arranjar direitinho, sr. Cravath."

Ele atravessou a estação correndo.

48. O matador de Buffalo

Não podemos culpar a tecnologia quando cometemos erros.

Tim Berners-Lee

"Data venia da corte", disse Paul em seu típico tom de barítono de advogado, "o uso de um aparelho elétrico para realizar uma execução não é..."

"E protesto mais uma vez, Meritíssimo", disse Harold Brown. "Vossa Excelência já se pronunciou sobre o emprego dessa tecnologia nas penas de morte, e o sr. Cravath está tentando relitigar..."

"E, como Vossa Excelência poderá verificar, não estou 'relitigando' uma questão, pois essa expressão nem existe. Protesto mais uma vez pelo fato de que o sr. Brown esteja participando de uma audiência sem a presença de um advogado..."

"Exijo silêncio de ambos", rosnou o juiz Day, irritado com a evolução dos debates daquele dia.

Paul de início se surpreendeu ao ver que Edison não havia

providenciado um advogado para cuidar daquela questão, deixando que Brown comandasse o espetáculo. Mas, como era sem dúvida um espetáculo, essa talvez fosse a melhor explicação. Para o público, Edison continuava dissociado de Brown e do lúgubre assunto da cadeira elétrica. O único problema é que Brown não era um advogado. Debater com ele era como discutir com uma criança mal informada. Os meios jurídicos tinham apontado a necessidade de que os candidatos a advogado passassem por um exame de capacitação, mas nada fora feito de concreto. Não era necessário ser aprovado em teste nenhum para advogar em Nova York. Brown conseguiu que uma firma amiga confirmasse que ele havia estudado durante algum tempo com um causídico local, e isso foi o suficiente para o juiz Day. Brown tinha todo o direito de se sentar à escrivaninha oposta à de Paul e defender a tese de que Kemmler devia ser executado mediante o emprego da AC.

"Sr. Cravath", disse o juiz, "não vou perder tempo ouvindo de novo argumentos sobre essa questão."

"Não é minha intenção reiterar nenhum desses argumentos."

"Sendo assim, o que pretende?", indagou o juiz.

"Simplesmente assinalar que, mesmo se tiver o direito de eletrocutar um homem com a corrente alternada, o estado de Nova York não dispõe do equipamento necessário para fazê-lo."

O juiz se mostrou perplexo. Não havia previsto tal linha de argumentação. "O que quer dizer com isso?"

"É simples. A única companhia que produz geradores elétricos de CA no estado de Nova York é a Westinghouse Electric Company. E meu cliente nunca vendeu um gerador para o estado de Nova York. Ademais, meu cliente não tem a intenção de fazê-lo. Então, se houver interesse em executar alguém empregando a eletricidade, o estado não tem outra opção senão utilizar a corrente contínua."

"Isto é um absurdo!", gritou Brown. "A corrente contínua tem uma voltagem muito baixa, nunca poderia…"

"Silêncio", interrompeu mais uma vez o juiz Day. "O sr. Cravath suscitou um ponto excelente. Mas vou além: o estado não poderia comprar um gerador de um dos muitos cidadãos de Nova York que possuem tal aparelho? Não imagino que o sr. Brown tivesse dificuldade em encontrar alguém pronto a vender."

"Sim, sim, Meritíssimo", disse Paul. "Estou certo de que o sr. Brown seria capaz de forçar alguém a vender até o primogênito. Estou certo de que poderia encontrar alguém que lhe vendesse — ou ao estado — um gerador de AC. O único problema é que, neste caso, o vendedor não tem o direito de venda e o comprador não tem o direito de utilizar o que foi comprado."

O advogado pegou vários documentos de sua mesa e se aproximou do juiz. "Com a permissão da corte, estes são os contratos de venda e licenciamento que a Westinghouse Electric Company celebra com cada comprador dos seus geradores de AC. Trata-se em geral de pequenas cidades ou bairros. Às vezes um indivíduo rico com uma grande área a ser iluminada. É isso que faz a CA tão valiosa — a capacidade de atingir muitas vezes a distância da CC. Mas me afasto do tema. Como Vossa Excelência poderá ver, a linguagem padronizada do contrato determina claramente que o comprador de um desses equipamentos está proibido de vendê-lo a terceiros. Desde o começo, procuramos nos certificar de que os aparelhos da Westinghouse não caíssem nas mãos erradas. Porém, ao impedir a revenda a terceiros, isso significa também que, se alguém quiser vender sua unidade de CA ao estado de Nova York sem a autorização por escrito da Westinghouse Electric Company — que, posso assegurar, não lhe será concedida —, tal pessoa estará violando sua licença para operar o gerador em causa. O que quer dizer que o estado possuiria um aparelho ilegal e não teria o direito de fazê-lo funcionar."

O juiz leu os documentos que lhe foram entregues. A linguagem era clara e peremptória. Carter e Hughes os haviam redigido. Se Brown dominasse o suficiente a terminologia jurídica para entender o contrato, logo veria que tinha perdido.

Paul voltou satisfeito a seu lugar. Se seu trabalho para a Westinghouse não havia resultado em grandes êxitos nos tribunais, era muito prazeroso, por uma vez, obter tamanha vitória.

"Só tenho um dado a acrescentar", disse Harold Brown. "A fim de esclarecer a situação descrita pelo sr. Cravath."

"Sim?", perguntou o juiz Day.

"E se eu já estiver de posse de um dos aparelhos de CA do sr. Westinghouse? Um aparelho que eu tenha o direito de vender a nossos amigos no Legislativo estadual?"

"Meu cliente nunca lhe vendeu um aparelho de CA, posso garantir. Qualquer documento que o senhor apresente nesse sentido será uma falsificação."

"Concordo com o senhor. A Westinghouse Electric Company nunca vendeu ou venderá um sistema licenciado de CA para mim ou meus agentes."

"Exato."

"Mas o mesmo não pode ser dito de todos os licenciados do sr. Westinghouse."

Enquanto Paul se recuperava no Bellevue, Carter e Hughes tinham ajudado Westinghouse a licenciar fabricantes locais para produzir e distribuir seus sistemas elétricos. Aquelas oficinas eram empresas próprias, que pagavam royalties a Westinghouse por equipamento vendido. Esperava-se que adotassem os contratos de venda que a Westinghouse lhes fornecia — os contratos redigidos por Carter e Hughes. Se alguma delas houvesse adotado um redigido de outro modo, isso teria sido feito *especificamente* com o objetivo de trair Westinghouse. Certamente teria sido planejado tempos atrás, um cavalo de Troia nas operações de Westinghouse.

Um homenzinho roliço se levantou na galeria. Todos os

olhares o seguiram enquanto caminhava pelo corredor central até a escrivaninha de Harold Brown.

"Se a corte me permite", disse Charles Coffin ao se postar ao lado de Brown. "Sou o presidente da Thomson-Houston Electric Company. Tenho uma licença da Westinghouse Electric Company que me concede o direito de vender geradores a quem eu bem entender."

Paul se virou para encarar o homem que tinha visto em seu próprio escritório no dia em que saíra do Bellevue.

"Esta é a escritura de venda", disse Coffin, "referente a um gerador de CA da minha empresa para Harold Brown, dando-lhe o direito de revender o equipamento para quem quiser, nas condições que desejar. E a documentação foi preparada por meus funcionários. Não pelo sr. Cravath ou seus sócios."

Coffin piscou para um incrédulo Paul rubro de raiva. A Thomson-Houston dependia inteiramente da Westinghouse para tocar seu negócio — para sua própria sobrevivência. Diante de tal traição, a Westinghouse romperia todos os vínculos com a companhia de Coffin. O que ele estaria pensando? A menos que...

Coffin estava reposicionando sua empresa. Trocando de lado.

"Tenho certeza, Meritíssimo", disse Paul, "que já na próxima semana a Thomson-Houston Electric Company anunciará que estará trocando a CA pela CC. E que estará se associando a Edison. Não tenho dúvida de que o sr. Coffin será bem recompensado por essa traição."

"Não creio que minhas tratativas com a Edison General Electric tenham algo a ver com a audiência de hoje. E, é claro, meus negócios nada mais têm a ver com os seus."

O juiz Day examinou os documentos rapidamente e sentenciou que eles de fato prometiam exatamente aquilo que Coffin e Brown tinham afirmado. Minutos depois foi selada uma nova derrota de Paul.

"Foi uma boa tentativa", disse Harold Brown à saída do tribunal, "mas não suficientemente boa."

"Vou me certificar de que nenhum dos senhores sairá ganhando com isso", respondeu Paul.

"Verdade?", perguntou Coffin com um sorriso. "Como?"

Paul já ia abrindo a boca, quando se deteve. Não tinha como retrucar de maneira adequada. Não sabia o que faria.

"Ah", acrescentou Brown. "E pode considerar tudo isso como uma compensação pela porta do meu escritório. Precisava mesmo arrebentá-la com um pontapé?"

49. A execução de William Kemmler

> *Às vezes, ao inovar, erros são cometidos. É melhor reconhecê-los logo e seguir adiante aperfeiçoando suas outras inovações.*
>
> Steve Jobs

No dia 6 de agosto de 1889, William Kemmler seria executado numa "cadeira" projetada por Harold Brown e ligada a um gerador de AC. O gerador existia por causa da teoria de Nikola Tesla; fora aperfeiçoado e integrado num sistema funcional por George Westinghouse; por fim, fora manufaturado por Charles Coffin. Em breve faria passar mais de mil volts de corrente alternada pelo corpo do condenado.

Brown tivera o desplante de obter convites para Paul e Westinghouse, o qual jogou fora a carta assim que a recebeu. Edison evidentemente tampouco compareceria. Fizera alguns comentários públicos sobre o quiproquó em Buffalo, porém se mantinha "à parte". Os jornalistas que escreveram sobre a "controvérsia" relativa ao debate entre CC e CA haviam lhe perguntado se a corrente de Westinghouse faria o trabalho que se esperava dela. "A corrente de Westinghouse era uma coisa terrível e só servia mesmo para matar alguém", ele disse.

Com isso, Paul teve de assistir sozinho à execução. Acreditava que alguém do lado deles precisaria estar presente. Já presenciara cenas chocantes no passado. No ano anterior, até vira um homem morrer por choque elétrico nos fios suspensos acima da Broadway. Não era do tipo que evitava o grotesco. Não tencionava cobrir os olhos.

Ele chegou à penitenciária do estado de Nova York, em Auburn, às seis da manhã. Já havia uma multidão nos portões. Jornalistas aguardavam as primeiras notícias que enviariam aos editores. Os cidadãos tinham a esperança de entrever o assassino morto. Paul se esforçou para abrir caminho em meio à agitação. Foi reconhecido por alguns jornalistas, mas não quis falar com ninguém, sobretudo com a imprensa.

Dentro dos muros, foi conduzido a um porão recentemente reformado para as atividades daquele dia. As paredes tinham sido pintadas; as janelas, lavadas; um conjunto novo de cadeiras fora providenciado para os assistentes. Ele reparou em duas lâmpadas a gás ao longo das paredes. Quase riu: não precisavam de iluminação. A luz do sol matinal penetrava no porão através de duas janelas altas. Uns trinta convidados se sentaram. Quase ninguém falava. Os presentes eram em sua maioria médicos que vinham ver o efeito daquele procedimento na carne humana. Dois jornalistas, selecionados pessoalmente pelo diretor da prisão, tinham obtido permissão de comparecer. Alguns criminalistas, o procurador do distrito e o defensor legal de Kemmler, indicado pela corte, representavam a comunidade jurídica. O juiz Day lá estava, assim como Harold Brown.

"Bom dia, doutor", Brown cumprimentou o advogado.

Paul sentou-se algumas fileiras atrás de Brown, nos fundos da sala. Não era o tipo de espetáculo para o qual se disputam os assentos próximos à orquestra.

Eram quase seis e meia quando um par de guardas penitenciários conduziu o condenado ao porão ensolarado. Paul nunca o vira antes. Não parecia um assassino que tivesse usado uma machadinha. Ou alguém que ele imaginava ser um assassino que pudesse usar uma machadinha. Era baixo, com uma barba cortada rente e olhos apertados. Cara de quem não tinha apreciado a comida da prisão. Os cabelos eram escuros; terno cinza com colete, traje perfeito para um dia de verão.

A cadeira propriamente dita era bem simples. De carvalho escuro, tinha um espaldar alto e o assento forrado de couro, com tiras também de couro ao longo dos braços.

"Senhores", o condenado disse à plateia, "desejo boa sorte a todos. Sei para onde vou e sei que é um bom lugar. Só posso desejar o mesmo a todos os senhores."

E tirou o paletó. Dobrou-o com cuidado e o pôs sobre uma cadeira vazia.

Sentou-se na cadeira disposta no centro da sala. "Agora, vamos sem pressa. Façam as coisas com vagar, para ter certeza de que farão tudo certo."

Os dois guardas grudaram eletrodos em suas costas. Precisaram fazer uns buracos em sua camisa branca, o que lhe provocou um suspiro. Os eletrodos se prendiam a longos fios que subiam até o teto e entravam por um orifício na parede.

Como um gerador de CA com a potência de alimentar uma cadeira elétrica era grande e ruidoso, ele ficou numa sala distante. No momento de acioná-lo, o diretor tocaria uma sineta a fim de enviar o sinal aos homens que o operavam.

Os guardas prenderam o corpo de Kemmler com as tiras de couro. Primeiro as pernas, depois a barriga, os antebraços e os bíceps. Puseram-lhe na cabeça uma espécie de touca, feita do mesmo couro. Enfiaram-lhe na boca uma esponja molhada. A esponja pressionaria a língua, enquanto a touca manteria as mandíbulas fechadas. Assim ele não gritaria.

"Então, muito bem", disse o diretor, recuando. Paul olhou para Brown, que estava contente como criança na manhã de Natal e batia os pés no piso de madeira.

Paul já se sentia mal, o estômago revirado antes mesmo de começar o horror.

Mas não fecharia os olhos. Guardaria cada detalhe. Se pudesse acumular um bom número de fatos preciosos e terríveis, teria motivo para aguentar firme até o final.

Sem mais preâmbulos, o diretor tocou a sineta, produzindo um som alto e límpido. Repetiu-o algumas vezes. Chegara a hora da execução.

De repente, o corpo do prisioneiro estremeceu. Sem dúvida o interruptor fora ligado na sala adjacente, e mil volts de CA atravessaram seu corpo. Os músculos se retesaram. As mãos se agitaram, como se buscassem escapar às amarras. Tal como Westinghouse havia mostrado a Paul no laboratório, a CA não imobilizava o corpo. Os músculos de Kemmler não estavam permanentemente contraídos. Ele poderia se levantar, caso não estivesse amarrado.

O sistema de CA de Westinghouse teria sido bastante seguro se Brown e Coffin não houvessem conspirado para criar uma versão designada especificamente para matar.

Paul viu o dedo indicador da mão direita de Kemmler se curvar. As unhas penetraram com tanta violência na palma de sua mão que o sangue escorreu.

E assim terminou. A corrente percorreu o corpo do condenado durante dezessete segundos antes que o diretor voltasse a tocar a sineta e os operadores do gerador o desligassem. Todos os presentes respiraram fundo. *C'est fini.*

Paul olhou para Brown, que parecia prestes a aplaudir, e levantou para respirar o ar do verão. Tão logo se ergueu, ouviu um ruído. Bem tênue. Vinha da cadeira elétrica. Todos pareciam ter ouvido, as cabeças se voltaram para lá. O ruído estava sendo produzido por William Kemmler.

O sangue continuava a pingar de suas mãos. A cabeça rolava de um lado para o outro. O peito subia e descia, o ar retornava aos pulmões. Ele murmurava, tentava dizer alguma coisa através da esponja queimada.

"Ah, meu Deus", alguém disse. O horror tomou conta de todos os espectadores. Kemmler ainda estava vivo. Paul viu uma espuma branca saindo de sua boca. Ele se esforçava para respirar. Em que estado estariam seus órgãos?

O diretor assumiu o controle da situação imediatamente. Mandou que todos voltassem a seus assentos e tocou a sineta, furioso. Cumpria tentar mais uma vez.

A corrente voltou a atingir o condenado. Mas essa segunda tentativa não se provou mais efetiva. Ele se debateu contra as amarras, todos os músculos de seu corpo se tensionaram. A esponja começou a torrar, qual um pedaço de carne numa panela de ferro. Paul viu uma tênue fumaça subir dos cabelos do homem. Ele estava sendo queimado em vida.

Nem assim ele morreu. Não com a segunda carga, para vergonha do diretor e imenso horror das testemunhas. Também não morreu na terceira tentativa.

Na quarta, os protestos se tornaram imperiosos. "Meu Deus", disse um dos médicos, "o senhor tem que parar com isso. É uma tortura!" Era impossível discordar. Mesmo os jornalistas haviam se mobilizado, suplicando ao diretor que desse fim àquela barbaridade. Mas aquela era a lei. O dever do diretor era segui-la à risca. Tinha instruções do gabinete do próprio governador, as quais tencionava cumprir.

Harold Brown se dirigiu ao diretor. Trocaram algumas palavras em voz baixa. Ele parecia se oferecer para prestar alguma ajuda; como sempre, ávido por desempenhar o papel de inventor. O diretor balançou a cabeça e Brown voltou bem depressa a seu assento. Aquele era um assunto de Estado.

A corrente voltou a varrer o corpo de Kemmler. O condenado lutou contra as tiras de couro com tamanha força que a pele começou a rasgar. A boca e os olhos ficaram pretos, carbonizados. O sangue já não pingava: jorrava aos borbotões. Uma fumaça negra subia de sua cabeça.

E então, de súbito, uma chama azul escapou de sua boca. Paul observou a mesma labareda azul e infernal que vira em certa rua de Manhattan incinerar o crânio de Kemmler, incendiar seus cabelos e depois se espalhar por todo o corpo. A pele se desprendeu dos ossos.

Os circunstantes ficaram de pé num salto quando o sangue se espalhou pelo chão. Paul foi um dos que dispararam rumo à porta.

No pátio da penitenciária, a primeira coisa que ele fez foi vomitar. Como o estômago se encontrava vazio, só expeliu uma amarga golfada de bile. Ajoelhou-se no chão de terra, cuspindo tudo o que pôde.

Olhou para as outras testemunhas. Não era o único nauseado. Os médicos, mais acostumados a visões sangrentas, acenderam cigarros, animados, tentando compreender o que haviam acabado de assistir. Nunca tinham visto tal coisa acontecer a um corpo. O horror de cada um deles se mesclava à curiosidade profissional.

Os jornalistas tomavam notas. Como Paul bem sabia, em minutos enviariam relatos do que haviam presenciado, cenas que seriam publicadas em muitos jornais em todo o país. O sistema de corrente alternada de Westinghouse demonstrara ser um instrumento espetacularmente impróprio para matar. Se Edison e Brown desejassem comprovar a segurança da corrente alternada, não poderiam ter feito coisa melhor.

Paul ainda se sentia mal. No entanto, pela primeira vez em muito tempo entendeu que seu lado obtivera uma vitória.

Voltou-se para procurar Brown, que escapulia pelos portões da penitenciária. Julgou ver manchas escuras em seu paletó de linho. E também em suas mãos.

50. Quando Londres espirra… Nova York pega pneumonia

Investir em conhecimento é o que mais rende juros.
Benjamin Franklin

George Westinghouse estava em mangas de camisa quando Paul entrou correndo em seu gabinete. O advogado se sentia meio desconfortável por estar tão entusiasmado com os acontecimentos da véspera. Um assassino impenitente que usara uma machadinha tinha sido punido, e sua morte expusera ao público a extensão das mentiras de Edison sobre a corrente alternada. Agora ninguém podia acreditar que ela fosse especialmente letal. Os jornais já estavam alardeando: fora apenas um engano de Brown? Ou ele vinha mentindo? Se sim, por quê?

Não era frequente que Paul pudesse transmitir notícias tão boas a seu cliente. "Sr. Cravath?" Seu cliente conferiu a hora no relógio de bolso.

"Senhor, mandei um telegrama. As notícias de Buffalo… com certeza já leu, não?"

Orgulhoso, Paul tirou do bolso o exemplar do *New York Times*, depositando-o com um gesto largo sobre a escrivaninha de Westinghouse. A manchete anunciava em letras garrafais, no alto: ATROCIDADE ELÉTRICA EM BUFFALO — A CULPA É DE EDISON?

"Todos os jornais estão focados em Edison", disse Paul. "Reportam que Brown é uma fraude e que alguém deve tê-lo manipulado."

Westinghouse ficou quieto. Olhou para o jornal e examinou as manchetes.

"Isso é bom", ele disse.

"Sim, é bom", confirmou Paul. Não era bem a resposta que esperava. "Sua corrente é segura demais para ser usada numa execução. Mal conseguiu matar um homem. Todos os jornais do país estão contando a história da mesma maneira: a CA é segura demais. O escândalo não tem mais a ver com os riscos preocupantes da sua corrente — é sobre a preocupante segurança da corrente."

"Vamos vender mais aparelhos."

"Vamos vender *muito mais* aparelhos." Paul estava perplexo com a reação morna de seu cliente. As vendas dos sistemas de CA vinham caindo nos últimos tempos. Aquilo era tudo o que se podia desejar para dar novo impulso aos compradores. Este devia ser o momento de triunfo havia muito esperado. Mas seu cliente parecia se comportar como se ambos estivessem num velório.

"Vamos precisar", disse Westinghouse ao pousar o jornal na mesa e se recostar na cadeira. "Estamos na bancarrota." Falou de forma tão abrupta que Paul não ficou muito convencido sobre o que ele queria dizer.

"Como assim?"

"Bom, ainda não de todo. Mas em breve. Muito em breve."

"Não compreendo…" As vendas haviam caído, porém nem tanto.

"Talvez o senhor esteja lendo os jornais errados", comentou Westinghouse, pegando um papel dobrado de debaixo de algumas cartas no outro lado da escrivaninha. Colocou-o em cima do *New York Times* de Paul. Era o *Wall Street Journal*.

QUANDO LONDRES ESPIRRA... NOVA YORK PEGA PNEUMONIA. Abaixo da manchete, a linha fina era mais descritiva, menos sensacionalista: "Correm rumores nos dois lados do Atlântico sobre o colapso da Baring Bros". Mais abaixo: "Casa bancária entre as mais antigas do mundo pode quebrar com as perdas causadas pelos bônus argentinos — O que isso significa para os Estados Unidos?".

"São os desgraçados dos argentinos", disse Westinghouse. "Todo mundo achou que era uma boa aposta na época."

Paul passou os olhos pela coluna da esquerda do jornal. Segundo pôde entender, toda a história não passava de rumores de fontes não identificadas. Certas "sugestões" tinham se tornado "mais insistentes" nos últimos dias, insinuando que o banco Baring Brothers em Londres estaria prestes a quebrar. Uma vez que a instituição resistira a cento e vinte anos de conturbações financeiras, o Baring Brothers, se tinha um problema, provavelmente não estaria sozinho. "Caso o próprio Banco da Inglaterra fosse questionado", dizia o artigo, "o choque não seria mais grave." Havia mais informações técnicas sobre a natureza da transação argentina — uma recessão na América do Sul, uma bolha no Brasil, uma onda num continente que poderia se transformar num vagalhão quando chegasse a outro.

"Por que isso significa nossa bancarrota?", perguntou Paul. "O Barings não é dono desta companhia."

"Mas quantos de nossos credores passariam em breve a ser credores deles também?"

Ele começou a entender o problema.

"Seus credores vão exigir o repagamento das dívidas antes do esperado."

"Bem antes do esperado", disse Westinghouse, apontando uma carta sobre a mesa. "Esta é do A. J. Cassart. Gostaria de ter seus empréstimos pagos na próxima sexta-feira."

"Meu Deus... hoje é terça."

"Também ficou sabendo disso pelo jornal?"

"Quanto?"

"Difícil dizer. Mas essa carta não será a última desse tipo que vou receber ao longo da semana. Tenho olhado nossos números... Não é segredo que operamos com prejuízo. Em condições normais, isso não seria um problema. A maioria dos negócios em crescimento emprega a mesma tática."

"Quanto estamos devendo?"

"*O senhor* não tem dívida nenhuma, sr. Cravath. *Eu* devo cerca três milhões de dólares."

"E quais são os ativos da companhia?"

"Ao todo? Cerca de dois milhões e meio."

O advogado pôs-se a caminhar pela sala, refletindo sobre a questão. "Então temos de levantar pelo menos quinhentos mil dólares em capital a fim de convencer os credores a não assumirem o controle da empresa."

"Fico contente em ver que o senhor vem treinando sua matemática."

Paul parou diante da estante que chegava até o teto na outra extremidade do aposento. Deu meia-volta e olhou para seu cliente.

"Não é *o senhor* que tem uma dívida. É a sua companhia. Esta é a primeira coisa. O senhor não é o único responsável."

"O senhor está enganado", disse Westinghouse.

"Como assim?"

"Pus esta casa e tudo nela como garantia. Talvez não valha meio milhão, mas está longe de ser um cortiço."

Ele sabia que George Westinghouse sempre considerara os

assuntos de sua companhia como algo pessoal. Ela carregava seu nome, e ele a tratava como uma extensão de seu corpo. Mas uma coisa era ter esse sentimento; outra, bem diferente, era ameaçar o teto acima da cabeça de sua mulher.

Westinghouse sorriu com uma teimosa ingenuidade.

"O senhor acha que é um sério erro", comentou.

"Senhor, é sua família", disse Paul.

"Vou ouvir algum dos seus discursos? Eles são muito bons, meu rapaz, concordo. Porém, se seu objetivo é me convencer a deixar a companhia quebrar sem recorrer a tudo o que tenho para mantê-la de pé, bem, nem o senhor é tão eloquente assim."

Ele sabia que seus argumentos fracassariam. A primeira coisa que aprendera sobre como persuadir pessoas era determinar quando — e sobre o quê — elas poderiam ser persuadidas. Sabia que, naquele dia, Westinghouse não mudaria de opinião. E por isso sabia também que a única forma de salvar seu cliente consistia em evitar sua bancarrota.

51. Milionários compungidos

É preciso aprender as regras do jogo. E depois jogar melhor que qualquer um.

Albert Einstein

No curso das semanas seguintes, Paul e Westinghouse se revezaram em peregrinações penitentes aos mais ricos financistas de Nova York. As estações do calvário eram formadas por Wall Street, Union Square e Madison Square. Nenhum milionário foi poupado das devoções de ambos. Westinghouse abjurou os pecados de sua companhia. A promiscuidade financeira terminaria. A governança da empresa estaria comprometida com a frugalidade. Em suas súplicas, eles pediram mais do que a bênção dos ricaços. Pediram sua absolvição.

A pesquisa sobre produtos novos e mais elaborados cessaria — o foco incidiria no aperfeiçoamento da fabricação e na redução dos custos dos aparelhos existentes. Eles não contavam com os recursos infinitos que J. P. Morgan fornecia a Edison, motivo pelo qual a cultura das duas empresas era bem diversa. Não pretendiam ser uma fábrica de ideias, com projetos nefelibáticos. Lá, *trabalhava-se*. A empresa continuaria a fabricar os melhores produtos elétricos do mundo. Sempre fora o objetivo deles e sempre seria.

Mesmo o programa para desenvolver uma nova lâmpada bastante mais avançada que a de Edison seria abandonado. Não teriam condições de empregar mão de obra para uma tarefa que, depois de um ano, não mostrara nenhum resultado. Os engenheiros de Westinghouse eram bons, mas caros — e nenhum deles se equiparava a Nikola Tesla. A sobrevivência imediata da companhia estava em jogo.

Precisavam apenas de uma pequena injeção de capital a fim de tocar as coisas durante o inverno seguinte. As poucas centenas de milhares de dólares necessárias para manter as operações eram insignificantes se comparadas às fortunas a serem geradas pela luz elétrica.

No entanto, sempre que Paul e Westinghouse concluíam suas bem treinadas súplicas, os milionários compungidos os lembravam que tudo isso dependia de uma vitória sobre Edison. Plantados na segurança de suas escrivaninhas de carvalho com tampo de vidro, eles não perdiam tempo em assinalar que, caso a corrente contínua se tornasse o padrão da indústria, a Westinghouse Electric Company teria um papel muito modesto na futura prosperidade. O problema não residia na frugalidade ou eficiência operacional da companhia, e sim na fragilidade de sua própria existência. Quem lucraria ao oferecer um medicamento caro a um homem cuja enfermidade já fosse terminal?

Tiveram, sem dúvida, alguns momentos de sucesso, obtendo novos investimentos de Hugh Garden, A. T. Rowand e William Scott, que prolongaram a vida da empresa por algumas semanas frenéticas. Carter e Hughes contribuíram para a causa com suas vastas conexões, trazendo cento e trinta mil dólares muito necessitados na primeira semana, o que garantiu um mês adicional de atividades. Paul obteve o equivalente a alguns dias de sobrevivência por meio de sua rede de amigos de Columbia. Era assim que agora mediam o progresso — não em termos de dólares e centavos, mas de semanas, dias e até horas. Um milhão de dólares podia comprar um ano. Mil dólares mal bastavam para um dia.

Mediante um voto unânime, a firma Carter, Hughes & Cravath decidiu abrir mão dos honorários até que a crise fosse superada. Os montantes que lhes eram devidos cresciam sem cessar. Eles anotavam diligentemente as horas trabalhadas num livro encadernado em couro que era mantido para tal fim, listando cada reunião, cada carta, cada hora extra passada sob as lâmpadas a gás do escritório. A coluna à direita era preenchida com dólares imaginários. Seriam pagos? Quando? Enquanto os sócios acumulavam uma fortuna teórica, sabiam perfeitamente que aquela riqueza no papel talvez nunca se concretizasse. Paul continuava a comandar seus "advogados associados" em segredo, na esperança de que pudessem descobrir outro furo na patente de Edison. Pagava-lhes com uma combinação de suas economias em rápido declínio e as migalhas que colhia à socapa nas parcas contas da firma. Ao fim de cada noite era impossível prever se tudo não acabaria no dia seguinte.

Certo dia de setembro, Agnes Huntington entrou em seu escritório. Quatro meses haviam se passado desde a despedida em Nashville.

O encontro não fora marcado com antecedência. Ele não lhe escrevera. Não sabia o que dizer. Vendo-a à sua frente, continuava sem saber. Conhecia seu segredo. Ela conhecia seu coração. Desse modo, estavam entrelaçados pela impossibilidade de resolver o problema que os afligia.

"Srta. Huntington." Mais uma vez o nome soou ridículo depois do que acontecera entre os dois. Mas como poderia chamá-la de outra forma?

"Bom dia, Paul", ela disse ao fechar a porta atrás de si.

"Que bom vê-la", ele disse. Era verdade. "Sente-se, por favor."

O ar úmido de setembro entrava pela janela. Chovera pela manhã, a aragem ainda trazia o cheiro de molhado.

"Como vai Nikola?", ela perguntou.

Ele lhe contou o que sabia. Instruíra o pai a não usar o nome do inventor nas cartas, uma vez que não podia ter certeza de que a correspondência não seria lida. Ao referir-se a Tesla, Erastus falava dos girassóis do Tennessee no jardim de casa. Não gostara do subterfúgio, porém compreendera sua necessidade. Nas cartas mais recentes, dizia que as flores estavam se abrindo muito bem. Não tão altas quanto esperava, mas começavam a mostrar suas cores.

Agnes cumprimentou Paul por mais essa esperta estratégia, o que o deixou orgulhoso. Ambos tinham convivido com gênios durante bastante tempo no ano anterior. Ser esperto era mais do que suficiente.

"E como vai o sr. Jayne?", Paul perguntou. Ainda não sabia por que ela viera. Mas não podia deixar de mencionar o bode figurado que estava presente na sala.

"Ele me convidou para viajar a Paris no próximo mês. Três semanas de excursões por toda a França, para onde não vou desde o tempo em que cantei lá. A família dele... bem, eles têm uma casa em Paris. E um chalé de verão mais ao sul, perto de Lyon."

Óbvio que deviam ter. "Vão se casar?" A pergunta era difícil, mas necessária.

Ela engoliu em seco. "Paul... Eu..." Calou-se. Quando

tentou de novo, a voz estava mais leve. "Acho que o objetivo da viagem é me propor casamento."

"É evidente."

"Imagino que vá me oferecer a aliança da avó em Paris. E então podemos celebrar no campo durante algumas semanas antes de voltar para Manhattan e Filadélfia a fim de contar a nossas famílias o que elas certamente já sabem."

"E vai aceitar a proposta?"

"Paul..."

"O que ele acha se continuar no Met? Decerto vai querer que pare."

"Henry é um homem bom. O senhor deve estar achando que estou me comprometendo pelo dinheiro. Bem, saiba que ele é melhor que a maioria dos homens, e que qualquer mulher deveria se considerar muito afortunada por tê-lo. Só porque nasceu em berço de ouro não significa que seja uma toupeira. E se soubesse como eu gostaria de parar de cantar profissionalmente, ou quantas vezes quase parei... O que eu amo não é a permanente luta por preeminência e prestígio. Posso cantar para qualquer um. Henry mesmo não tem má voz." Sua voz era firme, mas os olhos estavam marejados.

"Compreendo", ele disse. "Respeito sua decisão."

"O senhor não me escreveu."

"A recíproca é verdadeira. Venho tentando ganhar essa causa — ou pelo menos não perdê-la."

"Então estamos ambos participando de algum joguinho. Não pode me culpar de ganhar o meu só porque está perdendo o seu."

Ficaram em silêncio por um momento. Ele se perguntou se ela também se sentia um peão num tabuleiro que pertencia a outro.

"Não vim aqui para lhe dizer isso", ela disse, por fim. "Vim a respeito de sua causa. Sobre Westinghouse. Sei que vocês bateram à porta de todos os investidores ao sul da rua 14 tentando angariar recursos. E também sei que a coisa não tem corrido bem."

"Como..." Paul não precisou concluir a frase, já sabia a resposta. "Jayne."

"Ele sabe que o senhor é meu advogado. E me contou sobre seus problemas. Que são conhecidos de todos os banqueiros da cidade. Mas me disse uma coisa... Bem, alguma coisa que nem todos os banqueiros da cidade sabem. Me contou por que vocês estão encontrando tanta dificuldade."

"Por quê?"

"J. P. Morgan."

"Morgan detém sessenta por cento da Edison General Electric", ele disse. "Pessoalmente."

"É verdade, mas pense nas outras coisas que ele tem."

Paul examinava todas as implicações do que ela acabara de dizer. Além de sua participação como controlador da EGE, Morgan possuía uma parte de quase metade das companhias listadas na Bolsa de Nova York. Essa tinha sido a razão precípua pela qual seu cliente o contratara.

"O pessoal do Morgan tem visitado todos os nossos investidores em potencial antes de nós, ameaçando-os: 'Se investir um dólar que seja na Westinghouse, será punido'."

"É mais inteligente que isso. Morgan não os ameaçou... Ele fez ofertas melhores. Se tinham capital que pensavam aplicar durante a crise, fez com que eles soubessem que estariam mais seguros investindo numa das companhias dele. Na Northern Pacific Railway. Em algumas outras. Ofereceu condições favoráveis. Muito superiores às que vocês poderiam lhes oferecer."

"Explorou a cobiça deles. Não o medo." Impossível negar a esperteza da tática. "Mas como sabia quem íamos ver? Como chegava na frente?"

"Não sei. Ele é J. P. Morgan. Nesse jogo, o melhor do mundo." O que ela não disse é que este era precisamente o motivo pelo qual Morgan e Edison terminariam ganhando. Gente como eles sempre ganhava. Manhattan premiaria seus filhos. E, cedo ou tarde, expulsaria Paul. Para longe da Washington Square, longe da Wall Street, longe da Broadway, e muito longe de Agnes.

Das profundezas da melancolia de Paul se ergueu uma determinação férrea. "Descobrimos alguns investidores. Vou encontrar outros. Não vou me entregar."

Ela sorriu. "Sei que não vai", disse. "Desde o primeiro instante em que o vi, sabia que o senhor nunca iria desistir."

E, com isso, chegou o momento de Agnes partir. Ele teria de buscar investidores fora de Nova York. Faria alguma diferença? Não sabia, porém ao menos ela lhe indicara um caminho a trilhar.

Demoraram-se por alguns segundos à porta. Ele estendeu a mão para tomar a dela. Mas, no momento em que os dedos de Agnes tocaram os seus, Paul soube que não poderia suportar aquilo.

Ela afastou a mão antes dele. Seria tão difícil para ela quanto para ele?

Ela deu meia-volta, sem mais uma palavra.

Ele necessitou de mais tempo para poder voltar à escrivaninha.

52. Finais

Estou convencido de que a perseverança é metade daquilo que separa os empreendedores de sucesso dos que fracassam.
Steve Jobs

À medida que o úmido verão de 1889 dava lugar às temperaturas mais amenas do outono, as placas tectônicas sob o sistema bancário mundial começaram a se mover. O rumor sobre a desastrosa especulação do Baring Brothers com os bônus argentinos se transformou num fato reconhecido por todos, pois a dívida que Edward Baring acumulara durante anos se revelou a cada dia mais precária. Instaurou-se o pânico. Os reservatórios de capital que alimentavam o sistema financeiro haviam sido envenenados. Em setembro, o Banco da Inglaterra entrou em ação para cobrir as perdas do Baring, na esperança de evitar uma depressão global. No entanto, já em outubro tal ajuda se mostrou insuficiente. O governo britânico carecia dos recursos necessários para salvar Sir Edward. Por sorte, lorde Rothschild contribuiu para a causa com a força de sua família. Admoestou o ministro das Finanças como se falasse a uma criança.

Misericordiosamente, quando os ventos de novembro varreram a Costa Leste e levantaram as golas de seus banqueiros, Nova York resistiu firme à pressão exercida por Londres. Wall Street foi estimulada por um verão em que se registrou o recorde na colheita de trigo, levando as exportações a atingir picos inéditos.

Mesmo assim, ao cair a primeira nevada de dezembro, já se tornara transparente o jogo de dissimulação que Paul vinha executando ao transferir as dívidas da Westinghouse de um investidor para outro. Portas que se abriram para eles em agosto agora se fechavam. À medida que os investimentos pareciam menos seguros, a oferta de dinheiro se estreitava. O pouco que pingava em Manhattan não daria para irrigar Pittsburgh. E os reservatórios maiores que ainda poderiam estar disponíveis haviam sido obstruídos por J. P. Morgan.

A segurança da corrente alternada vinha se tornando um fato cada vez mais aceito, e com isso um número crescente de municípios preferia os geradores de Westinghouse aos de Edison. No entanto, a preciosa receita obtida com a adesão de Elmira, no estado de Nova York, e mesmo Baltimore, em Maryland, nem chegava perto de cobrir as despesas da companhia. Os royalties sobre a CA que, na ausência de Tesla, pagavam a seu advogado, só faziam aumentar o abismo entre a empresa e o lucro. Esquemas financeiros antes vistos como risíveis logo se mostraram necessários. As contas da Westinghouse atingiam o fundo do poço e, diante da penúria corporativa, a palavra inevitável aflorava aos lábios...

Hughes foi o primeiro a pronunciá-la. Não nas sombrias noites das reuniões de emergência, mas numa fria manhã, ao entrar no escritório. Sem preâmbulos nem explicações mais detalhadas, declarou: "Temos de começar a planejar a falência".

Antes mesmo de tomar consciência do que fazia, Paul já

havia incorporado a ideia. "Tenho estudado os procedimentos", ele disse. "As revisões feitas em 1874 na Lei de Falência de 1867 são bizantinas, mas agora entendo como a coisa funciona." Era como se tivessem saltado por cima da agonia de tomar uma decisão terrível e já partissem imediatamente para implementá-la.

Passaram toda a manhã elaborando um plano. As dívidas da Westinghouse Electric Company eram numerosas; seus credores, muito variados. Afigurava-se de fundamental importância manter a distinção entre os negócios ferroviários da empresa, bastante lucrativos, e as atividades elétricas, extraordinariamente deficitárias. Os freios a ar comprimido iriam gerar receitas salutares por décadas; era preciso encontrar um modo de reverter esse lucro a outros ativos, inclusive tentando fazer com que a casa da família ficasse salvaguardada.

Em menos de uma semana, estabeleceram a estrutura básica da operação. Era uma provação sem laivos emocionais. O esquartejamento do cadáver da companhia foi executado com um distanciamento clínico. Devotando-se à complexidade da tarefa, Paul conseguia ignorar suas implicações maiores.

A mulher de Hughes — filha de Carter — daria à luz seu primeiro filho antes do Ano-Novo. Os sócios mais antigos de Paul arranjariam novos casos, tocando suas carreiras e vidas bem estabelecidas. O que iria acontecer a ele era muito mais incerto.

Numa luminosa manhã de terça-feira, os sócios, exaustos, deram os trabalhos por encerrados e contemplaram os documentos cuidadosamente empilhados à frente deles. Nova York despertava, e eles punham a Westinghouse para dormir. Paul envolveu com as mãos a xícara de porcelana, tomando pequenos goles de café. Carter fumava. Hughes olhava para fora da janela, como se os tijolos dos prédios vizinhos abrigassem o lugar onde ele preferiria estar.

"Muito bem", disse Carter ao depositar o charuto no cinzeiro. "Quem vai amarrar o sino no pescoço do gato?"

53. O segundo telegrama mais misterioso já recebido por Paul

Muitos fracassados desistiram porque não compreenderam como estavam perto do sucesso.

Thomas Edison

    O trajeto de trem até Pittsburgh era longo. Paul fizera essa viagem muitas vezes no último ano e meio, mas dessa feita ela lhe pareceu infinitamente mais longa. A pradaria cinzenta da Pensilvânia se perdia no horizonte. Ele teve a sensação de que era conduzido, muito devagar, para a forca. E, conforme se aproximava do nó da corda, o que mais sentia era vergonha.
    Imaginava a reação de seu cliente, que fizera tudo corretamente: grandes apostas, mas apostas corretas. Primeiro na luz elétrica, depois na corrente alternada. Vislumbrara um mercado inexistente e identificara os problemas tecnológicos que exigiam solução, para depois projetar e fabricar o melhor produto do mundo que satisfizesse aquele nicho. O que mais se poderia pedir de um homem de negócios?

Um advogado melhor. Se Carter estivesse no comando desde o começo, será que estariam vivendo aquela situação? Teria Hughes negociado uma saída caso houvesse tido a oportunidade? Alguém teria tido a capacidade de fazê-lo? Por que Westinghouse cometera a tolice de confiar o futuro de sua empresa a *ele*?

Fora considerado um prodígio ao fisgar Westinghouse como cliente, porém não se sentira assim. E só agora, ao chegar ao fim de sua breve carreira, tinha consciência das realizações anteriores. Agora que não adiantava mais, percebia como seu trabalho havia sido bom. Tinha ido longe. Quantos podiam dizer a mesma coisa? Quantos haviam desperdiçado a promessa que um dia representaram?

Ao entrar na mansão, ele experimentava uma grande tristeza. O mordomo recolheu seu casaco, o chapéu, as luvas gastas. O sr. Westinghouse se encontrava no gabinete. Ele caminhou devagar pela casa. Talvez fosse a última vez em que pisaria lá. Westinghouse sem dúvida continuaria sendo cordial. Marguerite poderia até convidá-lo vez ou outra para jantar. Mas ele sabia que não suportaria comparecer. Sua vergonha era tão profunda que não se imaginava encarando o ex-cliente de novo.

Parou à porta do gabinete. Westinghouse estava sentado atrás de sua enorme escrivaninha, absorto em alguns desenhos. Projetos mecânicos, que provavelmente nunca seriam executados.

Ele esperou um bom tempo. Respirou fundo antes de abrir a boca. "Sr. Westinghouse, precisamos conversar."

O outro não ergueu os olhos. "Sim, sim", ele disse, ainda concentrado nos diagramas. "Sente-se, meu rapaz." Ele não tinha vontade de sentar. Ficou de pé mais alguns segundos, reunindo suas forças.

Alguém bateu à porta com firmeza.

"Entre!", gritou Westinghouse.

O mordomo entrou. "Perdão, senhor. Chegou um telegrama. Está escrito 'urgente'."

"Muito bem, muito bem", ele disse. "Me dê."

"É para o sr. Cravath."

Carter e Hughes não o interromperiam, adiar a conversa seria fundamental.

Quem sabia que ele estava lá?

Tomou o telegrama das mãos do mordomo e rasgou o selo de cera.

Era, sem dúvida, o segundo mais misterioso telegrama que recebera até então.

"As flores do Tennessee desabrocharam", dizia a mensagem. "São lindas. Precisa vê-las pessoalmente. Venha a Nashville com a máxima brevidade."

Assinado: "A. G.".

54. Hora do chá na casa da família Cravath

> *No coração da ciência existe um equilíbrio essencial entre duas atitudes aparentemente contraditórias — uma abertura para novas ideias, por mais bizarras ou contraintuitivas que sejam, e o mais impiedoso e cético escrutínio de todas as ideias, velhas e novas. E é assim que verdades profundas se distinguem dos absurdos mais consumados.*
>
> Carl Sagan

"Onde está Tesla?", ele perguntou a uma improvável Agnes sentada na cozinha de seus pais em Nashville. Ruth Cravath preparava o chá; Erastus zanzava, certificando-se de que sua hóspede tinha tudo o que desejava. Era evidente que ela estava ali havia alguns dias.

Ele notou o reluzente diamante em seu dedo. Procurou não olhar fixo para ele. Talvez tivesse custado mais do que a casa em que estavam, embora essa não fosse uma referência muito notável. Ao menos ele não precisaria perguntar se as coisas tinham corrido bem durante a viagem à França.

"Paul", alertou Erastus, "não é assim que se cumprimenta nossa convidada."

"Onde está o sr. Tesla, papai?"

"Ele costuma voltar na hora do jantar."

"Ele *costuma*?"

Agnes foi mais sensível à compreensível confusão de Paul.

"Uma semana atrás recebi uma carta de Wilhelm Roentgen."

O nome nada significava para ele. "Muito bem."

"Ele é um professor na Universidade de Würzburg."

"Fascinante."

"Paul", Ruth perguntou, "quer um chá?"

"Mamãe", disse Paul, "por favor, me dê um minutinho com minha amiga." Ruth levantou uma sobrancelha ao ouvir a palavra "amiga".

"O sr. Roentgen me informou que vinha recebendo cartas de um certo Nikola Tesla. Todas as semanas."

"Quem deixou Tesla enviar cartas?" Paul lançou um olhar de acusação ao pai.

"Nikola queria mandar cartas para um cientista na Alemanha", disse Erastus. "Não achei que fosse perigoso."

"Diabos", disse Paul. "É *exatamente* isso que é perigoso."

"Controle-se", admoestou Erastus.

"Então, por isso estou aqui", disse Agnes. "Roentgen me escreveu dizendo que estava mantendo uma correspondência com Tesla e esperava se encontrar com ele numa próxima visita aos Estados Unidos. Mas Tesla lhe disse que antes ele precisaria ter minha permissão. Que foi justamente o que Roentgen me pediu."

"Por que à senhora?", perguntou Paul.

Ela o encarou. "Porque", respondeu, calma, "ele confia em mim."

Por alguma razão, foi ela quem Tesla procurou depois do incêndio. Foi em sua casa que encontrou um lar temporário.

Agnes tinha uma família pequena; Tesla, nenhuma. Juntos, formavam o mais surpreendente casal de irmãos.

"Se ele andou escrevendo para Roentgen, talvez tenha escrito para outros. A comunidade de cientistas é reduzida, como o senhor se esforçou para me explicar. Como não vou me apresentar durante esta temporada por causa das... minhas outras viagens, vim para cá a fim de me certificar de que ele permanecia escondido."

Do outro lado do aposento, os pais de Paul pareciam perfeitamente à vontade com a situação.

"Quer dizer que ele está seguro", disse Paul.

"O senhor vai ver. O que ele fez. É mágico."

"O que ele fez?"

Ela respondeu com uma careta. "É muito difícil explicar."

"É uma lâmpada nova?", ele indagou, ansioso. "Uma lâmpada CA totalmente original? Era nisso que ele estava trabalhando."

"Talvez", interrompeu Ruth, "a explicação mais simples seja visitar o laboratório do sr. Tesla. Depois do chá."

"*Laboratório* dele?", Paul gaguejou. "Onde é o laboratório do sr. Tesla?"

Houve um momento de silêncio, só quebrado pelo som das quatro xícaras que Ruth pousava sobre os respectivos pires.

Agnes se voltou para Erastus. "Diga-lhe o senhor. A ideia foi sua."

55. Fisk

> *O mais belo sentimento que podemos experimentar é o do mistério... Quem desconhece tal emoção, quem não faz uma pausa e se maravilha está morto e não sabe.*
>
> Albert Einstein

"Como você pôde construir um laboratório para ele?", ele perguntou ao pai enquanto o coche seguia pela estrada de terra rumo à Universidade Fisk. Os cascos dos cavalos levantavam nuvens de pó que conferiam uma coloração bege ao redor.

"Ele construiu o laboratório", disse Erastus. "Só lhe dei um espaço ocioso no porão."

"Nunca vi nada igual", acrescentou Agnes do assento de trás da carruagem. "O que ele criou."

"Vou perguntar de novo, sem esperança de resposta. O que ele criou?"

"Ah, meu filho", disse Erastus, "meu forte não são as ciências naturais. Pergunte você mesmo a ele."

Agnes deu de ombros. "Nunca cheguei a entender toda aquela história da CA versus a CC, e o sujeito viveu meses em meu quarto de empregada."

Paul se inquietou quando chegaram ao campus da Fisk. Embora só existisse havia um quarto de século, a universidade se expandira a partir de uma sala de aula para escravos alforriados num quartel abandonado, transformando-se numa instituição com mil alunos. Meia dúzia de edifícios com fachadas de pedra, todos em estilo gótico. Paul tinha quatro anos quando seu pai ajudou a fundar a Fisk. Guardava poucas recordações daqueles tempos, mas a história permanecia viva na mesa de jantar da família. A primeira turma consistira apenas de ex-escravos: homens de sete a setenta anos, poucos deles com experiência de livros, nenhuma educação formal. Com o apoio do Escritório dos Alforriados e da Associação Missionária Norte-Americana, a universidade prosperara. Recentemente havia formado o primeiro aluno da segunda geração, o filho adolescente de um antigo apanhador de algodão de uma fazenda do oeste do Tennessee.

Ao entrar no laboratório do porão do Jubilee Hall, ele encontrou um vibrante Nikola Tesla em meio a um semicírculo formado por cinco estudantes negros. Como estavam todos de costas para a porta, não viram a chegada do grupo. Tesla e seus alunos estavam concentrados em alguma coisa que acontecia numa mesa larga de metal à frente deles, não repararam que alguém havia chegado.

"Movimente a chapa", Tesla instruiu um aluno. "Mais trinta centímetros. Sim. *Pare*." Tesla mexeu num aparelho sobre a mesa, enquanto outro ávido assistente se dirigiu para uma engenhoca que Paul pensou ser um gerador.

"Basta dizer a palavra", falou este aluno. Todos os estudantes usavam ternos marrons ou cinza-claros. Nenhum colarinho desabotoado. Nenhuma manga de camisa arregaçada. Ao que parecia, haviam herdado a obsessão do professor pela limpeza.

"Robert", disse Tesla sem tirar os olhos do aparelho, "suba na mesa."

Os estudantes se entreolharam, confusos.

"Perdão, senhor?", disse o mais alto deles.

"Sr. Robert Miles", confirmou Tesla. "Ponha seu corpo sobre esta mesa."

"Quer que eu fique em pé sobre a mesa?", perguntou Robert.

"Não", disse Tesla. "Não, não em pé. Quero que deite na frente do tubo."

Embora isso não contribuísse para esclarecer a questão, Robert cumpriu as instruções. Sem dúvida, como vinha estudando com aquele professor havia algum tempo, sabia que era melhor não questionar suas exigências, por mais estranhas que fossem.

Robert se acomodou em cima da mesa, com os pés voltados para Tesla e a cabeça na direção de uma chapa prateada que, posta sobre a mesa, lançava reflexos de luz por todo o aposento.

"Favor se transladar", disse Tesla. Robert, depois de executar uma rápida tradução para o inglês, fez um giro completo. Suas pernas compridas ficaram penduradas numa extremidade da mesa; a cabeça foi para o outro lado, fora do campo de visão de Paul.

"Assim?", perguntou Robert.

"Exatamente", respondeu Tesla. "Agora é favor levantar a perna direita."

O aluno se esforçou para equilibrar a perna no alto enquanto Tesla ajustava alguma coisa no aparelho à sua frente.

"Sr. Jason Barnes", disse Tesla, sem tirar os olhos do aparelho. "Por favor, agora a corrente."

O aluno próximo ao gerador girou dois botões de metal. A máquina começou a zumbir.

"E aqui vamos nós", disse Tesla com orgulho por fazer algum ajuste no aparelho. O estudante mais perto da chapa prateada observava tudo com atenção. Robert fez o possível para permanecer totalmente imóvel em cima da mesa. Todos na sala respiraram com uma expectativa ansiosa nos longos e tensos instantes que se seguiram à proclamação de Tesla.

Nada aconteceu.

Dez segundos de silêncio desconfortável foram seguidos por outros dez.

Nem Tesla nem os alunos desgrudaram os olhos da mesa. Paul estava perplexo.

"Aha!", Tesla exclamou. Endireitou o corpo de repente, destacando-se com sua altura do grupo que o cercava. "Sr. Robert Miles, pode desembarcar."

O rapaz saltou da mesa. Os estudantes continuaram observando fixamente a chapa prateada. Para surpresa de Paul, ela agora estava ficando preta.

"Tenham um minuto de paciência", disse Tesla. "Os sais estão reagindo."

Só então Tesla notou os visitantes.

"Sr. Paul Cravath", ele disse com um sorriso. "Um prazer contemplá-lo."

"O prazer é todo meu", respondeu Paul. Nas praias distantes da mente de Tesla, os visitantes iam e vinham. As razões para chegar ou partir não pareciam lhe interessar.

"O que foi que o senhor criou aqui?", Paul perguntou, incapaz de reconhecer o equipamento sobre a mesa. Porém, se fosse — ou prefigurasse — o aparelho de que Westinghouse necessitava, ele abraçaria o inventor, gostasse ele disso ou não.

"O senhor verá dentro de momentos. Vamos, vamos, vamos!"

Tesla fez sinal para que ele e seus acompanhantes se aproximassem dele e dos alunos no laboratório improvisado. Embora os aparelhos e equipamentos ali reunidos fossem menos gigantescos do que aqueles queimados em Nova York, a variedade era impressionante. Objetos de vidro de todos os formatos imagináveis cobriam uma parede — ampolas em forma de cogumelo, grandes esferas, tubos longos e delicados. Cada qual perfeitamente transparente, polido à mão até brilhar, sem um grão de pó. Em outra parede, viam-se componentes elétricos: rolos de fio de cobre, antenas complexas, engrenagens pesadas que formavam a coluna vertebral de todas as criações de Tesla. Com tais instrumentos, ele colhia a substância misteriosa da energia elétrica e com ela construía... alguma coisa. O motor da corrente alternada tinha sido apenas o primeiro ato de seu espetáculo; o imenso relâmpago que Paul tinha visto em Nova York, o segundo. Será que uma forma inteiramente nova de lâmpada elétrica seria o terceiro? As maravilhas que Nikola Tesla podia trazer ao mundo conheceriam um final?

"Venham ver, srs. Cravath e srta. Huntington", disse Tesla. "Isto é o que chamo de radiografia."

O inventor observou que a chapa antes prateada agora estava praticamente preta, com algumas formas esbranquiçadas e pouco nítidas no centro. Paul levou algum tempo para se dar conta de que aquela forma esboçada em prata era um osso.

"Isto é...?", perguntou Agnes, chegando à mesma conclusão.

"É meu fêmur", disse Robert. "Dentro da minha perna."

"Nikola", disse Erastus, "o senhor acabou de tirar uma fotografia de alguma coisa que está dentro da perna deste homem?"

"Não, não", retrucou Tesla. "Não é uma fotografia — é uma radiografia. Registra a densidade da matéria, não o brilho das iluminações. Na radiografia, aquilo que tem mais densidade fica mais claro. O que não tem densidade é negro."

"Ultrapassa a pele", disse Agnes, "e revela uma imagem do osso?"

"Isso", disse Tesla.

Tranquilamente, em segredo, num laboratório subterrâneo

improvisado nas planícies do Tennessee, Tesla se associara a filhos de escravos alforriados do Sul dos Estados Unidos para criar maravilhas mais estranhas do que qualquer coisa com que Edison e seus pares endinheirados pudessem sonhar. No passado, Paul imaginara que Thomas Edison fosse o homem mais representativo da sua geração de cidadãos americanos. Entretanto, observando o empenho de Tesla e seus alunos em estudar a chapa enegrecida, ele viu outro país, nascido numa pobre aldeia da Sérvia e nas plantações de algodão do oeste do Tennessee. Se o primeiro país era brilhante, o segundo era engenhoso. O que o primeiro não tinha inventado, o segundo terminaria por criar. O que não seria financiado por Wall Street, um porão de Nashville iria construir. Era isso que homens como Edison e Morgan temiam. Com suas contas bancárias, com a capacidade de, com uma penada, comprar e vender um lugar como a Fisk, ainda assim dormiam intranquilos em seus redutos na Quinta Avenida. Por meio de seus advogados subjugavam lugares como aquele. Tinham suas patentes, as reivindicações redigidas com zelo para garantir a precedência. Tesla e seus alunos só possuíam a inventividade. No rosto de Robert, de Jason e dos demais, ele viu que eles não faziam aquilo por dinheiro, por status ou outra conquista social abstrata. Construíam coisas porque eram *inteligentes* — ativos, precoces, curiosos. Ele queria viver num país em que Thomas Edison temesse um garoto esperto cujo pai colhera tanto algodão quanto o filho era capaz de colher volts.

"Isso dói?", Erastus perguntou a Robert.

O aluno olhou para a perna e a sacudiu. "Acho que não."

"Você está muito bem", disse Tesla. "Todos testemunharam a operação do aparelho. O sr. Wilhelm Roentgen vai ficar contente."

"É sobre isso que vim conversar", disse Paul. "O senhor recuperou a saúde. Sua memória voltou, assim como seu gênio.

Não sabe como fico feliz com isso. Essa máquina... ou qualquer outra nessas paredes... é uma lâmpada incandescente?"

Tesla o encarou como se suas palavras fossem praticamente indecifráveis. "Por que é que seriam lâmpadas?"

"Uma lâmpada elétrica projetada para fazer o melhor uso da AC", sugeriu Paul. "Algo que não infrinja a patente de Edison. É isso que Westinghouse precisa para sobreviver ao processo. É o que estamos trabalhando com a equipe dele para produzir. Será que o aparelho que o senhor criou pode nos ajudar quanto a isso?"

Tesla esboçou uma risada, ou pelo menos um simulacro de risada.

"Ah, sr. Paul Cravath. Já lhe disse. Quem se importa com lâmpadas elétricas? Elas já existem. Agora, *isto* que eu construí... isto que o sr. Wilhelm Roentgen chama de 'raio X' — e que eu prefiro chamar de 'radiografia', um nome mais adequado. Eu lhe enviei meus desenhos para que ele pudesse construir essas máquinas. É uma coisa nova. Uma maravilha."

"Que diabos pode alguém fazer com esse raio X?", Paul quis saber.

Se alguém pudesse salvar sua carreira, seu ganha-pão, essa pessoa seria Tesla. E, contudo, ele não o faria. Ou não podia fazer. Talvez para ele não houvesse nem mesmo tal diferença. Ele se importava com Tesla. Será que Tesla algum dia se importaria com ele? Não sabia. Tesla só desejava mobilizar sua mente para o que via em seus devaneios, nem que com isso sacrificasse os únicos amigos que tinha no mundo.

Tesla notou sua expressão de derrota. "Qual é o problema, sr. Paul Cravath?"

"Nikola, Paul está perdendo", disse Agnes. "Está preocupado porque Thomas Edison vai ganhar."

Tesla balançou a cabeça, manifestando simpatia. "Isso também me faz tristeza."

Paul se deu conta de que Tesla desconhecia muito do que ocorrera. Começou a falar rápido, talvez aquela fosse sua chance de mostrar ao inventor a importância de seu trabalho na AC. Contou tudo aos presentes, não poupando nenhum detalhe do último ano. Que se danasse a confidencialidade. Seu cliente nada tinha a ocultar. Os alunos se sentaram, mesmerizados. Era uma história e tanto.

Ele observou a reação de Erastus quando falou da iminente falência de Westinghouse. Seu pai não manifestou o apoio que esperava, tampouco pena.

Terminado o relato, ele permaneceu sorumbático no centro da sala. O que alguém poderia dizer?

"Hmm", disse Robert. Paul se voltou, surpreso em ouvir sua voz.

"Robert", Erastus interveio, "se tem alguma coisa a acrescentar, deve fazê-lo." Robert olhou para o presidente de sua universidade, depois para Paul, e enfim para Tesla.

"Bem, é só que…" Robert se mexeu na cadeira. "O sr. Tesla diz que há dois tipos de problema. De um lado, os problemas com que as pessoas estão lutando há muito tempo, resolvendo ou não resolvendo. Problemas conhecidos. Por outro lado, há aqueles que ninguém pensou enfrentar — novos problemas. Terra ignota, certo? Problemas desconhecidos."

"Digo com mais eloquência", comentou Tesla, "mas o sr. Robert Miles está correto." Balançou a cabeça de modo apreciativo na direção do aluno. De algum modo, pensou Paul, Nikola Tesla estava se revelando um professor surpreendentemente bom.

"E daí?", perguntou Paul.

"Daí, senhor, não quero lhe dizer como executar seu trabalho, mas, quando encontramos um problema, o sr. Tesla nos obriga, antes de tudo, a categorizá-lo. Precisamos determinar se é conhecido ou desconhecido. O senhor fez isso com o seu?"

"Suponho que derrotar Edison seja um problema desconhecido, uma vez que ninguém até hoje..."

E ele se interrompeu. "Não, espere", continuou. "Edison já foi derrotado. Ele próprio me disse isso quando tomei seu depoimento."

"Bom", explicou Robert, "se esse é o tipo de problema que o senhor está tentando resolver, então seu primeiro passo talvez seja procurar alguém que já o tenha resolvido."

"Só existe uma pessoa que enfrentou Thomas Edison e venceu", disse Paul. "E o senhor está sugerindo que ela possa ter algum conselho interessante a dar."

Agnes sorriu. Ela sabia a quem Paul se referia.

"Sua epifania é agradável", disse Tesla.

"Bom", perguntou Erastus com impaciência, "quem é ele?"

Paul lhes disse. Não podia acreditar que não houvesse pensado nisso antes.

"Como pensa que pode entrar em contato com ele?", indagou Erastus.

"Acho que vou lhe telefonar", disse Paul. "Afinal de contas, foi ele quem inventou o aparelho, não?"

56. Aos pés da Beinn Bhreagh

> *Este tem sido um de meus mantras: foco e simplicidade. O simples pode ser mais difícil que o complexo. Você tem de trabalhar duro para manter seus pensamentos claros, para fazer a coisa simples. Mas no final vale a pena porque, ao chegar lá, pode mover montanhas.*
>
> Steve Jobs

Alexander Graham Bell não tinha um aparelho de telefone. Catorze anos antes, ele patenteara um "aparelho para transmitir de modo telegráfico sons vocais e outros". Uma dúzia de outros inventores, inclusive e sobretudo Thomas Edison, vinha trabalhando em projetos similares, um telégrafo que pudesse transmitir a voz humana. Seus usos e aplicações eram tentadoramente lucrativos. Porém Bell chegara à frente dos demais, pedindo a patente horas antes de uma reivindicação de Elisha Gray, e semanas antes de Edison. Os processos ainda corriam, e até o momento Bell vinha obtendo estrepitosas vitórias. Sua patente do telefone era inatacável.

A invenção, sem dúvida entre as mais significativas do mundo, teria permitido que ele se posicionasse como o mais importante inventor de seu tempo. No entanto, para pasmo da comunidade científica, Bell optara por não fabricar os aparelhos ou comercializá-los, indicando um parente afastado para dirigir a companhia. Embora ele e a mulher controlassem mais ações da Bell Telephone Company do que qualquer outra pessoa, ele rechaçava com firmeza a possibilidade de se envolver com os negócios. Como as ações geravam milhões de dólares por ano, o inventor se mudara com a família para uma remota península no Canadá.

Alexander Graham Bell ganhara de Thomas Edison em seu próprio jogo e depois desaparecera.

Paul e Agnes viajaram por uma semana — dos campos poeirentos de Nashville até o tranquilo porto no lago gelado de Bell. Antes de partir, ela enviou um bilhete a Henry Jayne dizendo que faria uma viagem com sua mãe, decidida na última hora. À mãe, informou que ficaria mais uma semana em Nashville. Paul comentou que Fannie com certeza responderia com uma severa reprimenda, mas ela se limitou a dar de ombros. Não estaria lá para recebê-la.

"O que ela pode fazer? Vai gritar e espernear ao meu retorno, teremos uma briga memorável. Vai me trancar em casa até o casamento. Mas pelo menos terei feito a viagem."

Percorreram os dois mil quilômetros até o Canadá num ambiente muito agradável. Feliz mesmo. Logo de saída, ele lhe perguntou sobre o noivado, mas passaram por cima dos detalhes dolorosos. O casamento só teria lugar no próximo julho, exigindo algum tempo para ser organizado. Todo mundo em Nova York, para não mencionar na Filadélfia, estaria presente. Todo mundo, Paul supôs, menos ele.

Vencida essa questão, eles conviveram por seis dias. O trem

se tornou um mundo à parte — um filamento brilhante localizado no vácuo. Longe da sociedade nova-iorquina, só tinham um ao outro. Ele não era um jovem advogado em ascensão, tampouco ela era a estrela do Met. Eram apenas um rapaz bom e forte do Tennessee e uma jovem cheia de vivacidade de Kalamazoo. Em meio a tudo o que estava acontecendo, era na verdade… bem bom.

Fizeram amizade com um casal recém-casado do outro lado da fronteira. Quando a moça apontou para a aliança de Agnes e perguntou quando seriam as núpcias, Paul entendeu que aquela viagem em muito se assemelhava a uma lua de mel. Antes que pudesse corrigir esse sentimento, ela respondeu: "Setembro!". Para sua surpresa, ele aceitou a brincadeira. Inventaram toda uma história sobre a vida dos dois — nomes, datas, um romance fictício que em breve culminaria no matrimônio imaginado. "Alice Boone" e "Peter Sheldon" eram herdeiros de minas no Tennessee que iam visitar parentes distantes de nacionalidade canadense. Os quatro jogaram bridge até tarde.

Não escapou a Paul a ironia de que ele estava muito bem ali, no trem, desempenhando um papel sob um nome falso. Ela parecia sentir o mesmo. Agnes Gouge fingindo ser Agnes Huntington fingindo ser Alice Boone. Ele fingia ser alguém que tinha a permissão de amá-la. Eram o rei e a rainha do vagão-restaurante da primeira classe.

Mas não se tratava de uma lua de mel clássica. À noite cada um voltava para seus respectivos vagões-dormitórios. Ele não se permitia um gesto mais ousado. Não trocaram nenhum beijo enquanto o trem costeava o golfo do Maine coberto de neve. Naqueles seis dias não se tocaram nem com a ponta dos dedos. As únicas ocasiões em que ele sentia a maciez cálida da pele dela ocorriam na segurança de seus sonhos.

Que eram vívidos.

Westinghouse enviara a Bell um telegrama apresentando os jovens, que teriam se conhecido em conferências de engenheiros a que ambos compareceram durante anos. Bell respondera que não costumava receber com frequência visitantes, dada a distância de sua casa. Seria, pois, um prazer contar com companhia inteligente para um almoço. Nunca viajaria tanto para comer sanduíches de salmão e beber chá, pensou Paul.

Bell e a mulher, Mabel, moravam numa propriedade de seiscentos acres na ilha de Cape Breton, na Nova Scotia. Aninhado na curva cor de anil do lago Bras d'Or, o terreno ocupava uma península particular. Os Bell chamavam o local de Beinn Bhreagh — que em gaélico significava "bela montanha" —, numa referência aos contrafortes que se erguiam diante do porto e em cujas sombras se ocultava aquele reino. A carruagem de Paul e Agnes subiu uma colina verdejante, deixando para trás o lago azul-celeste e as formações rochosas vermelhas da baía. E então a casa de Bell se materializou. Dizer que a estrutura era "palaciana" seria não apenas uma afirmação errônea, mas enganosa. Mais do que uma residência, lembrava uma cidadezinha.

A propriedade de Bell consistia numa série de prédios interligados — um casarão de três andares, depósitos, cabanas, casas de barcos, armazéns, laboratórios e dependências de empregados. A maior parte dessas estruturas se unia por caminhos abertos na densa vegetação, em certos casos fechados pela neve do inverno. O estilo das construções contrastava com suas dimensões, uma vez que o aspecto rústico e as madeiras escuras davam a impressão de que tudo brotara da floresta circundante. Alexander e Mabel Bell aguardavam os convidados na entrada. Uma fileira de empregados se ocupou das valises enquanto os visitantes trocavam apertos de mão com seus anfitriões.

"Meu Deus", disse o sr. Bell. "George falou que eram jovens, mas não disse que ainda usavam fraldas."

Era um homem grande, quase tão alto quanto Paul. Embora só tivesse quarenta e dois anos, parecia bem mais velho, com suas suíças e a barba de dez centímetros de comprimento. Apesar de certamente ser mais rico do que qualquer dos inventores que Paul conhecera, ele vestia calças largas de trabalho, enfiadas nas botas descoloridas. O colete não combinava com o paletó e, no pescoço, em vez de gravata, ele usava um lenço simples. Os cabelos grisalhos de Mabel estavam presos como os de uma colegial. Seu casaco bege tinha sido feito para aquecer, não para aparecer, e o austero vestido de linho parecia ter sido costurado uma década antes.

"E esta é a famosa srta. Huntington", disse Bell, beijando-lhe a mão. "Lamento nunca tê-la visto no palco, mas agora nos esforçaremos para ir a Nova York com mais frequência."

"Fico lisonjeada", ela respondeu. "Mas, se conseguirem arranjar um piano, posso lhes poupar a passagem de trem."

Seguiu-se uma agradável hora de conversa regada a chá numa das numerosas salas de estar do casarão. Mabel falou sobre os passeios no lago, como as filhas tinham aprendido a velejar e como era agradável fazer piqueniques nas colinas. No Natal as crianças tinham permissão de descer de tobogã as encostas do cabo e deslizar sobre a superfície gelada do lago, sob a supervisão da mãe, que nessas ocasiões ficava com o coração aos pulos. O sr. Bell descreveu o laboratório que construíra a alguns metros dali, a que se chegava por um caminho de terra, e prometeu levar os visitantes até lá depois do almoço. Vinha trabalhando em hidrofólios, embarcações movidas a gasolina que deslizavam sobre a superfície da água. Também começara a pesquisar uma máquina voadora, um aparelho com asas que faria o passageiro voar por algumas centenas de metros. Trocara algumas cartas encorajadoras com dois projetistas de bicicletas de Ohio que vinham se ocupando com algo semelhante. Os trabalhos de Bell não estavam tão avançados, mas os primeiros testes haviam sido promissores.

Como era de esperar, surgiu um velho piano de pau-rosa e Agnes cantou "You'll Miss Lots of Fun When You're Married" com o acompanhamento de Mabel. A anfitriã cometeu alguns erros, derrapando para acordes menores, mas Agnes os cobriu graças à sua maior habilidade musical.

Paul esperou que terminassem o chá antes de explicar a razão da visita.

"A elegância da sua casa, sr. Bell, sem dúvida combina com o único homem que pode se gabar de haver derrotado Thomas Edison."

"Vou dar uma olhadinha no salmão", disse Mabel se erguendo.

"Não, não", disse Paul. "Por favor, não precisa sair. É só que estamos numa situação muito difícil e viemos pedir seus conselhos."

"Bom, então espero que encontrem o que vieram buscar", respondeu Mabel. "Mas, da minha parte, não me mudei para o Canadá a fim de passar mais um minuto da minha vida falando de Thomas Edison."

Com um sorriso amoroso, Bell observou a mulher fechar a porta atrás de si.

"Ela exagera", disse Bell. "Infelizmente, é obrigada a gastar mais do que alguns minutos de sua vida falando sobre Edison, embora eu tente mantê-la fora disso."

"Como assim?", perguntou Agnes.

"Quantas vezes acham que o Feiticeiro de Menlo Park me processou?"

"Edison processou o sr. Westinghouse trezentas e doze vezes", disse Paul. "Imagino que o senhor tenha sido vítima de um ataque de maior porte."

"Meus advogados me mandaram um resumo. Na última década e meia, entre Edison, Elisha Gray e seus amigos na Western Union, fui processado mais de seiscentas vezes por causa dessa bobagem que é o telefone."

Um número insano, sem dúvida.

"Já experimentou um alguma vez?", perguntou Bell.

"Um o quê?", disse Paul.

"Um telefone, claro."

"Ainda não."

"Eu já", disse Agnes. "Foi excitante."

"Isso acaba logo", disse Bell. "Uma coisa horrorosa. Infernalmente alto. Basta ligar um aparelho, e o diabo da campainha não para de tocar. É por isso que não possuo um aparelho. Toda essa confusão em torno de uma engenhoca irritante. Mantenho um endereço em Washington só por causa dos processos, sabiam? Como a Suprema Corte se reúne no outono, os advogados me pedem para passar alguns meses na cidade todos os anos, para dar depoimentos enquanto Edison e seus capangas enlameiam meu nome."

"Washington é adorável no outono", comentou Agnes.

"Praticamente não saio dos tribunais quando estou lá. Faço minha peregrinação anual, conto a todo mundo a mesma história enfadonha da primeira chamada telefônica. 'Sr. Watson, venha aqui.' Como muitas conversas telefônicas no futuro, foi bem menos interessante do que se poderia esperar. Conto minha história, e o tribunal mais uma vez determina que minha patente é válida. Edison e seu rapazes voltam para Nova York e se encafurnam até descobrir outro motivo para me processar."

"O senhor venceu todas essas seiscentas ações", disse Paul. "É notável."

"O fato de que realmente inventei a coisa ajuda", disse Bell. "Não que isso sempre faça a diferença. Mas, graças a vocês advogados, é nisso que se transformou a invenção nos Estados Unidos. Os tribunais são os novos laboratórios."

"E o senhor prefere os do tipo antigo."

"Se veio me pedir conselhos, meu amigo, então merece o melhor que eu tenho a dar: caia fora enquanto pode."

Paul não fora até lá para ouvir aquilo. Bell podia estar acomodado com sua idade e a aposentadoria, mas ele não.

"A Westinghouse Electric Company está prestes a declarar falência", Paul revelou. "Edison vai ganhar os processos sobre as lâmpadas elétricas. Na minha posição, o senhor não pode me aconselhar a deixar que ele vença."

"Na sua posição", respondeu Bell, "eu já o teria deixado ganhar há muito tempo."

Levantou-se, estendendo as pernas ao caminhar até as altas janelas. Contemplou as árvores de bordo por alguns momentos antes de retomar a palavra. "Pensa que estão lutando por quê?"

"Estamos lutando pelo futuro desta nação", disse Paul.

"Não estão", disse Bell baixinho. "Estão lutando por dinheiro. Ou pela honra, o que é pior."

"*O senhor* está lutando por quê?", perguntou Agnes. "Não permitiu que Edison roubasse sua patente."

Bell se voltou para Agnes.

"Qual a sua opinião, srta. Huntington? Por que me desloco até Washington a cada outono?"

Ela pareceu encontrar algo nos olhos dele. Algo silencioso e terno passou entre eles, numa faixa de onda que Paul não pôde captar. Ela sorriu. "Faz isso por ela. Por Mabel."

"E por minhas filhas", disse Bell. "Mas não controlo companhia nenhuma. Não pedi outras patentes. Defender os royalties a que faço jus já me dá trabalho para toda uma vida. Quer ficar rico, sr. Cravath? Já está. Advoga para George Westinghouse antes mesmo de ter chegado aos trinta. E tem uma mulher a seu lado, que, me permita acrescentar, é tão adorável, encantadora e inteligente quanto qualquer homem da sua geração poderia ter a esperança de esposar. Nada mal, me parece."

Corando, Paul pensou em corrigi-lo, mas, para sua surpresa, Agnes lhe fez um gesto para que se calasse.

"Aqui no meu laboratório", continuou Bell, "posso trabalhar em problemas à minha escolha. Posso ficar futucando qualquer máquina que atraia minha atenção. Estou livre dos terrores da opinião pública que tanto torturam Edison. Livre das agruras da fabricação que tanto sobrecarregam Westinghouse. Isso é vencer. Sentar no escuro e criar coisas. Foi assim que todos começamos. E no entanto nos esquecemos disso quando permitimos que nossos dias sejam consumidos pelas brigas para saber quem passou primeiro a corrente por qual fio. Quem é que se importa?"

Voltou-se para Paul. "O futuro pelo qual o senhor está lutando não pertence aos inventores, mas aos financistas. Deixe-os ocupar seu inferno de luxo. E diga aos criadores que se juntem a mim aqui, onde só a genialidade conta e as maravilhas prosperam."

Alexander Graham Bell revelou naquela fala ser uma das pessoas mais decentes que Paul conhecera em muitos anos.

"O senhor é um dos homens mais inteligentes do mundo, sr. Bell. Não me diga que pensa que vou parar."

Bell soltou uma gargalhada. "Não, sr. Cravath, não penso isso." E voltou a contemplar os grossos bordos que se estendiam por quilômetros. Parecia perdido em pensamentos que Paul tinha certeza de que jamais compreenderia.

"O senhor realmente o odeia, não?", perguntou Bell.

"E o senhor não?"

"Tenho pena dele... Não será hoje nem amanhã que o senhor entenderá por que estou fazendo isso. Mas, se algum dia entender... Bem, não vá dizer que não o preveni. Vou lhe dizer o que deseja saber. Vou lhe dizer como derrotar Thomas Edison. E acho que o senhor terá sucesso. Mas, por favor, lembre-se de que não estou fazendo isso pelo senhor, e sim por ele."

57. O bolsão na retaguarda

> *Muitas vezes perdemos uma oportunidade porque ela veste macacão e parece um trabalho duro.*
>
> Thomas Edison

"Não derrotei Edison", Bell continuou. "O paspalho se derrotou sozinho. Só fui inteligente o bastante para deixar que ele o fizesse."

"O que quer dizer com isso?"

"O inimigo mais perigoso que Thomas Edison jamais enfrentará é Thomas Edison. E, mesmo depois de todo esse tempo, ele ainda não aprendeu a lição."

"O senhor está sendo muito enigmático."

"Já leu algum desses jornais... o *Wall Street Journal?*"

"Já", respondeu Paul.

"Só bobagem. Mas um amigo esteve aqui na semana passada e trouxe uma pilha deles. Toda informação de que o senhor precisa para derrotar Edison está num desses."

"O preço das ações da Edison? Está no ponto mais alto. Não entendo como isso possa nos ajudar."

"As ações da Edison estão em alta", disse Agnes, "porque todo mundo acha que ele vai ganhar da Westinghouse."

"Prossiga", disse Bell.

"E esta é sua principal fonte de valor", concluiu Agnes.

Bell sorriu. "Honestamente", ele disse a Paul, "sua noiva tem uma cabeça bem melhor para os negócios do que o senhor."

Paul fez o possível para ignorar o comentário. "Está sugerindo que espalhemos boatos? Para baixar o valor das ações?"

"Nem é preciso *mentir*. A verdade já é suficientemente maléfica."

"E a verdade é…?"

"Muito bem… O senhor perguntou como o derrotei. Foi muito simples. Inventei a engenhoca antes dele. Fui rápido, ele chegou atrasado. É isso que o mata, ainda hoje. Não que eu fosse um inventor melhor que ele. É que ele estava tão obcecado com a solução de um problema diferente que não reparou que a resposta ao problema do telefone estava bem na frente do seu nariz. Edison estava absorto nos telégrafos, estava envolvido nisso havia uma década. Começara a trabalhar no telefone, mas julgou que ele o afastava de suas metas. Por que perder tempo numa caixa falante idiota quando suas linhas de telégrafo estavam se tornando cada vez melhores? De fato, teve a ideia do telefone ao mesmo tempo que eu. Isso não é nenhum segredo. E é isso que vai persegui-lo até a morte — teve a ideia ao mesmo tempo, mas *eu* a patenteei. E lei é lei. Sabe de uma coisa? Acho que é por isso que ele tem sido tão duro com Westinghouse. Deve ter jurado que nunca cometeria tal erro outra vez."

"Já mostrei que ele mentiu no pedido de patente da lâmpada incandescente", disse Paul. "Não adiantou nada."

"Não", disse Agnes. "Não é a essa questão que o sr. Bell está se referindo."

"Exato", ele confirmou.

"O que ele está dizendo", continuou Agnes, "é que Edison não passa de um obsessivo. Como outra pessoa que conheço. E esta é sua fraqueza. Ele se torna tão obcecado numa linha de ataque que fica totalmente cego em relação a qualquer outra."

"Menina esperta", disse Bell.

"Um bolsão na retaguarda?", perguntou Agnes. Bell deu um riso de aprovação.

"O quê?", perguntou Paul, confuso.

"Às vezes, um exército cria de propósito um bolsão na retaguarda enquanto avança", ela disse. "Um ponto tão fraco que o inimigo não pode deixar de tirar proveito. Conhece alguma coisa sobre história militar?"

"Como é que *a senhora* conhece tanto sobre história militar?", Paul perguntou.

"Fiquei amiga de um general. Em Londres. Seja como for, qual a fraqueza óbvia de Westinghouse? Qual o seu bolsão na retaguarda que tanto incomoda Edison?"

Paul lutou para não pensar naquele general no passado de Agnes.

"Acho", disse Bell, "que o sr. Cravath sabe qual é a obsessão singular de Thomas Edison melhor do que qualquer pessoa no mundo."

"O processo!", exclamou Agnes. "O senhor vem dizendo há meses que essa ação está custando uma fortuna a Westinghouse."

"É verdade..."

"Acha que custa menos a Edison?"

Paul deu um sorriso quando por fim entendeu o que eles lhe estavam dizendo.

"Edison está tão focado em ganhar a guerra da patente", ele disse, "que se esqueceu de que também precisa ganhar a guerra corporativa. A Edison General Electric Company... na verdade não é lucrativa. Ele está incorrendo em prejuízo para derrotar Westinghouse. Cortando os preços de modo tão severo que não consegue obter um lucro decente. Esbanjando uma fortuna em honorários jurídicos, uma fortuna que não acredito tenha sido generosamente dispensada pelos advogados *dele*."

"Os senhores estão abrindo mão dos seus honorários?", perguntou Bell. "Lembre-me de contratá-los na próxima vez que Edison me processar."

"Mais cedo ou mais tarde os acionistas da Edison se darão conta dos baixos lucros", disse Paul, "e não ficarão contentes."

"A pergunta que o senhor precisa se fazer", disse Bell, "é: quem é o maior acionista da EGE? Junto com o próprio Edison?"

Paul e Agnes conheciam a resposta.

"Sessenta por cento", ela disse bem baixinho. "Difícil ter mais que isso."

Paul permaneceu em silêncio enquanto juntava as peças.

"Me parece que um plano está ganhando forma", sugeriu Bell. O velho não podia deixar de provocar seus jovens convidados.

Paul se pôs de pé de repente. "Sei como vamos ganhar", ele disse.

"O senhor parece achar... engraçado", Agnes comentou.

"Bem, é engraçado de fato", ele retrucou. "Acontece que, por uma dessas coisas do destino, talvez a senhora seja a única pessoa em todo o mundo que pode me ajudar a fazer isso."

PARTE III — SOLUÇÕES

Contrariamente ao mito popular, a tecnologia não resulta de uma série de buscas pela "melhor solução" de um problema. Os tecnólogos se confrontam com questões insolúveis, cometem erros e causam controvérsias e fracassos. Criam novos problemas à medida que solucionam os antigos.

Thomas Hughes,
American Genesis [Gênese norte-americana]

58. O baile da Metropolitan Opera House

> *Não se podem unir os pontos olhando para a frente: é preciso olhar para trás. E confiar que os pontos de algum modo vão se conectar no futuro. É preciso confiar em alguma coisa — na força de vontade, no destino, na vida, no carma, qualquer coisa. Isso nunca falhou comigo e fez toda a diferença na minha vida.*
>
> Steve Jobs

Era possível dizer, sem medo de errar, que o baile do Ano-Novo na Metropolitan Opera House era a segunda festa mais exclusiva do mundo. Só perdia para o baile de gala de verão da sra. Jacob Astor, limitado a quatrocentos convivas que, a cada julho, se apinhavam na propriedade da família em Newport para uma noitada de muito suor e álcool. A sra. Astor elaborava de próprio punho a lista de participantes e, num floreio notável, carimbava cada convite ao enviá-lo. A alta sociedade de Nova York passava o mês de junho com os nervos à flor da pele à espera de um envelope carimbado. Os nomes e qualificações dos convidados eram devidamente reportados no *Times* e no *World*. A revista *Harper's* documentava o evento com um desenho a lápis de uma página mostrando o glamour da cidade no que tinha de mais incrivelmente brilhante.

O Ano-Novo do Met tinha mais do que o dobro de participantes — era, pois, cinquenta por cento menos glamoroso. A lista de convidados superava mil nomes, incluindo mais gente que a aristocracia endinheirada. Convocavam políticos sem pedigree, bailarinos europeus em temporada nos Estados Unidos e jovens mulheres bonitas que ninguém saberia dizer se eram donas de uma simples propriedade no lado oeste ou amantes de um cavalheiro generoso na Union Square. Durante uma noite, artistas, nababos ferroviários e duques ingleses se confraternizavam, animados. Os figurões de Nova York esbarravam uns nos outros. Não por acaso a sra. Astor era a principal organizadora dessa noite de gala. Não tanto por seu investimento pessoal no Met, mas por sua convicção de que nenhuma festa minimamente importante poderia ocorrer sem que ela estivesse envolvida. O monopólio que exercia sobre a cena social nova-iorquina era mais absoluto do que o de seu marido sobre a indústria de carvão dos Estados Unidos.

Conquanto a festa anual do Met perdesse para o baile da sra. Astor em termos de exclusividade, tal deficiência era compensada pela inventividade das indumentárias. Se a festa de julho constituía um símbolo da formalidade do preto e branco, a do Ano-Novo era um arco-íris sobre uma pilha de ouro. Os homens usavam gravatas brancas e casacas pretas, mas as mulheres tinham permissão de — e eram encorajadas a — mostrar o que podia ser feito com um metro de seda e peças de musselina costuradas com esmero. Toda parte do corpo que uma mulher podia exibir ostentava diamantes.

Paul sabia de tudo isso apenas por jornais e revistas. No entanto, enquanto esperava, tiritando, na travessa atrás da rua 39, às quinze para as onze da noite, só podia fantasiar a cena no interior do teatro. Do ano de 1889 não restava senão uma horinha; da rua dava para ouvir o burburinho da festa. E ele estava sentindo muito frio.

Fazia quase uma hora que ele estava lá, tiritando. Agnes era a única barreira que o separava da hipotermia. Era também a única barreira que separava a Westinghouse Electric Company da bancarrota. Ele precisava entrar na festa. Esperaria por ela o tempo que fosse, mesmo que seus artelhos congelassem.

Com um rangido repentino, a porta de metal se abriu e ela apareceu sob a luz alaranjada. Usava com grande simplicidade um vestido de um amarelo vistoso, elegante e de bom gosto, delicadamente costurado.

"Meu Deus, está um gelo aqui fora", ela disse. "Corra para dentro."

Ela fechou a porta com um empurrão e o conduziu por um labirinto de corredores. Ele não entrava no Met fazia um ano, desde o encontro com Tesla no camarim de Agnes. Ainda não assistira a nenhum espetáculo.

"Ele está aqui?", ele perguntou quando seus lábios deixaram de doer.

"Está", ela respondeu. "Mas há um problema. Ele está com um amigo."

"Quem?"

"Thomas Edison."

Ele parou. "Desgraçado."

"Eu sei."

"Edison estava na lista de convidados?"

"Vai saber. Se eu tivesse obtido uma cópia da lista, teria podido incluir seu nome. Foi preciso arranjar outro meio. Meu palpite é que Thomas Edison teve autorização para usar a porta da frente."

Isso ia complicar os planos de Paul para a noite. "Eles estão juntos?"

"Não o tempo todo. Edison tem um séquito de admiradores. Anda para lá e para cá, aperta mãos, conta histórias. Será preciso aproveitar um momento em que estejam separados."

Não havia como voltar atrás.

Ele a seguiu rumo ao baile reluzente.

Todos os assentos haviam sido removidos do auditório, permitindo que os mil convidados se espalhassem pela área da grande sala com seu teto abobadado. Dos balcões desciam fios que sustentavam inúmeras lâmpadas elétricas e formavam gigantescas teias bruxuleantes. No palco, uma orquestra de quarenta músicos executava uma valsa fogosa. Os dançarinos ziguezagueavam pelo salão, em ondas que se quebravam contra as rochas sólidas da conversação.

Ele era um pequeno bote singrando os mares revoltos daquele enxame. Ao entrar no salão, bem devagarinho, quase foi jogado por terra graças a um casal bêbado que girava perigosamente ao som da música.

"Cuidado", aconselhou Agnes. "O senhor não pode aparecer muito."

Ele a observou deslizar pelo assoalho. Um pássaro em fuga a sobrevoar o mar encapelado. Não uma gaivota, ele pensou ao vê-la sorrir, defendendo-se dos olhares curiosos lançados em sua direção. Uma águia.

"Ele está lá", disse Paul, afastando o rosto.

A menos de vinte metros de distância, Thomas Edison conversava com conhecidos. Parecia estranhamente mais moço com aquele smoking, a gravata branca torta sob o queixo. O único em seu círculo sem um copo na mão.

"Sabe dançar valsa?", Agnes lhe perguntou.

"O quê?"

Com a mão esquerda, ela pegou a mão direita de Paul e a manteve ao nível da cintura antes de, com a direita, segurar a esquerda do parceiro. E então partiram.

Ele não entendeu de imediato que ela o conduzia para a pista, rodopiando em três tempos. Qual fora a última vez que ele dançara uma valsa? Inebriado com o perfume de sua companheira, ele se sentiu de volta à casa paterna numa noite quente do Tennessee.

"Firme", ela sussurrou. "Basta me seguir."

Rodopiaram pelo salão, orbitando em torno de outros casais. Por onde se olhasse, uma constelação das modas mais recentes. De início, ele bateu com os pés no assoalho encerado, mas as mãos dela começaram a enformar seus movimentos.

"Devagar", ela murmurou. "Rápido, rápido, devagar. Isso aí, perfeito."

Paul lutou para não ficar tonto.

Ele não precisaria se preocupar com Henry Jayne. Agnes já o prevenira: o noivo estava na Filadélfia acompanhando um parente enfermo. Para um casal de noivos, eles passavam muito pouco tempo juntos, ele pensou. Seria costume entre os ricos? Não suportaria estar na mesma sala com ele. E com certeza não queria encontrá-lo quando sua mão roçava o quadril de Agnes.

Ele sentiu o sopro quente e regular da respiração de Agnes em seu pescoço, os músculos de suas costas se retesando e relaxando ao ritmo da dança. Sabia que não estava fazendo aquilo apenas por Westinghouse. Sua vontade de vencer não se resumia a punir Edison. Precisava que ela constatasse que ele valia tanto quanto Jayne.

"Edison está dez metros atrás de nós", ela sussurrou. "Nosso homem está três metros à frente. *Avanti!*"

Ela apertou as mãos dele, forçando caminho entre os convidados. Aproximaram-se de um grupo de cinco cavalheiros que conversavam, todos com imaculados colarinhos brancos e longas casacas. Nenhum com menos de cinquenta anos, todos com barriguinhas adquiridas ao longo de vidas bem vividas. No centro, Paul avistou um homem de grande porte, o único sem barba. Seu grosso bigode castanho criava um forte contraste com a palidez de seu rosto. Os cabelos partidos ao meio eram brancos como giz. As bochechas pareciam nunca ter esboçado um sorriso.

Era J. P. Morgan, o indivíduo que ele procurava.

59. Um encontro secreto com o homem mais rico do país

O capitalismo funcionou muito bem. Quem quiser se mudar para a Coreia do Norte, que trate de ir logo.

Bill Gates

A música parou depois de uma longa execução dos violinos. Os convivas aplaudiram sem entusiasmo, com uma cortesia mais parecida a um acesso de tosse.

Agnes estudava o grupo de Morgan. "Devem estar um pouco bêbados", ela murmurou em tom conspiratório. "Espere aqui." Escapou do abraço de Paul. Antes que ele lhe pudesse fazer qualquer pergunta, ela se afastou e mergulhou no círculo.

"Sr. Routledge!", arrulhou para um dos presentes. "Como foram as coisas em Bruxelas?"

Ele a observou se intrometer na conversa dos homens. Coelhos diante de uma raposa. Ouviu as risadas, a luta por uma posição mais favorável com que cada um tentava impressionar a bela mulher que resplandecia, alegre, diante deles. Ele ficou calado, fora do grupo para o qual não fora convidado, esforçando-se para escutar.

Em menos de um minuto, Agnes ocupou o centro do círculo, desbancando Morgan. Fez isso de forma sutil, mas o isolamento de Morgan ficou evidente.

Ele compreendeu o que Agnes tinha em mente. Se ela já o impressionara no passado, agora as razões se multiplicavam. Morgan não estava acostumado a ser ignorado. Paul percebeu seu desconforto.

O magnata se afastou, segurando um copo de uísque. Atravessou a pista e recebeu cumprimentos e sorrisos das pessoas por quem passava. Nenhuma pareceu interessá-lo. Caminhou até o corredor dos fundos e entrou no toalete dos cavalheiros.

Paul aguardou dez segundos antes de ir atrás dele.

Era um cômodo longo. Bancadas de mármore de um lado e uma série de compartimentos do outro, provavelmente já aparelhados das novas privadas em que se dava descarga puxando uma correntinha. Na extremidade oposta, uma poltrona oferecia descanso a quem estivesse precisado. Quando ele entrou, Morgan estava reclinado na poltrona, ainda com o copo na mão.

Dois outros homens se postavam diante dos espelhos. Ajeitavam as gravatas enquanto Morgan descansava, de olhos fechados, como se desfrutasse de um breve e raro momento de paz.

Paul ficou diante do espelho e, tendo desarrumado de propósito o laço da gravata, fingia encontrar dificuldade em refazê-lo. Examinou o penteado, certificando-se de que todos os fios estavam onde deveriam estar.

Os dois estranhos interromperam a conversa iniciada antes da entrada de J. P. Morgan, como se o assunto devesse ser concluído alhures. Saíram, com tapinhas nas costas, confirmando a conspiração. A porta se fechou. Era a chance de Paul, que rapidamente passou o ferrolho na porta.

Acabara de se trancar no banheiro masculino com J. P. Morgan.

Morgan ouviu o estalido do ferrolho e olhou para Paul.

Em poucos minutos a ausência de Morgan despertaria interesse, ou a porta trancada atrairia a atenção de algum empregado. Ele dispunha de muito pouco tempo.

"Se está planejando me roubar", disse Morgan, ainda sentado, "devo informá-lo de que meus bolsos estão vazios."

Sua tranquilidade indicava que ele temia pouca coisa no mundo. Os pavores particulares que talvez o afligissem com certeza não incluíam estranhos com gravatas brancas vagamente ameaçadores em bailes de gala. A fisionomia de Paul não parecia preocupar Morgan.

"Eu me chamo Paul Cravath."

"Ótimo", disse Morgan.

"Sou sócio da firma Carter, Hughes & Cravath."

"Seus pais devem ter muito orgulho disso."

"Sou o principal advogado de George Westinghouse nos processos contra Thomas Edison."

"Ah, que pena. Talvez eles não fiquem tão orgulhosos." Morgan se levantou. "Seu nome realmente me soou conhecido. Preciso sair, por favor."

Deu um passo em direção à porta. Paul também deu um passo à frente, deixando claro que interporia seu corpo entre Morgan e a saída.

"Tenho uma proposta para lhe fazer", ele disse.

"Eu tenho um escritório", retrucou Morgan.

"É confidencial."

"Ai, ai, ai."

"Thomas Edison está lhe custando bastante dinheiro."

"*O senhor* está me custando dinheiro. Tenho assuntos para tratar lá fora."

Morgan deu outro passo na direção da porta. Mais uma vez Paul deixou claro que não se deslocaria.

"Eu costumava carregar uma pistola, sabia?", disse Morgan. "Meus seguranças vão ouvir poucas e boas por terem me convencido a não andar armado."

"A guerra entre Thomas Edison e George Westinghouse vai levar os dois à falência."

"E?"

"E, como o senhor detém sessenta por cento das ações da Edison General Electric Company, acredito que isso pese mais ao senhor do que a mim."

"Acredito que seu maior problema é o que meus amigos vão lhe fazer quando eu sair daqui."

"O senhor e eu temos o mesmo problema. E proponho que trabalhemos juntos para resolvê-lo."

Morgan não disse palavra.

"Edison e Westinghouse estão duelando por pedaços de uma torta que é somente deste tamanho." Paul formou um pequeno círculo com os dedos. "Mas, juntos, podemos abocanhar pedaços iguais de uma torta *deste* tamanho." E triplicou o tamanho do círculo. "Uma sociedade entre as duas companhias — um acordo de licenciamento — eliminaria o ônus dos consumidores de ter de escolher qual dos nossos produtos incompatíveis deveriam comprar. CA, CC... não importa. Os senhores poderiam vender nossa corrente. Nós poderíamos vender as lâmpadas dos senhores. Todos ganhariam. Chega de entregar o destino dessas empresas nas mãos dos tribunais. Não vamos deixar isso tudo ao sabor dos caprichos da opinião dos jornais e dos ventos instáveis do mercado livre. Vamos reconduzir as decisões importantes para as salas dos conselhos de administração, que é onde elas devem ser tomadas."

Morgan enfiou as mãos nos bolsos. Franziu os lábios.

"A competição", continuou Paul, "não faz bem a ninguém. Um monopólio amigável, por outro lado..."

Morgan sorriu. Paul estava falando a linguagem dele.

"O senhor é bem astuto."

"Não estivesse eu falando com quem estou..."

"Não sou tão esperto, sr. Cravath. O que quer que lhe tenham dito sobre mim, acho que a realidade é menos dramática do que as pessoas gostam de crer. Sabe quem é bem ladino? Thomas. Ou seu amigo, o sr. Westinghouse. Não passo de um homem de negócios."

"O mais bem-sucedido no mundo."

"É assim com todos os homens de negócios. Não há nada que nos cause mais desespero que um mercado livre."

Foi a vez de Paul sorrir.

"De cara", disse Morgan, "vejo meia dúzia de sérios obstáculos a esse esquema. Mas há um claramente insuperável e bem simples."

"Qual?"

"Thomas Edison." Tomou um gole de uísque. "Não sei o que já disse a Westinghouse ou, com essa sua lábia, o que pode vir a lhe dizer. Mas posso lhe assegurar que Thomas nunca irá concordar com esse plano."

"Eu sei", disse Paul.

"Ele *despreza* Westinghouse."

"Eu sei."

"Enquanto Thomas Edison estiver à testa da Edison General Electric Company, não haverá uma sociedade com seu cliente."

Numa ousadia, ele se aproximou de Morgan, pondo a mão em seu ombro esquerdo. "Mas quem é que disse que Edison precisa continuar à testa da sua companhia?"

60. Enterre um centavo

Eu me limito a inventar alguma coisa, depois espero até que as pessoas passem a necessitar o que inventei.
Buckminster Fuller

"Quer saber qual é a maneira mais fácil de fazer um bilhão de dólares?", perguntou J. P. Morgan no dia seguinte. Os dois estavam de pé na galeria que abrigava a coleção de antiguidades cipriotas do Metropolitan Museum of Art.

"Gostaria muito", respondeu Paul. Contemplaram as fileiras de cerâmica antiga.

"Pegue uma moeda de um centavo. Enterre-a por mil anos. Então desenterre-a." Morgan apontou para dois vasos de um marrom desbotado, placas com desenhos complexos e jarros manchados de preto ao longo das paredes. A ala cipriota só contava com essas relíquias. Suas vozes ecoavam no recinto.

O museu estava em construção. Andaimes cobriam a fachada da Quinta Avenida.

"Conhece Luigi di Cesnola?", Morgan perguntou.

"Acho que não, sinto muito", disse Paul.

"Nasceu na Sardenha, mas veio para cá na década de 1850. Lutou na guerra. Na nossa, não na deles. Bom, na deles também, imagino, algum tempo antes. Mas ficou famoso na nossa. Depois disso, voltou ao Chipre, tratou de criar esta coleção e a vendeu aqui por... bem, sr. Cravath, quanto acha que o conselho do museu deu a ele?"

"Não tenho ideia."

"Deram a ele *o museu*. Fizeram-no diretor. E o Metropolitan Museum of Art agora tem uma coleção que começa a preocupar Londres."

"Pelo jeito foi uma transação esperta."

"Enterre um centavo e, transcorrido o tempo suficiente, terá uma fortuna. Este é meu princípio. Só complica se a pessoa quiser acelerar o processo."

Paul olhou ao redor. Continuavam a sós, e aquele encontro secreto, tanto quanto podia dizer, não era observado por ninguém.

"Pode falar livremente, sr. Cravath. A galeria é nossa por toda a tarde. Luigi é um bom amigo."

O advogado sabia que nada que Morgan fizesse poderia surpreendê-lo. Nada em Nova York estava fora de seu alcance. Embora o banqueiro houvesse dado corda àquela conversa sobre uma parceria, de forma alguma Paul conquistara um aliado. Aquele homem se voltaria contra ele na primeira oportunidade que seu interesse financeiro gritasse mais alto. Quem se deita com um leão não se faz de surpreso caso seja devorado.

A possibilidade de que, depois do baile, Morgan tivesse contado a Edison os sórdidos detalhes de sua proposta era alta. O que mitigava seus receios era a reconfortante lembrança da gigantesca cobiça de Morgan. Se o que motivava Tesla, Edison e Westinghouse permaneceria em parte indefinido, o que motivava seu interlocutor não constituía nenhum mistério. Ele não havia juntado tanto dinheiro por acaso. E era ponto pacífico: ninguém, em toda a história do mundo, acumulara tamanha fortuna.

O dinheiro era um fator de motivação bem mais previsível do que algum dom herdado, a fama, o amor ou qualquer outra razão para fazer um homem se levantar da cama. Um artista — ou um inventor — era um parceiro bem mais perigoso do que um homem de negócios. Planos para enfrentar as traições deste último poderiam ser conjecturados, elas eram praticamente inevitáveis.

"O senhor estudou minha proposta", disse Paul. "Tem poder para dar um golpe de Estado, por assim dizer, na EGE. Pode destituir Edison e pôr no cargo um homem seu. Alguém simpático à sua causa."

"Sei o que posso fazer, sr. Cravath. Também tenho advogados. Bem mais experientes que o senhor."

"E, no entanto, aposto que lhe disseram que tudo que falei era correto."

"É verdade."

"E seus contadores, sem dúvida, também analisaram os lucros e perdas da EGE."

"Dois centavos", disse Morgan. "Este é o lucro da EGE por ação. Não chega a ser um prejuízo, mas também não é um benefício substancial."

"Então o senhor viu que tenho razão. Se puder depor Edison numa manobra interna, posso cuidar das coisas no lado da Westinghouse."

"Isso parece bem simples do seu ponto de vista, não?"

"Sim", disse Paul. "É impiedosamente simples. Mas não significa que será fácil."

"Confia em mim?"

Paul se surpreendeu com a pergunta. "Claro que não", respondeu com franqueza. Se tencionasse negociar pau a pau com o mais poderoso homem de negócios de seu tempo, não poderia ofender a inteligência de nenhum dos dois fingindo que eram amigos.

"Também não confio no senhor", disse Morgan. "Motivo pelo qual vou lhe contar um segredo. Um segredo muito caro. E sua reação a esse segredo servirá de parâmetro para me dizer quanto devo desconfiar do senhor."

"O que é?"

"Vai ser um pouco mais complicado do que pensa."

"Por quê?"

"Há um espião dentro da Westinghouse Electric Company."

Paul o olhou, pasmo. Não podia ser verdade. Westinghouse escolhera sua equipe pessoalmente. Engenheiros, gerentes da fábrica, até mesmo os advogados.

"Edison tem um espião entre os principais diretores da Westinghouse. Que conta a Edison todos os planos da companhia — estratégia corporativa, relatórios dos laboratórios, até o complexo de fábricas na Pensilvânia. Vem fazendo isso há mais de um ano. Vocês perdiam todo o tempo e não entendiam a razão. Bom, aí está o porquê."

Paul se sentiu nauseado, mas não podia demonstrar fraqueza.

"Como pode ter certeza de que Edison tem um espião?"

"Porque", respondeu Morgan, "fui eu quem o pôs lá."

Paul olhou bem dentro dos olhos calmos de Morgan, que não piscou uma só vez. Ao confessar o segredo, não parecia sentir prazer nem alívio.

"Seu plano vai ser significativamente mais complicado do que lhe parece, sr. Cravath, porque, se Westinghouse falar sobre ele com seus diretores, nosso espião contará a Edison."

"Quem é ele?", perguntou Paul. "Quem é o espião?"

"Enterre um centavo", disse J. P. Morgan, suas palavras ecoando em meio à cerâmica antiga, "e, mil anos depois, terá uma fortuna. Mas, se quiser fazer uma fortuna um pouco mais depressa, vai ter que enterrar algo bem maior que um centavo…"

61. Uma raposa no galinheiro

> *Em seu livro de memórias* [A dupla hélice], *a repentina transformação de todos os protagonistas científicos relevantes, de pessoas mesquinhas que eram em grandes homens sem um pingo de egoísmo, seria porque, juntos, vocês descortinaram um belo detalhe da natureza e se esqueceram de si mesmos na presença do maravilhoso? Ou porque o autor subitamente enxerga seus personagens sob uma luz nova e generosa por ter obtido sucesso e confiança em seu trabalho e em si próprio?*
>
> Richard Feynman, em carta a James Watson

"Reginald Fessenden?"

Paul se esforçava para compreender o que ouvira. Não só passara horas ao lado de Fessenden no último ano, como ele próprio havia recrutado o sujeito. Fora ele que o trouxera para o lado deles depois que Edison o dispensara... "O senhor está mentindo", disse.

"Minto com frequência. Mas, por acaso, hoje não."

"Me dê uma prova."

O magnata suspirou. "O senhor contratou Fessenden faz dezoito meses. Fez isso num encontro no escritório dele em Indiana, depois de acreditar que Edison o havia demitido. Leu sobre isso nos jornais e foi procurar o ex-funcionário de Edison, um sujeito amargurado, potencialmente venal. Contatou-o em busca de informações sobre o pedido de patente de Edison, só que... Bom, me diga: ele realmente lhe deu alguma informação que o ajudasse a derrubar a patente de Edison?"

Paul repassou seu primeiro encontro com Fessenden em Indiana.

"Claro que não", disse Morgan. "Sua próxima pergunta será por que Fessenden lhe indicou o... como se chama... Tesla. Resposta: porque Edison achava que ele seria uma perda de tempo para os senhores. Fessenden precisava convencê-los de que queria ser útil, quando na verdade chamava a atenção para algo que de fato iria atrapalhar. Nos pareceu razoável usar aquele maluco solitário da Sérvia. Thomas obteve uma cópia da palestra que ele faria na sociedade de engenharia bem antes da apresentação, e a julgou ridícula. O que me deu a ideia de pôr o senhor no encalço dele. O fato de que conseguiram aproveitar alguma coisa dele — bem, isso foi inesperado. Thomas não ficou feliz, posso lhe assegurar."

Paul de repente se sentiu nu, seus pensamentos, planos, as jogadas aparentemente mais astuciosas dos últimos anos expostas agora como um patético engodo. Desde o começo Edison vinha lhe passando a perna.

"O senhor acreditava contratar um apóstata, quando na realidade contratava um cavalo de Troia. Fessenden aceitou o emprego justamente para poder ter acesso à mais moderna tecnologia da Westinghouse. De fato, um pouco irônico, uma vez que Westinghouse pensava que obteria acesso a Edison."

"Mas", Paul retrucou, "Edison nunca usou a corrente alternada. Se Fessenden vem vazando os projetos da Westinghouse — e os senhores já tinham a apresentação de Tesla —, Edison deve ter visto que ela era superior à sua. Se está me dizendo que isso é verdade, então por que Edison nunca criou um aparelho CA?"

"Ah," disse Morgan. "Este é o ponto: Edison não se convenceu da hipótese de vocês. Ele estudou todos os relatórios. Aliás, eu também, embora não tenha atentado ao palavreado técnico. Edison achou que sabia mais. Sua devoção à corrente contínua — talvez errônea, como se vê — não era um subterfúgio. Depois de rever sua própria pesquisa e também a dos senhores, ele estava convencido de que seu sistema era melhor."

"Não era desonesto, mas apenas incompetente?"

"Eu seria mais caridoso, sugerindo que ele apenas chegou a uma conclusão diferente com base nas informações disponíveis. Coisa de cientistas. Faça uma pergunta simples a cem deles, e receberá cem respostas diferentes. Para mim, eles constituem um estorvo necessário às atividades industriais."

"Isso tudo foi ideia do senhor", disse Paul. "Fessenden. Tesla. Toda a trapaça."

"Evidentemente. Thomas não é tão esperto para bolar uma coisa assim."

"No outono passado, quando nossas tentativas de encontrar novos investidores foram bloqueadas, foi porque ele sabia previamente quem iríamos contatar e se antecipava, não é isso? Era assim que conseguia falar com eles antes."

Morgan parecia satisfeito. "Estava justamente me perguntando se o senhor havia entendido isso."

O advogado vinha enfrentando forças superiores às dele desde o instante em que aceitara o caso. Vinha se afogando em águas mais fundas do que poderia imaginar. Ele era inteligente.

Tesla, Edison e Westinghouse, gênios. E Morgan? Ele se sentiu na presença de um poder totalmente diverso.

"É agora que vai me dizer que acredita ser muito mais honrado que eu?", Morgan perguntou. "Melhor não perder seu tempo, caso não se importe."

"Não botei um espião em sua companhia, sr. Morgan."

Morgan o olhou de cima a baixo, por um longo tempo. "Sabe o que o espera ao término de tudo isso, sr. Cravath? O senhor vai obter toda a riqueza que deseja. Parabéns adiantados. Mas já considerou o que vai ter de ceder em troca?"

"Ceder o quê?"

"A ilusão de que fez por merecer o que vai ganhar."

Morgan contemplou, pensativo, uma estátua de bronze. Retratava um guerreiro, lança na mão, galopando em pelo numa grande guerra havia muito esquecida.

"Todos os pobres acham que merecem ser ricos", ele continuou. "Nós, os ricos, vivemos cada dia com a incômoda consciência de que não merecemos a riqueza."

Falava como se ambos pertencessem à mesma classe de homens. Como se Morgan fosse o reflexo de Paul num espelho turvo.

"Westinghouse provavelmente está com Fessenden neste exato minuto", disse Paul.

"Sem dúvida."

"Preciso falar com ele. Se contar a Fessenden sobre nosso plano…"

Estava prestes a correr para a loja mais próxima da Western Union, até que teve uma ideia melhor.

"Sr. Morgan", ele disse encarando o interlocutor. "Vou lhe pedir mais um favor."

"Pois não."

"Pode me arranjar um telefone?"

62. Seja ou não verdade

> *A coisa boa sobre a ciência é que ela é verdadeira, creia você ou não.*
>
> Neil deGrasse Tyson

Como era previsível, Luigi di Cesnola dispunha de um telefone em seu escritório no terceiro andar do museu. Uma vez que fora presente de Morgan, o diretor ficou muito feliz em deixar o jovem amigo de seu amigo usar a engenhoca, enquanto ele e o banqueiro fumavam no corredor. Paul escutou, nervoso, os estranhos sons emanados da peça preta que segurava junto à orelha.

Um assistente de laboratório por fim atendeu na outra ponta da linha. Paul exigiu falar imediatamente com George Westinghouse.

"Paul?", chegou-lhe a voz distorcida porém reconhecível de George Westinghouse através do fone. Era como se falasse com um fantasma, e não com outro ser humano. Lá estava a voz incorpórea de seu cliente contra a sua orelha. A pessoa de Westinghouse fora reduzida a uma série de sons no éter.

"O senhor está sozinho?", perguntou Paul.

"Encontrou-se com Morgan? Ele concordou?"

"Tem alguém com o senhor aí no laboratório? Ao seu lado, agora, enquanto está falando? O assistente que atendeu o telefone?"

"Qual é o problema?"

"Por favor, me diga. Está sozinho no aposento?"

"Estou."

Paul era capaz de dizer, mesmo à distância, que Westinghouse estava consternado com o caráter daquela conversa. Mas não havia como evitar.

"Então ouça com atenção, senhor."

Paul lhe explicou da forma mais simples que pôde o que Morgan lhe revelara. O choque inicial de Westinghouse deu lugar à incredulidade. Seu principal engenheiro, responsável por todos os projetos elétricos, trabalhando em segredo para o inimigo? Como ele pudera ser tão imbecil?

"Pode deixar, a polícia estará aqui em uma hora", disse Westinghouse. À incredulidade e ao embaraço seguia-se um justificado ódio. "Falsidade ideológica, roubo intelectual, violação de contratos de trabalho, fraude — vou vê-lo algemado antes do pôr do sol."

"Esta também foi minha primeira reação", disse Paul, calmo, no fone. "E aí pensei melhor."

"Como assim?"

"Onde está Fessenden agora?"

"No laboratório, acredito. Se apropriando de cada detalhe do meu trabalho no..."

"Pode mantê-lo lá? E impedir que participe das reuniões referentes a Edison que o senhor vai realizar nos próximos dias?"

"Por que eu faria isso? Ele tem de ficar atrás das grades."

"Pense bem, senhor. Se Fessenden for preso, o que acontecerá?"

Fez-se silêncio na linha enquanto os pensamentos de seu interlocutor percorriam o mesmo trajeto que Paul empreendera minutos antes.

"... Edison vai saber que descobrimos o espião dele", disse Westinghouse.

"Exato."

"Vai deduzir que alguém o traiu."

"Isso mesmo."

"E vai procurar a maçã podre dentro do seu próprio barril."

"O que", disse Paul, "é exatamente o que não queremos que ele faça."

"Então o que o senhor propõe?"

"Pode incumbir Fessenden de alguma tarefa? Algum projeto — pode ser uma perda de tempo, não importa — para mantê-lo ocupado?"

"Posso pensar em alguma coisa, é claro", disse Westinghouse.

"Faça isso. Nesse meio-tempo, ainda faremos um bom uso de Fessenden."

"Explique-se."

"Qualquer coisa que lhe dissermos será vazada para Edison."

"Entendo."

"Seja ou não verdade."

Westinghouse não podia ver o sorriso que acompanhava as últimas palavras de seu advogado. O qual, no entanto, enquanto escutava paciente os leves estalidos e zumbidos do fio telefônico, esperava que, bem longe dali, num gabinete forrado de carvalho no campo perto de Pittsburgh, seu interlocutor também estivesse sorrindo.

63. Curtas vinhetas enquanto o palco é preparado para o espetáculo final

A preparação é a chave do sucesso.
Alexander Graham Bell

George Westinghouse ouviu atentamente o plano de Paul antes de lhe dizer que não participaria dele.

"Está me pedindo para comunicar a toda diretoria que encontrou Nikola Tesla?", perguntou, desconfiado.

"Por favor", disse Paul. "Diga-lhes que Tesla está escondido em Chicago."

"O que... por que...", Westinghouse gaguejou. "Por que Chicago?"

"Porque é longe."

Paul podia ouvi-lo bufar na outra ponta da linha.

"Nosso objetivo é confundir Edison, não é?", continuou Paul. "Muito bem. Edison sabe que só não poderá quebrar sua empresa caso ela consiga projetar uma lâmpada elétrica original. A empresa ou Tesla. Por isso, se Edison souber que Tesla vem trabalhando em segredo justamente nisso, num laboratório em Chicago, sua atenção será desviada."

Westinghouse não respondeu.

"O cachorro vai ficar correndo atrás do próprio rabo", acrescentou Paul.

"Não posso mentir para toda a minha diretoria."

"Sinto muito. Mas não podemos deixar que Fessenden desconfie. Se o senhor contar apenas a ele, ele poderá achar que há algo de estranho. A história precisa se materializar nas conversas dos empregados."

"Edison logo vai ver que Tesla não está em Chicago", disse Westinghouse. "E que não projetou nenhuma lâmpada nova."

"Pode ser. Mas até lá não importa mais." Paul ouviu um ruído vindo da direção da porta. Deu meia-volta e viu J. P. Morgan emoldurado por uma fina pluma cinzenta de fumaça de charuto. Tendo terminado sua conversa com Luigi di Cesnola, o magnata estava ansioso para que Paul também desse a sua por encerrada. Tinham muito trabalho pela frente. E J. P. Morgan não parecia ser alguém acostumado a esperar.

"Ninguém acreditará que Tesla tem um laboratório secreto em Chicago", disse Westinghouse. "Ninguém nem vai acreditar que ele esteja vivo."

Paul havia muito tempo vinha temendo a conversa que agora seria forçado a ter. Considerou-se com sorte por não ser obrigado a encarar seu cliente no momento da revelação.

"Nikola Tesla não está em Chicago", disse. "Mas está tão vivo quanto eu ou o senhor."

Enquanto dava prosseguimento à conversa, a pálida fumaça do charuto de Morgan penetrava o escritório do museu.

Na noite seguinte, Paul esperou Agnes sair pela porta dos fundos da Metropolitan Opera House. Os espectadores se espalhavam pela rua 39, num burburinho interminável. Eram onze da noite, Manhattan reluzia com luzes novas e velhas.

"Oi! Que surpresa!", Agnes exclamou. E então se mostrou preocupada. "Eu o procurei no escritório."

"Tenho andado muito ocupado."

"Morgan topou? A coisa está andando?"

"Preciso que volte ao Tennessee", disse Paul.

"Como assim?"

"Desculpe. Estamos numa correria louca."

"Correria para fazer o quê?"

"Preciso que traga Nikola."

Agnes o olhou fixamente, como se o estudasse. Estavam esperando por esse momento havia bastante tempo. Agora, chegava sem fanfarras ou comemorações. A decisão era séria.

"Por que agora?", ela perguntou.

"Porque acredito que Thomas Edison esteja prestes a matá-lo."

"E quer que eu esteja com Tesla quando ele fizer isso?"

"Claro que não", disse Paul. "Desta vez, quero que Edison o procure no lugar errado."

Confessara tudo a seu cliente, ele contou. E falou também do plano que haviam armado, usando Fessenden de intermediário.

"Imagino que sua conversa com Westinghouse não tenha sido fácil."

"Não foi."

"Está tudo bem?"

Paul não tinha ideia de como se sentia. Precisava apenas seguir em frente.

"Ele vai perdoá-lo", ela disse. O estado de espírito de Paul não parecia indicar que ele pudesse ser confortado.

"Com o tempo", foi tudo o que disse em resposta. "Agora isso não importa."

No momento, não havia tempo para sentimentos. Nem em relação a Agnes.

"Para onde devo levá-lo?", ela perguntou.

Paul contemplou a atividade de Manhattan. "Leve-o para casa."

"Sr. Cravath", disse Walter Carter quando Paul entrou no escritório na manhã seguinte. "Onde é que tem andado? Temos de cuidar de uma falência."

Paul enviara um telegrama a seus sócios, de Nashville, sugerindo a possibilidade de um último recurso que pensava explorar antes que a bancarrota da Westinghouse fosse declarada. E não enviou nada mais, a não ser solicitações de que continuassem aguardando.

"Preciso de um favor", ele disse.

"Precisamos saber o que está acontecendo. Escrevi para Westinghouse, que disse estar ciente do que quer que o senhor esteja fazendo. Isso não é aceitável, meu jovem."

"Sinto muito, mas essa manobra deve permanecer em segredo. Em breve saberão por quê. No momento, Westinghouse e eu necessitamos de que processem alguém."

Carter olhou longamente para ele. "Está falando de quê?"

"Chame Hughes. Preciso que ajuízem uma ação, e agora mesmo. Feito isso, não será mais necessário que cuidem da falência da Westinghouse. Pelo contrário, poderemos assistir à vitória dele."

"Ah, é mesmo?", disse Carter. "E quem exatamente quer que eu processe?"

"Na verdade, não me importa. Qualquer um. Mas qualquer um que tenha Lemuel Serrell por advogado."

Ele lhes disse o que necessitavam saber. E só isso.

* * *

Ao meio-dia, estava na agência da Western Union, na extremidade sul da Broadway. Descarregou o nervosismo caminhando pelas bordas das placas de mármore preto e branco. Por fim, o rapaz atrás do balcão deu uma batidinha nas barras de latão que o separavam dos fregueses, gesticulando-lhe para que se aproximasse.

"Temos uma mensagem para Jonathan Springborn", disse o rapaz.

"Obrigado", ele disse, ao pegar a estreita tira de papel que lhe foi passada.

A mensagem era de "Morgan", sem primeiro nome ou iniciais. E bem curta.

"Recebi mensagem urgente de TE. Tesla vivo. Em Chicago. Todas as forças da EGE e da Pinkerton mobilizadas para localizá-lo. Favor comentar."

Seu plano estava funcionando. Até agora.

"Gostaria de enviar uma mensagem para o remetente", ele disse ao rapaz, que obedientemente pegou uma caneta.

"Trem para Chicago leva trinta e seis horas. Ponto. E trinta e seis para voltar. Ponto. Temos três dias para terminar. Ponto."

"Sete centavos", disse o rapaz, calculando rapidamente o número de palavras.

"Vale bem mais que isso", ele disse ao tirar as moedas no bolso.

À tarde, ele pegou o trem da Saugus Line para Lynn, em Massachusetts. Não era uma viagem longa, a cidadezinha, aninhada perto da costa, ficava apenas dezesseis quilômetros ao norte de Boston. Ao desembarcar, encontrou a praça principal coberta por um manto espesso de neve. O coche que o levava até a maior das fábricas que cercavam a pequena cidade abria sulcos na neve.

Oito prédios de quatro andares ocupavam um grande terreno, as chaminés em atividade. Os escritórios administrativos estavam situados no edifício maior. Acima da porta de entrada, lia-se THOMSON-HOUSTON ELECTRIC COMPANY, em letras garrafais.

Várias secretárias o conduziram pelos infindáveis corredores, até que por fim ele chegou a uma sala nos fundos. Charles Coffin, encostado à escrivaninha, o esperara por toda a manhã e não fingiu estar ocupado com outras coisas.

"Sr. Cravath", disse Coffin. "Pensei que nunca mais o veria."

"E eu tinha esperança de que pudesse poupá-lo disso."

O outro sorriu. "O senhor realmente me odeia, não?"

"O senhor traiu a mim e a Westinghouse, contrariando suas convicções técnicas e científicas. Que lhe parece?"

"Que ninguém gosta de um mau perdedor."

Fazer negócio com aquele sujeito era de indignar qualquer um. No entanto, agora sua deslealdade era justamente o que interessava.

"O senhor concordou em me receber", o advogado disse. "Por isso deduzo que tenha conversado com o sr. Morgan."

"Recebi uma carta dele", respondeu Coffin. "Implorando que o ouvisse."

"Não consigo imaginar o sr. Morgan 'implorando' coisa nenhuma. Seja como for, agradeço por haver concordado."

"Ele disse que o senhor tinha uma proposta de negócios a me fazer. E que essa proposta deveria ser mantida longe dos ouvidos de Thomas Edison. Em condições normais, claro, eu lhe diria que fosse para o inferno. Porém, se está envolvido com Morgan, o que quer que esteja fazendo deve ser muito sério."

"Vim lhe fazer uma pergunta bem simples: quer ser o novo presidente da EGE?"

Num esforço para não revelar sua surpresa, seu interlocutor contemplou os sapatos bem engraxados.

"Este é um senhor oferecimento", ele disse.

Paul deu de ombros como se fosse uma coisa à toa. O efeito de Morgan sobre ele estava passando.

"E o que acontece com Thomas Edison?"

"Ele já não é mais útil."

"Para quem?"

"Para Morgan, por exemplo", disse Paul. "E talvez também para o mundo."

Ele caminhou pelo carpete macio enquanto prosseguia. "O senhor está dirigindo uma bela companhia, não é mesmo? A Thomson-Houston tem uma taxa de lucro três vezes maior que a da EGE e quatro vezes a da Westinghouse. Isso chamou a atenção de Morgan. E também a minha. Edison e Westinghouse, bem, eles são cientistas. Mas o senhor provou ser um homem de negócios, sr. Coffin. E bem astuto."

"E qual seria o papel de um homem de negócios astuto nessa situação?"

"Saberia em que direção o vento está soprando. E regularia suas velas de acordo com a corrente de ar."

Coffin sorriu. A antipatia mútua os unia.

"Como isso funcionaria?", perguntou Coffin.

"O senhor concorda em vender a Thomson-Houston para a EGE."

"Quer que eu venda minha companhia para Edison?"

"Quero que venda sua companhia para Morgan. E então Morgan convence os outros acionistas da EGE a dispensar Edison."

"E aí Morgan fica dono das duas empresas."

"Exato", disse Paul. "Quando então poderá fundi-las e nomear o senhor como o novo presidente."

"Por que ele desejaria que eu...", Coffin deixou a frase em suspenso. Paul esperou que ele entendesse por conta própria.

"Ah, meu Deus", disse Coffin. "Como presidente do novo conglomerado, eu ficaria livre para, por exemplo, negociar um acordo de licenciamento entre a Westinghouse e a EGE... Uma transação que Edison nunca aprovaria."

"Sempre soube que o senhor era o homem certo para a função."

"Mas por que justo eu? O senhor poderia arranjar qualquer um como testa de ferro de Morgan. Ele vai deter uma posição majoritária, não importa quem for o presidente."

"É verdade", ele respondeu. "Mas o senhor tem de fato as qualificações para fazer um bom trabalho."

Não precisava admirar o talento de Coffin. Bastava aproveitá-lo.

"O que Morgan quer acima de tudo", ele continuou, "é lucro. Ficará livre de brigas insolúveis, vendetas pessoais. Quando o senhor assumir o comando, vai se acertar com Westinghouse porque sabe que isso faz sentido financeiro. É um bom negócio. E o senhor é um safado em quem eu só confio na medida em que posso dispensá-lo. O que significa que posso sempre confiar que o senhor fará o que for bom para os negócios."

Coffin tamborilava na escrivaninha. Estavam lhe oferecendo o cargo de presidente da maior empresa de iluminação dos Estados Unidos. Terminados todos aqueles arranjos, ele seria um dos executivos mais poderosos do mundo. Seus dedos marcavam ritmos suaves contra a madeira.

"E o que acontece com Edison?", Coffin por fim perguntou. "Ele se torna o quê?"

"Um aposentado", disse Paul, sem hesitar.

Coffin aquiesceu. Evidentemente, era a resposta pela qual ansiava. Ficou em silêncio.

"Vamos lá", disse Paul. "De quanto tempo precisa para decidir se quer ou não ser o presidente da Edison General Electric?"

"Bem, não estou interessado nesse emprego."

"O senhor está brincando", disse Paul.

"Não estou interessado em dirigir uma empresa que tenha 'Edison' em seu nome. Ficaria sufocado para sempre nessa herança infernal."

"Está recusando o mais importante cargo no campo da eletricidade por temer que a opinião pública não o veja como o santo que erroneamente pensou que Edison fosse?"

"Não disse que estava recusando."

Paul compreendeu as implicações de seu sorriso.

"Ah, Deus meu", ele disse. "Quais as suas exigências?"

"Só tenho uma. Se o nome de Edison for retirado da marca da companhia, bem, então não preciso dar de cara com isso todos os dias quando chegar ao trabalho."

"Não posso acreditar que um homem na sua posição, depois do que acabei de oferecer, ainda esteja barganhando."

"Um pequeno conselho, sr. Cravath?"

"É o que mais desejo, meu caro."

"O momento em que alguém cessa a barganha é sua última oportunidade para obter alguma coisa."

"Muito bem", ele disse "Vou reportar a Morgan. Chame a companhia como quiser. Mesmo se a batizar de Loja de Produtos Elétricos da Tia Sally, Morgan ficará feliz se puder cavar mais alguns centavos de lucro."

"Obrigado", disse Coffin, já pegando uma caneta e começando a escrevinhar algumas palavras. Testava nomes. Títulos. Legados.

"Se estamos de acordo", disse Paul, "a companhia é sua. E agora me despeço."

Voltou-se para a porta. Coffin nem ergueu a vista, a atenção concentrada nos nomes à sua frente.

"Hã", murmurou Coffin quando Paul segurava a maçaneta de latão. "Vamos fazer algo bem simples. Basta tirar a primeira palavra. De que eu não gosto."

"Muito bem."

"'General Electric.' Soa bem, não é verdade?"

64. Nikola volta a Manhattan

> A *propriedade intelectual tem o prazo de validade de uma banana.*
>
> Bill Gates

Dois dias depois, Nikola Tesla descia de um coche no lado sul da Quinta Avenida. Paul e George Westinghouse o esperavam. O primeiro estava muito atordoado para sentir o frio daquela manhã. O outro parecia triste ao rever o inventor por tanto tempo desaparecido. Ou talvez estivesse apenas perplexo. O advogado, ainda atormentado por ter ferido seu cliente com seus subterfúgios, emocionava-se ao ver Tesla desembarcar, vivo, de um coche puxado por dois cavalos.

Agnes desceu em seguida, entregando algumas moedas ao cocheiro antes de trocar olhares com Paul. Ela trouxera Tesla de volta exatamente na hora aprazada, exatamente como planejado. Cumprira sua palavra como poucos poderiam fazê-lo. Ninguém, talvez. Ocorreu a Paul que a mulher que vivia sob um nome falso e uma história inventada era a pessoa mais confiável que ele conhecia.

 Ele fez as apresentações: esta é Agnes, este é Westinghouse. Estranho pensar que as duas pessoas mais importantes de sua vida nunca haviam se visto. Não pareciam encontrar o que dizer um ao outro. Se soubessem como suas vidas haviam se entrelaçado de forma tão complexa!

 Tesla surpreendeu a todos ao dar a mão a Westinghouse. "Bom dia, sr. George Westinghouse", ele disse. "Muito obrigado pela recepção."

 Westinghouse sorriu. "Fico feliz em vê-lo tão bem."

 "O que é isto?", perguntou Tesla, indicando o prédio às costas de Westinghouse.

 "Gostaria de conhecer?", disse Paul. O edifício no número 33-35 do sul da Quinta Avenida era uma enorme construção de quatro andares com fachada de pedra, pouco abaixo do Washington Square Park. Via-se o arco dois quarteirões ao norte. Era uma das propriedades mais cobiçadas na cidade.

 Westinghouse tirou uma chave do bolso e abriu a pesada porta da entrada. Liderou o grupo enquanto galgavam as escadas de ferro que levavam ao quarto andar e abriu uma porta de aço.

 "Bem-vindo a seu novo laboratório", disse Westinghouse, com uma mesura.

 A instalação ocupava todo o andar e era um espaço aberto, com cerca de setenta metros. Construído havia pouco, ainda cheirava a tinta fresca. Armários de metal se alinhavam ao longo das paredes, abrigando todo tipo de componentes elétricos. Carretéis ainda virgens de fios de zinco, aço e prata, pilhas de placas de borracha. Um armário cheio de chapas de vidro, junto a outro contendo o que Paul imaginou serem tubos de nitrato de prata. Material fotográfico tinha sido armazenado juntamente com o equipamento elétrico.

"Este, sr. Tesla, é o laboratório mais bem equipado do país", proclamou Westinghouse, orgulhoso. Entregou as chaves ao sérvio, que as examinou como se fossem algo que devia dissecar.

"Está me dando um laboratório?", Tesla perguntou, o rosto inexpressivo. "Não entendo."

"Não estamos lhe dando nada", Paul explicou. "O senhor pagou por isso."

Tesla o olhou.

"Quando o senhor desapareceu", ele continuou, "seu advogado, o sr. Serrell, não sabia o que fazer com os dois dólares e meio por unidade que o senhor ainda recebia como royalty de nossas vendas. Disse a ele que a Westinghouse Electric Company tinha satisfação em preencher os cheques, mas não sabíamos exatamente quem os depositaria. Nem em nome de quem deveriam ser emitidos."

"E o valor acumulado não foi pouco", acrescentou Westinghouse.

"Por isso, combinamos que os royalties seriam creditados até que o senhor regressasse. Se voltasse, podia embolsar tudo. Caso contrário..." Paul não completou a frase. Era desnecessário explicar que ele sabia muito bem que Tesla estava vivo.

O sérvio parecia blindado a qualquer sugestão desagradável.

Pôs-se a caminhar pelo laboratório. Inspecionou os armários, um a um, verificando o conteúdo de cada prateleira. Voltou-se para Paul.

"Eu teria escolhido cobre, não zinco", ele disse. "Mas, sim, isto está bom."

"Pensamos que o senhor gostaria de ter um laboratório logo que voltasse", disse Paul.

"Trabalhei bastante no Tennessee", disse Tesla enquanto prosseguia em sua inspeção. "Vou continuar minhas pesquisas aqui."

"Assim esperamos", disse Westinghouse.

Tesla pegou duas placas de vidro num armário e as pôs sobre uma mesa. Olhou ao redor.

"Parafusos?", perguntou.

Westinghouse apontou para um armário nos fundos.

Observaram-no iniciar seus trabalhos. Ele pegou uma chave perto dos parafusos e uma serra circular para recortar as placas de vidro. Construía algo num impulso, sem um momento de reflexão nem mesmo de consideração para com os outros seres humanos à sua volta.

"Bem", disse Agnes. "O senhor parece decidido a pôr mãos à obra agora mesmo."

"Acha que ele gostou?", Paul perguntou.

"Acho que, para ele, cada momento em que não cria é um momento que gasta pensando no que vai criar."

Westinghouse contemplou Tesla em silêncio. Embora ambos estivessem mais à vontade em seus laboratórios do que em qualquer outro lugar, não poderiam ter atitudes mais diferentes. Tesla mais feliz quando trabalhava, Westinghouse mais feliz quando havia terminado. Edison só ficava feliz quando ganhava.

E Paul queria se assegurar de que Edison não ganharia.

"Sr. Tesla", ele disse em voz alta, para vencer o barulho. "Há outra coisa que gostaríamos de conversar com o senhor."

Tesla pousou as ferramentas sobre a bancada, obediente.

"Tenho muito a fazer", ele disse. "No que posso ajudar?"

Agnes se virou para Paul. Ele a mantivera no escuro quanto a essa parte final do plano. Odiou fazê-lo, mas não teve alternativa. Ela não gostaria do que ele estava prestes a dizer.

"A Westinghouse Electric Company vai ter que declarar falência dentro de poucos dias", ele disse, objetivo.

"Pena", retrucou Tesla, como se lutasse para discernir a resposta correta.

"Mas estamos finalizando a negociação de um contrato de licenciamento com a companhia de Edison. Se tivermos êxito, Edison não estará no comando."

Os olhos de Tesla se iluminaram. De todas as questões humanas, esta era a única que parecia interessá-lo.

"No entanto, se formos à falência", ele continuou, "isso de nada servirá. E o motivo da falência, a razão pela qual a empresa do sr. Westinghouse se encontra em situação financeira tão precária, sou eu."

O advogado deu um passo na direção de Tesla, as mãos junto ao corpo, sugerindo uma súplica sutil.

"O royalty de dois dólares e cinquenta por unidade que negociei em nome da Westinghouse Electric Company, que temos depositado a seu crédito e que serviu para comprar este laboratório, não é sustentável."

"Paul, o que é isso?", perguntou Agnes.

Ele não lhe deu atenção. "O que estou pedindo, Nikola, é que abra mão formalmente deste royalty. Que abdique dele, para o bem de todos."

"Bem de todos?", exclamou Agnes. "Que diabos está acontecendo aqui? Paul, por favor, vamos esclarecer algumas coisas." Fez sinal na direção do corredor para que pudessem ter uma conversa particular.

"Me deixe terminar", ele lhe disse. "Nikola, esses pagamentos de royalties em breve acabarão de uma forma ou de outra. Ou iremos à falência e o senhor deixará de recebê-los, ou então nos presenteia com sua tecnologia. E aí ganhamos de Edison."

"O senhor está pedindo que eu tome o segundo caminho", disse Tesla.

"Se nos conceder suas patentes da corrente alternada, podemos vencer Edison. E podemos transformar a CA no padrão nacional. Se não, bem, então…"

"Edison vai vencer", disse Westinghouse.

"Não pode ser simples assim", disse Agnes.

Paul fez um gesto em direção a ela, indicando-lhe para esperar um pouco. "Se Edison ganhar, toda a rede elétrica do país vai se basear na corrente contínua. Se o senhor permitir que a Westinghouse vá à bancarrota, vai condenar o país à CC. Vai entregar o país a Edison. A um século de atraso tecnológico."

O rosto de Tesla se anuviou. Era uma consequência terrível que ele não previra.

"Paul", disse Agnes, "não vou permitir que engane Nikola lhe roubando os pagamentos dos royalties."

"Não estou roubando nada de ninguém. Estou expondo a situação com clareza e transparência. Ele pode tomar a decisão que quiser."

"Cadê o advogado do sr. Tesla? Vou fazer com que ele venha neste minuto."

"Infelizmente, o sr. Serrell não está disponível no momento. Está em Washington. Trabalhando em outra ação."

"Livrou-se do advogado de Tesla só para poder tapeá-lo?"

"Não estou 'tapeando' ninguém."

"Nenhum dos meus aparelhos pode funcionar com a corrente contínua…"

Tesla contemplava o triste futuro que isso representava para seu trabalho.

"Se não fizer o que estou pedindo", disse Paul, "o grid elétrico dos Estados Unidos vai se basear na CC. Haverá acidentes, gente vai morrer. A nação estará fadada a viver um século de trevas, como se estivesse na Idade Média. E o futuro que o senhor descortinou em suas visões nunca será uma realidade entre nós."

Tesla fixou os olhos num ponto distante e nebuloso, como se pudesse literalmente enxergar a dissolução de todas as máquinas que planejara. Aquelas maravilhosas criações estavam ali diante dele, alucinações de cromo e fios. Mas estavam desaparecendo.

"Não me importa seu dinheiro. Mas o senhor não pode deixar que a corrente contínua devore meu mundo. Só quero criar. Sabe que sou assim."

"Nikola", disse Agnes, "me escute. Dar todo o seu dinheiro para Westinghouse não é a maneira de proteger seu trabalho."

"Srta. Agnes Huntington, no mundo que o sr. Paul Cravath descreve não posso inventar o que preciso."

"Podemos impedir que esse mundo se torne realidade", disse Paul. "Se renunciar aos royalties, conseguimos sobreviver. Podemos continuar fabricando os sistemas de corrente alternada. Podemos afastar Edison do comando de sua companhia, fazer um acerto com o novo diretor-presidente e seguir vivendo. Tanto a CC quando a CA se disseminarão pelo país. A gama de produtos possíveis será ainda mais ampla."

"Então faça isso, sr. Paul Cravath. E vou ajudá-lo. Não para seu benefício, não para benefício do sr. George Westinghouse nem para a derrota do sr. Thomas Edison. Pelo futuro da ciência. Enxerguei maravilhas em minha mente. Raios invisíveis que podem ver através da pele. Uma máquina que pode tirar fotografias dos nossos pensamentos. Vou construir esta também. Essas maravilhas precisam se tornar realidade."

George Westinghouse tinha tido o bom senso de não dizer uma palavra durante aquela conversa. Deixou que seu advogado falasse por ele. Agora, porém, tirou um pequeno maço de documentos do bolso, depositou-o com delicadeza sobre uma das mesas do laboratório e pegou uma caneta.

Colocou-a com cuidado junto aos documentos.

"Basta assinar", disse Westinghouse em voz baixa. Sem olhar para Tesla.

O rosto de Agnes se contorceu de desgosto. "Nikola", ela disse, "não aceite esse negócio. Sei que agora só lhe parece dinheiro, mas qual será sua fonte de renda se abrir mão dos royalties? Vai ficar na pobreza enquanto seus colegas enriquecem."

Tesla lhe sorriu, agradecido. "Minhas ideias sobre a corrente alternada são velhas. Se eu precisar de dinheiro no futuro, vou ter muitas outras ideias para amealhar fortuna." Dirigiu-se à mesa onde estava o contrato e pegou a caneta.

Agnes lançou a Paul um olhar extremamente agressivo. Ele previra a reação dela. Sua raiva lhe serviria de alívio. Qual a importância de ela acusá-lo de fazer o que precisava ser feito? Ela jamais o amaria como a um noivo. Não ganhariam com isso, os dois? Ela se casaria dentro em pouco e, com um tanto de sorte, sua raiva contribuiria para que ambos esquecessem tudo.

Mas agora que se defrontava com seu olhar, a dor era bem pior do que imaginara.

Ela olhou para Westinghouse. "O senhor também concorda com esta baixeza?"

Ele nada disse. Não parecia sentir necessidade de justificar suas ações para uma cantora qualquer.

"Que se danem os dois", disse Agnes. Caminhou furiosa para fora do laboratório e bateu a porta atrás de si.

Paul teve vontade de segui-la. Precisava se explicar. Sem dúvida ela compreenderia que um engodo bem-intencionado era necessário. Mas não podia sair sem dar a tarefa por encerrada.

Em poucos segundos, Tesla rabiscou seu nome na parte inferior da folha. Cedia sua patente de graça e sem nenhuma compensação. Ela agora pertencia a George Westinghouse, que podia fazer com ela o que bem quisesse.

"Vá em frente", disse Tesla ao pôr de lado a caneta, "e crie meu futuro."

Paul respirou fundo. Negócio fechado.

Correu para a porta.

65. Homens e mulheres

> *Naqueles dias em que a descoberta recente da eletricidade e de outros mistérios similares da natureza parecia abrir caminhos na região dos milagres, não era incomum que o amor pela ciência rivalizasse com o amor por uma mulher em termos de profundidade e da energia consumida.*
>
> Nathaniel Hawthorne

Paul a alcançou na esquina da Quinta Avenida com a Houston Street. Agnes já estava com o braço erguido para chamar um coche. Se pensou que suportaria a frieza mortífera de sua raiva, ao senti-la ficou chocado. Era preciso resolver tudo aquilo, apresentar seus argumentos.

"O senhor é *desprezível*", ela exclamou ao vê-lo.

"Agnes", ele suplicou. "Volte. Fale comigo só um minuto."

"O senhor me menosprezou porque escolhi um homem bom, que por acaso é rico. Pois fique sabendo: Henry Jayne é uma pessoa melhor que o senhor sob todos os aspectos."

Se ela desejava feri-lo, estava conseguindo.

Paul tentou tomá-la pelo braço, mas ela impediu sua aproximação.

"O senhor acaba de roubar migalhas de um homem inocente que está confuso demais para saber o que acabou de fazer. Isso é uma fraude. O senhor é um criminoso."

"Por favor, deixe-me explicar."

"O que aconteceu com o senhor?"

Ela esquadrinhou seu rosto como se tentasse ler sua alma.

"Foi a senhora quem me disse para fazer o possível para vencer. E, mais que ninguém, foi quem acreditou que eu era capaz de vencer."

"Não desse modo."

"Tesla estará bem", ele disse. "Veja o que fiz por ele", continuou, apontando para o prédio às suas costas.

"O senhor o manipulou."

"Eu não menti para ele!"

"Vem planejando isso o tempo todo, não? Desde o encontro com Bell."

"Bem, não posso negar."

"E mentiu para mim sobre o que ia fazer."

"É mais complicado que isso."

"Não fez isso por mim. Não fez isso por Westinghouse nem por nenhuma outra pessoa. Sua vontade de derrotar Edison é tão grande, seu ego é tão voraz e canceroso que devorou o que havia de bom em seu íntimo. O senhor não é melhor que Edison, é pior."

Compará-lo a Edison era demais. Não tinha como explicar que, de certo modo, fizera tudo aquilo por amor a ela. Para lhe mostrar que merecia seu amor. Como ela nunca havia testemunhado seus gestos cotidianos de adoração, que ao menos conhecesse o sucesso que sua adoração havia inspirado.

"Imaginei", ele disse, "que, entre todas as pessoas, a senhora fosse a mais compreensiva quanto à eventual necessidade de distorcer a verdade em favor de um bem maior."

"Está jogando na minha cara o que eu lhe disse em confiança, só para desculpar sua imoralidade? Não há nada de sagrado em sua pessoa?"

"Só quis dizer que todos fazemos coisas das quais não nos orgulhamos."

Ela lhe deu um tapa. Os passantes se voltaram. O rosto dele ficou vermelho.

E, no entanto, ele também sentia o calor da indignação. Será que Agnes era incapaz de ver as coisas de seu ângulo? Não podia entender que suas ações eram muito parecidas com as dela? Agira para servir aos melhores interesses de todos os envolvidos. Não merecia aquela reprimenda.

"A senhora está se comportando como uma criança", ele disse. As palavras soaram mais condescendentes do que tencionara. "Não é possível que tenha passado tantas noites bebendo champanhe nos salões da alta sociedade e ainda ser tão ignorante sobre o funcionamento do mundo."

Os olhos de Agnes se encheram de lágrimas, que ela não secou: manteve sua dor exposta, forçando Paul a sentir seu sofrimento.

"O senhor sabe", ela disse em meio às lágrimas, "que cheguei a pensar em romper o noivado por sua causa? Porque achei que me entendia. Pensei que talvez fosse a única pessoa que me entendesse. Quase caí nessa. Mas conheço seu tipo. O cínico arrivista social que infecta as grandes cidades nos dois lados do Atlântico. Gente assim confunde esperteza com sabedoria. Confunde as aparências reluzentes da alta classe com a verdade. O senhor, que se orgulha tanto de sua esperteza, sabe qual é a parte mais triste? O senhor não é bobo, sr. Cravath. Mas está longe de ser tão inteligente quanto pensa. Boa sorte. Vai precisar dela. Sinceramente, espero que vença isso, espero mesmo. Porque sei uma coisa que o senhor não sabe. Sei que a vitória não o fará um grande homem. Vai revelar que não é lá grande coisa como homem."

Dito isso, ela deu meia-volta e se afastou a pé, deixando Paul a sós na Quinta Avenida.

66. A guerra das correntes chega ao fim

> *Somos chamados para ser os arquitetos do futuro, não suas vítimas.*
>
> Buckminster Fuller

Paul fez o possível para não pensar na acusação de Agnes. Passou a noite com os sócios revisando os documentos que selariam a iminente transação. O golpe fora montado, o contrato de licenciamento havia sido negociado. Só faltava finalizar a papelada.

Ele estava exausto. Praticamente não dormira desde o Ano-Novo. Seus associados tinham descansado ainda menos do que ele. No reduto da Greenwich Street, liam e reliam os contratos em constante mutação. Como nenhum deles confiava em Morgan, ninguém poderia jurar que o que fora verbalmente acordado estaria refletido nos contratos entregues pelos advogados do banqueiro. Era necessário manter uma vigilância permanente, conferindo cada subparágrafo de aparência inócua para ver se algo desonesto fora introduzido. Para surpresa de todos, não encontraram nada. Ou Morgan tinha sido admiravelmente honesto ou apenas decidira que a transação lhe era favorável o bastante tal como negociada. Se fora contido pela honestidade ou pela moderação, ninguém saberia.

Na tarde de 17 de janeiro, um Paul fatigado entrou pela porta da frente do número 3 da Broad Street. Prevenira-se com três xícaras de café forte para dirimir os efeitos das escassas duas horas de sono. Ao ser recebido no escritório particular de Morgan, seus dedos tremelicavam com a dose maciça de cafeína. Agora não era preciso recorrer a subterfúgios: se Edison descobrisse tudo, já era tarde demais para evitar o que o futuro lhe reservava.

Paul fora presidir à assinatura final dos contratos. Poucos, os presentes: Westinghouse, Morgan e alguns advogados do banqueiro presenciariam o término da guerra das correntes. Westinghouse e Morgan eram ricos o bastante para se tratar com uma confortável familiaridade, embora tivessem se encontrado poucas vezes ao longo dos anos. Nenhum dos dois sentia animosidade com respeito ao outro. Agora eram sócios.

As altas janelas deixavam entrar a luz da Wall Street; na grande escrivaninha de bordo, uma única lâmpada elétrica. Apagada. De uma geração tecnológica anterior à atual, aquela lâmpada fora a primeira para recintos fechados a ser comercializada nos Estados Unidos. Não era um exemplar daquele modelo, mas sim a lâmpada em si. Tempos atrás, quando Thomas Edison completou o primeiro artefato que funcionava, vendera o objeto a Morgan por um preço que só o magnata podia honrar. E agora lá estava ela, símbolo inútil de uma história bem conhecida.

O escritório do banqueiro abrigava vários outros tesouros, do antigo império egípcio à Mesopotâmia. A primeira lâmpada elétrica do mundo era apenas o último acréscimo a alguns milênios de riquezas.

Morgan assinou seu nome. A assinatura de Charles Coffin fora colhida em Massachusetts no raiar do dia. A guerra chegara ao fim.

"Parabéns", o anfitrião disse a todos. Westinghouse se afastou da escrivaninha hesitante, como se não pudesse acreditar naquele momento. Havia uma discrepância dissociativa entre a magnitude da ocasião e a modéstia do evento. Os circunstantes reconheciam sua importância, sabiam que o que tinham feito iria reverberar ao longo de gerações. Não obstante, não passavam de uns poucos homens de meia-idade — e um bem mais moço — de pé, em silêncio, num escritório enfumaçado. Ninguém ouvira a trombeta de Gabriel.

Westinghouse se voltou para Paul, os dedos enfiados nos bolsos do colete. "O senhor fez isso", disse, com um leve e solene meneio de cabeça. Seus olhos, porém, diziam muito mais. Paul retribuiu com um aceno. Havia muito a dizer, coisas demais. Por isso o silêncio se impunha.

"Nós todos fizemos, senhor."

O jovem advogado teve uma sensação estranha: desejou que o pai estivesse presente. Embora Erastus nunca pudesse compreender o feito de seu filho, de algum modo se orgulharia dele. Era o que Paul imaginava.

Com um estalido inesperado, a porta do escritório se abriu.

O homem no umbral era alto. Cabelos grisalhos desgrenhados, vestia terno e colete, mas dispensara a gravata. Os botões de cima da camisa branca de algodão estavam abertos, o colete puxado para o lado. A barba por fazer. O rosto acinzentado.

Era Thomas Edison.

67. A queda de Thomas Edison

> *Acho que, se algum dia atingirmos o ponto em que pensamos haver compreendido totalmente quem somos e de onde viemos, teremos fracassado.*
>
> Carl Sagan

Edison não pôde evitar um tremor nos lábios ao se deparar com os homens que acabavam de se apoderar de sua companhia.

"Thomas", disse Morgan, exercendo sua autoridade, "espero que não tenha vindo fazer uma cena." E saiu de trás da escrivaninha como se quisesse criar uma barricada entre o inventor e os contratos recém-assinados. Mas Edison não deu importância aos documentos. Lançou o peso de seu olhar aos homens que haviam executado a operação.

"Quer dizer que é verdade", ele disse.

"São os negócios", retrucou Morgan. "Sinto ser a pessoa que precisa fazê-lo se lembrar do que isso tudo sempre foi."

Paul se preparou para a ferocidade de Edison. Olhou instintivamente atrás do ombro dele, procurando divisar Charles Batchelor empunhando um revólver. Nada disso. Da porta, só era possível vislumbrar um outro escritório, como tantos outros.

Não se irrompeu a torrente de ódio esperada. Não havia raiva, nenhuma tensão muscular em sua postura. Pelo contrário, Edison parecia ter se esvaziado, como que ereto por uma fina haste de metal em sua coluna vertebral. Fora derrotado e sabia disso.

"Por favor", ele falou, em voz baixa, "só me digam se a parte referente ao nome é mentira."

Paul precisou de alguns segundos para entender a que ele se referia.

"Culpe Coffin por isso", respondeu Morgan. "Foi ele quem quis eliminar seu nome da marca."

"Vocês tiraram meu nome da companhia que criei do nada."

"Charles Coffin retirou seu nome da companhia que me pertence."

"É meu *nome*." E, à medida que suas súplicas se tornavam mais incisivas, deus uns passos em direção ao banqueiro. "Troco por tudo o que me sobrou. Por favor, conservem o meu nome."

Edison estava prestes a perder incalculáveis milhões de dólares, e o que o torturava era o fato de que a Edison General Electric seria apenas General Electric?

"Sinto muito, Thomas", disse Morgan. "Você não tem mais nada que me interesse."

"George", disse Edison, dirigindo-se a seu inimigo de igual para igual. "Você entende isso. Esses homens" — fez um gesto que abarcava Morgan e os advogados — "não entendem. Jamais criaram alguma coisa. Jamais se curvaram e, com as próprias mãos, modelaram algo que não existia antes. Uma coisa que ninguém nem imaginava que pudesse existir. Diga-lhes para deixar meu nome onde está. Nossa guerra? Você ganhou. Vou anunciar publicamente que ganhou."

O inventor inclinou a cabeça num gesto formal, a saudação de um general derrotado ao vitorioso. "O país pode funcionar com a AC. Você quer que todos saibam que seus aparelhos são melhores? Talvez eles sejam. Mas não permita que digam que os meus não existem."

Westinghouse parecia compreender.

"Não dirão, Thomas", ele falou. "A General Electric não vai desaparecer. Vai crescer. Na verdade, isso vai dar brilho a seu legado, não vai ofuscá-lo. Todos saberão que era sua. Prometo."

Edison merecia muita coisa, mas comiseração não era uma delas, pensou Paul, com horror. Aquele homem os ferira muito.

"Espero que esqueçam do senhor amanhã de manhã", ele disse. Agora podia dar vazão à amargura que crescera dentro dele durante dois anos. "O senhor mentiu. Trapaceou. Roubou. Espionou. Tentou matar Tesla. Quase me matou. Comprou a polícia. Subornou um Legislativo estadual. Corrompeu um juiz. Promoveu um terrível instrumento de execução para convencer a opinião pública de uma coisa que não era verdadeira. Tinha a consciência de que a instalação de seu sistema elétrico nas cidades dos Estados Unidos mataria milhares de pessoas por ano. E estes são apenas os crimes de meu conhecimento. O senhor merece uma punição muito pior."

Ninguém abriu a boca. Ele dera tudo para derrotar Edison. Cometera seus pecados para provar que os de Edison haviam sido maiores. Afastara a única pessoa que chegara a amar. Agora só lhe restava a raiva.

Aquilo lhe fez bem.

"Paul", aconselhou Westinghouse, "basta."

"Fiz coisas que não devia", disse Edison. "Não vou negar. Mas nem tudo de que o senhor me acusou é verdade."

Paul queria refutar, porém Westinghouse interrompeu: "Sinto muito, Thomas. Mas acredite que seu nome não será esquecido. Ele vai continuar vivo. Aceite a minha palavra."

Paul ficou chocado quando os dois se inclinaram e trocaram um aperto de mãos.

"Obrigado, George. E sinto muito também pelo que fiz."

"Pode começar de novo. Como nos velhos tempos — sozinho, um ferro em brasa, um laboratório poeirento."

Edison deu uma risadinha tristonha. "Meu Deus, nem lembro mais."

"Você sabe que não vai ficar na rua da amargura", disse Morgan. "Pode contratar funcionários. Vai possuir ações que valem dois milhões de dólares e mais um pouco."

O inventor deu de ombros. Voltou-se para Westinghouse e os dois trocaram um olhar significativo.

"Homens de negócios", disse Edison. Foi a vez de o outro rir. Com isso, ele deu meia-volta para sair. Não houve despedidas, nenhum reconhecimento de que essa poderia ser a última vez que voltaria a ver qualquer um daqueles indivíduos. Se Paul parecia cansado, Edison parecia duas vezes mais. Escafedeu-se do escritório.

Westinghouse fechou a porta, ninguém falou uma palavra. Os vencedores ficaram a sós com seus troféus silenciosos.

Depois de algum tempo, Paul foi o primeiro a falar.

"Não entendo. Como o senhor pôde pedir desculpas a ele? Depois de tudo o que ele fez?"

Os pensamentos de Westinghouse pareciam muito longe.

"Sei que não compreende", disse Westinghouse. Pôs uma mão no ombro de Paul. "Um dia vai entender."

68. Festa

> *Quando você tiver esgotado todas as possibilidades, lembre-se: não esgotou.*
>
> Thomas Edison

Estranha, a sensação de vitória.
Depois de breves e formais despedidas, Paul saiu do prédio desorientado. Por mero instinto, começou a subir a Wall Street rumo à firma até se dar conta de que Carter e Hughes estariam lá. Doidos por uma briga no momento em que soubessem de todos os seus engodos. O plano de manter Tesla escondido, a contratação dos jovens associados, o golpe para derrubar Edison... Uma lista e tanto. Ou o despediriam ou ele mesmo pediria as contas, dependendo da perspectiva de cada um. Carter iria gritar e espernear. Hughes lhe faria muitas críticas. E ele teria de ficar sentado, quietinho, sem abrir a boca, até que por fim lhe deixassem negociar alguma coisa — as condições formais da separação. Provavelmente precisariam dos préstimos de terceiros:

advogados contratando advogados que contratariam outros advogados, a cobra litigando com a própria cauda. Vez por outra o processo seria arrebatador. Na maior parte do tempo, tedioso.

Ele desacelerou o passo. Estava temporariamente sem rumo. Não sabia se queria dormir, comer, comemorar ou apenas ficar sentado num quarto escuro olhando para as paredes. Por um instante pensou em visitar seus associados no escritoriozinho abafado, cheirando a suor. Os rapazes mereciam um drinque. Ele por fim poderia distinguir Bynes de Beyer. Entretanto, não seria uma comemoração de verdade. Os associados não eram seus amigos, eram seus empregados. Tão parecidos a ele em suas aspirações que celebrar ao lado deles pareceria sem graça. Todos teriam muito em breve uma posição em sua nova firma. Podiam passar aquela noite sem ele.

Pensou nos amigos que poderia chamar. Camaradas da faculdade cuja companhia sempre apreciara. Mas não via nenhum deles havia meses. O que significava que iriam pôr os assuntos em dia, relatar suas respectivas novidades: julgamentos, processos, festas, mulheres novas em seus círculos sociais. Antecipou a cena: algumas horas de conversação, duas garrafas de champanhe e uma série de pratos de ostras enquanto ele recitava os eventos que o ocuparam. Seria uma lição de história contemporânea, não uma conversa. Ele desejava um companheiro, não uma plateia.

Pensou em Agnes. Ainda estava aborrecido com ela. Ainda indignado com sua recusa em compreender suas decisões. O tempo as justificaria, ele tinha certeza. Ela não precisaria perdoá-lo, ele é que precisaria perdoá-la.

Dentro em breve ela se casaria. Ele não pudera conquistar sua mão por ser um homem pobre. Para ficar rico, tivera de afastá-la. A ironia o machucava. Assim como o machucara o fato de ela haver jogado na sua cara que ele poderia ter tido uma chance com ela. Estava errada. Homens como Henry Jayne sempre levavam vantagem. Jayne fora poupado do ônus de fazer as escolhas difíceis. Nunca precisou sujar as mãos na terra para cavar sua fortuna. Tinha sido abençoado com o luxo de uma inocência feita de ouro. Agnes aconselhou Paul a ir à luta, a vencer, e depois se zangou com as atitudes que ele precisou tomar para chegar à vitória.

Foi essa sucessão de pensamentos solitários que o levou a uma sombria cervejaria na Bowery. Não tencionara ir a um lugar tão desprovido de charme, mas ao passar pela entrada se sentiu atraído pela barulheira. A zoeira o fez se sentir acolhido, à vontade em meio ao riso de estranhos.

Tomou três canecas da cerveja produzida no Brooklyn. À sua volta ouviam-se os gritos dos homens que tinham vindo conversar enquanto descansavam as mãos cheias de calos. Eles sabiam que ele não pertencia àquele ambiente, mas o deixaram em paz. Como se compreendessem a sua necessidade de solidão.

Um brinde, ele pensou enquanto provava a bebida amarga. Que venham sucessos ainda maiores.

O álcool circulava agradavelmente por seu cérebro quando um indivíduo se aboletou no tamborete ao lado. De início Paul não o olhou. Só o fez depois que o sujeito pediu uma dose de gim. Era uma voz que ele ouvira uma vez, muito tempo atrás.

"Que diabo está fazendo aqui?", perguntou ao vizinho.

Charles Batchelor pagou pelo gim com duas moedas prateadas. "Sr. Cravath, quero lhe fazer uma proposta."

Paul quase derrubou a caneca de cerveja. Sentiu uma ameaça implícita de violência. No entanto, ao observar o feitor de Edison fazer uma careta ao engolir o gim de baixa qualidade, ele se deu conta de que Batchelor não estava ali para brigar. Nem para fazer ameaças. "Está se sentindo bem?", perguntou Batchelor. "O senhor ficou pálido."

"O senhor me seguiu até aqui?"

"Pensa que costumo passar as noites nesse tipo de estabelecimento?"

"Então... por quê?"

"Porque o senhor tem um problema. Que eu acho que posso ajudar. Admito humildemente que também tenho um problema. E juntos poderemos combinar que a solução de ambos coincidem."

"Eu venci vocês", disse Paul. "Venci Edison. Posso lhe garantir que nunca receberão a menor ajuda da minha parte."

Batchelor revirou os olhos, como se achasse graça na cólera do outro. "Pare com isso, está bem? Somos profissionais. Estamos falando de negócios. Vamos agir de modo racional." E descansou o copo no balcão escalavrado do bar, fazendo-o girar com a ponta dos dedos. "Charles Coffin, recém-instalado como presidente da General Electric, é mais torto que prego velho. O senhor sabe disso. É desonesto, imprevisível e mais cedo ou mais tarde vai traí-lo. O senhor precisa de um número dois experiente na companhia, alguém em que Morgan possa confiar para manter o navio flutuando. Que não venda a carga no meio da viagem para o primeiro que lhe fizer uma oferta. Fui vice-presidente da EGE por muitos anos, sei como fazê-la operar melhor que ninguém."

Balançou o copo de novo. "Já fui muito longe neste negócio, seria um desperdício começar do zero. Não vou voltar para Nova Jersey com Thomas, com o rabo entre as pernas. Já cuidei das loucuras dele por tempo suficiente. Está na hora de experimentar as loucuras de outra pessoa. Pode me recomendar? Diga a Morgan que me mantenha como vice-presidente, e ambos podem contar com o meu apoio."

Embora muitos pensamentos se atropelassem na mente do advogado, o mais forte era um desejo fervoroso de que não tivesse tomado as três cervejas. A tonteira associada à exaustão dificultava seu raciocínio. Será que Batchelor estava tentando atraí-lo para alguma armadilha? Uma vingança de última hora planejada por Edison?

No entanto, feri-lo não serviria mais a Edison. Nem a Batchelor. A guerra estava terminada, e aquela proposta só faria sentido se fosse genuína. Não obstante, a ideia de que o homem de confiança de Edison estava vindo até ele de joelhos era estranha demais para ser compreendida de imediato. Ele necessitava de uma noite — só um breve descanso movido a álcool — durante a qual pudesse externar sua bem justificada ira. Muito em breve estaria cuidando da estratégia para a próxima guerra.

"Vá para casa", ele disse. "Venha me ver dentro de algumas semanas; veremos então o que posso fazer."

O outro não se mostrou preocupado com a reticência de Paul. "O senhor está comemorando. Posso ver. É rude da minha parte perturbar sua... festa." Passou os olhos pela cervejaria. A algazarra dos operários parecia ter aumentado. Paul contemplou a caneca de zinco quase vazia. Sua solidão não era da conta de ninguém.

"Mas quero lhe fazer uma advertência", continuou Batchelor. "Se não nos ajudarmos mutuamente, então terei de presumir que prefere que possamos nos ferir um ao outro. Não é o que eu quero. Mas é bom notar que posso feri-lo muito mais do que o senhor pode ferir a mim."

"Está falando de quê?"

"Essa nossa guerra... teve muitas baixas. Sei onde os corpos foram enterrados. Com certeza aqueles do meu lado. Mas também os do seu."

A acusação o tirou de seu torpor. A invasão do escritório de Brown, os ardis de que se valera junto a seus sócios, o subterfúgio com respeito a Tesla, a possível traição a seu excêntrico amigo — tudo isso era insignificante se comparado ao que pesava no outro prato da balança. Paul não escondia seus pecados. "Fiz coisas de que não me orgulho, porém não fui eu quem eletrocutou William Kemmler, pôs fogo no laboratório de Tesla, espalhou mentiras em todos os jornais dos Estados Unidos."

Batchelor franziu a testa. Parecia avaliar o interlocutor. "Confesso que fiquei curioso sobre isso por algum tempo. Thomas e eu na verdade discutimos o assunto mais de uma vez. Acho que o senhor me deu a resposta que eu procurava." Encarou os olhos de Paul, que não afastou o rosto. "Meu Deus. O senhor realmente não sabe."

"Não sei o quê?"

"Quem botou fogo no laboratório de Tesla."

"Como não sei? Foram vocês, ora!"

"Não, não fomos nós", disse Batchelor, tranquilo. "Foi George Westinghouse."

69. Mocinhos e bandidos

> *Sempre que uma teoria lhe parece a única possível, tome isso como um sinal de que não entendeu nem a teoria nem o problema que ela visava resolver.*
>
> Karl Popper

"Não é verdade", disse o advogado.

"Na noite do incêndio", continuou Batchelor, "seu cliente lhe disse para oferecer um jantar a Tesla no Delmonico's. Só que o senhor não acatou a sugestão dele. Westinghouse queria ambos fora do laboratório. O senhor lhe passou o endereço de Tesla, não passou? Ele não estava tentando matar Tesla, só queria lhe dar um susto, trazê-lo de volta para o rebanho. Mas o incêndio foi muito pior do que ele planejara. O senhor se feriu, Tesla desapareceu. O capanga dele não sabia que os senhores ainda estavam no prédio quando ateou fogo ao telhado. Deus meu, quem o senhor pensa que o tirou das labaredas? Quem salvou Tesla?"

"Um estranho, segundo a polícia..."

Batchelor o olhou como se ele fosse o maior cretino na face da Terra. "Acha que algum samaritano mergulhou nos escombros que ainda ardiam e salvou sua vida? Isto aqui é Nova York. Foi um homem meu que enfrentou as chamas. Ele o seguia havia um mês. O pessoal da Pinkerton é durão. O sujeito correu para o prédio quando viu as labaredas e o encontrou desacordado. Conseguiu que Tesla o ajudasse a tirá-lo do edifício, mas, enquanto tentava reanimar o senhor, o maluco fugiu. O terror de toda a situação mexeu com os miolos do infeliz. O plano de Westinghouse saiu pela culatra. Sorte nossa."

Paul lutava para encontrar algum indício que demonstrasse que o outro mentia.

"Não faça essa cara", Batchelor prosseguiu. "O papel de ingênuo não lhe cai bem. Afinal, foi o senhor quem fez o trabalho sujo para seu cliente. Quem convenceu Tesla a abrir mão dos royalties. Com um discurso irresistível que resultou num rabisco na linha pontilhada, o senhor prejudicou Tesla mais do que o incêndio de Westinghouse."

Essas notícias reorganizavam tudo. Ele se sentiu olhar por um caleidoscópio, no qual todas as cores do universo conhecido se reagrupavam. "Mesmo que seja verdade o que o senhor está dizendo… *como pode saber*? Como pode saber o que Westinghouse me disse naquela noite?"

"Por favor, a essa altura o senhor já conhece a resposta", disse Batchelor. "Reginald Fessenden nos contou."

Que ironia. Edison conhecia as operações secretas de Westinghouse mais do que ele mesmo. Que o tempo todo pensava saber quem era o vilão da história.

Agora se dava conta de que o vilão era ele.

"Por falar nisso", disse Batchelor, "podem pegar leve com o rapaz? Com Fessenden? Ele é boa gente. Foi recrutado para a conspiração, eu é que o forcei a aceitar. Pittsburgh tem sido um inferno para ele. Lugar miserável. Pior que Indiana."

Ele não sabia o que dizer. Sua vitória era muito pior do que uma eventual derrota. Tinha vencido, e agora sabia que era uma vitória de Pirro. Não podia continuar a defender Westinghouse. Não conseguia nem defender a si próprio. Que seu cliente fosse para o inferno. Junto com Edison. Coffin. Morgan. Batchelor. Que se danassem todos eles. Ele já tinha se danado. Só restava uma pessoa naquela tragédia sangrenta que merecia mais do que as chamas eternas.

"Vou lhe propor um acerto", disse Paul.

Batchelor concordou com a cabeça. "Muito obrigado." Levantou-se, estendendo as pernas. Tinha obtido o que viera buscar.

"Ainda não ouviu o que eu quero."

"Como assim?"

"Quer chegar a um acerto? Vamos em frente. Mas primeiro tem que ouvir minha oferta."

"Ainda está negociando?"

"Sim", disse Paul. "O momento em que alguém cessa a barganha é sua última oportunidade para obter alguma coisa."

O outro sorriu e voltou a sentar.

"Mantenha tudo isso em segredo", ele começou. "O que nós fizemos. O que vocês fizeram. O senhor tem lama para jogar em Westinghouse? Pois eu tenho lama para jogar em Edison. Conheço suas ligações com Harold Brown. Acredito que o senhor não deseja vê-lo reaparecer."

Batchelor balançou a cabeça em sinal de desaprovação. "Disse a Thomas — disse-lhe mil vezes — para não se meter com aquele sujeito. Na minha opinião, este sempre foi o problema de Thomas: mau gerenciamento."

"Brown está se escondendo da confusão que criou?"

"Banido, melhor dizendo. Longe de Nova York. E deixamos claro que, se aparecer a menos de mil quilômetros daqui, isso não será bom para a sua saúde."

"Vou ficar feliz em lhes prestar o serviço de não procurar por ele. Quer que Fessenden se junte a Edison em Nova Jersey? Vou cuidar disso. Westinghouse deseja vê-lo preso, mas vou inventar algum pretexto para que fique solto. Quer continuar na GE? Fácil. Mas, em troca, preciso que o senhor faça algo para mim."

Batchelor aguardou com interesse.

Havia muita coisa que Paul poderia exigir para silenciar seus fétidos segredos. Entretanto, o que realmente desejava seria algo inconcebivelmente pequeno para Batchelor.

"Nós todos vamos pagar por nossos pecados no inferno", ele disse, "e bem que o merecemos. O senhor. Eu. Edison. Westinghouse. Brown. Mas, juntos, temos uma oportunidade de fazer que dessa confusão diabólica resulte pelo menos uma boa coisa."

"Diga."

"Há uma pessoa a quem podemos assegurar que tenha a justiça que tanto negamos a cada um de nós."

"E quem seria ela?"

70. Todos os homens conquistam aquilo que amam

> *Vamos inventar o amanhã em vez de nos preocupar com o que aconteceu ontem.*
>
> Steve Jobs

Agnes não estava em casa quando ele chegou na tarde seguinte. Tocou a campainha dezenas de vezes, nenhuma resposta. Nem mesmo a empregada veio à porta. A casa de número 4 era a mais silenciosa no Gramercy Park.

Seguiu para a Metropolitan Opera House. O gerente do teatro não foi receptivo. A srta. Huntington não estava lá. A que horas ela chegaria?

"Não vai chegar."

Ela havia avisado a direção do Met alguns dias antes. Não estava satisfeita com a cidade. Não deixou indicação de seu paradeiro.

Essa informação foi repetida por todos a quem ele procurou no dia seguinte e no outro. Ninguém a vira. A casa estava à venda. Até mesmo Stanford White lhe disse, por carta, que ouvira falar de sua partida repentina, porém não tinha ideia de onde ela fincara sua bandeira. Caso Paul a encontrasse, que lhe fizesse o favor de trazê-la de volta.

Três noites insones depois, ele leu nas colunas sociais que o noivado entre a cantora Agnes Huntington e o milionário Henry La Barre Jayne fora rompido. SERÁ QUE ELE LARGOU "PAUL JONES"?, dizia a manchete no *Washington Post*, referindo-se ao mais célebre papel de Agnes. Outras investigações confirmaram que a família Jayne partira para a Filadélfia. Tratava-se de um golpe duro para o querido filho, mas ao qual se podia sobreviver.

Tudo indicava que Agnes voltara as costas à cidade de seus sonhos e ao pouso seguro de um matrimônio que lhe garantiria dinheiro e status. Renunciara ao que antes aspirava.

E agora estava em outro lugar, procurando outra coisa.

Ele logo descobriu onde.

A Chicago Railway não parava em Kalamazoo, mas a Michigan Central sim, depois de uma baldeação em Toledo. Kalamazoo não era, definitivamente, um lugar para o qual alguém fosse a fim de ser notado.

Ele desembarcou num dia claro de inverno. O coche de aluguel o conduziu a um sobrado de madeira no centro da cidade. Não fora difícil obter o endereço. Como não se compravam nem se vendiam propriedades com muita frequência, bastaram poucas conversas com gente do local.

Fannie estava na entrada quando ele chegou. Deixou claro seu descontentamento ao vê-lo galgar os degraus de sua nova morada. Mas lhe ofereceu uma xícara de chá e os poucos minutos de que ele precisou para informá-la de certas notícias. Quanto ao pedido que acompanhava sua explicação, Fannie admitiu que não cabia a ela se pronunciar.

Agnes desceu, sem demonstrar nenhuma reação ao avistá-lo.

"Foi uma necessidade obstinada de ser insultado que o trouxe aqui?"

"Calma, calma", interrompeu Fannie. "Ele não é tão bobo quanto eu pensava."

E, dito isso, saiu por um corredor.

Agnes se encostou nos armários da cozinha, ajustando em volta do corpo o vestido simples de algodão.

"Nunca vi minha mãe tão animada desde que saímos de Nova York."

"Li sobre a senhora e Henry Jayne."

"Veio fazer uma reportagem para as colunas sociais?"

"Agnes", disse Paul, "desde que a conheci, passei a maior parte do tempo tomando decisões bastante tenebrosas. Mas agora não. Vim para lhe dizer que estou apaixonado pela senhora."

Ela nem piscou.

"Sinto ter me aproveitado de Tesla. Muito. Traí a confiança dele."

"Então não creio que seja eu a merecer suas desculpas."

"Quero pedir seu perdão. Me ouça, por favor. Aqueles gigantes em cuja sombra tivemos de jogar, eles são horríveis. Grandes homens e grandes obsessões. Não quero mais saber deles. Só a senhora me interessa."

Agnes deu uma risadinha de desdém.

"Pensei que vencer fosse tudo", ele continuou. "Não era. Pensei que o sucesso... bem, pensei que o sucesso significasse alguma coisa. Não significa. Porque o sucesso está nos olhos de quem o vê. E os únicos olhos que eu desejo que me olhem pertencem à senhora."

"O senhor sempre foi bom em matéria de discursos."

Paul passou em revista a cozinha humilde. "A senhora se escondeu."

"Escolhi a realidade."

"Não foi capaz de ir até o fim. O nome falso. A vida falsa. Uma pessoa falsa pelo resto da vida. Pensou que pudesse. Mas não valia a pena."

Ela olhou para o chão. Difícil dizer se, naquele momento, estava mais aborrecida com Paul ou consigo própria. "Certa vez Nikola descreveu uma coisa para mim. Chamou de refração. O modo pelo qual a luz se divide nas cores que a compõem quando atravessa um prisma. Eu me senti como a refração de uma pessoa. Tantos matizes diferentes que se misturam para criar a ilusão de uma coisa sólida. Eu era apenas o que se refletia nos outros. Para minha mãe, uma princesa modesta. No palco, uma artista vibrante. Para meu noivo, uma moça sorridente e espirituosa. Um papel para cada um. Achei que valia a pena, até ver..."

"Até ver o que causou em mim."

Ela o encarou. "Se eu tivesse ficado, não seria melhor que o senhor."

A observação doeu.

"Por isso voltou para cá. Vai cantar em algum teatro local. Se alguém reconhecer Agnes Gouge, a senhora não vai se importar. Se alguém reconhecer Agnes Huntington, não vai acreditar." O plano dela fazia sentido. Mas o que ele fizera o tornava desnecessário. "Que tal continuar em Nova York sem nenhum fingimento?"

"E o senhor seria meu novo Jayne?", ela perguntou, incrédula. "Li que venceu sua guerra. Mas isso não lhe dá tanto poder quanto pensa."

"Não me dá muito. Mas não sou eu quem vai lhe devolver Nova York."

Ela franziu a testa.

"Vai ser Thomas Edison."

Pela primeira vez desde que chegara, ele a surpreendia.

"O que tenho aqui é uma carta", ele disse, tirando-a do bolso do casaco. "É do sargento Kroes, da polícia de Boston."

Agnes não escondia sua perplexidade.

"Nosso querido sargento", ele continuou, "informa meu amigo Charles Batchelor que não há registro de furto ocorrido na mansão da família Endicott em 1881. Que a polícia não tem — nem nunca teve — tal registro. E que, tendo falado com a família Endicott, lhe foi assegurado, a ele, o sargento, que jamais ocorreu furto algum."

Ele observou o esforço dela para entender o que ouvia. As implicações de suas palavras eram tão amplas que ela não foi capaz de absorvê-las de imediato.

"Mas isso é impossível", ela disse.

Ele sorriu. "Sua mãe está a salvo. A senhora também."

"Como o senhor pôde..."

"Segundo apurei, Charles Batchelor — um funcionário digno da confiança de Thomas Edison e J. P. Morgan — deixou bem claro à família Endicott, bem como à polícia de Boston, que seus insignes patrões haviam se interessado pelo crime. E que, por razões não explicitadas, para o bem de todos o incidente nunca teria ocorrido."

"A família concordou em esquecer tudo só porque Charles Batchelor lhes disse para esquecer?"

"Os nomes 'Edison' e 'Morgan' são bastante poderosos, mesmo em Boston."

Parecia que uma década de pressão abandonava o corpo de Agnes. Ele chegava a ver a tensão de seus ombros se desfazer.

"Agora a senhora está livre. Para ser Agnes Gouge. Para ser Agnes Huntington. Ou mesmo para ser Agnes Jayne, se quiser. Mas não precisa mais do nome dele como escudo. Tem o seu. E sua mãe, o dela."

Ela não disse nada. Manteve-se encostada nos armários.

"Para fazer tudo isso, incorri num ato de desonestidade. Mas veja o que ele possibilitou. A vida de todos os envolvidos está bem melhor. Pequei a serviço de um país melhor. Se voltar comigo para Nova York, podemos passar o resto da vida compensando o que foi feito."

"Nem todos estão em melhor situação, Paul."

"Tesla não está passando aperto algum. Não apenas tem um novo laboratório, mas também uma nova companhia."

"Como ele teve condições de fundar uma companhia?"

"Porque, acredite se quiser, já conseguiu seu primeiro investidor. E o sujeito tem os bolsos bem fundos... J. P. Morgan. Eu mesmo estou negociando a transação."

Impossível negar que, fosse ele quem fosse, Paul era um excelente advogado.

"Podemos fazer qualquer coisa agora", ele disse. "Podemos ser quem quisermos. Podemos doar uma fortuna a instituições de caridade. Podemos criar institutos que continuarão a existir depois da nossa morte. Podemos fazer de Nova York um lugar em que o próximo rapaz de Nashville e a próxima moça de Kalamazoo serão recebidos de braços abertos. Podemos cuidar de Tesla e ter certeza de que ele sempre terá o que quiser. Podemos fazer tudo isso e muito mais. Mas, se eu não puder estar a seu lado, então nada disso faz o menor sentido para mim. Se a senhora considerar a possibilidade de voltar a Nova York", ele continuou, "tenho um humilde pedido: não case com Henry Jayne. Case-se comigo."

Deu um passo à frente, aproximando-se dela. "Sabe que ficamos conhecendo três homens que, a seu modo, mudaram o mundo? E sabe o que não me sai da cabeça? Por que eles fizeram isso? O que os fez lutar, se esforçar, conspirar tanto e por um tempo tão longo?"

Ela levantou uma sobrancelha. "É sobre isso que o senhor quer falar agora?"

"Me ouça até o fim", implorou Paul. "O que eles amavam? Os três? Edison amava a plateia. Para ele, valia o espetáculo. A multidão. Continua a ser o mais famoso inventor do mundo. E ainda será por muitas gerações. Queria o aplauso. Era por isso que brigava. Agora, Westinghouse... Ele era diferente. Amava seus produtos. E os fabricava melhor que ninguém. É o suprassumo dos artesãos, não é mesmo? Não queria vender o maior número de lâmpadas. Queria produzir as melhores lâmpadas. Se eram muito caras, se chegavam tarde ao mercado, ele não se importava. Mas seriam as melhores. As mais úteis, as que empregassem a tecnologia de ponta. E fez isso, não é verdade? Foram seus produtos que ganharam no final. Queria aperfeiçoar a lâmpada elétrica e conseguiu. E então temos Tesla. A terceira perna desse tripé. Não ligava a mínima para a plateia de Edison nem para os produtos de Westinghouse. Não, Tesla só se importava com as ideias. A realização prática dessas ideias não lhe interessava. Tesla era sua própria audiência, o que ele concebia eram os produtos que desejava consumir a sós. Tinha a ideia, e isso bastava. Uma vez que conhecia a solução de um problema, seguia em frente. Sabia que tinha feito a CA funcionar; sabia que tinha feito com que as lâmpadas funcionassem. Fabricá-las era irrelevante. Problema dos outros.

"E olhe: todos conquistaram o que queriam. Porque queriam coisas muito diferentes. Todo este tempo venho tentando compreendê-los, e o que entendo agora é que nunca serei capaz disso. Porque não sou como eles."

"O senhor queria vencer", disse Agnes.

"Sim. E venci. Foi o mesmo que perder. Edison fica com a plateia. Westinghouse, com a perfeição. Tesla, com as ideias. Mas o que eu realmente quero é a senhora."

Ela sorriu. Em anos futuros, Paul veria muitos desses sorrisos. Iria conhecer suas nuances, sua infinita variedade de esplendores. No entanto, de todos os milhões de sorrisos que ela lhe mostraria, esse em particular, exibido naquela tarde específica, seria para sempre o seu predileto.

"O senhor está cada vez melhor em matéria de discursos", ela disse.

71. Pós-guerra

> *O jogo da ciência é, em princípio, infindo. Quem decide algum dia que certa afirmação científica não exige comprovações adicionais e pode ser considerada definitiva, abandona o jogo.*
>
> Karl Popper

Paul e Agnes Huntington se casaram na igreja de St. Thomas e foram morar num apartamento na rua 58, a um quarteirão do Central Park. Agnes logo depois parou de cantar profissionalmente, embora sempre o fizesse em casa. Às vezes Paul imaginava que sua voz se impregnara tão fundo nas madeiras claras do apartamento que as paredes reverberariam para sempre ao som das árias. A filha do casal, Vera, nasceu em 1895. A cara da mãe. A avó, Fannie, morava perto deles.

Juntos, participaram da fundação do Conselho de Relações Internacionais, do qual ele foi um dos diretores. Paul serviu como advogado corporativo da Metropolitan Opera, tornando-se mais tarde presidente do conselho. Com o correr dos anos, foi diretor da Filarmônica, curador da Juilliard School of Music, presidente do conselho da Universidade Fisk, presidente da Italy America Society e membro da India Society of America. Paul e Agnes se ombrearam com os maiores filantropos de Manhattan.

No entanto, a sombra de Nikola Tesla sempre esteve presente no casamento deles. O que Paul fizera contra ele era relembrado quando o casal se esforçava para fazer o bem e quando brigava às portas fechadas.

Com o correr dos anos, o sistema da Westinghouse Electric Company se tornou o padrão nacional de geração e emprego de energia elétrica. Graças ao contrato de licenciamento com a recém-rebatizada General Electric, Westinghouse forneceu a energia necessária para iluminar o país de costa a costa usando a corrente alternada. Ao mesmo tempo, tendo adotado tal padrão, a própria GE vendeu muito mais lâmpadas. Sob a direção de Charles Coffin, sua lucratividade triplicou. Ambas as empresas cresceram e se posicionaram entre as maiores do mundo.

Paul continuou como principal advogado da Westinghouse Electric Company até completar uma transição que levou a companhia a ter seu próprio departamento jurídico. Ele mesmo escolheu o jovem diretor e permaneceu como consultor. Era chegada a hora de partir para outra.

Paul e o ex-cliente mantiveram vínculos de negócios cordiais, mas nunca chegaram a ser amigos. Paul nunca lhe perguntou sobre o incêndio, pois nada poderia ser provado, mesmo que Westinghouse admitisse a culpa. Aquela discussão não levaria a parte alguma. O relacionamento deles esfriou sem nunca congelar. Westinghouse não era o pai que Paul desejava. Ele tinha o seu, e Erastus Cravath visitava Nova York ocasionalmente para ver a neta.

Sem dúvida, esses anos conheceram boa dose de maquinações. J. P. Morgan tentou se apoderar do controle da Westinghouse, fracassou e tentou de novo. O monopólio criado pela parceria no licenciamento não lhe era tão favorável financeiramente quanto seria o controle absoluto sobre as duas empresas. Mas Westinghouse, com a colaboração de Paul, anteviu os ataques. O magnata foi mantido à distância, e a Westinghouse Electric Company permaneceu independente. Paul se tornou conhecido pela perspicácia, não só entre as firmas de advocacia concentradas na Broadway, mas também na Wall Street.

Ele fundou um novo escritório com seus associados. O sucesso como principal advogado de Westinghouse serviu-lhe de fulgurante anúncio. Os clientes rapidamente se multiplicaram, a maior parte deles, homens notáveis. Com o tempo ele absorveu a velha firma de William Seward, fundada décadas antes que o sócio que dera nome ao escritório tivesse negociado a compra do Alaska. Logo a vendeu para a firma Hoyt Moore, perito no campo novo da advocacia fiscal, cuja importância entre os grandes clientes corporativos só fazia crescer. Mais tarde, Paul promoveu a sócio seu *protégé*: Bob Swaine, um brilhante jovem recentemente formado na faculdade de direito da Universidade Harvard. (Bem, nada é perfeito...) Além disso, a estrutura piramidal que havia criado para cuidar do processo sobre a lâmpada elétrica se comprovou útil também em outros casos. Ele escreveu sobre o "sistema Cravath" em várias revistas especializadas. Segundo seu método, cada ação era supervisionada por um sócio da firma, que por sua vez supervisionava uma equipe de associados ocupados com a tediosa rotina do trabalho jurídico. Os associados eram promovidos de acordo com um esquema hierárquico baseado no tempo de serviço, galgando o pau de sebo até que um dia, se tivessem sorte, podiam obter sociedade. Em matéria de eficiência produtiva, o sistema rivalizava com as fábricas de Westinghouse.

A atividade legal, antes ofício, passara a ser uma indústria. À medida que o conhecimento do sistema de Paul se espalhava, seus métodos eram adotados por advogados de Washington a San Francisco. Quem dera fosse possível patentear aquela prática de trabalho no campo do direito como se fazia com os produtos protegidos por lei!

Até mesmo Nikola Tesla gozou momentos de prosperidade. Embora nunca tenha recebido um centavo pela corrente alternada, a empresa que fundou com o dinheiro de J. P. Morgan só faliu em 1903. Sua fortuna pessoal, ainda que incomparavelmente menor do que a de Edison ou Westinghouse, era suficiente para que vivesse num quarto do Hotel Waldorf Astoria. Dali era uma pequena caminhada até o Delmonico's, onde jantava todas as noites, impreterivelmente. O gerente lhe cedia a própria mesa.

O escritor Robert Underwood Johnson e sua mulher, Katharine, decidiram encontrar uma companheira para Tesla. Apresentaram-no aos melhores partidos de Nova York, e algumas moças se interessaram pelo gênio de alta estatura e personalidade impressionante. Ele nunca retribuiu tais afeições.

Paul o viu algumas vezes na cidade, jantando ou em festas. Agnes fazia questão de comparecer a todos os eventos em que ele estaria presente. No início observava-o de perto, mas com o tempo se afastou. A fama a que ela renunciara sem dúvida o deliciava. Durante algum tempo o nome de Tesla foi tão falado quanto o de Edison. Jornalistas faziam fila para entrevistá-lo. Tornou-se um dos personagens mais conhecidos da cidade — um sábio misterioso e excêntrico. Um oráculo de Delfos mais magro e alto. Paul e Agnes perceberam que ele apreciava o espetáculo. Os ternos pretos sempre imaculados. Embora sozinho em seu mundo, ele aprendera a fazer uma pausa e vez por outra saboreava os petiscos deste mundo.

Paul não saberia disso, mas Nikola Tesla viveu mais do que

todos eles. Morreu à míngua em 1943, tendo de trocar o Waldorf Astoria por uma pensão.

Ele nunca inventou a lâmpada original de que o advogado tanto necessitou em certa época: a equipe de engenheiros de Westinghouse se incumbiu da tarefa. Sob a liderança de Westinghouse, trabalharam metodicamente para modificar a velha patente de Sawyer e Man. Em vez de uma única peça de vidro circundando o filamento, usaram duas. Foi produzida em massa pela própria fábrica de freios a ar comprimido de Westinghouse, a tempo de iluminar a Exposição Mundial de 1893. Os tribunais decidiram de forma imediata e inequívoca que essa lâmpada era bem diferente da patenteada por Edison. Assim, a mais lucrativa invenção ligada à guerra das correntes não resultou de uma centelha no cérebro de um gênio individual, mas da simples e paciente modificação de um desenho britânico, conhecido havia uma década, levada a cabo ao longo de três anos por uma equipe bem organizada de peritos. Westinghouse patenteou esse novo tipo de lâmpada, mas ninguém pode dizer que a tenha "inventado".

E também se registrou a que talvez tenha sido a maior ironia daquela época: o destino curioso e inesperado da Patente Norte-Americana nº 223 898.

Paul e seus associados tocaram a ação com grande afinco. O mesmo fizeram Morgan e Coffin, que usariam a vitória para promover a falência de diversas companhias elétricas menores ou obrigá-las a assinar lucrativos contratos de licenciamento. Westinghouse, entusiasmado com o sucesso, estava feliz em custear os honorários jurídicos para defender seu nome. Para Paul, tratava-se de uma questão de orgulho: era o maior caso do mundo de infringência de patente. Quem vencesse o litígio garantiria seu nome na história do direito.

E por isso Paul se viu apresentando o caso perante a Corte

Suprema dos Estados Unidos, e o fez com brilhantismo, defendendo-se das estocadas do juiz Fuller. Trabalhou bem, era um prazer vê-lo. A realização máxima na carreira de um advogado.

Algumas semanas depois, saiu o resultado: ele tinha perdido.

E ninguém ligou muito para isso.

O processo "Edison *vs.* Westinghouse" havia se transformado numa peça jurídica fantasmagórica. Durara tanto que nenhum dos litigantes se importava mais com o desfecho. Quando a patente de Edison foi formalmente confirmada pelos tribunais, ela estava prestes a expirar. Como as novas lâmpadas de Westinghouse vinham sendo comercializadas havia tempo, ele ficou proibido de fabricar um artigo que já deixara de produzir. As poucas microempresas que continuaram a utilizar desenhos semelhantes aos de Edison na expectativa de que Westinghouse vencesse foram inevitavelmente eliminadas. Em algum aposento silencioso e tomado pela fumaça de charuto, Morgan acrescentou mais uma vitória à sua longa lista.

O destino dos advogados é poder perder um caso e mesmo assim ganhar a guerra, compreendeu Paul.

Pelo resto da vida, Paul Cravath só voltou a ver Thomas Edison uma única vez.

72. Cataratas do Niágara, 1896

Meu modelo em matéria de negócios são os Beatles. Quatro sujeitos que mantiveram sob controle as tendências negativas uns dos outros. Equilibraram-se mutuamente, e o total foi maior que a soma das partes. É assim que vejo os negócios: as coisas grandes nunca são fruto de uma só pessoa, mas de uma equipe.

Steve Jobs

No dia em que viu Thomas Edison pela derradeira vez, Paul observava quatrocentos milhões de litros de água passando nas cataratas do Niágara. Uma turbina de vinte e nove toneladas usou a força bruta da torrente em queda para fazer girar um gerador que a converteu no volume de corrente alternada suficiente para iluminar dezenas de milhares de lâmpadas elétricas nos lares do país.

Paul fora convidado para uma recepção de gala que marcaria a inauguração do maior gerador elétrico do mundo. Construído por Westinghouse e projetado com base nas ideias de Tesla, o dispositivo faria funcionar, ao longo da Costa Leste, lâmpadas fabricadas pela antiga companhia de Edison, agora chamada de GE. A cerimônia era de uma magnitude compatível com a da própria usina. Todas as figuras relevantes na comunidade elétrica norte-americana compareceram.

O que significava, como Paul se deu conta diante das cataratas, que Thomas Edison, George Westinghouse e Nikola Tesla estariam no mesmo lugar por uma noite. Para sua surpresa, isso nunca ocorrera antes — e ele sabia que não ocorreria de novo.

Depois da aborrecida cerimônia formal, Paul postou-se do lado de fora, tomando goles de champanhe enquanto admirava o turbilhão das águas. Era bom refletir que, de todas as coisas fantásticas que havia visto até então, de todas as invenções humanas que testemunhara, nenhuma tinha o poder das quedas do Niágara. E que mesmo a perfeita corrente de Westinghouse dependia da natureza para obter a energia exigida. O Deus de seu pai ainda fazia funcionar os aparelhos de seus clientes.

Pelo canto dos olhos, avistou Edison debruçado sobre a amurada. Admirou-se ao ver que Westinghouse estava com ele, assim como Tesla. Conversavam. O advogado hesitou em se juntar ao grupo, porém Edison o viu e fez sinal para que se aproximasse.

"Sr. Cravath", ele disse. "Não sabia que estaria aqui."

Paul acenou. O que dizer ao homem cuja vida chegara a dominar a sua?

"O sr. Bell lhe manda seus cumprimentos", disse Edison.

"Como assim?"

"O sr. Bell manda lembranças. Jantei com ele na Nova Scotia no mês passado. Ele me falou da sua visita."

Paul ficou pasmo. "Ele disse que me ajudaria para o bem do senhor."

Edison confirmou, balançando a cabeça. "Funcionou. Quero que conheça meu novo laboratório um dia desses. Estou trabalhando em filmes cinematográficos."

Ele não tinha a menor ideia do que significava "filmes cinematográficos".

"Precisa ver, sr. Paul Cravath", acrescentou Tesla. "Muitas fotografias em sequência. Cria a aparência de uma coisa real se movendo."

"Onde viu isso?", ele perguntou.

"Meu laboratório na Quinta Avenida, em Nova York, tem ficado cheio de gente. Alguns itens até quebraram." Tesla balançou a cabeça com ar triste. "Sou muito sem jeito com minhas coisas. O sr. Thomas Edison ofereceu um espaço para eu trabalhar. Enquanto os materiais desnecessários estão sendo retirados."

"Na verdade é bem agradável ter Nikola por perto", disse Edison. "Tem sido um prazer trocar ideias com ele, ouvir o que pensa das novas câmeras. Meu pessoal fica embasbacado. Ao lado do laboratório de Tesla, construí um de câmeras que chamo de Black Maria. Um estúdio de 'filmes cinematográficos'. É divertido. Em geral, esses últimos anos têm sido... bem, têm sido os mais felizes da minha vida. Por isso, qualquer que tenha sido o papel que o senhor desempenhou para isso, sr. Cravath, só queria lhe dizer que... não trabalhou mal."

Paul o olhou fixamente. Depois de um longo silêncio, riu. De tudo que imaginou poder ouvir de Thomas Edison, jamais acreditou que seria algo assim.

Estendeu a mão, Edison a apertou.

Os quatro voltaram a atenção para o Niágara. Contemplaram a espuma. Subia uma nuvem de vapor, uma fina névoa se perdia nas alturas. O efeito era hipnótico. Enquanto observavam, Paul notou que os olhos de Tesla se dirigiam a um ponto que nenhum dos outros era capaz de enxergar.

"Maravilhas", disse Edison.

Paul se voltou em sua direção. "Como é?"

"Maravilhas", Edison repetiu. "Temo que acabarão em breve."

"Não acabarão nunca", disse Westinghouse.

"Maravilhas?", perguntou Paul sem entender o que estava sendo dito.

"Nossa era de invenções", explicou Edison. "Esses dias de milagres feitos à mão... bem, não vão durar muito. Será que isso preocupa algum dos senhores? Lâmpadas. Eletricidade. A nossa geração, me parece, será a última que vai se deparar, de olhos esbugalhados, com alguma coisa realmente nova. Nós seremos os últimos a nos maravilhar com uma coisa feita pelo homem, algo que não existia. Criamos maravilhas, meus amigos. Minha dúvida é quantas ainda estão para ser criadas."

"O estudo da ciência", disse Tesla, "nunca vai terminar."

Edison concordou. "É verdade. Mas não será como agora. Vai ser mais... técnico. Dentro da caixa de mágicas, não fora. Uma lâmpada elétrica é intuitiva, um raio X é praticamente alquímico. As máquinas estão se tornando tão complicadas que quase ninguém consegue nem mesmo conceitualizar como elas funcionam. Além disso, ninguém vai precisar inventar. A partir do ponto a que chegamos, só poderemos criar por acréscimo. Aperfeiçoamentos, não revoluções. Nenhuma cor nova, só novos matizes. Lembram-se da primeira vez que viram uma lâmpada acesa?"

"Quase desmaiei", disse Westinghouse. "Não pensava que fosse possível. E aconteceu há uns quinze anos apenas."

"Exatamente", disse Edison. "E quando foi a última vez que viu alguma coisa que o fez sentir-se assim?"

"Da minha parte, eu sempre as vi", disse Tesla. Todos se voltaram para ele. "As lâmpadas elétricas. Sempre as vi." Bateu duas vezes com a ponta dos dedos no lado da cabeça. "Aqui."

Westinghouse e Edison riram.

"Sabemos disso", disse Westinghouse. "E somos gratos."

Edison perguntou: "Já se encontraram com o rapaz... como se chama... Ford?".

"Eu lhe dei o primeiro emprego", disse Westinghouse.

"Devo ter lhe dado o segundo", disse Edison. "Talvez seja mais moço que o nosso Cravath. Impressionante. Gosto de Henry Ford, gosto mesmo. Mas ele não é... bem, ele é feito de um novo tecido, isso é tudo. Tão profissional! Tudo à perfeição. A carreira planejada desde o começo. Sabe exatamente para onde quer ir: que tipo de companhia quer estabelecer, como dirigi-la, em que vai trabalhar. Podem imaginar? No nosso tempo contávamos com alguns fiozinhos de arame e — se tivéssemos muita sorte — os centavos necessários para comprar um selo e mandar um desenho para o escritório de patentes. Ford tem um *plano de negócios!*"

"Um inventor profissional", disse Westinghouse.

"Um cientista profissional", disse Edison. "Darwin não ganhou um tostão com o que fez. Nem Newton. Hooke. Toda aquela turma da Royal Society — eles apenas descobriram as coisas. Inventaram coisas porque puderam. Não porque havia dinheiro a ganhar. Ficamos ricos fazendo o que eles faziam para se divertir."

"E agora uma geração inteira se prepara para enriquecer com o resultado daquelas diversões."

"E por isso haverá muito pouco que se faça por mera diversão."

Paul quis sorrir diante da ironia da fala de Edison, mas guardou o prazer para si. Fora Edison o responsável por aquele casamento bizarro entre o mundo dos negócios e a ciência que geraria as novas tecnologias. Ele criara aquele universo. Tinha sido sua maior invenção. E, como toda e qualquer prole, ela iria deixar o genitor para trás.

Os três inventores se calaram diante do espetáculo das águas.

A guerra das correntes se tornara uma disputa exótica e obscura. Um sonho cujo enredo se dissipou à luz da manhã. Aquelas tramas e maquinações em breve seriam esquecidas. No entanto, o mundo que dela resultara, aquele em que Paul vivia agora, era permanente.

Quem tinha inventado a lâmpada elétrica? Esta havia sido a questão que dera início a toda a história. E a resposta era: todos eles. Só juntos poderiam ter dado à luz o sistema que agora formava o esqueleto dos Estados Unidos. Nenhum homem sozinho o teria feito. A fim de criar tal maravilha, o mundo exigia homens como cada um deles. Visionários como Tesla. Artesãos como Westinghouse. Vendedores como Edison.

E Paul? Talvez o mundo também necessitasse de homens como ele. Simples mortais capazes de limpar a sujeira deixada por gigantes. Homens inteligentes capazes de testemunhar e registrar os assuntos dos gênios. Se Tesla havia inventado a lâmpada elétrica, assim como Westinghouse e Edison, então talvez Paul também pudesse reivindicar o mesmo. Seria Paul um inventor? Essa ideia lhe agradou.

Os quatro se despediram. Um a um, os inventores esvaziaram suas taças e se afastaram do precipício envolto em névoa. Paul foi o último a partir. Acompanhou o sol se pôr na margem oposta. Deu meia-volta e desceu as escadas rumo à sombra cada vez mais densa de um país que só então estava se transformando de fato nos Estados Unidos da América.

Nota do autor

Na qualidade de ficção histórica, este romance deve ser visto como uma dramatização da história, e não como seu registro. Nada deve ser entendido como um fato verificável. E no entanto a maior parte dos eventos de fato ocorreu e todos os personagens centrais realmente existiram. Boa parte dos diálogos foi dita pelos personagens históricos ou escrita por suas prodigiosas canetas. Não obstante, muitos desses eventos foram reordenados, e os personagens aparecem em locais onde talvez não tenham estado. Com frequência imaginei situações que poderiam perfeitamente ter acontecido, mas não foram documentadas. Este romance é um nó górdio de verdades verificáveis, suposições bem fundamentadas, relato dramático e a mais absoluta adivinhação. Espero que esta nota ajude a desfazer o nó, em benefício do leitor.

Quase todos os fatos que os historiadores geralmente relatam a respeito da "guerra das correntes" ocorreram entre 1888 e 1896. Comprimi a narrativa em apenas dois anos, de 1888 a 1890. Como se vê, embora as principais cenas retratadas tenham ocorrido de um modo ou de outro, manipulei a cronologia. Fatos que na vida real ocorreram simultaneamente foram, aqui, relatados de modo sequencial. Muitas vezes tomei eventos ou personagens históricos variados e os amalgamei, para dar solidez narrativa aos acontecimentos confusamente descontínuos e permitir que o leitor pudesse acompanhar as diversas linhas da história.

O livro *Empires of Light: Edison, Tesla, Westinghouse, and the Race to Electrify the World* [Impérios da luz: Edison, Tesla, Westinghouse e a corrida para eletrificar o mundo], de Jill Jonnes, é o relato não ficcional mais delicioso da guerra das correntes. Traz brilhantes perfis de Thomas Edison, George Westinghouse e Nikola Tesla, assim como reflexões contundentes sobre suas rivalidades e antipatias.

Quando descobri que um advogado de vinte e seis anos, formado havia apenas dezoito meses, esteve no centro da arena antes de fundar uma das mais preeminentes firmas de advocacia do país, quis pesquisar sobre ele. Fiquei chocado ao descobrir que não havia nenhuma biografia de Paul Cravath. A ausência de uma análise academicamente robusta me inspirou a escrever este livro; a carência de material fidedigno obrigou-o a ser um romance.

A informação biográfica básica sobre Paul Cravath e sua família é verdadeira. As descrições de Paul e de sua vida provêm das poucas fontes de que dispomos: *The Cravath Firm and Its Predecessors 1819-1948* [A firma de Cravath e seus antecessores 1819-1948] (de Robert Swaine, edição particular); um perfil publicado pela revista *New Yorker* quando ele se tornou presidente do conselho da Metropolitan Opera em 1932 ("Public Man", *The New Yorker*, 2 de janeiro de 1932); um verbete na *National Cyclopædia of American Biography* (Volume 11, 1902); o anúncio de seu casamento com Agnes ("Marriage of Agnes Huntington", *Chicago Tribune*, 16 de novembro de 1892); o jornal estudantil da Oberlin; e suas petições judiciais, naturalmente.

A descrição de Thomas Edison se baseia em larga medida no livro *Thomas Edison: O feiticeiro de Menlo Park*, de Randall Stross. Trata-se de uma bela e envolvente biografia, da qual extraí muitos dos traços da personalidade e dos dados biográficos do inventor. Sua voz é tributária de suas cartas e diários, mantidos na Universidade Rutgers. Edison escrevia em seu diário quase todos os dias; da leitura dessas anotações, pode-se obter uma visão fascinante de seus pensamentos mais íntimos. A maior parte de seus escritos, guardados na Rutgers, está hoje disponível na internet.

Não há uma biografia definitiva de George Westinghouse, embora eu adoraria lê-la algum dia.

A descrição pessoal e biográfica de Nikola Tesla é exata. O livro de Margaret Cheney — *Tesla: Man Out of Time* [Tesla: Um homem fora do tempo] — foi uma fonte extremamente útil, assim como sua autobiografia *Minhas invenções*. É uma experiência de leitura bem peculiar, como não poderia deixar de ser.

Muitos relatos históricos mencionam seu sotaque impenetrável e as dificuldades enfrentadas por aqueles que tentavam decifrar o que ele dizia. Na vida real, contudo, sua gramática era impecável, conquanto algo elaborada. Era a pronúncia carregada que dificultava a compreensão daquilo que ele falava. E isso me criou um problema: como marcar seu sotaque na página escrita? Poderia transliterar seu acento sérvio, mas isso tornaria a leitura pesada.

No entanto, ao ler a autobiografia de Tesla, entrevi uma solução. Ele utiliza sentenças longas e tortuosas, gramaticalmente temerárias. O inglês é fluente, mas quase arcaico, mesmo na década de 1880. Cada frase está na iminência de desabar devido às circunlocuções gramaticais e à escolha das palavras. Procurei dar a algumas de suas falas um toque que refletisse o estranhamento causado em seus ouvintes.

Quanto a Agnes Huntington, o registro histórico é surpreendentemente escasso. Tudo o que sabemos a respeito dela provém das seguintes fontes: um artigo a respeito de sua carreira e de seu casamento no *Illustrated American* (3 de dezembro de 1892); o verbete em *The Dramatic Peerage*, de 1892; o verbete em *Woman's Who's Who of America* (1914-5); a entrevista que deu sobre seus problemas jurídicos a W. H. Foster ("Agnes Huntington's Story", *The New York Times*, 14 de dezembro de 1886); o verbete no *Lippincott's Magazine of Literature, Science and Education* (Volume 49, 1892); a resenha de uma exibição sua da ópera *Paul Jones* ("Paul Jones in New-York", *The New York Times*, 21 de setembro de 1890); o censo de Kalamazoo de 1870; mexericos jornalísticos sobre seu noivado com Henry Jayne (*Town Topics*, 3 de novembro de 1892; "Did He Jilt 'Paul Jones'", *The Washington Post*, 30 de outubro de 1892; "Denied by Miss Huntington", *The New York Times*, 30 de outubro de 1892).

Com base nessas fontes, posso afirmar que Agnes Huntington nasceu em Kalamazoo, Michigan, mas nunca obteve renome (nem uma menção sequer) até sua primeira apresentação como cantora lírica em Londres. Fez sucesso na Europa, sempre acompanhada da mãe, que parecia reticente quanto às origens familiares. Tanto quanto eu possa dizer, embora Agnes e Fannie carregassem o sobrenome Huntington, não pertenciam à famosa família Huntington, fosse do ramo da Califórnia, fosse do da Costa Leste. Agnes teve algum obscuro problema legal com o gerente da companhia Boston Ideals. Contou com inúmeros admiradores de altíssimo coturno nas duas margens do Atlântico. Foi noiva de Henry Jayne por algum tempo, mas ele rompeu o noivado em 1892. Mais tarde se casou com Cravath, um promissor advogado de Nova York, naquela época de considerável status social inferior ao dela.

Tudo mais sobre ela é inventado (o roubo do vestido e do

colar, a apropriação do nome etc.). O modo como conheceu Paul — contratando-o como seu advogado — também é imaginado, embora o caso judicial em que ela esteve envolvida fosse real. (Na verdade, seu advogado se chamava Abram Dittenhoefer.) Entretanto, ao comprimir a sequência dos acontecimentos, transferi esse caso de 1886 para 1888. Na vida real, o assunto foi resolvido antes que Paul advogasse para Westinghouse.

Tenho para mim — apesar de não poder prová-lo — que a verdadeira Agnes Huntington escondia alguma coisa. Algo me diz que sua história real é mais fantástica do que a criada por mim.

CAPÍTULO 1: A cena de abertura com a imolação do operário se baseia em duas mortes reais decorrentes da eletricidade: uma em 11 de maio de 1888 ("A Wireman's Recklessness", *The New York Times*, 12 de maio de 1888), a outra em 11 de outubro de 1889 ("Met Death in the Wires", *The New York Times*, 12 de outubro de 1889). Provavelmente Paul não presenciou nenhum desses dois incidentes, mas, como o primeiro ocorreu a poucos quarteirões de seu escritório, achei razoável situá-lo no local.

CAPÍTULO 7: Reginald Fessenden de fato trabalhou para Edison antes de servir a Westinghouse. No intervalo entre um emprego e outro, lecionou na Universidade Purdue. A sequência temporal foi aqui simplificada. Fessenden na realidade não foi infiltrado por Edison na operação de Westinghouse: o verdadeiro espião era uma figura menor, um desenhista que foi preso em 1893.

CAPÍTULOS 15-6: Tesla realmente foi trabalhar para Westinghouse fora de Pittsburgh em 1888, em troca de um licenciamento de suas patentes da corrente alternada. A mudança fundamental na estratégia de Westinghouse, ao passar de um sistema elétrico "casa por casa" para um baseado em redes, é discutida no fascinante livro de Thomas P. Hughes *Networks of Power: Electrification in Western Society 1880-1930* [Redes de poder: Eletrificação na sociedade ocidental 1880-1930]. Contudo, essa mudança não foi tão repentina quanto a descrevi. Westinghouse se interessara pela tecnologia de CA alguns anos antes da demonstração de Tesla — que ocorreu de fato, embora sem a presença de Westinghouse. Já em 1886 ele havia adquirido diversas patentes de CA com o objetivo de desenvolvê-las, e simplesmente ainda não conseguira alcançar o estágio tecnológico necessário para comercializar o sistema.

CAPÍTULO 21: A crise relativa à estrutura dos royalties com que se defrontaram Westinghouse e seus advogados depois da repentina saída de Tesla é real, embora a sequência temporal tenha sido comprimida e não saibamos se o erro na negociação foi cometido por Paul.

CAPÍTULO 25: Tanto o misterioso incêndio no laboratório de Tesla quanto seu colapso nervoso e amnésia realmente ocorreram, embora em épocas diferentes e na ordem inversa da apresentada.

Em 1892, as longas horas de trabalho de Tesla em seu laboratório, quando pesquisava o conceito dos "telefones sem fio", resultaram num colapso nervoso. Ele desmaiou e acordou com apenas algumas recordações isoladas da infância. Passou meses de cama, lutando para recuperar a memória. Demorou para retomar seus inventos.

Esse episódio faz lembrar outros momentos de doença mental na vida de Tesla. Segundo sua autobiografia, ele sofria frequentes alucinações, visuais e auditivas: "Essas alucinações costumavam ocorrer quando eu me encontrava numa situação perigosa ou angustiante, ou quando estava eufórico. Em certos casos, vi o ar ao redor tomado por labaredas". Essas visões, contudo, lhe ofereciam percepções das máquinas que começava a desenhar. Thomas Hughes e outros examinaram a possibilidade de que Tesla, se vivo nos dias de hoje, poderia ser diagnosticado como esquizofrênico; a meu juízo, parece provável. Tesla figurava o mundo de uma forma que ninguém mais via porque *literalmente* via o mundo de uma forma que ninguém mais via.

Três anos depois do colapso e da recuperação, em 13 de março de 1895, um incêndio consumiu seu laboratório. Ele não estava quando o fogo irrompeu — descobriu o desastre na manhã seguinte e ficou inconsolável com a destruição de suas máquinas.

CAPÍTULO 34: A brilhante ideia de Paul de estabelecer um sistema industrial no campo jurídico, tal como Westinghouse fizera a respeito da produção fabril e Edison a respeito das invenções, é descrita com bastante fidelidade. Penso que Paul Cravath inventou a firma de advocacia moderna do mesmo modo que Edison, Westinghouse e Tesla inventaram a lâmpada elétrica.

No entanto, em geral a invenção do "sistema Cravath" é atribuída a ele no início da década de 1900. Situei-a nos anos 1888-90 a fim de enquadrá-la no período da narrativa. Impossível dizer se tal ideia foi de fato inspirada por Edison e Westinghouse, mas, como ele a implementou depois da experiência que teve com os dois inventores, me pareceu provável que sim.

CAPÍTULO 36: A entrevista de Agnes para o *New York Times* é real, embora eu tenha combinado duas matérias daquele jornal: "Agnes Huntington's Story", de 14 de dezembro de 1886, e "Paul Jones in New-York", de 21 de setembro de 1890.

CAPÍTULO 37: A pessoa e a história de Harold Brown são essencialmente verídicas e contadas no livro de Jill Jonnes *Empires of Light*, bem como nos de Tom McNichol, *AC/DC: The Savage Tale of the First Standards War* [CA/CC: Um relato selvagem da primeira guerra de patentes; de Mark Essig, *Edison and the Electric Chair* [Edison e a cadeira elétrica]; e de Richard Moran, *Executioner's Current* [A corrente do carrasco].

A sequência temporal da campanha de Brown em prol da cadeira elétrica foi comprimida. Descrevo o grosso das atividades como tendo ocorrido nos primeiros meses de 1889, mas de fato elas aconteceram no final de 1887. O relato das horrendas eletrocussões de animais é fiel aos fatos. As falas de Brown são em parte reproduzidas textualmente, conquanto eu tenha cortado alguns trechos e alterado outros para lhes dar um tom mais coloquial. De qualquer modo, é provável que eu tenha minimizado os horrores físicos que ele impôs aos animais. Na realidade, ele empregou cachorros, cavalos e até — falo sério — um elefante.

CAPÍTULOS 38-9: Alguém realmente invadiu o escritório de Harold Brown em agosto de 1889. Depois do assalto, cartas que provavam a ligação entre Edison e Brown foram vazadas pelo *New York Sun*.

Será que Paul fez isso? A maioria dos historiadores acha que alguém vinculado a Westinghouse foi responsável pelo ato. Neste caso, é razoável imaginar que seu advogado soubesse de tudo e tivesse mantido segredo. Por isso, embora a cena seja inventada, a culpabilidade moral de Paul é sem dúvida plausível.

CAPÍTULO 41: O que Paul caracteriza como "mentira" no pedido de patente de Edison — isto é, a discrepância entre o filamento especificado e aquele que sua companhia veio a usar — corresponde aos fatos. Simplifiquei a progressão das experiências de Edison com os filamentos e, se isso constitui ou não uma trapaça, depende da perspectiva de cada um quanto à natureza da invenção.

Por outro lado, a inegável fraude de Edison sobre a data em que fez a lâmpada funcionar foi registrada corretamente. O hábito de Edison de fazer declarações exageradas aos jornalistas que lhe eram leais — ou neste caso simplesmente mentir para eles — foi um tema recorrente ao longo de sua carreira.

CAPÍTULO 48: A cena de Paul no tribunal argumentando contra o uso da CA numa execução no estado de Nova York constitui a dramatização de um evento real. O assassinato ocorreu de fato, mas eu o transferi de março para maio de 1889.

Westinghouse foi efetivamente traído por Charles Coffin, o que pegou sua equipe de surpresa. Um dos advogados de Westinghouse realmente esteve em Buffalo quando a questão foi julgada, mas não era Paul; Harold Brown não estava presente.

CAPÍTULO 49: A execução de William Kemmler tal como aqui relatada é fidedigna e foi extraída de registros jornalísticos da época, como "Far Worse Than Hanging", *The New York Times*, 7 de agosto de 1890. Nem Paul nem Harold Brown a presenciaram.

CAPÍTULOS 50-2: A crise financeira decorrente do colapso do banco Baring Brothers aconteceu, embora eu a tenha antecipado para setembro de 1889, quando ela de fato ocorreu no ano seguinte, em novembro. As táticas de Paul e Westinghouse para tentar superar a crise foram descritas corretamente. O fato de que Edison e Morgan se valeram de sua considerável influência em Wall Street para empurrar Westinghouse ainda mais em direção à bancarrota é verdadeiro, apesar de ser difícil conhecer com exatidão as negociações secretas tramadas durante o episódio.

CAPÍTULO 55: Todas as descrições da Universidade Fisk correspondem à realidade, assim como as que se referem ao envolvimento da família Cravath com a instituição. (Baseado nas obras de Robert Swaine, *The Cravath Firm and Its Predecessors 1819-1948* [A firma de Cravath e seus predecessores 1819-1948]; e de Reavis Mitchell Jr., *The Loyal Children Make Their Way: Fisk University since 1866* [As crianças honestas trilham seu próprio caminho: Universidade Fisk desde 1866].)

A descrição das pesquisas sobre o raio X realizadas por Tesla em 1895 é baseada em fatos reais, embora não, obviamente, na Universidade Fisk. Os alunos foram inventados.

CAPÍTULOS 56-7: A cena com Alexander Graham Bell foi imaginada; a história e a personalidade do inventor foram retratadas com fidedignidade. O relato simplificado de sua vida se baseou no livro de Charlotte Gray *Reluctant Genius: Alexander Graham Bell and the Passion for Invention* [Gênio obstinado: Alexander Graham Bell e a paixão pela invenção].

Nos capítulos finais, Paul Cravath concebe e executa um plano multifacetado para vencer a guerra das correntes. Esse plano envolve a organização de um golpe secreto no seio da Edison General Electric, com o apoio de J. P. Morgan e o objetivo de depor Edison como presidente da companhia e substituí-lo por Charles Coffin. Nikola Tesla é então persuadido a abrir mão de seus royalties relativos aos sistemas de CA de Westinghouse. A guerra das correntes termina com Westinghouse vitorioso e Edison tragicamente escorraçado da empresa que fundou.

Todos esses fatos ocorreram. No entanto, a sequência temporal foi comprimida de alguns anos para alguns meses; Paul foi retratado como o cabeça por trás de tudo. Na verdade, não se sabe qual foi seu papel.

É improvável que Paul estivesse presente quando Tesla foi

trapaceado. Jonnes descreve uma visita de Westinghouse a Tesla, na qual apresenta os argumentos que atribuo a Paul. De acordo com suas próprias anotações, Tesla parecia orgulhoso de sua decisão de ceder os royalties. Ele realmente acreditou no que Westinghouse lhe disse.

CAPÍTULO 72: Paul, Westinghouse e Tesla de fato compareceram ao evento na usina elétrica das cataratas do Niágara em 19 de julho de 1896. Entretanto, combinei alguns detalhes dessa ocasião com um evento subsequente em que apenas Tesla esteve presente, em janeiro de 1897.

Edison não foi a nenhuma dessas cerimônias. Contudo, depois do incêndio em seu laboratório, Tesla se refugiou no laboratório de Edison em West Orange. Os dois tinham se tornado amigos. E, a caminho de Niágara, Tesla efetivamente parou na casa de Westinghouse nas cercanias de Pittsburgh. Naqueles dias, Tesla passou muitas horas na companhia amistosa tanto de Westinghouse quanto de Edison. Como advogado principal de Westinghouse, Paul pôde testemunhar alguns desses encontros.

Graham Moore
Los Angeles, 5 de fevereiro de 2016

Agradecimentos

Teria sido impossível, e muito menos aconselhável, escrever este livro sem o cuidado e os conselhos preciosos de:
Jennifer Joel, meu agente literário e parceiro criativo.
Noah Eaker, meu editor de texto e adversário leal.
Susan Kamil, minha editora e defensora.
Keya Vakil, minha pesquisadora assistente e parceira no crime.
Tom Drumm, meu administrador e fonte segura de tranquilidade.
Gostaria também de manifestar meus mais profundos agradecimentos aos amigos generosos que tantas vezes leram versões preliminares e ofereceram valiosas sugestões: Ben Epstein, Susanna Fogel, Alice Boone, Nora Grossman, Ido Ostrowsky e Suzanne Joskow.
A ideia inicial surgiu durante uma viagem de carro através da Pensilvânia com Helen e Dan Estabrook. Devo a ambos seu entusiasmo, bem como a direção competente.
Todos os meus pensamentos acerca da natureza da inven-

ção e da inovação tecnológica foram gerados, explorados e aperfeiçoados ao longo de mil almoços e conversas que entraram pela madrugada com Avinash Karnani, Matt Wallaert, Samantha Culp e meu irmão (mais moço) Evan Moore.

Ao dar título a este livro, tive a sorte de receber a ajuda (e a comiseração) de Sam Wasson e Mary Laws.

Muitos agradecimentos aos preparadores de texto que me ensinaram mais sobre a gramática inglesa do que eu tinha aprendido na escola: Dennis Ambrose, Benjamin Dreyer, Deb Dwyer e Kathy Lord.

Sou imensamente grato aos historiadores especializados em questões jurídicas Christopher Beauchamp, da Brooklyn Law School, e Adam Mossoff, da George Mason University, que passaram muitas e cansativas horas ao telefone me explicando a história da lei de patentes. Não posso imaginar melhores professores, e tenho inveja de seus bem-afortunados alunos de direito. Quaisquer erros em matéria legal são exclusivamente meus.

Tenho também uma dívida de gratidão com os seguintes peritos que fizeram a gentileza de fornecer seu saber especializado a fim de fundamentar os incontáveis detalhes históricos e científicos contidos na presente narrativa:

Christopher T. Baer, no Hagley Museum and Library.

John Balow e Madeleine Cohen, na New York Public Library.

Kurt Bell, nos Pennsylvania State Archives, Pennsylvania Historical e Museum Commission.

Nathan Brewer e Robert Coburn, no IEEE History Center do Stevens Institute of Technology.

Mike Dowell, nos Louisville & Nashville Railroad Historical Society Archives.

C. Allen Parker, Deborah Farone e Diane O'Donnell, na firma Cravath, Swaine & Moore.

Jennifer Fauxsmith, nos Massachusetts Archives.

Mark Horenstein, professor de eletromagnética aplicada na Universidade de Boston.

Paul Israel, diretor e editor-geral dos Thomas A. Edison Papers na Universidade Rutgers.

Deborah May, na Nashville Library.

John Pennino, na Metropolitan Opera.

Henry Scannell, na Boston Public Library.

Nicholas Zmijewski, no Railroad Museum of Pennsylvania.

E, finalmente, agradeço à minha família por deixar que eu faça disto minha vida.

ESTA OBRA FOI COMPOSTA EM ELECTRA PELO ACQUA ESTÚDIO E IMPRESSA
PELA RR DONNELLEY EM OFSETE SOBRE PAPEL PÓLEN SOFT DA SUZANO PAPEL
E CELULOSE PARA A EDITORA SCHWARCZ EM JULHO DE 2017

A marca FSC® é a garantia de que a madeira utilizada na fabricação do papel deste livro provém de florestas que foram gerenciadas de maneira ambientalmente correta, socialmente justa e economicamente viável, além de outras fontes de origem controlada.